盗墓迷局

DAOMU MIJU

朱晓翔◉著

长篇盗墓小说

中國華僑出版社

图书在版编目(CIP)数据

盗墓迷局/朱晓翔著.—北京:中国华侨出版社,2010.4
ISBN 978-7-5113-0328-8

Ⅰ.①盗…　Ⅱ.①朱…　Ⅲ.①长篇小说-中国-当代
Ⅳ.①I247.5

中国版本图书馆 CIP 数据核字(2010)第 051193 号

●盗墓迷局

著　　者/朱晓翔
策　　划/刘凤珍
责任编辑/齐敬霞
责任校对/文　瑞
装帧设计/木鱼书籍
经　　销/全国新华书店
开　　本/710×1000 毫米　1/16 开　印张 18　字数 250 千字
印　　刷/北京中印联印务有限公司
版　　次/2010 年 6 月第 1 版　2010 年 6 月第 1 次印刷
书　　号/ISBN 978-7-5113-0328-8
定　　价/30.00 元

中国华侨出版社　北京市安定路 20 号院 3 号楼 305 室　邮编:100029
法律顾问:陈鹰律师事务所
编辑部:(010)64443056　64443979
发行部:(010)64443051　传真:(010)64439708
网　址:www.oveaschin.com
e-mail:oveaschin@sina.com

盗墓迷局
内容简介

考古系学生印晓飞参与挖掘明代古墓时遭遇一件古怪离奇的事，为揭开谜团，在朋友阿诚等人协助下，一行人进入神秘莫测的蚕洞探险。

蚕洞内玄机重重，河中怪兽、南方古猿、怪异鬼火、绿毛僵尸纷沓而来；水晶洞、长明灯、水波门、神秘人疑云百出，千古蚕洞试图掩盖怎样的历史悬案，幕后又是谁主宰着一切？探险者历经千辛万苦，却未能水落石出，在古墓崩溃之前侥幸逃生。

印晓飞从蚕洞石室壁画中找到线索后又进入木栈山探险，这回他们不仅要面对古墓内的古怪设置和上古生物，还要提防身份不明但身手了得的卫哥，更有蒙面神秘人暗中狙击，探险者穿越瀑布、巧破鬼打墙迷局、强渡风洞，九死一生下找到鱼凫悬棺，然而关键时刻功亏一篑，揭开谜团的证据得而复失。

三星文明奇耶，幻耶，玄机重重；古蜀王棺真耶，假耶，无人能知；探险者带着满身疲惫踏上归程。

目录

盗墓迷局

长篇盗墓小说

DAOMUMIJU

楔　子

在南大读考古专业的时候，系里经常组织我们到城外山区古墓现场实地体验，有时也协助考古人员野外作业，主要是刷洗瓷片、清理陶器、为文物涂保护液之类的杂事，不太辛苦，而且每天能拿七毛钱补贴——这在80年代中期是笔不错的外块，可以吃到一碗馄饨加两个肉包，或者买本不错的小说。

大四上学期的一个星期天早上，班主任匆匆来到男生宿舍，说栖霞山南坡发现明代末期古墓，由于整理工作量很大，天气预报明天又要下雨，必须抢在今晚之前结束野外作业，急需人手协助，补贴提高到八毛钱。大家一听呼啦全涌下楼，老乡阿诚学的是生物专业，听说有利可图也混在里面上了车。

古墓处于南坡狭小的山谷底部，四面环山，只有一条相当隐蔽的羊肠小道与外面相连，几百年从未有人进去过，杂树丛生，野草茂盛，地表沉淀着多年腐烂的草土混和物，给考古工作带来困难。

大队人马抵达后专家做了分工，我和阿诚，还有四川籍学生徐耀分在一个组，负责在东面第七格区域探方内筛选——探方是指事先掘开的五米见方的土坑，主要用于探测古墓地下方向、位置和藏量，等探方连成片后还能方便统计发掘面积。

当时的情况是，最先打开的一号墓坑已确定不是主墓，专家以二号墓、三号墓为核心，根据墓室规格和走向挖了五个探方，各组在指定区域内筛选填土，等确认具体位置后再进行大规模行动。

我们拿着手铲在填土层清理和寻找线索，一旦发现陪葬品及时报告。探方里浓郁的土腥味夹缠着青草的芬香，每一寸泥土，每一个碎片都记录着历史的沧桑，考古，是最生动的时空穿越。

时间在寻寻觅觅中飞快流逝，不觉间夕阳西下，暮色笼罩了山谷，可整理工作还没有完成，工作人员在四面挂了几盏高亮度白炽灯，挑灯夜战。我们组开始是肩并肩一字排开，后来中间探方有人筛到一只陶器，阿诚跑过去看热闹，我和徐耀平行向前推进，相距不到两米。

我沿着事先画的石灰线一口气筛到土坑边，打算坐下来歇会儿，突然发现坑旁草丛里坐了个人，由于我们探方离灯源比较远，草丛又背光，只模模糊糊看到他很年轻，年龄不超过二十岁，衣服是纯白色，但没看清楚款式。

“喂，你是哪个组的？”我很奇怪，因为墓地现场除了阿诚全是考古系学生，没我不认识的。

他好像笑了一下：“我在等人。”

“等谁？我帮你叫。”我自告奋勇地说。

“没关系，我们约好了，他马上就会来。”

徐耀听我们说话也靠过来：“蹲了一天真有点累，谁有香烟就好了，来一根解解乏。”

那人说：“我没有香烟，不过有松子糖，要不要？”

当时松子糖很贵，价格和上海大白兔奶糖差不多，我们也不客气，接过来往嘴里一扔，不像想象中那么甜，还有点苦味儿。

“是松子糖吗？怎么味道不一样？”我说。

那人说：“自己家做的。”

徐耀问：“你是哪个系的，上午好像没看见你？”

那人朝几米外的大树后一指：“我在那边，风景蛮不错的，过去看看？”

我瞧那边黑乎乎一片，稍一犹豫，徐耀站起来说好哇，反正也没什么事，印晓飞，一起去吧。他一边说一边跟那人走了两步，还回头招手，我无奈只得慢吞吞地站起身。

“晓飞，你趴在地上干什么？”

身后陡然传来阿诚的叫声，我一愣：我明明站在这儿准备朝前走，怎么会趴着呢？就这么一激灵，那人和徐耀已失去了踪影，我脑中仿佛被抽空似的一阵晕眩，在阿诚的叫喊声中软绵绵倒下。

醒来时我已躺在医院，后来的事都是阿诚讲给我听的。

他说我昏迷了六天七夜，高烧曾达四十三度，医院方面一度开出病危通知书；我刚进医院时呕吐了很多黑糊糊的东西，院方检测结果是过期变质食物，但未能判断是何种食物。

他说徐耀失踪了，学校连夜组织两百多人在方圆不到五平方公里的山谷里搜索，恨不得挖地三尺，最后还是空手而归，后来连日暴雨引发山体滑坡，把通向明墓的道路封死了。那天傍晚他只看到我趴在地上拼命往地里钻，没见到徐耀和我说的那个人。

他说考古队在我们探方旁边大树底下挖出一具骷髅，经鉴定是明朝晚期的尸体，死者约十八九岁，双手被缚，姿势扭曲，显然临死前经历痛苦挣扎，应该是被迫殉葬。

他还说农村里有种说法，屈死的冤魂通常在草丛里等人替代自己，徐耀就是这样被勾走了魂，而我则在地狱门口走了一圈，不是他及时喝住也会没命。

我当然不相信他的话，可又无法解释那天发生的事，心里留下一道深深的坎。

出院后我对野外考古产生了恐惧感，继而厌恶起所学的专业，大学毕业后主动放弃分配到博物馆的指标，选择回家乡盐城面粉厂做会计，那时面粉厂是炙手可热的单位，收入比博物馆高，年终还有奖金。

阿诚也回到家乡，按专业对口原则分到食品公司，我经常找他买市面紧俏食品，日子就这么一天天过去了。

第一章　冤魂徐耀

盛夏的中午骄阳似火，连知了都热得叫不动了，我坐在河边树荫下，看着挑夫往来穿梭把面粉一担担运到船上，不时懒洋洋地在纸上画“正”字。

一年前眼见企业效益每况愈下，很多地方出现公司、工厂倒闭或被兼并的情况，阿诚见大势不妙果断辞职开了家废品回收站，明里收旧书旧报和各种杂物，暗里倒腾文物古玩，生意好得出奇。经他唆使我也离了职，利用在银行工作的同学周转贷款专搞面粉批发，虽说利润薄了点，渠道和规模却不断扩大，用个时髦词形容叫良性发展、渐入佳境。

时间过得真快，转眼间阿诚的儿子已经两岁了，而我连女朋友都没有。我不知道自己在逃避或害怕什么，但栖霞山那件事至今还历历在目，清晰得仿佛昨天刚刚发生，或许是这种不安全感使我内心不得安宁，更不敢奢望成家立业。

“晓飞，快走，我找到一幅唐寅真迹!”

阿诚满头大汗骑着自行车来到大树边，两眼暴射激动的光芒。自他下海以来，收购文物古玩大都请我把关，凭借精通各朝代历史掌故，加上大学时多次参与实地考古，几乎没走过眼，在圈子里也混了点小名气。

“唐寅？哼，白日做梦，清代以来就有‘十唐九假’的说法，别让人蒙了。”

“不管是真是假，帮我看看总行吧？这船面粉的运费我包了!”他把我连拖带拽拉起身。

谁叫他是我的救命恩人呢，我拗不过他，匆匆交待几句一起过去。

来到他家，客厅里坐了六七个人，除两个卖家其他都是圈子中的熟面孔，拥有“大师”、“专家”等唬人的名号，不过碰上这种大买卖谁也不敢乱发表意见。

“印老板是文物鉴定权威，这一行没人比他更精。”阿诚把我介绍给卖家。

两个卖家都是四五十岁的中年人，拘谨中微带矜持，打量了我一眼，其中一个说：“俺们不管是谁，只要快一点，城西那边还有人等着看货哩。”

八仙桌丝绒上平铺着一幅工笔画，画纸是经过打矾和打磨的熟宣，纸色由于年代久远已成古铜色，画面多处细微的破损处以淡墨填补，有几处虫蛀和褶纹并露出白色衬裱纸。此画描绘的是一群文人在某个风景清幽之地聚会的场面，桌上摆满了茶、酒、赏石、折扇等物。画中有古松、卧石、竹林、芭蕉、杂树，树丛石间云烟萦绕，似真似幻，妙不可言。

更为难得的是画中人物虽多，每个人动作、神态各异，活脱脱是一幅西洋风格的写实画，整个布局精致完美，线条简洁流畅，让人看了说不出的舒服。

我戴上手套，拿着放大镜一寸寸观察。

文物贩子老董凑上来低声说：“纸没问题，地道的熟宣，虽然颜色陈旧，但光滑匀净，无杂渍，破碎的地方里面呈小块状斜纹，假古宣气色鲜活，不沉重，破裂的地方呈直纹特征。”

古玩店赖老板也踱过来，指着画面右侧的婢女道：“她的脸部，前额、鼻尖、下颌都是一点白，正符合唐寅的雅号‘唐三白’；而且她身材壮健丰腴，妖冶风流，有唐代美女风采，也是唐寅画女人的一大特色。”

我暗暗好笑，所谓光滑匀净、气色鲜活等等都是内行哄外行玩的，造假者通常就利用这些似是而非的理论骗你没商量，鉴别文物古玩真假，靠的是对人文历史的精通和长期经验积累，没有捷径可走。

来的途中阿诚告诉我，卖家是他朋友的朋友的邻居，原来在服装厂上班，最近跟朋友合伙包塘养鱼，想把祖宅卖掉筹点资金，收拾地下室时翻出这幅画，从落款看是明代的，于是在朋友的指点下找到他，开价五千。阿诚开始不以为意，准备敷衍几句把他们打发了，后来无意中在裱缝间看到半行字：晋昌唐寅，下面印章只剩下不足三分之一，但仍可推断出“居士”两个字，当时心差点没从嗓子眼蹦出来！

唐寅的祖籍就在晋昌，今天山西晋城一带，所以书画落款往往是“晋昌唐寅”，他的章印比较杂，有唐寅、唐寅私印、吴趋、南京解元，也有这幅画所盖的六如居士。可能因为年代破损和多次揭裱，画的题跋和名款都被裁截得面目全非。

唐寅的作品山水画价格最低，其次是花鸟虫鱼，再往上是人物画，最昂贵的要数春宫画，然而大都失传已久，市场上多为伪作，可遇不可求。像这幅画融山水与人物于一体的工笔画，倘若是真的，拿到香港市场最保守也得几十万元。

阿诚干这行以来一直做着小打小闹的买卖，传说中靠捡漏一夜暴富的事从没遇到过，难得碰上一本万利的好事，自然又激动又惶恐。

我瞟瞟两个卖家，阿诚看出我的意思，说货的来历没问题，他们是兄弟俩，祖上是山西太行山脚下的小军阀，家里颇有些好玩艺儿，“文革”时怕惹麻烦，父母亲夜里偷偷烧掉不少，这是仅存的古董。我说大凡赝品都有一个动人的小故事，不足为据。阿诚还是不甘心，一叠声催促我再看看。

两个卖家虽一直假装满不在乎，紧紧崩着的嘴唇却透露出内心的焦急，满屋子人的眼光都盯在我脸上，期待我一锤定音。

“没错，确实是明画。”我肯定地说。

两个卖家心里一块石头落了地，表情明显放松下来。

阿诚用肘部顶顶我，压低声音说：“我只关心是不是唐寅的作品。”

“不是。”

“什么?”他急白了眼，“这落款、章印，还有画风明明……”

我拉过他的手按在裱缝处：“落款确实是唐寅的手迹，章印也对得上，可惜是人抠挖后补上去，然后故意裁掉大半，弄成遮遮掩掩的样子……不过毕竟是明画，多少值几个钱。”

阿诚根据我的提示在画上来回摸了半天，颓然说：“明画有什么屁用？赝品就是赝品，哪个朝代的也不行，”他朝两个卖家摆摆手，“都听见了？这画被人弄了手脚，没法收，你们找下一家吧。”

两个卖家也傻了，头挨头嘀咕了一阵，说反正没指望靠它赚钱，再东奔西走也没意思，只要肯收，价钱方面好商量。阿诚无可无不可地跟他们讨论了半天，最后以八百元成交。

卖家离开后阿诚懒洋洋地说原计划明天请大家吃海鲜，现在改成大排档，不周之处敬请包涵。

我笑着说好一个冷酷现实的家伙，告诉你明天吃不到海鲜，这幅画的前途就完了。

听出我话中弦外之音，几个人精神一振，扑到画前反复琢磨。

阿诚狐疑说："难道你刚才摆了他们一道，这确实是唐寅的画？"

"你先说明天吃什么？"

"海……海鲜！"

我用手指在落款附近划了一圈："在画的左下角或右下角署款，唐寅没这个习惯，可既然是晚明时期的画，风格又与他十分相似，到底是谁呢？我想到一个人，周臣。"

阿诚失声说："周臣——唐寅的师傅？不错，据说两人画风相近，都是承袭南宋李唐一派，很多作品在形体上十分相似，曾经有种说法，说唐寅的很多作品是周臣代笔。"

"代笔之说不太妥当，自古以来哪有师傅替徒弟做假的道理？唐寅作品的意境远远超过周臣，前人评他们俩是行家与利家之分，换而言之，唐寅是文人画家，而周臣只能算职业画家，完全不是一个级别。"我指着画的上方说："但周臣也有自己鲜明的特点，你们看这些树，还有山石，全部用浓墨作的短促皴笔，表现得浑厚结实，这个特点与唐寅的画风明显不同，而且他的作品大都在左下或右下署名，所以这幅画……"

阿诚会心笑道："周臣虽不是明代四杰，也算一代名家，卖个七八千总不成问题，看来一顿海鲜不够罗。"他钻进书房捣鼓了一阵，出来后每人发了个信封——这是行规，见者有份。

老董他们走后，阿诚单独递过一个信封，我双手推开，不高兴地说干嘛，咱俩还搞这一套？

他把信封在我面前晃了晃，笑着说想得美，我才不会在你身上破费，这封信是两个卖家带来的，据说本来和画包扎在一起，写信者叫孟哲远，金陵府按察使司副使，从四品官员，收信者叫李芒，都转运使司转运使，从三品，信写得骈繁含蓄，我看不太懂，大概意思是孟哲远想巴结李芒，托人把这幅画送给他，看来李芒也收下了，还在画上盖了自己的收藏印章。刚才我怕影响你判断，故意没把信拿出来。

孟哲远？我喃喃念了两遍，说这个名字好像听说过。

他不以为然说你是学历史的，头脑中有上千个古人的名字，别混淆到一块儿。我摇摇头说不对，我的记忆力特别好，不管什么名字听一遍就能记住，绝不可能错。说着抽出信笺。

阿诚在一边唠叨说管他是谁，总之将来卖画时把它作为附件，起码能多要五百块钱。

我漫声应着，指着信笺上一个字一个字地读，考古学需要了解各种古体，这种小篆根本难不倒我。

突然间我全身一震，手脚如遭电击，好像坠入万年冰窖，任凭信笺飘落到地上，目光呆滞，一句话也说不出来。

阿诚被我的模样吓坏了，捡起信连连问："怎么了？怎么了？到底怎么回事？"

我还是一副木然的样子。他赶紧冲到厨房拿了瓶酒，撬开我的嘴强行灌了几大口，我如梦初醒，惊恐地指着信笺说："那个人……"

阿诚呆呆地问："哪个人？"

"信里提到徐耀是孟哲远的书童，而孟哲远就是我们参与挖掘的栖霞山古墓墓主！"我鼓起勇气说。

"什么？"他顿时脸色煞白，双手抖索索捧起信笺，在我的指点下找到那段文字，孟哲远说自己身体单薄，不宜远行，所以派贴身书童徐耀把画带给李芒。

过了半晌，阿诚才结结巴巴说："徐耀……原来那天你遇到的冤魂叫徐耀，他勾走了现实生活中的……徐耀，是这样吗？"

我连说话的力气都提不起来了，微弱地说："我，我也不知道。"

两人在客厅呆呆地坐着，面面相觑，打心眼里生出毛骨悚然的感觉。

第二章　鬼洞之谜

栖霞山明代古墓墓主叫孟哲远，书童徐耀随主人殉葬，埋葬地点在古墓东面第七格探方；我的大学同学也叫徐耀，在相同地点被一个身份不明、年纪相仿的人叫走，然后失踪。

这件事无论从哪个角度讲都透着匪夷所思的诡异。

黑暗中我和阿诚不知坐了多久，终于他嘎声说他娘的活人不能被死人吓死，我们得花时间调查清楚，不然始终留着心病。

我说栖霞山那条小路已被封死，考古队也彻底打开了孟哲远的墓，即使进去也找不到有价值的东西。

阿诚不满地说你就是这点不好，做什么事瞻前顾后想得太多，世上很多事并不按照你的思路发展，这叫历史不以人的意志为转移，明白吗？我悻悻说我就是学历史的，这些大道理还要你说？明天我去一趟南京，查查孟哲远和徐耀的情况，需要去栖霞山再叫你。

那怎么行？他认真地说，这件事从开始起就有我的份，现在出现新变化，当然要善始善终，啥也别说了，我跟你一起去。

晚上就睡在阿诚家，因为我没勇气一个人度过漫漫长夜。夜里突然发高烧，头重脚轻，稍一动弹就眼冒金星呕吐不止，阿诚把我送进医院一直守到天亮，上午关照妻子过来照看，他则叫上生意伙伴老董去了南京。

与几年前那次大病一样，医院始终查不出病因，也判断不出是什么病，每天没完没了地输液、吃药，医生们被折腾得焦头烂额，戏谑我是“老顽固”。

一个半月后终于出院，而阿诚一直没回来，也没与家里联系过，好像黄鹤一去不复返，我心里忐忑不安，担心他遭到与徐耀相同的命运，遂把生意上的事简单处理了一下，准备到南京找他。

动身那天阿诚正好风尘仆仆回来了，面容消瘦，表情前所未有的严肃，一见面来不及寒暄就把我拉到书房反锁上门，神秘兮兮地从怀里掏出一张纸。

“这是三星堆出土的牙璋上的图案，从哪儿弄来的?”我问。

“岷山附近，一个石洞里的铜门上。”

“你去四川干什么?”我疑惑地说：“这种图案的功能是祭祀，象征着天神显灵降福大地，不可以随便使用，除非是……大祭司或部落最高首领的墓穴，它跟孟哲远有什么关系?”

“说来话长。”

阿诚燃起一根烟，细细说出事情的来龙去脉。

那天他和老董来到南京图书馆查找孟哲远的资料，按察院是明朝重要事务机构，孟哲远又是从四品官员，史料记载比较齐全。从资料看，孟哲远属于谨小慎微、勤勤恳恳的技术官僚，没有后台，升迁欲望也不强，尤其厌恶溜须拍马、欺上压下的不良风气，是安分守己的好人。爱好收集金石，在官场里也结交了一些兴趣相近的朋友，李芒便是其中一个，他们经常通信交流近期收获，探讨研究心得，有时来往十多封信就为某个细节争论不休。

调出李芒的资料才发现，孟哲远送画的目的并不是艺术交流，背后隐藏着一个阴谋。因为那封信是徐耀连同画送到李芒府上的，在此之前孟哲远已发出一封密信，信中说徐耀即将到他那儿，请按计划便宜行事。

“按计划”，说明孟哲远与李芒有过见面，两人经过密谈制定了一整套计划。“便宜行事”是古人常用的春秋笔法，可以理解为任君处置或是随便你怎么办，话里暗含杀机。

一个小小的书童，年龄尚不足二十岁，犯了什么事让两位朝廷官员苦心积虑处置他呢？从后来的事实看所谓计划未能得到实施，徐耀平安无事回去了，但终究没逃出孟哲远的毒手，以殉葬方式结束了短暂的生命。

阿诚很有钻劲，通过昔日同窗找到当年发掘栖霞山古墓的省文物研究所有关专家，专家说或许是水土流失之故，孟哲远墓中没发现尸骨，陪葬物不多，也没有特别有价值的参考文献，可能是他为官清廉积财不多，也可能防止被盗墓者下手。另外专家不经意提到孟哲远墓出土时曾发现一卷绢，上面记载着他的生平，有一段讲述归隐后到四川广平游览的经过，可惜当时保护措施没跟上，绢运到研究所不久便化成一堆灰烬。

阿诚当即想起李芒的老家就在广平，二话不说拖着老董去了四川。

广平是靠近成都的小县城，因发现三星堆遗址而闻名于世。明朝地方上从三品也算高官，李芒退休后又住在家乡，广平县志里对他有详细记载。

县志里说李芒官至三品，为人儒雅忠厚，乐善好施，辞官回乡后捐助资金修了四座桥，获得乡亲们一致好评。六十七岁那年他和几个朋友到岷山游玩，不慎在洞里迷路，从此再也没有出现。后人为纪念他，铸了尊铜像放入衣冢棺里，并在他家乡蒲花村修建了“李公祠”，祠堂香火鼎盛，直到民国时期毁于战火。

李芒生前生活用品、文书信札包括日记都保存在县博物馆，阿诚好说歹说费尽口舌才让工作人员同意查阅。两人在故纸堆里埋头苦读了六七天，发现李芒失踪前几年一直在岷山寻找蚕洞，认为只要进入蚕洞就能解开一个人的秘密，而那个人关系到天下苍生祸福凶吉、生老病死的玄机。

嗬，好大的口气！

日记里李芒强调此事由好友孟哲远最先发现，两人苦苦研究十多年才查到一些线索，正待深入调查，孟哲远却身患重病撒手西去。由于这件事蹊跷离奇，大违常理，非普通人所能理解，李芒不敢声张，筹备好几年才找到一批志同道合的朋友共同参与。

阿诚看完所有记载得出结论：李芒等人并非游玩时失踪，而是进入蚕洞后遭遇不测，这个洞或许与徐耀有莫大的关系。

可是整个四川都没有关于蚕洞的记载。

阿诚是不容易气馁的人，当天下午就来到岷山脚下的蒲花村，专挑附近险峻陡峭的山峰爬，想碰碰运气。一晃三天过去了，不仅没找着蚕洞，还误闯老虎洞，被老虎撵在后面跑了两座山峰，钻进原始森林差点迷失方向。两人垂头丧气下了山，在蒲花村口小酒店里喝酒，席间听邻座几位老人聊起一桩奇闻，顿时精神一振。

蒲花村西南有条大河，是岷江的支流，半年前地方政府为了改善当地交通，在河上修筑一座大桥。施工队进场打桩时却碰到怪事，水泥桩怎么都打不下去，地质专家、建筑专家、桥梁专家来了一大堆，又是检测又是开论证会，还是一筹莫展。此事惊动山里一位高僧，他在河边走了一圈跺跺脚说下面是龙脉，水泥桩正好打在龙背上，当然不行。施工队长央求他帮忙，并许诺桥建好后修缮破落的寺庙。高僧沉吟良久说此事有伤天和，不过为了寺庙香火贫僧只有斗胆试一试。于是高僧每天坐在河边诵经，从早到晚一刻不停，念到第十三天才让石匠在每根水泥柱上雕个小小的龙头，再用打桩机打，水泥柱一下子就打下去了。

桥建成那天举行通车仪式，高僧也应邀出席，走到大桥中间不知怎么绊了一跤，吐血不止，送医院途中就圆寂了。很多人都说是报应，是龙王在惩罚他。不过施工队很守信用，把寺庙从里到外修葺了一遍，还替高僧树了块功德碑。

阿诚听了怦然心动，自古以来有龙脉的地方必有古墓，而且是皇室宗亲的大墓，里面必定藏宝无数。成都虽不是历代封建王朝都城，但神秘的三星堆文明就在附近，国家出于保护文物考虑，除了对已经暴露的两个祭坑考古性开挖外，并不打算主动挖掘，因此更多秘密埋藏在地下，李芒所找的蚕洞与三星堆古墓有没有联系呢？

当天夜里两人鬼鬼祟祟沿着龙脉走向来到蒲花村西南山坳，瞅准方位打盗洞——收购古玩的人十有八九盗过墓，80年代国内古玩市场尚未成形，社会上普遍缺乏文物保护意识，打击力度也不大，阿诚等人算是下手比较早的。

打了六七米深，除了石头还是石头，阿诚不服气，换个地方再挖依然如此，挖到第三个洞时阿诚猛然醒悟：三星堆文明独特而封闭，它的来源与消失同样神秘，完全不同于夏、商、周等朝代的中原文化，因此龙脉宝穴、阴阳五行、奇门八卦等等传统的墓穴理论统统用不上。

后来他们改变策略，专门找村里上了年龄的老人聊天，了解近年来发生过的奇闻怪事，结果好几位老人都提到“鬼洞”。

“鬼洞”位于村子东南方十多公里的山坳密林里，听上辈人说是民国时期地震后露出的，石洞深不见底，洞里阴风阵阵，隐隐有鬼哭狼嚎的声音，洞口附近寸草不生，十多米之外的大树也枝叶稀疏，叶子枯黄。村里人认为洞底通向幽冥地狱，用乱草碎石把洞掩住，禁止任何人出入。

“文革”时期县城乱成一团，红卫兵们疯狂地冲击党政机关，揪人上街游行、批斗，县委书记以举办学习班的名义把一批老干部送到蒲花村保护起来，当时河上没有桥，往来全靠一条小舨板摆渡，只要把船藏好就能平安无事。不料闹疯了的红卫兵居然一路追来，不知从哪儿找船过了河。老干部们闻讯惊慌失措，他们已被革命小将折腾够了，不想重温噩梦，纷纷收拾东西往山上躲。夜里的大山充满危险，即使最有经验的猎手也不敢在山上逗留，匆忙中有人出了个馊主意，说不如躲进“鬼洞”。当时虽有人表示反对，但眼看红卫兵的火把长龙越来越近，老干部们管不了许多，当即叫村民用绳子縋了一个个放下去，老人们记得很清楚，一共下去十一个。

红卫兵们进村后挨家挨户搜查，有支持革命行动的人暗中告密，为首的一听这还了得，对付这些牛鬼蛇神要一追到底，不给他们喘息的机会。于是也来到“鬼洞”，在村民的协助下下去，都是二十岁上下生龙活虎的小伙子，共有十六个人。

十一个加十六个，二十七个人下去后如泥牛入海，莫名其妙全部失踪。当时有人似乎听到洞里传来惨叫声和恐怖的吼叫声，也有人说根本没有声音，总之村民们吓得半死，根本不敢下去查看，第二天赶紧到县城报案。

老干部死就死了，没人关心，损失那么多革命小将政治影响却很大，“革委会”大发雷霆，指示公安局严查，然而公检法被砸得几乎瘫痪，有经验的刑警或靠边站或进牛棚学习，没人出面组织协调，时间一长也就不了了之。后来“鬼洞”不知被谁用乱石封死，来年上面长满郁郁葱葱的野草，再也找不到了。

事有凑巧，几天前广汉一带发生地震，岷山山体错位地表开裂，“鬼洞”洞口又暴露出来，有前车之鉴，村民们都约束孩子不准靠近。

作为受过高等教育的阿诚，对鬼神之说自然一笑了之，出于盗墓者的直觉，他认为广汉这一带同时出现三星堆、龙脉、“鬼洞”并非巧合，三者之间一定存在某种内在联系，沿着这条线索探索下去，或许能找到三星堆文明神秘消失的原因。更重要的是，“鬼洞”与蚕洞是否为同一个地方，洞里是否隐藏着三星堆古墓，它们与徐耀又有什么关系？

经过两天精心准备，两人背着十多公斤重的盗墓装备，牵着条一米多高的藏獒来到“鬼洞”，将藏獒拴在铺满黑驴蹄子的竹篮里慢慢缒下去。绳子才放了十多米藏獒就开始不安，低低呜咽着，爪子在篮子边沿抓个不停，而且越往下反应越强烈，三角形耳朵高高竖起，大声咆哮着往篮子外挣扎。

第三章　千里盗墓

竹篮终于触到二十多米深的洞底，阿诚拉开藏獒身上的活结，它立即踢开篮子冲向石洞深处，里面漆黑一团什么都看不见，过了会儿电筒光影边缘隐约有两个黑影动来动去，同时藏獒吼声如雷，好像进行一场激烈的厮杀。阿诚暗暗吃惊，这条纯种西藏藏獒凶狠刚猛，力大无比，跟最残暴的猛虎饿狼也不落下风，今天似乎碰上硬茬，久攻不下，陷入艰难的拉锯战。

过了十分多钟洞内突然安静下来，藏獒一瘸一拐回到篮内，趴在里面一动不动。阿诚赶紧把它拉上来，见它全身血淋淋至少有十多处伤口，鬃毛被扯得七零八落，背部被硬生生连毛带皮撕掉两块肉，右耳只剩下小半截，左前腿也断了大半，不知被打断还是咬断。

阿诚又心痛又心惊，心痛的是藏獒从县城高价租来，押金三千元，这笔钱肯定要泡汤了，心惊的是以它的攻击力尚且打得如此惨烈，难怪二十多个人有去无回，万一对方虽被打败但伤情不重，还是一道无法逾越的难关。

两人一想反正已花了这么多钱，洞里又明明有名堂，干脆横下心做到底，权当收古董被人打了眼。遂悄悄回县城找另一家再租一条藏獒，简单训练后重新缒下洞，这回倒没发现情况，藏獒在下面这儿闻闻，那边嗅嗅，一副悠闲的样子。阿诚壮着胆子下去，发现洞底满地鲜血、毛发和鳞片，还有一路血迹延伸到石洞深处。

藏獒在前面开路，阿诚在后面紧握火铳一步步往里面走，转过弯道，前面陡然出现两扇对开铜门，高三米多，中间挂着两只圆环，门上绘满古朴别致的图案，有大山，有云彩，有姿态各异的小人，还有面容狰狞的巨人。血迹到了门前轧然而止，显然进了门内。阿诚挖过十多座古墓，早已不知道什么叫怕，用力推门，可任他使出吃奶的劲也无法移动半分。抓着门环向外拉，也不行，再朝两边分，门依然如故。他怀疑自己力气不够，把老董换下来试，结果也一样。倘若有锁倒罢了，两人有一套开锁的行头，什么稀奇古怪的锁都难不住他们，偏偏看似简单的门却成了拦路虎。

两人坐在洞口面面相觑，他们闯遍大江南北，老的如秦墓，新的如清墓，从没像今天这样被拒之门外，沮丧之余不得不决定暂时撤退，等准备充分后再卷土重来。

回程途中阿诚精心构思了一套方案，首当其冲就是我，一方面我是当事人，几年来栖霞山墓地发生的事一直是我无法摆脱的梦魇，因此必须彻查清楚；另一方面我在大学里师从郁刚教授——世界公认的三星堆文明研究的集大成者和学术权威，声望无出左右，而我是他最赏识的学生之一，曾经有幸做过三星堆资料的整理与归档工作，对付三星堆古墓，没有哪个比我更适合。

听完阿诚冗长的叙述，我陷入沉默。

自从那件事发生后，对于古墓我有种本能的恐惧，甚至听到这两个字就心惊肉跳，我很怀疑自己能不能勇敢面对，同时内心深处隐隐有些担忧。诚然，阿诚四处奔走是朋友义气，想早日让我过上正常人的生活，可我不能不联想到他有盗墓前科，会不会利用这次机会大干一票？

作为一名考古系学生，我很清楚盗墓对古墓的危害性，最直接后果就是导致大量文物流失，虽然到目前为止三星堆遗址还没有发现过古墓，但可以想象一旦古墓面世里面的珍藏会震惊全世界。

我不想做历史的罪人，民族的罪人。

阿诚以为我默认了，径直说下去：鉴于“鬼洞”十分危险，里面可能隐藏着三星堆文明的秘密以及与徐耀的关联，所以要组织一支专业性探险队，成员有我、老董和你，我们三个既是核心成员，又是出资人……

等等，我打断他的话，为什么把老董拉进来？

他讪讪一笑说老董是他的合伙人，又知道整件事，不带上不好。

我心一沉，暗忖果然不出所料，阿诚和老董真瞄上这座古墓。当下脸色有些难看。

他看出我的不满，索性摊牌说大家兄弟一场，我干脆明说了吧，这回进“鬼洞”七分为你，三分为自己。刚开始我确实是一心一意想帮你，可通过在蒲花村那几天调查，想法渐渐多起来，俗话说人无外财不富，马无夜草不肥，如果调查李芒和徐耀的同时又能顺手牵羊发点小财，何乐而不为？

我说根据刑法第三百二十八条规定，盗掘古文化遗址或古墓葬并盗窃珍贵文物的，判处十年以上有期徒刑、无期徒刑或死刑。

他冷笑地说好一个法律专家，那我向你请教一下，贩卖面粉，扰乱国家粮食供应，根据刑法第五十三条关于严厉打击投机倒把的规定，应该判多少年？

我说此一时彼一时，现在国家放开粮食市场，鼓励个人和集体投资经营。

阿诚哈哈大笑，说这不结了吗？将来迟早有一天国家也会放开古墓市场，像外国那样鼓励大家探险，只要交些管理费就行了。

没听过说。我啼笑皆非。

阿诚知道我优柔寡断的性格，也知道每次到最后我还是听他的，不再多费口舌，撇下我在外面大肆采购，从头盔、聚光灯、火药、土铳，到工兵铲、口罩、钢绳、各种医品和急救包等等，一应俱全。

当天晚上他开着面包车到我家门口，把我从床上拖起来说走吧，去广平蒲花村。语气轻松得好像叫我到街上散步，而不是去九百多公里外的小山村盗墓。

我说就我们三个？

他说我又邀请了两个，一个是退役特种兵，叫郭项龙，身手高明，反应敏捷，是我高薪聘请来的，主要负责大家的安全；另一个是你的老同学，考古系系花蓝真真……

蓝真真？我轻呼一声，责问说你叫她去干什么？

他说她在青铜器、玉器方面的鉴定水平和实践经验不敢说国内一流，至少省内领先，有她负责把关把握更大，快上车吧！

拉开车门，一眼看到蓝真真的笑靥。

“晓飞，你好。”她说。

“你好。”我应道，顺势坐到她旁边。老董独自躺在后排，左手夹着烟，右手拿着香蕉，表情休闲得好像出去度假。郭项龙坐在副驾驶位置，体格彪悍，虎背熊腰，一看就是不好惹的主儿，不过对我们态度还好，也许是职业习惯吧，他很少说话，脸绷得紧紧的，两眼直视前方。

蓝真真递给我一包薯片，问："晓飞，这几年还惦记着徐耀？"

我苦笑："不知道是我惦记他还是他惦记我，总之每次恶梦里都有他。"

"是啊，那件事确实很……古怪，所以阿诚一说我就同意了。"

原来如此，我偷偷瞟一眼她秀丽的脸庞，暗暗喟叹一声。

如果不发生那桩可怕的事，蓝真真已成为我的女朋友，不，也许是妻子。因为早在大三下学期时，我们俩就突破了普通同学关系——当时校风非常保守，校方对谈恋爱也抓得很紧，我们仅仅发展到拉拉手，依偎在一起说说情话的层面，但继续突破指日可待，可惜我突然在考古现场晕倒，迫于校规她只敢和其他同学到医院看望了一次，等我出院她正好被抽调到新疆做考古项目，下学期又分到南方实习，加之我一直恍惚迷离，魂不守舍，没有主动与她联系，直到毕业各奔东西她回到苏州继承家业，成为古玩店的少掌柜……

为了让大家对三星堆文明有所了解，阿诚建议我介绍一下相关情况，我也不客气，理理思路简要说起来。

三星堆遗址位于广汉南兴镇，1931 年以来多次发现祭祀坑，1980 年发现一座城址，建造年代最迟为商代早期，1986 年发现两座大型祭祀坑，出土了大量青铜器、玉石器、象牙、贝、陶器和金器等，其中最独特的要数金杖和金面罩。目前来说三星堆文明具有三个未解之谜：一是文明起源何方？数量庞大的青铜人像、动物塑像不归属于中原青铜器的任何一类，而且造型怪异，上面没有留下一个文字。二是它为何突然消失？三星堆文明繁荣持续了 1500 多年，然后像它的出现那样突然地消失了，当历史再一次衔接上时中间已多了两千多年的神秘空白，关于它消失的原因，考古学家假想了种种可能，但都因证据不足始终停留在假设上。三是神秘的器具象征着什么？祭祀坑里出土的金杖、青铜神树、纵目青铜面具、太阳轮，无不令人匪夷所思，无法推断它们的象征意义，甚至有专家将此归集到外星文明……

蓝真真插嘴道你这样说已经从主观上否定了外星文明存在，事实上不能排除这种可能性。

我说把暂时不能用科学解释的现象推给外星人，将考古神秘化、虚拟化，是对历史不负责，也是极端偷懒的行为。

蓝真真反驳说考古学家故意忽视《山海经》记述中的真实成分，把它简单归类为荒诞不经的神话，那才是学术歧视和偷懒。

阿诚怕我们吵起来，打圆场说今天不搞学术争论，大家抓紧时间休息吧。我听了猛地醒悟过来，暗骂自己猪脑子，难得重逢佳人，这会儿应该谈谈风花雪月才对。

车子驶了一天一夜，抵达蒲花村已是暮色沉沉，山坳里伸手不见五指，正应了古人的话：月黑风高夜，杀人越货时。

一行人来到山脚，山谷间正好刮起了大风，我不禁打了个寒噤。阿诚带我们进入山坳，突然满脸惊讶地说："他妈的怎么回事，谁把洞填上了?"

老董围着乱石堆绕了一圈："大概是村民怕出危险，自发做的好事。"

阿诚断然说不可能，这里至少四五十块石头，每块上百斤，七八个青壮劳力一天都未必干得成，眼下正是田里大忙季节，哪个有闲心管这档子事?

老董捅捅他说事实就是这样，别废话，大家赶紧动手。

除了蓝真真四个人一齐上阵，幸好郭项龙一个顶仨，又通过各种工具借力，将近天亮总算扫除所有障碍。阿诚从林子深处牵来藏獒放下去打头阵，我们一个个缒着绳子进了洞，不一会儿来到铜门前。

门上图案与阿诚绘制的基本相同，线条古朴简洁，场面盛大热闹，反映很多人对天祈祷，他们的祈诚终于感动天神，天神伸出大手按在山腰间，人们的心愿得到满足，于是载歌载舞来庆祝。不过他们为什么事祈求上天，天神以怎样的方式帮助，以及图案究竟是记载的事实，还是表达一种美好幻想，都是未解之谜。

第四章 河中怪兽

阿诚说给你们两位专家一个小时来研究，我们正好凿洞埋放炸药，要是琢磨不出开门的办法就强行爆破。

我说不行不行，铜门是五千年前古人留下的杰作，本身就是价值不菲的文物，不能轻易破坏。

阿诚说你当我们在考古呢，谈什么保护性挖掘，我只关心怎么把门打开。

蓝真真说别罗嗦，你们忙你们的，我们想我们的，互不打扰。

郭项龙行动很利索，取出工兵铲贴着门缝开凿，他双臂强壮有力，又经过特殊训练，没多会儿就凿出一条凹槽。阿诚在旁边看着笑眯眯的，估计在庆幸钱花得不冤枉。

蓝真真指尖沿铜门中缝一路滑下去，然后看着地上的血迹出神。我说理论上讲这个门应该不难开，假设跟藏獒斗的不是人而是某种护墓生物，它的智慧和操作技能不可能比人高明。蓝真真说未必，墓室设计者可以针对它的生理特点进行相应设计，使它可以进出自如，可人不行。

我失笑说别忘了一个问题，这个古墓的年代至少在三千年之前，若那东西能活到现在，真成千年妖怪了。

蓝真真说如果古墓存在适合它生存的环境，它完全可能一代代繁衍下去，并把守墓任务作为遗传记忆密码传到后世，宋墓里的护墓毒蛇就具备这个特征。

我心一动，她的话有点道理，不过在远古条件下把防范工作做到这一步，墓主的身份可想而知，说不定真能挖到绝无仅有的大墓……

我们用强光电筒凑在铜门上一寸寸研究，阿诚在旁边笑着说还是小郭效率高，已经挖好六道火药槽，再有两道就能“嘭”地炸开大门。

蓝真真瞪他一眼说你急什么？还有二十分钟呢。

光柱移到门环上方七八十厘米的地方，我目光一凝，急切地指着两山之间黑糊糊的东西说："那是什么？是不是涂的黑色颜料？"

阿诚、蓝真真和老董都用电筒照到那儿，还是看不清，那块阴影既像山体轮廓，又像是凸出的青铜。

郭项龙也停下手中的活，站在我和阿诚中间说："站稳了"，双手一撑，居然站到我们肩上，趴在上面摸了摸说："好像是个大按钮。"

阿诚一拍大腿："跟真真想的一样，护墓生物个头很高，每次进去只要用头或爪子一按按钮就行了，按下去试试。"

郭项龙用力一拍，轧！铜门在粗哑难听的声音中缓缓开启，阿诚唯恐护墓生物躲在黑暗角落里，吆喝着命令藏獒进去。藏獒到里面溜哒了一圈又活蹦乱跳跑回来，似乎说一切正常。

按盗墓规矩，应该有人守在外面，一是望风，二是接应，防止出现各种特殊情况。阿诚想让老董留下，可老董说从未见过这么奇怪的古墓，一定要进去看看，其他人又是个顶个的有用，无奈之下阿诚只得把藏獒拴在铜门上负责看守。

郭项龙打头，我和蓝真真、老董在中间，阿诚断后。

里面是条弯弯曲曲的石道，洞里凉风嗖嗖，依稀传来哗哗的水流声，我不由奇怪，难道古墓里有地下河贯穿其中？这可是前所未有的现象。

越往里走水声越响，石道也越来越宽，拐了三个弯后一道山涧突兀挡住去路。照明直径为四十米的强光灯只隐隐约约照到对面石壁，涧里河水奔腾，不时有水珠飞溅到身上。

从水势和流向看，它应该与村前那条岷江支流相通。

蓝真真说："涧宽水深浪急，恐怕要回去运艘船来……咦？"

只见郭项龙从包里取出一团橡胶状东西，用便携式气筒充气，没多会儿变成一艘圆圆的皮筏。

"就是挤了点，人太多了。"他拍拍手说。

蓝真真看看他，又看看他的背包，好奇地说："包里还有什么？索性都拿出来让我开开眼界。"

郭项龙淡淡一笑："没有了。"

皮筏入水前郭项龙问往哪个方向走，老董认为古人讲究万物顺其自然，涧水这么湍急，强行横渡过去不现实，肯定是飘流而下。我们都表示赞同，于是攀着涧边山藤一个个下去。

皮筏随着汹涌的水流如离弦之箭直往前冲，速度之快让我们有种失控的感觉，蓝真真大叫道："太快了，能不能慢点？"

"你问我还是问水？"郭项龙冷静地说。

我忍不住一笑，想不到这个酷酷的家伙还有点冷幽默。

阿诚说："这么快的速度，怎么知道在哪儿停？"

老董说："应该有某种特殊的设计，比如通过弯道减速，或者利用翻车原理把筏子冲上高台，那里才是真正的入口。"

探照灯飞快掠过岸边犬牙交错的岩石，石头上长满了厚密的藤蔓和青苔，刹那间我觉得有点不对劲，可又说不出问题出在哪里。

"速度还在增加，好像……正在向下冲。"阿诚突然说。

郭项龙迅速打开强光灯，光柱射在远处河面上，那里弥漫着雾气腾腾的水汽，河水在一面青黑色石壁前以外抛线向下飞泻，石洞间回荡着轰隆隆的巨响。

"地下瀑布！"一向沉稳的郭项龙大惊失色，站起身双手一扬，两道银光射向岸边石壁，用飞虎爪钩住坚韧结实的山藤。惯性使得皮筏向前冲了六七米，但他咬紧牙关死死拖住爪绳，连续拖起一大片藤枝蔓条好歹将皮筏固定住，老董的头盔没系好被甩到河里，在河水裹挟下十几秒工夫就落入深深的峡谷里。

老董脸都吓白了："好险，好险，捡了条狗命。"

我说："这里会不会是废墓？设计者没勘探好地形，挖到尽头才发现山涧，只好草草做个铜门把石洞封住。"

"不排除这个可能……"蓝真真蹙眉说，"大家想想，接下来往哪儿走？"

"我已经没信心了。"老董说。

我脑中灵光一闪："入口应该在对岸！在我们出发地点对面！"

我终于悟出刚才为什么感觉不对劲——因为藤蔓。我在郭项龙协助下攀着藤条登上皮筏时，无意间瞥见旁边岩石上挂着几缕整齐的山藤，从上面一直浸入水中。后来再看岸边岩石才意识到自然生长的野山藤不可能那么整齐，因此可能是通向对岸的绳桥，不过由于年代久远枯朽断裂了。

他们对我的话半信半疑，郭项龙从包里掏出一只拳头大小的发动机装在皮筏后面，“突突突”很快驶回原处，从水里捞起藤绳，果然长达十多米，断口处切面又枯又脆，轻轻一捏就化为藤粉。

阿诚问有谁不会游泳？我们必须游到对岸。

“我不会……”

蓝真真刚说了三个字，皮筏猛地被一股大力顶出水面，惊叫声中五个人全部翻落到水里，幸好我抓着藤绳，水性也不错，经过短暂慌乱后立即屏息浮上去，头盔探照灯正好照到几米开外的庞然大物身上，只见一双大如灯笼、绿幽幽的眼睛，还有两排白森森的利齿，每颗牙齿足有成人手掌那么大……

我从未见过如此庞大、如此凶恶的怪兽，惊慌之下连呛两口水，不知它早就看到我还是被灯光所激怒，发出一声震耳欲聋的咆哮，带着水花扑过来。

这时我犯了个错误。我吓得埋头往水里一钻，殊不知怪兽就是从水底冒出来的，水下动作更灵活，这种做法无异于鸵鸟遇到危险时把头钻进沙子。

下沉中身体猛地被巨大的爪子紧紧抓住，然后水淋淋地提出水面，我想张口呼救，可全身被箍得喘不过气来，一丝声音都发不出。

“砰、砰！”

黑暗中火光一闪，有人开了两枪击中怪兽要害，它颤抖两下又发出一声咆哮，将我甩到水里，吼叫着追击开枪者。

我惊魂未定，连滚带爬游到岸边，顺手摸到一个人的脸，光滑而柔软。

“是我，”黑暗中传来蓝真真的声音，“快把电筒熄了！”

我赶紧依言而为，问道：“其他人呢？”

“阿诚在那边，老董不见了……”

几米外河面上突然掀起涛天巨浪，怪兽发疯似的嘶吼着，翻滚着，激起的浪花如倾盆大雨打在我们脸上。然而不管闹出多大动静，一道光柱始终照在它眼睛上，忽儿左右闪避，忽儿上下跳跃，与它展开游斗，不消说一定是郭项龙。

借着余光依稀看到一个庞大怪异的身躯在水面上时隐时现，遍体布满鳞片，体积相当于成年大象，移动腾挪却相当灵活，有点类似犀牛，两只爪子强壮有力，不亚于密林中的猛虎恶狼。下巴类似河马有个大大的底兜，作用相当于鱼网，捕捉范围很大，背部和侧面有明显的伤痕，估计是与藏獒厮斗时留下的——我不由佩服藏獒的勇敢与凶悍，面对这么个大块头丝毫不怯战，而且以重伤的代价将它击溃。

“砰砰砰砰”，连续四枪悉数打在它身上，鳞片有效减弱了子弹的冲击，加上它皮厚肉重，并没有多大杀伤力，反倒激起它的暴戾，攻击更加凶猛。郭项龙像大海里的一叶轻舟，在狂风巨浪冲击下虽险象环生却每每化险为夷，又从一个意想不到的地方冒出头继续战斗，怪兽倒也后劲十足，始终保持凶猛的攻击状态。战至酣处它的舌头冷不丁伸出五六米之长，犹如一柄大肉扇狠狠拍在郭项龙左臂上，他身体一歪失去平衡，头盔上的探照灯急剧抖动，怪兽精神大振盯着他紧追不舍。“砰砰砰砰砰”，郭项龙不顾隐蔽身形连续射击，怪兽毫不理会，眼看就要抓住他。

“嗖”，郭项龙一个鱼跃，腰间陡地射出一点银光，不偏不倚打在怪兽眼睛上。它吃痛不已，狂暴地在水里翻腾，我们担心被误伤，紧紧挨在岩石上不敢动弹。倏忽间河面突然风平浪静，怪兽像出现时一样无声无息消失了。

“有没有人受伤?”郭项龙大声问。

“还好。”阿诚答应道。

我赶紧说：“老董失踪了!”

“没有，我在这边，是小郭救了我。”老董在十多米外的下游应道，想必是从皮筏翻下后水性不好，被冲出一段距离。

我们都松了口气，从进洞到现在真正的入口还没找到，却已险象环生，两次差点全军覆没，想到这里不由心有余悸。

皮筏已顺水流飘走，大家只得拉着藤绳慢慢向对面泅渡，郭项龙左臂软绵绵耷拉着使不上劲，只用右臂划水，看来与怪兽搏斗时受伤不轻，怕影响士气没说出来而已。也许接连受挫的缘故，途中大家都懒得说话，气氛非常沉闷。

第五章　飞来脚印

游到对岸爬上去，岩石上也挂着一小段断藤绳，接下来的石洞又矮又窄，只能勉强挤一个人进去，郭项龙理所当然充当开路先锋。

蓝真真走在他后面，看着他腰部一圈亮闪闪的东西问："刚才那道银光是什么暗器？为什么刚开始不用？"

郭项龙说："机簧飞梭，穿透力和杀伤力很强，不过那东西非常机敏，尤其注意保护眼睛，开始出手没有把握，只有等它确信我除了枪没有其他武器才能偷袭得手。"

阿诚说："按两位专家分析，护墓生物是一代代繁衍下来的，可刚才只出现一只，另一只在哪儿？"

"或许在上游，或许躲在其他地方，也或许它与一些低等生物一样本身就是雌雄同体，身体有两套生殖系统，比如蚯蚓。"蓝真真说。

阿诚学的生物学专业，对此看法表示赞同，说由于封闭环境和单一繁殖，它没有机会进化或变异，长期保持着原始形态，属于外面早已灭绝的远古生物，说不定还是恐龙的亲戚呢。如果墓里是空的，无论如何想办法把它弄出去献给国家，好歹骗两个奖金。

郭项龙不吭声，显然对他的建议不感兴趣。

走了二十多米，又一个铜门挡住去路，其外形、材质、图案与前面那个完全相同，但规格小了一点点。郭项龙照例站到我和阿诚肩上找按钮，这回两山之间阴影真是黑色涂料，整个门面平坦如镜。

我醒悟过来，前面铜门上的按钮是为让怪兽进出自如，它平时在水里活动，听到动静就冲到铜门外狙杀入侵者，即使有人趁它不注意溜进来，还可以通过地下河在水里阻截，但设计者可能担心它乱闯乱撞破坏古墓整体规划，因此改变设置将它阻在第二道门外。

古往今来门的功能只有一个：阻止不受欢迎的人进入。第二道门意在阻止成功突破怪兽防线的入侵者，又要避免怪兽乱碰乱撞触动机关，因此应该有非常巧妙的设计……

没等我说出想法，阿诚大大咧咧说惯性思维害死人，依我看这道门根本没有机关。说着双手在门上一推。

“不!”

我和蓝真真惊叫道，郭项龙比我们更快，闪电般将他甩到两米开外。说得迟那时快，“嗖嗖嗖”，十几支长箭从不同方向射过来。此时老董和蓝真真落在后面，阿诚本来最靠门，被郭项龙甩到蓝真真旁边脱离危险区域，只有我和郭项龙处于长箭射击范围。

郭项龙在瞬间做了两个动作，一是右手亮出一柄匕首凌空划了个圈，击飞正面射过来的长箭，二是左腿后蹬，身体把我撞到铜门边，霎时间只觉得劲风袭面，七八支长箭几乎贴着面颊射在门上，“当当当当”反弹跳落在地。

“晓飞，没事吧?”蓝真真惊叫道。

我吐了口气：“还好……阿诚，下回动手前麻烦你先打声招呼，至少要让大家有逃命的机会。”

阿诚也吓得不轻，连说话都不太利索：“大，大，大难不死必有后福，说明我们快要成功了。”

蓝真真撇撇嘴：“自信和盲目乐观是两码事儿，我们必须正视困难。”她过去替郭项龙包扎伤口，刚才他拿匕首击箭时右手被锐利的箭锋刮了好多道口子。

老董沿着洞壁走了两个来回，惊叹说几千年前的机关至今依然能发挥出如此强大的威力，其设计之精巧、材质之精良可想而知，这个墓来头不小，里面大有文章。阿诚说这一点大家都看出来了，不需要你做总结报告，快来琢磨琢磨怎么开门。

我戴上手套捡起几枝长箭，箭头是坚硬的青铜打造并淬过火，桦木箭杆，褐黄色羽毛，看不出哪种鸟类身上的。箭的规格基本一样，羽毛大小也差不多，这就很难得了。因为历史上是战国时期秦国率先采用军械标准化，使弩机等精密部件实现型号互换，箭簇等大量使用的武器部件结构性能相同，最大限度提升射击精确度，从而一举确立了军事优势，为灭六国统一中国打下基础。这个墓的年代明显早于春秋战国，却超前实现先进的标准化制式，不能不令人赞叹。

阿诚见我拿着长箭出神，着急说你发什么呆？这些东西等回去后慢慢研究，先把门打开。我站起身说这有什么难的，一推不就进去吗？

“等等！”阿诚赶紧拖住我，“正经点，别再玩心跳了。”

“你呀该推的时候不推，不该推的时候推，你们算是盗墓老手了，见过双重机关的古墓吗？”我指着箭尾说，“这种弓箭是弩机发射的，不可能自动装填再来第二轮。”

阿诚与老董对视一眼，摸摸头说有道理，可以试试。

按不成文约定，凡是危险性的行动都由郭项龙上，他也不扯皮，主动站在铜门前，等我们退到安全地带后单手一推，门应声开启，果然没事。

门后是一条两米见宽的甬道，地面铲得较为平整，一些拐角处也被凿开，有明显人工修筑痕迹。地势渐渐向上盘升，走在里面感觉像在爬山——这才符合墓室布局的规律，应该在远离潮湿、干燥密封的环境里，所以甬道是自下而上深入到岷山最深处。

行了两里多路，走进一个二十多平米的小石窟，窟里空荡荡的，左右两侧各有一道铜门，式样与第二道门相同，门上绘着各种各样的面具，有的狰狞凶恶，有的奇形怪状，其中最引人注目的就是方脸纵目面具。

老董盯着纵目面谱看了半天，喃喃说他妈的，怎么越看越像一个戴着望远镜的人？我说按目前最权威的解释，这是古蜀国开国始祖蚕丛，可能患有甲亢因此眼睛凸起，后人描绘他的形象时特意夸张这个生理特征便形成这副模样。蓝真真一哂，说那套迂腐的理论你也信？纵使古蜀国与中原长期隔绝，没有为尊者讳的习惯，也不至于把开国始祖的缺点拿出来嘲笑吧？好比一个人头发稀少，却把他画成秃子；一个人脸上有斑点，却把他画成麻子，是表示尊重还是侮辱？

我反驳说这有什么奇怪，蚕丛在古蜀国人心目中是神话般的人物，这种艺术夸张是为显示他与众不同，正如佛教中五百罗汉，个个衣冠不整神情怪诞，哪个像正常人？

“当！”

阿诚捡了块拳头大的石头狠狠砸在左边铜门上，把大家都吓了一跳，他连忙说试试机关，按墓葬布局规律，这两个一个是生门，一个是死门，假如踏进死门就糟糕了。

那也不能乱来。我不满地瞪了他一眼，和蓝真真站到铜门前细细研究起来。

郭项龙一直站在两扇铜门中间拿着手电四下照，突然倒吸一口凉气，沉声说："脚印！"

"脚印？"

大家都一惊，呼啦围过去看。果然在右侧铜门边缘石头青苔上有个模模糊糊的脚印，虽然地面崎岖不平无法辨认整个轮廓，但从大小和形状看大致可以判定是成年男子留下的。

石窟左边宽右边狭，进来时大家都下意识地拥到左边，没有一个越过郭项龙站的位置，因此可以排除现场作案。这个脚印留得很蹊跷，前后左右一大片青苔都完好无损，假设有人金鸡独立站在那儿，除非会蹬萍渡水的轻功，否则谁也不可能一步迈到三米开外，不管他或跳或跃或蹦，肯定会在附近留下脚印，可偏偏没有。

更令人猜疑的是他为什么站在右侧铜门旁边，暗示这一扇是生门吗？我们不约而同想到了李芒。

几百年前李芒为了寻找徐耀的秘密，和一班志同道合的朋友进入蚕洞闯过怪兽拦截，解开第二道铜门机关，当他们来到生死两扇铜门面前时，会不会伫足思考，留下历史的脚印？

可为什么只有一个？

阿诚被这只来无影去无踪的脚印弄得心烦意乱，以前他对我说过，盗墓最怕遇到很特殊的现象或用常理无法解释的事，这往往意味着不可预测的危机，弄不好随时有灭顶之灾。

他一挥手说："管他娘，炸门！"

我和蓝真真均默不作声，因为我们没有盗墓经验，又不懂奇门八卦，对生死杜惊等方面设置一窍不通，这种事关所有人安危的大事还是慎言慎行为妙。

郭项龙应了一声，麻利地拿出工兵铲、雷管、炸药等东西，贴着门缝开凿——这家伙具有高度执行力，我甚至怀疑阿诚命令他杀人也会照办不误。石窟里响着单调的敲击挖掘声，阿诚拆了包牡丹香烟四下分发，拉我坐在地上吞云吐雾，蓝真真则抓紧时间将门上的图案素描下来。

老董接过烟没点上，夹到耳朵间在铜门前转悠。他祖上跟蓝真真一样也是开古玩店的，解放后公私合营归了国家，不过家底子颇为厚实，从60年代起他就走街串巷收购文物，然后窖藏在老家后院。那时好东西不值钱，梅兰芳小型张邮票一张三分钱，正宗红木宁波床十块钱一张还搭两只清乾隆花盆，至于宋明两朝民窑瓷器连粮票都不要，拿白糖、布就能换到。由于他见多识广，甄别古玩有种本能的直觉，江湖上人称董神眼。阿诚下海后联系到在香港做生意的同学，打通了文物古玩的销售渠道，替老董卖掉不少窖藏，两人也因此携手合作。

“两扇门上的图不一样。”他眯着眼笃定地说。

蓝真真一愣：“不会吧，我刚才仔细比较过，一模一样。”

“年轻人到底粗枝大叶，”他趁机摆老资格，“你瞧这种阴阳脸傩鬼面具，左边门上有七个，右边门却只有六个。”

我根据他的指点数了一遍，果然如此。

别小看这细微的区别，因为到目前为止没发现古蜀国有文字，可能他们习惯于依图说事，如果这样的话就表明生死门的秘密隐藏在其中。

“要是八就好了，好歹选个吉利数字，六和七，天晓得古蜀国人喜欢哪一个。”阿诚嘀咕说。

我微一沉吟：“选七。”

“为什么？”老董和蓝真真同时问。

“种种迹象表明古蜀国人崇拜七，或者使用七进制，比如三星堆一号坑出土的金杖，上面有一组浮雕，从上而下分别为人头、令羽、鱼等七个图像单元，还有出土青铜器的长度计算……”

阿诚打断我的长篇大论：“停！考古论证谁也说不过你，我就想知道即使左边是生门，怎么进去？机关在哪里？”

“如果我的判断不错，按钮就是多出的那个傩鬼面具。”在蓝真真的注视下我自信满满。

没等阿诚作任何暗示郭项龙便主动上前，我们连忙退到石窟外的甬道里。他用力在面具图案上一按，闪电般退到甬道。这时所有手电都照在门上，中间相隔大约八九米，虽然有些模糊，但可以辨认出门上的不同图案。

铜门内似乎有什么设置，“格格格”响了会儿悄然开启，与此同时铜门上面冷不丁坠下一块几吨重的条形长石，“砰”一声巨响，若郭项龙傻乎乎站在面前肯定被砸成肉酱。

吃惊之余手电光圈都聚集到铜门后面，却见里面赫然站着一个黑乎乎的人影！

第六章　古墓魅影

瞬间蓝真真尖叫一声，我全身血液几乎凝固，大脑一片空白。

老董喝道："粽子!"

阿诚急忙掏黑驴蹄子，胳膊正好顶在郭项龙腰间。郭项龙已将火铳端在手中射击，一撞之下失了准头，"砰"打在铜门上。

黑影似乎吓了一跳，急速向后退。郭项龙来不及装填火药，把火铳扔给我，同时抽出匕首追上去，阿诚和老董紧跟其后，我和蓝真真还没反应过来，怔怔站在原处看着他们冲进铜门。

"你看见了什么?"她颤声问。

"绝对是人。"

"下来时洞口明明被石头封死的，一路上又没发现盗洞，怎，怎么凭空冒出个人来？会不会是……鬼?"

我心一颤："别乱说，自己吓自己，我们都是经过高等教育的大学生，学过唯物主义，应该明白世上根本没有鬼。"

"可是徐耀……"

我一阵心烦，打断她的话说："走吧。"

走进铜门时阿诚等人也回来了，他们追出一段后发现郭项龙过于靠前，我和蓝真真又不见踪影，担心队伍失散，果断停止追击。老董一口咬定黑影是粽子，阿诚却说不像，因为粽子闻到生人味就会疯狂扑击，不懂得惧怕，可能是从其他入口混进来的盗墓贼。老董驳道天底下哪有这么傻的盗墓贼，明知我们开门还站在门背后?

蓝真真问郭项龙有何看法，他冷冷地说管他是人是鬼，下次最好别撞到我枪口上。大家猜到他还为开枪时被撞了一下耿耿于怀，悄悄对阿诚使眼色，阿诚浑然不觉说是啊，早知道花高价买把五四式，连续几枪打过去保准没命。

边谈论边前进，不一会儿来到一处分叉路口，两条甬道都经过人工修砌，黑黝黝看不到尽头。阿诚说逢路向左，坚持按逆时针方向走，大家便沿着左边向前，五六分钟后进入一个石窟，两扇铜门挡住我们去路。阿诚说不对不对，原路返回从右边走。于是撤到分叉路口进入右侧甬道，走了四五十米同样来到一个石窟，里面同样有两扇铜门。

阿诚一跺脚："他娘的我们一开始就想错了，根本不存在生门死门，其实每道门都设了机关暗器，里面压根就是一座规模宏大的迷宫，所有铜门和甬道都设计成一模一样，洞里又漆黑一团，没法掌握方向，就算不被绕晕也要累死。"

经他一提醒大家都醒悟过来，面面相觑不知说什么才好。

蓝真真怯生生说："趁现在没迷路，回去还来得及……"

郭项龙说："按刚才说的，沿一个方向走。"

阿诚摇摇头："那是走岔道的办法，用在迷宫就不行了，最后的结果是原地转圈，好像遭遇到鬼打墙。"

老董忙不迭直摇手："别提那个，太晦气。"

看他的脸色，似乎曾经在古墓里遇过一次鬼打墙，而且给他们留下极为悲惨的回忆。

我原本就不太愿意盗墓，顺势道："最麻烦的是每道门都有不同的机关，设计得又隐蔽又巧妙，前两次虽说大难不死，想想还有些后怕，万一有个闪失……"

阿诚皱起眉头想了会儿，干咳一声说："各位，这次开局很不顺利，我们遇到前所未有的困难，而且还没找到解决的办法，可就知难而退，两手空空回去吗？绝对不行！首先进古墓有个规矩，不能空手进来，也不能空手出去，否则将给自己和家人带来不幸，而今我们碰到的除了石头就是铜门，总不能一人扛半扇门回去吧？再怎么难也得进去看看，起码拾块骨头出去；其次洞里名堂多，十分棘手，难免让人产生畏难情绪，可大家换个角度想想，古墓设计者为什么煞费苦心搞这些，投入这么多物力财力？古代青铜很贵，冶炼工序也很复杂，这里像不要钱似的单在门上就砸下去那么多吨铜，种种迹象只说明一个问题，也就是我最后想说的话，"他斩钉截铁地说，"墓里不光有价值连城的财宝，还有惊世骇俗的秘密！”

“是啊，我也这样想。”蓝真真脱口而出，看得出她已经被阿诚的说辞打动了。

老董慷慨激昂地说：“我这个人一不嗜酒，二不赌钱，三不嫖女人，唯一爱好就是捣鼓古墓，而今尽管碰到困难，对我来说好比数学家遇到哥德巴赫猜想，哪怕玩命也要解开它的秘密！”

如果阿诚做政治家，一定能像希特勒那样煽动起民众的狂热，我暗暗叹了口气，无精打采说既然大家一致同意，那就走下去，不过先要商量一下怎么对付这些该死的铜门。

阿诚又哑了火，他还具备政治家的另一个特点——只喊口号，不做实事。

一直没说话的郭项龙陡然冒了一句：“我以前做过工程兵。”

我与阿诚对视一眼，问道：“你看出迷宫的破绽？”

“那倒不一定，只是揣测，”他拿笔在纸上边画边说，“山体内部挖掘是所有工程中最困难的，必须建立模型，计算大量数据并考虑各种复杂因素，这在几千年前简直不可想象，设计者只能以天然石洞为基础，再打通部分石窟形成迷宫，由于当时缺乏必要的探测工具和丈量设备，为防止山体承重不够导致坍塌，他们只能上下贯通，而不敢横向施工，明白我的意思？”

我和蓝真真是文科生，抽象思维一塌糊涂，两人莫名其妙摇摇头。

阿诚说这有什么难的，打个比方岷山就是座大楼，里面的石窟等于一间间房间，如果从一楼打通二楼或是二楼通到三楼，不影响整座楼的安危，可如果横向把承重墙打穿了，大楼保不准就会坍塌。

“是这个意思，而且山体内部不同于平地，通道之间不可以相互交叉，否则照样有坍塌的危险，因此正确行走路线始终是垂直向上，不可能出现先降后升或者大回旋的现象。”

这句话我听懂了：“也就是说我们只能挑地势向上的路走。”

“这是目前唯一能想到的办法。”郭项龙说。

有办法总比像没头苍蝇乱撞好，大家商量一番决定采纳他的主张。由于分叉路的两条甬道都隐隐向下，于是退回到刚才遭遇神秘黑影的石窟，再仔细研究两扇铜门图案，经过比较又发现一个细微区别，右侧铜门上方有两个太阳，而左侧只有一个。郭项龙在多出的太阳位置重重一按后快速后撤，门轻轻打开，没有暗器，也没有黑影。大家都舒了口气——说明正确线路上的铜门没有危险设置。

如郭项龙所料，铜门后甬道以 30 度以上的坡度蜿蜒直上，不久又遇到两扇铜门，大家按图索骥找出图案差异，打开门继续前进，行了几十米进入一个大石窟，四十多平米，高约八九米，对面石壁上两扇铜门与前面一样。

蓝真真乐观地说会者不难难者不会，古墓里的伎俩不过如此，这样走下去恐怕再有半个小时就到了吧。我说不能轻估古人的智慧，越是久远的墓越难挖，比如清朝历代皇帝的墓大多被盗得底朝天，可乾陵、秦陵就拿它们没办法，究其原因可能是年代相近人们考虑问题的思路也相近，容易找出规律，而秦始皇和武则天就不同，一个是震古烁今的始皇帝，一个是独一无二的女皇帝，他们的思维肯定异于常人，也不会轻易让自己的陵墓遭到侵犯。古蜀国年代更早，估计在夏商之前就存在，想摸清那些人的想法更难于上青天。

阿诚不满地说晓飞你就这点不好，凡事过分强调困难，而忽视光明的一面，古人云天降大任于斯人也，必先苦其心志，劳其筋骨……

“住口!”郭项龙低沉而粗暴地说，“有危险!”

经他提醒大家都一惊。

盛夏时节，虽说山洞相对密封，总免不了各种各样虫子叽叽喳喳，声音不算大，有时只冒出一两声，但让人感觉到生机。这会儿却有点异常，整个石窟死一般寂静，空气仿佛凝固了，有种令人窒息的沉闷。

郭项龙一手举着火铳，一手指挥我们调整队型。他正面对着铜门，我和老董一左一右，阿诚则守在来的甬道口，把蓝真真围在中间，每人手握一柄藏刀——老董特意从黑市买的，三十多厘米，开过刃，锋利而轻巧。

“会不会是刚才的神秘黑影，他找到帮手来对付我们?”蓝真真颤声问。

阿诚摆摆手，示意别影响郭项龙，此时郭项龙半眯着眼，耳朵像天线似的微微颤动，捕捉空气中的任何可疑迹象。

“悉悉悉悉”，石窟里传来一阵细碎杂乱的声音，郭项龙蓦地大吼一声："注意头顶!"

话音未落石窟上方接连跳下六七个黑影，带着凌厉的风声腾空下击。"砰!"郭项龙率先开了一枪，紧接着挥舞藏刀与两个黑影战成一团。我向左边一跳，头盔灯正好照到黑影正面，只见它遍体黑毛，脸呈倒三角形，眼窝又深又凹，阴森森闪着两点蓝光，两排尖利的牙齿中间伸出两只长獠牙。

这是什么怪物？莫非是传说中的僵尸？

我紧张之下举着藏刀乱舞，开始它有些畏惧，向后退了半步，后来大概看出来不过如此吧，低低咆哮着猛扑过来，抡起爪子呼地打在我臂上，痛得我半个身子都失去知觉，身体旋了两圈栽倒在地。它十指齐张恶狠狠抓向我的脸，我勉强向右侧避开一击，正自忖无论如何也难逃厄运，横侧里突冒出一只脚重重踹在它心窝。原来郭项龙见我有难跑过来相救，这一下让它受伤不浅，呜咽一声竟不敢上前。再看阿诚和老董，战况都不乐观，阿诚被打得在地上连滚带爬，老董胸口和右臂被抓掉一大块肉，鲜血淋漓。两人毕竟是老搭档，很快会合到一处，背靠背与三只怪物对峙。

"谁有黑驴蹄子？快扔几只。"我叫道。

阿诚喘息着擦去嘴角上的血沫，恨恨说："他娘的不是僵尸，我也……不知道是什么玩艺……"说着又与怪物斗在一起。

我刚从地上爬起来，后面掠过一阵冷风，下意识握紧藏刀反手一撩，在试图偷袭的怪物胸前划了道长长的血口，顿时皮开肉绽血花四溅，这下激起它的暴戾，吼叫着冲了上来，我连连挥动藏刀织成刀网，它毕竟吃亏在先，对藏刀颇为畏惧，身体跳跃晃动个不停，不敢轻易出手。

另一边郭项龙开枪打倒一只，用藏刀刺倒一只，把与我交手的一只吓得呆在一边，剩下一只怪物发出几声凄利的叫声，阿诚那边有一只退出来参与合攻。老董压力稍减竟想主动出击，被怪物锐利坚硬的爪子抓在咽喉间，幸亏阿诚奋不顾身从左侧救援怪物才悻悻松开，老董喉间血糊糊一片软软瘫倒在地。眼见阿诚独自面对两个怪物，我急忙且战且退赶过去会合，就在这时发生了一桩意想不到的情况——

一直呆呆站在旁边的怪物猝然冲向站在石窟中间的蓝真真，由于郭项龙背朝着她没看到，我又退到阿诚附近，无人从中阻拦，她吓得全身瘫软，被它长驱直入一把拎起来直往黑暗深处跑！

我们都上当了。

以为这厮被郭项龙吓住，其实它有思维，是故意装傻寻找最佳出手时机。

第七章　肉食古猿

听到蓝真真惊恐绝望的哭喊声，刹那间我热血冲顶不顾一切追上去。与我对峙的怪物紧跟在后面扑击，被察觉到动静的郭项龙返身截住。

怪物身高腿长，一步跨出两米多，几下就跑到石壁下轻轻一纵，跳入离地四米多高的洞穴里——之前我们都疏忽了，没注意到这个石窟与前面几个不同，石壁上布满洞穴，怪物们就是从里面钻出来偷袭的。

危急中我不知从哪儿迸发的力量，将藏刀咬在嘴里，双手借助石壁凸突的棱角和山藤奋力向上爬，然后团身滚入洞穴。石洞又矮又窄，弯弯曲曲深不见底，我料定怪物拖着她行走不便，肯定不会跑得很远，猫着腰直往前冲。

洞里又腥又臭，有股说不出的呛味儿，大概是怪物们长期穴居的地方。我顾不上考虑是否会遇到更多怪物，也不想前面有没有陷阱，总之就要追到蓝真真，哪怕死在她面前。

越往下越潮湿起来，石壁两侧布满了小水珠，跑过一段崎岖不平的仄道，突然前面出现断崖，我措手不及向前一栽，头重脚轻摔到两米多深的石沟，晕乎乎爬起来一摸，额头上全是血，胡乱裹上纱布后一看，右侧有个黑黝黝的洞穴，与我刚才摔下的洞口相距两米多，对那怪物而言正好一跃而过，而我则莫名其妙栽了跟斗。当下打起精神爬进去，再往前里面愈加宽敞起来，最后突然进入一个宽敞明亮的大石窟。石窟正中有道缝隙通向外面，一缕阳光透过草丛射入窟内，北面山壁上一眼清泉汩汩而流，发出清脆悦耳的声音流入下方水池，池边有块平坦的大青石，蓝真真平躺在上面，怪物半跪在她旁边，爪子火烧急燎撕她的衣服。

或许是被泉水叮咚声所掩盖，或许是那怪物色心大动无暇理会周围情况，丝毫没有觉察我的到来。

我咬紧牙关强抑紧张和恐惧，双手倒握刀柄悄悄掩过去。进洞前蓝真真穿得很清凉，短袖 T 恤，牛仔短裤，看上去像清纯可爱的女大学生，后来老董说洞内阴寒，而且难免有毒虫蚊蝇叮咬，最好穿得厚一点，才换了身牛仔装。牛仔布厚且有弹性，怪物爪子尽管尖利却怎么也拉扯不开，急得连连低吼，让我得以从容摸到大青石边缘。这时怪物爪子大力一分，将她上衣钮扣连同内衣一起撕裂，露出洁白晶莹的胴体，它更是馋涎欲滴，凑上去用力嗅嗅，疯狂撕她的长裤。我慢慢爬上青石，双手高高举起藏刀，就在瞬间怪物仿佛预感到什么，陡地回过头，我暴喝一声用力向下一插！

怪物反应非常机敏，倏地向后一退，然而藏刀已扎到它后背，退的结果使刀锋向下拉了道又深又长的口子，“卟”，一股鲜血喷射而出，溅在我的脸上、身上。它摇摇晃晃挣扎着走了几步，“卟嗵”落入水中，水池很快被染得鲜红。

我松了口气，顿感全身上下无处不痛，四肢酸麻得几乎脱力，随便抹了把脸，全是粘稠的血迹，便强撑着绕到山壁对面，以手掬水洗了洗，再回到大青石上时蓝真真正好睁开眼，迷迷糊糊问：“阿诚?”

“我是晓飞。”

她揉揉眼坐起来，歉意笑了笑，这才注意到衣服零乱不堪，石头上满是血迹，还有鲜红的水池，惊问刚才发生了什么。我便将经过说了一遍，她深深地看了我半晌，然后没头没脑说：

“如果事情不像你想象的那样，你会原谅我吗?”

我没听懂她话中的含义，懵懵懂懂道：“我觉得我们都没错，错的是命运，命运让我们失之交臂，如今你的孩子也该跟阿诚的孩子差不多大吧。”

“没有，”她说，“阿诚没说过我的情况?”

“没来得及。”

她双臂环抱小腿，下巴搁在膝盖上，停顿了好久才说：“我一直没结婚……不要问为什么。”

我满肚子话被她后半句硬生生堵住，无奈转换话题：“你认为这毛茸茸的怪物是什么?”

“猿，南方古猿。”她毫不犹豫说，似乎早知道答案。

我一愣："南方古猿是早期人类，距今 150 万年以上，能直立行走并使用天然工具，主要分为粗壮型和纤细型两种，粗壮型以肉食为主，其幸存者就是如今频频出现于深山老林的野人，纤细型以素食为主，是人类的祖先……"

"书本知识背得挺熟，碰到真正的活体倒糊涂了？它们就是粗壮型古猿，性情狡猾暴躁，富有攻击性，发现猎物后集体狩猎，因此对异性人类有出自天然的好感，"说到这里她脸一红，"我就是猜到它挟持我的目的，才、才吓晕过去。"

我失笑道："那倒是，它确实很想知道你与那些母猿有什么不同。"

"啐，没正经。"她白了我一眼，拿过衣服穿起来，她穿得很自然，没有半分忸怩。

由于牵挂阿诚那边的战况，又怕石窟是古猿群居之地，我们不敢耽搁，稍做休整后赶紧回去。刚走了一小段路，头盔灯渐渐黯淡下来，只能照到前面两三米范围，手电则在大石窟激战时被当作武器投掷出去，蓝真真原本戴着头盔，可能古猿嫌碍事，摘下来扔掉了。我心里暗暗打鼓，指望电池多坚持会儿，能捱到与大部队会合。

又走了十多分钟，甬道无休止向前延伸，好像永远走不到头，那处两米宽的断崖始终没有出现。我愈发迟疑起来，蓝真真也很奇怪，说没搞错吧，你真跟在后面追到这儿？我嘴硬说追的时候是一条路走到黑，怎么可能错？她想想有道理，没有再质疑，但我倒有点不自信了，不停地回想来的路上到底有没有岔道。

头盔灯一下彻底熄掉了，顿时一片漆黑，真正是伸手不见五指。我们轧然止步，惶惑不安地站在黑暗中。一只柔若无骨的小手悄然握住我的手，微微有些颤抖。

"别害怕，马上就到了。"我安慰说。

"我没有怕……记得吗，以前在学校里我们经常手拉手散步，专门挑偏僻黑暗的角落乱逛，只要你在身边我从没怕过。"她喃喃说。

我内心深处的情愫被触动了，犹如一粒石子扔在平静的湖面，荡起一圈圈涟漪，也许漆黑之中更容易吐露真情吧，我情不自禁揽过她的肩头说："真真，这几年我始终被无名的恐惧所纠缠，过得很苦，很寂寞，但你一直是我梦中唯一的灿烂。"

她听了身体一颤，轻轻依偎在我怀中，我像当年那样搂着她纤细柔软的腰，嘴唇印上她冰凉光滑的额头，这一瞬间不知为何脑海中居然跳出她身体半裸躺在青石上的一幕，身体拥出一股悸动，嘴唇沿着鼻梁头缓缓往下滑，就在两唇快要相接时她突然将我一推，退后两步，呼吸声比平时重了许多，好一会儿才恢复平静："走吧，不然他们会着急的。"

手拉手继续前进，由于担心随时出现断崖，我们走得很慢，好半天才挪动了十多米。

"怎么了?"蓝真真突然问。

"什么怎么了?"

"你……你不是刚刚在我屁股上拍了一下吗?"

我大吃一惊，全身起了层鸡皮疙瘩，失声说："不是，我一只手牵着你，另一手扶着石壁，再说也不可能绕到那边拍你!"

她几乎哭出来："晓飞，这会儿别开玩笑，我真的好怕。"

"真真，你说我是喜欢恶作剧的人吗?我从来不……"这时有人在我右肩上轻轻一拍，我赶紧问，"你也拍了我一下?"

"没，没有。"

我一咬牙，挥动藏刀一阵乱舞，却什么也没有碰到，刀光下蓝真真的脸煞白如纸，目光中充满惊惧。

"快走，离开这鬼地方。"我拉着她向前狂奔，这会儿顾不上断崖了，就算摔得头破血流也比被吓死好。我把藏刀伸在前面开路，万一有什么东西阻拦先吃一刀。

"当!"藏刀撞在石头上迸出几点火星，凑到面前借着刀光一看，一堵厚厚的石壁挡住去路。

我们走进了死胡同!

怎么会这样呢?虽然追踪时匆匆忙忙，但我可以打赌从断崖到石窟之间最多不超过三百米，中途也绝对没有岔道，为什么同一条路走第二回却变成两三千米，而且是死路?

联想刚才两个人都被莫名其妙地拍了一下，莫非我们遇到传说中的鬼打墙?想到这里不禁打了个寒噤，搂了搂蓝真真说："可能太黑走错了路，咱们回头慢慢找。"

事到临头她也平静下来："等等，目前我们最需要的不是找路，而是火，有了火既能吓退黑暗中的坏东西，又能辨别方向。”

“可惜电池全在阿诚包里，不然……”我摸摸全身上下口袋，惊喜地叫起来，打火机！裤兜里有一个打火机！

“咔嚓！”

火苗轻盈地跳跃闪动，我砍下枯藤做了两支火把，心里大大松了口气，如她所说，有了火起码能解决一大半问题，就算暂时找不到路也不会慌神。两人一人一支拿在手中转身准备出发，突然真真“啊”了一声，僵在原地。

五六米外有只古猿一动不动盯着我们，黑色的长毛使它融在黑暗之中，如幽灵一般诡异莫测，两眼在火把映射下闪烁着幽幽的绿光。

它的个头比我杀死的那只起码大一倍，健硕壮实，隐隐透出一股威猛霸道的杀气。

蓝真真讷讷说：“一定是古猿王，来找我们报仇了，刚才拍我们的是不是它?”

我摇摇头：“它肯定是刚到，否则趁黑躲在后面冲我们脑袋一人拍一掌准没命，不会那么温柔。”

“怎么办？硬冲还是跟它耗?”

我看看石壁上的枯藤：“我们耗不起，万一火把烧尽只有挨打的份儿，先拿火吓吓它。”

我呼地扔过去一只火把，它只微微闪了闪，还是目光炯炯地盯着我们。

蓝真真顿足说：“南方古猿懂得生火，所以根本不怕，还是畏惧刀。”

我苦笑说：“这就麻烦了，我连普通级别古猿都打不过，怎会是它的对手？看来只能死守，运气好的话能等到郭项龙来救我们。”

“阿诚和老董身手都一般，郭项龙再厉害也是好汉难敌四拳，我担心他们自身难保。”

两人正在商议，它手臂一挥，一块篮球大的石块呼地砸过来，我们眼疾手快往下一蹲，“啪!”，石块砸得四分五裂，碎片溅在身上，生疼。我百忙中捡起一块拳头大的石头也扔过去，它不躲不闪挨了一下，身体纹丝不动。

“懂得投掷石块来获取猎物，这是人与动物最本质的区别，”我苦中作乐说，“可它们为何经历几千年都没有进化成人呢？”

“因为缺少从猿到人跨越的必备条件，比如森林大火把古猿赶到平原，为了生存必须直立行走、用武器狩猎、集体行动等等，而它们一直生活在封闭环境里，没有进化或基因突变的必要。”

“嗯，也许与河里的怪兽一样，是古墓设计者故意设置的障碍，用肉食为主的古猿把守第二道防线，由于这里形成独特而循环的食物链，它们无须为温饱而发愁……”

正摇头晃脑说得高兴，对面古猿王突然烦躁起来，身体动个不停，目光愈发凶狠，同时发出低低的嚎叫声。

“小心……”

我刚说了两个字，它蓦地猛扑过来，掠起的冷风将火把扇得摇摇欲熄，我下意识举刀相迎，不料它的长臂陡地一长，爪子抓住我的胳臂一捏一拖，咣当，藏刀应声落地，我也被它往地面一按，一只脚重重踩在后背上。

蓝真真慌乱之下忘了自己说过的话，将火把往它身上一扔，它大吼一声举起巨掌狠狠一拍，火把被打得七零八落，散落一地。

眨眼间工夫，我被活擒，蓝真真手无寸铁，只能眼睁睁任它宰割！

第八章　石室骷髅

古猿王伸出长臂一把揪住蓝真真的衣领高高举起，她在空中拚命挣扎，无意间一脚踢到它脸上，惹得它大发雷霆，咆哮着将她往地上一摔，正好滚到我身边，我刚坐起来准备护住她，被它一脚踹到旁边。

它慢慢凑过去仔细打量蓝真真，眼中暴戾之气渐渐消退，取而退之的是说不出的诡异和兴奋，嘴角流下一丝晶莹的涎水。我暗叫糟糕，心知它也为美色所诱，打算对她不利，赶紧四下寻找藏刀。然而火把散落到地上后已熄掉大半，光线非常暗淡，地面又凹凸不平，什么都看不清。蓝真真也明白自己处境危险，惊恐万状地直往后爬，泪光盈盈看着我。

我这个人最见不得女孩子的眼泪，何况是蓝真真，情急之下捡起一块石头砸向它的脑袋，不料它反应极快，身体向前一倾以结实的后背挨了一下，长臂暴长一拳打在我心口，这一拳力量奇大无比，打得我一口气差点没接上来——后来蓝真真说我的脸色比死人还难看，像痴了似的瘫倒在地，目光直勾勾看着它。

古猿王粗暴地拨开她双臂直接撕扯上衣，手法与先前的古猿如出一辙，不过力量更大气势更坚决，蓝真真试图向旁边闪避，却被粗大的爪子死死按住，不能动弹半分。

“嗞”，原本破烂不堪的衣服扯开一大块，露出雪白的肌肤，她无奈闭上眼，眼角滑下两串泪珠。

就在我们以为大势已去之际，古猿王好像被蜇了一下似的猛地跳起来，险些撞到洞顶，狂怒地转身冲向黑暗深处，过了会儿传来嚎叫声和撕打声，似乎遇到旗鼓相当的对手。

“郭项龙!”

我和蓝真真同时叫道，暗自庆幸他来得及时，若再迟会儿蓝真真将惨遭毒手，接下来真不知怎么办才好。

“你没事吧?”她吃力地爬到我身边问。

我喘了几大口气，想支撑起身体，却眼冒金星，全身上下每个关节都疼得天昏地暗，提不起半点力气。

“你受伤了？哪儿不舒服？需要叫郭项龙来背你吗?”她一迭声问。

我摇摇头：“别……影响他……我，我休息会儿就……好。”

黑暗里扭打更加激烈，古猿王不时狂吼狂叫，叫声愈发凄惨，似乎渐渐落到下风，过了两三分钟突然“咚”一声重重摔倒在地，紧接着古猿王尖叫着跑向甬道深处，很快便归于寂静。

蓝真真叫道：“郭项龙，郭项龙！快过来帮帮晓飞。”

洞里静悄悄的无人应答。

“郭项龙，郭项龙……”

蓝真真连叫十多声还是没人，急忙用枯藤在余烬上引燃扎了个火把，壮起胆大向前探了几步，洞里空无一人。

“他会不会追上去了?”她自言自语道。

我想说话可胸口像被压了块石头，话堵在喉咙口出不了声。其实我想说的是郭项龙并非鲁莽之人，行事很有分寸，不可能对古猿王赶尽杀绝，何况他过来就是为了找我们，哪有抛下不管的道理?

可到底是谁打跑了古猿王呢？我也不知道，总之这条甬道怪怪的，让人有种说不出来的压抑。

蓝真真见我一时无法动弹，在地上找到藏刀紧紧握在手里，将我的头枕在她腿上轻轻按摩，经历连续奔波确实心力交瘁，在她身上若有若无的香气中我迷迷糊糊进入梦乡……

“古猿王又来了!”蓝真真惊慌地推醒我，我一个激灵跳起来挥舞藏刀，谁知古猿王动作奇快，一掌打落藏刀，把我揪起来甩到四五米开外，然后三下五除二撕开蓝真真的衣服扑了上去，不知怎地转瞬间压在她身上的人变成我，蓝真真也不抗拒，舒展玉臂搂过来，水蛇般的胴体紧紧纠缠住我的全身，我激动得难以自禁，久蓄的激情如山洪暴发一泄而下……

我蓦地惊醒，感觉裆间湿漉漉的，随即意识到做了个春梦，身边有人正在交谈，是阿诚和蓝真真的声音。

“我可以保证郭项龙由始至终跟我们在一起，没有单独行动过，与古猿王搏斗的一定另有其人，”阿诚说，“说不定是前面遇到过的神秘黑影，他对我们没有恶意。”

蓝真真说：“那黑暗中有人拍我和晓飞又是怎么回事？我总觉得这里面古古怪怪的。”

“别多想，世上很多事本来很简单，往往被人为想复杂了。”老董说。

阿诚说：“就是，来看看晓飞怎么样了，最好没受内伤。”

我怕被他们发现裤子湿了一块，假装刚刚醒来的样子，诧异地四下望望，问：“我在哪儿？真真没事吧？”

阿诚笑着说：“他娘的重色轻友，怎么不问问我们？你跑了之后我跟老董差点被两只古猿乱拳打死，幸好郭项龙豁出命来救我们，自己被打得浑身是伤，还是老董机灵，偷空装填好火药开枪撂倒一个才吓跑它们，三个伤病员到处寻找你们，这一路可把我们累坏了……”

“但竟然在有泉水的石窟找到我们，真是莫名其妙。”蓝真真抢着说。

我诧异万分：“咦，你不是一直守在我旁边吗？”

她脸一红：“不好意思，后来太累了打了个盹，还是被阿诚叫醒的。”

郭项龙帮我抬起半个身子，摸摸脉搏，又上下检查一番，简洁地说：“皮外伤，不碍事。”

我伸伸懒腰也觉得疼痛减轻不少，再看他们确实狼狈不堪，全身上下到处包扎着纱布，最滑稽的是阿诚，鼻梁正中贴了张膏药，活像京剧里的丑角。我们依然在被众多古猿袭击的石窟，因为古猿王遭受重挫，其余古猿又畏惧火铳，应该不敢再发动袭击。

阿诚说怪兽是第一道关，古猿是第二道关，俗话说事不过三，前面的困难越来越少，大家要振作精神一鼓作气，胜利的曙光就在眼前！

大家就着水吃了点面包，老董嘴角被爪子抓了道裂口，一边吃一边捂着脸哼哼，大骂古猿。阿诚说它是人类的祖先，骂它就是骂祖宗。老董忿忿说祖宗就不能骂么？我还跟我爸爸打架呢。

吃完后我和蓝真真协助郭项龙打开铜门从右侧进入，里面甬道狭窄得只能容一个人侧身前进，我怀疑说这条路不会错吧？这么狭小的通道别说抬棺材进去，就是背尸体也不行啊。阿诚说到底没盗过墓，尽说外行话，山地墓通常是两头打通，棺材和陪葬物从山顶向下吊运，完事后拿石头封死，由于在山顶挖掘时采用S形石坑，打盗洞无法找到墓室，因此只能由下往上探墓。

甬道坡度不大，呈二三十度的角度缓慢上升，途中阿诚的头盔灯闪了两下没电了，由于与古猿搏斗时各人的手电都当作武器扔得七零八落，老董的头盔早在进洞时就掉在河里，蓝真真的不知被古猿扔到哪儿，只有郭项龙的还有微弱的光。阿诚拿电池时发现袋子没扎紧，里面渗了不少水，只剩下五六节电池好用，郭项龙建议暂时不要，越到后面灯的作用越大，得节省点儿。于是只由他开着灯在最前面开路，后面依次是老董、蓝真真、我、阿诚。走到后来地面崎岖得厉害，几乎一步一个坑，大家走得东倒西歪，不时有人摔跤或磕磕碰碰，阿诚说干脆手拉手，彼此有个照应，一试果然好了许多。

又走了半个多小时，按海拔高度计算已上升一百多米，郭项龙在前面说有个类似人工修建的石室，大家听了大喜，不约而同加快脚步。就在郭项龙走到入口边缘的时候头盔灯陡然一熄，顿时陷入漆黑之中。

“电池。”他停下来沉声说，以他的谨慎自然不敢在未看清楚里面布置前贸然进去，因为这是我们进洞以来遇到的第一个人工石室，说不准有什么名堂。

阿诚应了一声，掏出电池递给我，我递给蓝真真，蓝真真递给老董时还说了句“有两节喔，别掉到地上”。

老董沉默片刻，问：“你说什么？你递给我了吗？”

我们都僵住了，我感觉蓝真真另一只手瞬间冰凉了十度。

她吃吃说：“你说这会儿我的手指头动了几下？”

“没动，跟刚才一样。”老董的话像是从嗓子眼里挤出来的，又干又涩。

蓝真真发出一声惊天动地的尖叫，连我的手都一下子甩掉了：“点灯，快点灯！”

瞬间我、阿诚、老董三个抽烟的同时燃起打火机，可老董和蓝真真之间什么都没有，正好两臂距离，正常得不能再正常。

阿诚吐了口气：“老董，你就别逗真真了，这种地方不适宜开玩笑。”

老董急白了脸：“你说什么屁话？我怎会拿人家小女孩子开心？刚才手拉手的时候我还奇怪，真真的手为什么冷冰冰没有一点热气，她嚷着点灯的同时她的手一下子松开了，跟真人的手一样。”

郭项龙板着脸说：“站着别动，两手放到脑后，如果被我搜到两节电池，就证明你撒谎!”

“对，对!”我和阿诚异口同声说。

“搜就搜，反正我没做亏心事。”老董大义凛然。

阿诚又掏出两节电池给郭项龙，点亮头盔后开始搜身。他的手法很专业，十指像弹钢琴似的从衣领开始从上而下快速移动，连边边角角都没放过，直至鞋帮子和后跟，最后摇摇头说：“确实没有。”

老董气呼呼说：“我早说没有，你们就是不信，连这点信任都没有还谈什么同生死共患难。”

这话是说给阿诚听的，阿诚自知理亏，低着头不吭声。

我说：“既然老董身上没有，那电池究竟到哪儿去了？总不会凭空消失吧?”

蓝真真大声说：“我发誓确实把电池接过来了!”

郭项龙淡淡说：“现在谁说了都不算，只有事实才能证明。”

他怀疑蓝真真把电池藏起来了，暗示也要搜她的身。

蓝真真涨红了脸：“我以人格保证决不会藏匿电池!”

郭项龙看看大家：“同意搜身的举手。”

老董第一个举起手，我说我反对，阿诚犹豫了一下说弃权，郭项龙也举起手说两票同意，一票反对，一票弃权，按少数服从多数原则还得搜身，对不起了蓝小姐。

蓝真真眼泪在眼眶里直打转，冷冷地说你会失望的。

结果她身上也没有。

两节电池真的失踪了。

郭项龙还不服气，又趴在地上来回找了一遍，老董大概也觉得过意不去，主动跟蓝真真搭讪说你再拉一下我的手试试，感觉与刚才有什么不同。蓝真真嘴一撇说我知道，不就是手背上有道刀疤吗？老董一愣，抬起手摸了摸刀疤自言自语道是啊，那为什么把电池递没了呢？

阿诚干咳一声说别光站这儿疑神疑鬼的，有想法到石室里慢慢谈。郭项龙这才作罢，挤到最前面用头盔灯往里面扫了一圈，回头说基本上是空的。

为什么说基本上？老董质疑道。

郭项龙顿了顿说，里面坐着一具骷髅。

第九章 怪洞鬼火

石室并不大，大约二十多平米，它与石窟的区别是四壁都经过人工修凿，相对较为平整，除了四下蔓延的藤蔓其他别无长物，正北墙上有座铜门，对面东南墙角孤零零坐着一具骷髅，身长一米七左右，考虑死后收缩和干枯因素，死者生前应该有一米七五至七八，算是堂堂男子汉，从牙齿及牙床分析，应为中年男性，头、胸腔及腿部有严重伤痕。

蓝真真说大概是殉葬者，无路可走一个人饿死在这里。阿诚和老董都摇头，郭项龙蹲到跟前打量了会儿说姿势不自然，他是死后被人搬到这里的。我脑中灵光一闪，说会不会是李芒那支探险队中的人，与古猿遭遇后当场死亡，然后被背到这里。

老董还是摇头。

阿诚说不管古今中外摆放尸体都是平躺在地，哪有坐在墙角的？这个姿势太奇特了。蓝真真说也许死者的家乡在西北方向，临死前嘱托其他人让他面朝家乡。阿诚哑然失笑。

老董目光闪动，暗示小郭来帮一把，将骷髅挪开。郭项龙戴上手套，两人一齐动手把骷髅移到一米之外。

“碑文!”

阿诚眼尖，一眼看到骷髅背后石壁上的字，呼啦几个人都围上去，只见上面刻着三排字：天启四年九月十六入洞，与猿苦斗，泉州纪泰名德华重伤而卒，前途莫测，余等垂泪继行，勉力以慰天。

阿诚说晓飞猜对了，这个叫纪德华的人和李芒一起进洞探险，被古猿打成重伤而身亡，不过字里行间李芒严重缺乏信心，不说“大功告成以慰天”，也不说“事成之后殓尸骨归故土”，只用了“勉力”两个字，好像能做到这样已经很不错了。

我心情沉重地说因为我们一路上遇到的他们同样遭遇过，以当时的科学水平和观念，足以造成极度的恐惧感，所以“前途莫测”还是很含蓄克制的。

老董说不喜欢我咬文嚼字，只想问一个问题，李芒写完碑文后为什么用尸体挡住？

我说这段话是李芒一个人写的，他怕其他人看到了影响士气，所以……

蓝真真反驳道当年李芒六十七岁了，哪有力气独自在石头上刻这么多字？应该是他口授，其他人代劳，而且人都死了根本没必要遮遮掩掩，移动尸体的一定另有其人。

大家心头一紧，脸色无比凝重。因为这句话让人产生很不好的联想，包括铜门后的黑影，与古猿王搏斗的神秘人，夹在蓝真真与老董之间的幽灵。至于我，还想到甬道里拍了我和蓝真真的……

老董接着说大家再想想，以当时的开采条件，费那么大力气凿这间空石室干什么？

有机关？阿诚一下子跳起来抬脚就要往回跑。

郭项龙阻住他，指指石室顶部说你们看上面的水渍，四壁边缘也有水印，这里海拔已达到三百米以上，又有层层铜门密封，就算山洪暴发也不至于冲进来，怎么会有水？唯一解释是铜门机关与山上某处溪流或泉水相连，一旦触发，水将从特定的方位涌入，瞬间淹没整个石室，里面的人要么被淹死，要么被强大的水流冲入甬道，后果难料。

那李芒岂非全军覆没？蓝真真说。

老董说不至于，李芒为进洞探险足足准备了五六年，想必召集了一批能人巧匠，不然焉能闯过怪兽和古猿两关来到此地？几十年宦海生涯和人生阅历，面对一间空空的石室当然要研究透彻才会动手。

我说那我们怎么应付，都退到甬道等水退了再进来？

老董说几千年沧海桑田、湖泊变迁，当年的山涧溪流早已改道或干涸，到李芒那个时代机关就已经失效了，因此骷髅上没有水渍。

阿诚表示他的结论太草率，为慎重起见大家还是退到甬道三十米以外。蓝真真说尽管我不会游泳也不过去。大家料知她还害怕电池传递事件，心里都有点发毛，一齐说留下吧，赌一把。

四个人贴在靠甬道出口的石壁上，屏息静气看郭项龙在铜门上一推一拉，石室上方随即发出“轰隆隆”的声音，明显是机关旋转扭动，我们个个心都提到嗓子眼，等待被水流吞没的滋味。

“格”，声音终于停住了，接着铜门缓缓打开。

蓝真真舒了口气：“又躲过一劫，接下来应该进入真正的古墓吧，不然也太折腾人了。”

我和阿诚都有同感，老董却咂咂嘴欲言又止。

大家收拾装备正要进去，门里突然冲出一只黑影，细看之下竟是山兔，它也不惧怕人，在脚边转了一圈冲进甬道。没等我们反应过来，又有山獐、老鼠、狐狸、羚羊等陆续冲出来——只是相似，形状与如今的同类多少有些区别，比如那只兔子，耳朵很小，眼睛也跟我们一样是黑色。它们好像急着赶路，在石室不作停留便一头钻入甬道。

阿诚疑惑道莫非它们得知古猿王负伤了，趁机跑过去抢占地盘？我说凭这几个还想跟古猿斗？送过去给它们打打牙祭还差不多，可惜我们手脚慢了点，不然能享受一顿烤肉大餐了。

蓝真真突然叫道快关门，快关门！

郭项龙愣愣问为什么？

蓝真真跺着脚说你还没明白？深山老林里只有老虎出现时百兽才会如此惧怕，它们是在逃命！

郭项龙听到一半就冲过去关门，这时里面传来一个响亮而沉稳的咳嗽声，他微微一呆，手臂滞在半空。

阿诚狂吼道：“快——关！”

郭项龙如梦初醒，迅疾无比地关上铜门，坚强如他犹惊骇不已，身子靠在门上大口大口地喘气。

“刚才……刚才真有人咳嗽？”蓝真真简直不相信自己的听觉。

我勉强应道：“声音洪亮，很自信，有种意气风发的感觉。”

“对，意气风发。”阿诚重复道，手里夹着香烟直哆嗦，半天都没点上火。

“其实……咳嗽也没什么好怕的，”老董缓过气来说，“据我所知很多动物也咳嗽，像鹦鹉、狗、猴子等等，特别是鹦鹉，咳嗽起来苍老得跟老人一样……”

我和蓝真真对视一眼均默不作声，老董这番话明显是灭他人威风长自己志气，再怎么着动物咳嗽与人还是有区别的，刚才那一声感觉就是单位领导讲话前的清场，咳嗽一下全场皆静。

郭项龙耳朵贴在门上听了会儿："好像没声音了，要不要……试试?"

阿诚手一挥，我们四个都退到最远的墙角。

"整!"他恶狠狠说。

郭项龙右手持枪，嘴里衔着藏刀，左手猛地拉开门。

"扑通"，一只白斑短角梅花鹿软绵绵倒出来，郭项龙吃了一惊，向后退了一大步。

我们正准备围上去看，却听郭项龙喉咙深处迸出两个字："别动!"

"怎么，不就是一只死鹿吗?"

阿诚不信邪，拿着刀向前靠，这时铜门里晃悠悠飘出一团绿莹莹的鬼火，与普通磷化氢遇空气形成的磷火不同，磷火一般呈蓝绿色或淡黄色，只有拳头大小，燃烧时有股烂鱼味，我在大学参与考古时见过很多次。这团鬼火有篮球大，外围一圈绿光，里面好像有流光闪烁，尤如舞厅里滚动的光球，忽儿暗红，忽儿深蓝，忽儿紫黑色，飘动时发出呼呼声，类似火箭升空的声音。

郭项龙显然被震住了，拿着枪不知如何是好，下意识地朝左边退了两步，谁知鬼火好似感应到了，盯在后面追过去。

"别动！鬼火很轻，随空气流动而飘动!"老董警告道。

郭项龙立即停留在原地，瞪大眼睛看着它一点点飘浮过来，脸上肌肉不停地跳动，握在枪柄上的指关节因为紧张而筋络毕现。

眼看离他的脸只剩下不足十厘米，换作我们肯定绷不住要转身逃跑，郭项龙果然是条汉子，硬是一动不动。

"嗖"，一只山兔陡然从甬道里钻出来，不知以为警报解除还是不想在甬道里呆下去，速度奇快地蹿向铜门。瞬间鬼火仿佛被强烈的磁场吸引，呼地飞到兔子身体上空，只轻轻碰了一碰，兔子如遭雷殛，全身哆嗦几下瘫倒在地。

这下我们个个面若死灰，吓得连大气都不敢出。

众所周知磷火在自然条件下燃烧温度为 40 摄氏度，即使沾到身体也没关系，只是心里头有点犯嘀咕，认为不吉利而已。像这样刹那间将兔子置于死地，尸体上又没有一丝伤痕，真是前所未闻。

最感到后怕的要数郭项龙，刚才若不是兔子窜出来搅一下，没准这会儿躺在地上的就是他。瞧他脸色一会儿青一会儿白的模样，一定在懊悔不该接这单生意，酬劳再高如果没命享受，到头来还是一场空。

幸好它狙杀兔子后没有到处乱晃，而是停在尸体上方。冷不丁绿光大盛，从里面传出两声咳嗽声，与刚才的声音完全一样，响亮而自信。蓝真真身体一软差点倒下，我和阿诚赶紧一左一右扶住她，心里惊骇不已。

难道……

难道这团鬼火有生命，是传说中真正的“鬼”火？

以郭项龙高超的身手和敏捷的反应，也拿这团碰不得惹不起的东西没办法，茫然看着我们。我想老董经常盗墓，肯定遇到过千奇百怪的事儿，危急关头应该拿得出对策，便冲他打哑语，做了个“怎么办”的口型，他无奈地耸耸肩，表示毫无办法。

节骨眼上偏偏阿诚冷不防打了个大大的喷嚏，把大家全部吓呆了，包括他自已，鬼火闻风而动，箭一般冲过来。

“哎呀!”

大家叫了一声，事到临头根本忘了刚才郭项龙的冷静，或许冷静也没用，呼啦全部散开。

鬼火速度更快，眼看就到冲到阿诚身上。

“砰!”

郭项龙当机立断开了一枪，枪声在密闭狭小的空间里炸得耳朵嗡嗡直响，鬼火陡然绿光大作，光团像充了气似的急剧扩张，呼呼声更重。

“快跑!”郭项龙喝道。

我们如梦初醒，忙不迭向铜门跑去，鬼火摇摇晃晃盯在后面，不过速度明显降低很多，郭项龙闪电般填好火药又开了一枪，鬼火像滚雪球般涨到雷达那么大，几乎塞满了石室的四分之一。

郭项龙不敢开枪了，等我们都进去后匆匆关上门，将危险拒之门外，然后大家不约而同舒了口气。

“他娘的，又死里逃生了一回。”阿诚说。

蓝真真说：“这到底是什么东西？为什么还会咳嗽?”

阿诚习惯性干咳一声准备回答，我和蓝真真同时喝道："不准咳！"

老董指着远处问："那是什么？"

郭项龙将头盔灯偏了偏，目光所及我们同时惊叫起来：

"鬼火！"

又一团篮球大小的鬼火跳跃着绿幽幽的光芒，慢悠悠飘过来。

第十章　千古蚕洞

事到如今，再把发生的一切解释为偶然纯粹是自欺欺人。从河里的怪兽到古猿，现在是怪异万分的鬼火，分布得很有层次，每当我们松一口气时就会碰到新困难，而且是将人置于死地的困难。

此时郭项龙还没来得及装填火药，即使装了也不敢开枪，因为鬼火膨胀后将堵住石洞，介时我们进退两难。

就在愣神的工夫鬼火已飘到三四米之外，郭项龙快速脱下外套，和阿诚一人拿一只袖子挡在前面，形成一道布帘。

受空气流动影响鬼火急速冲过来，到了外套面前稍稍阻滞，随即慢悠悠晃过去，外套中间仿佛被剪刀剪过一般，露出个切口整齐的圆洞。眼看鬼火就要晃到我们身上，蓝真真绝望地闭上双眼，我急中生智将铜门猛地一拉，门掀起的风顿时将鬼火吸过去，一下子飘进门内，我和老董赶紧将门重重拍上，这才发现牙齿格格格直打战。

阿诚拎着外套说这样也好，穿在身上凉快，早知道用裤子挡了，正好穿开裆裤。

郭项龙仔细看看了圆洞四周的切口，又用手来回摸摸，说居然比机器轧过的还要整齐，而且没有一丝火烧烟熏的痕迹，这东西到底是什么？

阿诚说咳嗽声比较好解释，不管它是鬼火还是磷火，总之有某种记忆功能，在非常巧合的情况将墓里某个人的咳嗽声录下来，受到刺激时自动播放，刚才大家都看到了，每当它弄死一个生物后光团便发生反应，然后传出咳嗽声，其原理与录音机差不多。

我说别乱分析，越说大家越怕，你想想，磷火形成原理是尸体腐烂后骨骼里的磷化钙经过复杂的化学反应，由磷酸根状态转化为磷化氢，然后在常温下遇到空气自燃，从尸体下葬到形成磷火需要很长时间，怎么可能有个活蹦乱跳的人在墓里咳嗽，又正好被录音？

阿诚反问说那么是谁把古猿王打跑的？又是谁取走了真真的电池？

蓝真真捂住耳朵抗议说再这样说下去我就不走了！

甬道继续向上盘升，明显比前面一段宽敞很多，石壁两侧十分干燥，藤蔓都稀少了许多。老董嘀咕说太疲劳，列宁同志说过不会休息就不会工作，待会儿得找个平坦的地方生堆火吃点东西，再打个盹歇会儿。

大家一致赞成，这时不知从哪儿钻出只山狸从队伍中一闪而过，蓝真真神经已绷到极点，吓得长长尖叫一声。郭项龙一个箭步扑到右侧大力掷出藏刀，刀从腰部一直贯穿到脑袋，山狸当即身亡。

可以吃烤肉了。郭项龙在山狸皮毛上拭去刀锋血迹淡淡地说。

阿诚说纯天然食物，无污染，无毒素，保证满口余香，回味无穷。我说鹿肉才好吃呢，可惜被鬼火沾了，吃了晦气。

正说着转了个又急又陡的弯，郭项龙猛地刹住脚步说道："好险！"

凑上前一看，前面是处断崖，下面石谷深达二三十米，四周山壁陡如刀削，下面黑乎乎一片什么也看不清，一阵风吹来隐隐有股腥气味。

由于距离太远，看不清断崖对面的情况，阿诚说是两扇很大的铜门，蓝真真却认为是个黑黝黝的洞穴，不过可以肯定那里应该是进入核心墓区的通道。从地形上看除了借助绳索攀下山谷走过去别无良策，但按照古墓设计者的习惯，谷底必定设置有歹毒的机关障碍，不能贸然行动。

大家收集了一大堆藤草在洞口燃起篝火，火光下看到谷底正中卧着一只巨大的蜘蛛王，身子有四五个磨盘大，六条长腿，每条长逾二十多米，庞大的身体缓缓蠕动，看上去极为恐怖。山谷间纵横交错着几十根透明色的蛛丝，它可以沿着蛛丝快速移动到任意角落猎杀目标。

郭项龙随手捧起一块半人高的石头奋力掷下去，落到一半时蜘蛛王两条前腿在半空接住后扔到一边，冷不丁身体突然腾空向他扑过来，速度之快难以想象，眨眼间冲到面前，一条腿单单搭到他肩上。幸好郭项龙投掷时向后退了半步，右手用枪管拨开爪子，左手将山狸尸体扔给另一只爪子。我和阿诚同时挥舞藏刀斫在爪子上，"当当"，如同刺中石头，火星四溅，丝毫没有作用。它一击不中迅速返身闪电般回到原位，两只螯肢捧着山狸塞进嘴里，"嘎嚓"咬掉半截身体大嚼起来，鲜血、肉沫在尖利的牙齿间翻腾、流淌，蓝真真看得恶心，背过去伏在石头上呕吐。

老董说他妈的这只蜘蛛王大概已修炼成了精，具备一定思维能力和智慧，不可小觑。

郭项龙小心翼翼靠到断崖找到几根蛛丝，挥刀砍斫，不料蛛丝坚韧结实，又有弹性，无论用什么办法都切不断，反而被蜘蛛王悄悄扑过来差点偷袭得手。

阿诚想了半天说用火攻，我就不信烧不死它。于是扎了二十多个火把，呐喊一声连珠炮地扔下去，扔完火把再扔石块。谁知它的爪子灵巧如手指，将火把、石块一一往洞口方向弹，逼得我们步步后退。

蜘蛛王有六条水火不惧的腿作屏障，又有纵横交错的蛛网快速移动，一时奈何它不得，只能看着对面山崖叹息。

阿诚恨恨地说闯过了怪兽、古猿和鬼火三关，竟被小小的蜘蛛挡住，传出去岂不让人笑掉大牙？

老董摇头说不会有人笑话，这座古墓委实匪夷所思、诡异万端，换一拨人来恐怕都捱不到现在……

我本想趁机建议大家打道回府，转念一想归途依然危机重重，别的不说，单鬼火就够吃一壶，还不如跟蜘蛛王耗着，至少没有生命危险。

蓝真真呕吐后一直坐在旁边没说话，这会儿突然说："我想到制伏它的办法了，用绳子！"

"绳子？"郭项龙目光闪动，"你是怎么想的？"

"我观察过，除了抓东西，无论石块还是火把它只用腿弹而不抓，原因在于腿面坚硬不畏水火，可腿内比较柔软，可能还长了毛，因而尽可能避免与其它东西接触，所以只要控制住腿支端就能化解它的威力……"

郭项龙截口道："我明白你的意思，即便如此六条腿仍旧能构成严密防线，同样制不住它。"

蓝真真笑眯眯指了指身后巨石，两米多高，三个人无法环抱，足以几千斤重，郭项龙盯着石头看了会儿，脸上慢慢浮起笑意。

我们仨个听得如坠雾中，搞不清他们为什么对一块石头笑成这样，须知凭我们五个人的力量哪怕使出吃奶的劲也搬不动呀。

郭项龙也不解释，从包里抽出几根绳子，两端都打上活扣，然后把一端交给我们，讲解了一下步骤，接着他运劲将两根绳子抛向不同方向。蜘蛛王不知有诈，伸出爪子一弹，就在掌面碰到绳头刹那，郭项龙使了个巧计一晃，活扣从爪面滑下来正好套住爪子，随即一拉便将绳子收紧，我和阿诚在旁边飞快地将另一端扣紧在蛛网上。不等它反应过来，郭项龙又抛出两根绳子，蜘蛛王又下意识伸出两只爪子相迎，也悉数被扣。它这才发现竟有四只爪子失去自由，拚命挣脱，可登山索内蕴生牛筋，越是用力收得越紧，直至被勒得无力反抗，很快四只爪子悬空挂在蛛网上，丝毫不能动弹。郭项龙再抛出一根，这回它学乖了，改用爪子抓，然后运足全身力量猛地一拉，想把抛绳的人拖下去。就听见“轰隆隆”一声巨响，万钧巨石从天而降，像座小山似的急速下坠。

它的力气确实很大，加上我和阿诚、老董在石头后面助劲，居然拖动了几千斤重的巨石。

蜘蛛王情知不妙，然而四只爪子被固定无法自由移动，只得以剩下的两只爪子招架。“咔嚓”，爪子抵不住万钧重压关节俱裂，紧接着巨石“嘣”狠狠地砸在它身上，大半躯体被砸了个稀巴烂。

我们顿时欢呼雀跃，阿诚和每个人一一拥抱以示祝贺，我见蓝真真满脸红晕艳丽动人的模样，也蠢蠢欲动想趁乱抱抱她，手臂伸至半途却鬼差神差与郭项龙握了握手。

之所以如此开心激动，实在是我们进洞以来连连受挫，士气低迷之极，急需一次振奋人心的胜利，而这场战役确实是彻头彻尾的完胜。

因为体力消耗太大，阿诚提议就地休息。大家围着篝火吃了点面包和榨菜，老董对没吃上烤肉耿耿于怀，向生物学家阿诚请教蜘蛛肉能不能吃，蓝真真嗔怪道你想恶心我不是?

大家哈哈大笑，各自挑相对平坦舒适的位置打了个盹。醒来后郭项龙用绳子做三角滑索沿着蛛丝滑到谷底，蓝真真力小体弱，由郭项龙背着，阿诚则带着我一起下。谷底污浊不堪，到处散落着白骨残骸，石缝间磷光星星点点，充斥着死亡的气息。

郭项龙在一块石头下发现一柄锈迹斑斑的铁剑，上面刻着“桐州吴浩”四个字，大概是李芒的随行者，剑上沾满了血迹，剑锋有多处豁口，可见之前经历过惊心动魄的战斗。明朝时期文人不练武，武人不读书，吴浩在团队里的作用可能相当于郭项龙，身份是领队兼保镖。古人讲究剑在人在，剑亡人亡，既然随身武器出现在谷底，吴浩的命运可想而知，李芒等人更是前途凶险。

郭项龙不像我们容易多愁善感，利用抛索和攀越技巧在蛛丝、石壁上腾挪跳跃，没几分钟就爬到上面，垂下绳子将我们一一拉上去。还是阿诚看得准，山崖间果然是两扇铜门，面积相当于前面铜门的双倍还大，门的左右各画了一条大虫，胖胖的，身体分成三节，中间有脚还有翅膀，乍一看有种似曾相见的感觉。

“三星堆专家，该你出场解惑了。”老董说。

阿诚抢先道：“这个还是请教生物专家，他娘的，分明是两条蚕！”

蓝真真哑然失笑：“老天，蚕放大后就这副模样，胖乎乎怪可爱的。”

我脑中灵光一闪，前后线索终于连结起来：“我明白了，这是蚕丛的墓！古蜀国开国君主蚕丛！李芒为什么称它叫蚕洞，可能已经查到这座墓与蚕丛有关，只是没说出来而已……”

蓝真真也激动得几乎说不出话：“如果真是蚕丛的墓，其意义简直……简直胜过秦始皇的墓，将是震惊中外的重大发现！”

阿诚与老董对视一眼，疑惑道：“蚕丛是谁？他与蚕有什么关系？”

第十一章　石棺魅影

唐代大诗人李白在《蜀道难》中写道：

“噫吁戏，危乎高哉！蜀道之难难于上青天。蚕丛及鱼凫，开国何茫然。尔来四万八千岁，不与秦塞通人烟。”

据文献记载古蜀国最早的君王是蚕丛、柏灌、鱼凫，然后是望帝杜宇、鳖灵、开明，这些人名号怪异，有关记载史料匮乏，甚至连他们从哪儿来，如何建国都不清楚，只有一个个似是而非的传说，难怪李白感叹“开国何茫然”。

关于蚕丛的由来，有一种说法是源自居住在古康青藏大高原的古羌族支派，他们中间的一支向东南迁居进入岷山地区，依山势而居，垒石为穴，后又循河谷进入成都平原开始渔猎生活，并捡拾野蚕抽丝，后人将这些居住在岷山河谷的人称为蜀山氏。公元前 3000 年，蜀山氏女子嫁给黄帝为妃，所生后代就是古蜀王国的开山鼻祖蚕丛。

黄帝统一中国后，因蚕丛家系为支庶，被分封到蜀地作侯伯，他巡行郊野时常着青衣，因此被尊称为“青衣神”。蚕丛之前的古蜀人以牧业为主要生活来源，兼营狩猎和养殖。蚕丛见岷江中游和若水流域江边的坝子很适宜桑叶生长，于是到处劝农种桑养蚕，将古蜀国人从动荡不安的游牧生活引入到相对稳定的农业社会。

史书上蚕丛、柏灌、鱼凫等君王都有几百岁，事实上是不可能的，史学家的解释是三代蜀王的名称代表族称，即各族内部成员的派系，它所表达的含义并非三代蜀王都很长寿，而是指蜀王地位的长期性和稳定性，这种固定的权力承袭能前后相继维持达数百年之久。

蚕丛建国差不多处于新石器时代，离三星堆文明相距数千年，想在他墓里找陪葬品，恐怕会相当失望。

听到我最后一句，阿诚如同泄了气的皮球，有气无力往地上一坐：“他娘的闹了半天是空欢喜一场？这个打击也太大了。”

蓝真真反驳道：“你说的是一家之言，不能作为我们行动的指南，其实历史上到底有没有黄帝，黄帝有几个儿子，并没有准确资料来证实，都属于神话范畴，非常之牵强附会，有关古蜀国见于史书记载的只有晋代《华阳国志》中一段话，‘有蜀侯蚕丛，其目纵，始称王。次王曰柏灌。次王曰鱼凫’，其它都不足为信，也就是说古蜀国真实情况如何谁也不知道。”

老董说：“对，晓飞悲观主义情绪太严重，我们宁可信其有，不可信其无，再说新石器时代怎会有这么精美大气的铜门？来都来了，好歹得进去看看。”

趁我们说话的工夫郭项龙已在铜门面前转了几圈，眉头紧锁，一副无从下手的样子，我们走上前，只见两扇门上的蚕画得一模一样，甚至连曲线弧度、凹凸幅度和结构角度都找不出偏差，反映其青铜器铸造和精密加工技术已达到很高水准。

蓝真真说这么大的工程量和青铜铸造量，别说在夏朝和商朝，就是青铜器盛行的春秋战国，摊到某个诸侯国也要倾举国之力方可完成，古蜀国的神秘可见一斑。

我暗想不能排除此墓是蚕丛死后花了数代人心血陆续修筑而成，毕竟是开国元勋，花多大代价都值得，统治者在神化蚕丛的过程中巩固自己的执政地位，一举两得。不过现在说这些也没用，反正大家已铁了心勇往直前。

上上下下左左右右折腾了将近一个小时，最后证明铜门没有机关没有暗器没有任何可疑设置，可就是打不开。老董抹抹额头上的汗珠说从心理习惯上讲古墓设计者不可能在蜘蛛王之后花费太多精力设置障碍，因为他潜意识里前三关已足够厉害，能阻挡所有入侵者，这道门的功能象征着阴阳分界，里面应该是真正的古墓核心。蓝真真颔首道同意你的见解，我刚看出来这两扇铜门的材质与前面几扇有所区别，铸造者在其中加入了一定比例的紫金，所以看上去又亮又有光彩。

阿诚和老董闻言眼睛发亮，双手不停地在门上搓来搓去，阿诚笑嘻嘻说我修正以前说过的话，如果进去一无所获，不排除把门卸下来。老董接口说就算把它融掉提炼也能发笔小财。两人正一捧一逗说得热闹，突然“轧”一声，铜门从中间两边分开一道缝。

“推拉门！”我们又惊又喜叫道，完全想不到几千年前古墓里竟然出现有现代装修理念的设计，目前为止有考古证据的最早的推拉门出现在秦朝，秦始皇兵马俑二号坑铜马车上的车厢门采用青铜合页，后来唐朝时期流传到日本。

这扇铜门将推拉门的历史向前推进了起码两千年。

我喃喃说阿诚，本人完全赞成你的想法，门卸下来后我们一起抬出去。蓝真真瞪大眼说你们都是疯子。

可能铜轴年久老化的缘故，两人拉得十分费劲，郭项龙上前双臂一分，铜门“吱轧轧”尖叫着开了半米左右缝隙。郭项龙握紧火铳打算迈进去，这时老董的经验起了作用，一把拉住他，然后点燃火把伸进去——

吓！火把应声熄灭。

郭项龙脸色一变不由得倒退两步，老董得意洋洋说这就叫鬼吹灯，其实是古墓里尸气与浊气的混合气体加上缺氧造成的特殊现象，耐心等会儿吧。郭项龙脸色凝重地说这个我懂，但我刚才看到一件怪事！

我们都知道他素来喜怒不溢于言表，能让他评价“怪”，一定相当怪异了，连忙问：“什么？”

他微一停顿：“我看到了……冰雕。”

阿诚哈哈大笑，拍拍他说：“老弟，你太紧张了，这方面要向我学习，擅长在紧张之余自我调节……”

“真是冰雕！”郭项龙隐隐掠过一丝怒色，“我去哈尔滨执行任务时参观过冰雕展，不可能看错。”

老董冲阿诚摆摆手：“什么形状？”

“是……是一个人的塑像……侧着身体，所以没看清。”

蓝真真道：“也许是玉雕，古蜀国对青铜器和玉情有独钟，所有祭祀用品全用的这两种材质。”

郭项龙好像懒得跟我们争论，叹了口气蹲到地上。我们彼此看看都不相信他的话，四川盆地是全中国最热的地区，我们所处的海拔又在千米之上，尽管大山内部相对清凉，也抵不过炎日反复曝晒，别说小小的冰雕，就是万年寒冰也扛不住。阿诚急不可耐围着铜门缝隙朝里看，但头盔灯电力不足只能照到几米之内范围，他掏出新电池要换，我阻止说节约一点好不好，反正快要进去，不过是时间问题而已，何必耗费已经严重短缺的电。阿诚搓着手说想看的时候偏偏看不到，这才最要命。

等了半小时左右，阿诚起码来来回回踱了十多圈，老董又扎个火把在里面晃了一圈，没事，大家迫不及待一窝蜂拥进去。

阿诚第一个喊道："果然是冰雕，冰凉冰凉的！"

围上去一看，冰雕约两米多高，上下晶莹剔透通明光洁，用手指轻轻一碰，冷得差点粘上去。冰雕脸部与青铜面具一样，方脸纵目，气度威严，一手负在背后，另一手托着一只小小的蚕，大概是蚕丛的纪念像。

郭项龙跪在冰雕面前良久，又发现新问题："冰怎么不会融化？"

"可能洞内空气不流通，又始终保持恒温状态，用于雕刻的冰也是精选的上古寒冰……"阿诚胡乱答道。

"不是，我已经双手握住这块冰角两分钟了，它一点没反应。"

"我试试。"

阿诚二话不说"咔嚓"燃起打火机靠上去，我和蓝真真急忙阻止，却已晚了一步，打火机火焰舔在冰雕脸部下方。奇怪的是任凭火苗跳跃闪动，冰雕毫无变化。

蓝真真诧异道："就算是寒玉也该有烟熏的颜色啊，怎么回事？"

阿诚苦笑道："你是玉器鉴赏大师，应该由你解释才对。"

"这绝对不是玉。"蓝真真说。

郭项龙用藏刀在上面横竖划了几下，冰雕丝毫无损，刺到腹部时用力大了点，"扑通"，冰雕竟翻倒在地，蓝真真掂了掂，说比同体积的玉重多了。

阿诚抽抽鼻子："他奶奶的，到底是什么材料，老董见多识广，你来说说看。"

老董轻轻一叹："有个成语叫一叶障什么秋来着，你们一进来就忙着琢磨冰雕，可曾注意到这里面的情况？"

经他提醒郭项龙猛地跳起来，用头盔灯四下打量了一圈，触眼之处全是精美锃亮、造型各异的青铜器，大家看得眼睛都发了直，嘴里发出"啧啧"声。我和阿诚赶紧搜集了一大堆干藤枯草燃起篝火，火光照映在熠熠发亮的青铜器上折射出光照的光芒，将石窟映得满室生辉。

最光彩夺目的要数正东方向的通天神树，比三星堆出土的还高两米多，主干分三层树枝，每枝都呈半月牙形下垂，树枝末端有花朵果实，枝头立着一只扬翼欲飞的小鸟——这可不是普通的鸟，而是神话中太阳神鸟。神树主干由上而下有条青龙盘旋蜿蜒直到底座，树的顶端矗立着一只腾云驾雾的凤凰。神树底座是凸起的山形，表明神树长在神山上，上面刻有太阳和云纹，底座三面铸有一个方台，上面半跪着一个人像，双手紧握弓箭。

神树上高昂的龙头和扭曲的龙身大气磅礴，雄壮威武，顶端凤凰却行云流水，绚丽多姿，加上俏立在枝头的小鸟轻盈柔美，活泼生动，整个布局严谨周密，比例精确，对称中有变化，变化中有统一，给人浑然一体天衣无缝的感觉，的确称得上鬼斧神工，登峰造极的精品。

三星堆出土的通天神树主干顶端残缺了，专家们推测也是小鸟，不料谜底竟是凤凰；底座人像手里的东西也遗失了，本以为是祭祀用品，不料竟是弓箭。古蜀国人的一举一动总是与众不同，古怪中透出无法揣测的神秘。

阿诚激动得全身颤抖，咬牙切齿说："这棵树能不能拆卸？把它运到香港我们就大发了！"

"通天神树采用分段铸造法制成，运用套铸、铆铸、嵌铸、铸接等先进的手法，可以拆卸，"我说，"可别忘了它是青铜器，拆下来凭我们五个也没力气背出去，即使出去了目标也太大，没法过海关，我宁可选那个——"

阿诚顺着我指的方向看去，又惊叹一声，口水都要流下来了。

西南石壁上倚着一排金漆青铜面具，大小不等，形态各异，有的两个眼角向上翘起，如同竖眼一般；有的眼球向外严重突出，如同架着望远镜，但都是鹰钩鼻，大嘴巴，角尺形耳朵，眼睛和眉毛边描了黛色，口唇涂着鲜红的朱砂。不知古蜀国人采用的什么技术，镀在面具上的黄金丝毫没有氧化，在火光下闪耀着金灿灿的光芒。

老董大喜道，这些架望远镜的比较好运输，每人背两个，小郭辛苦点背三个，起码几万块到手了。他戴上手套过去吃力地抱起一个，吐吐舌头说乖乖，背两个恐怕吃不消，还是一人一个吧。

“晓飞，阿诚，快过来……”

蓝真真站在北面朝我们直招手，回头一看，她正一脸紧张地往篝火边退，郭项龙护在她前面，手持火铳对着山壁下黑乎乎的阴影。

“石棺！”阿诚脱口叫道。

话音刚落，石棺里发出一声沉闷的声音：咚！

第十二章　绿毛僵尸

声音虽不响，却仿佛敲在我们心上，蓝真真满脸惊恐地退到铜门边，随时准备逃出去，郭项龙端着火铳微微颤抖，我伸到腰间掏藏刀，哆嗦了半天都拔不出来。老董和阿诚到底经历过大风大浪，两人打了个手势，一个拿黑驴蹄子一个拿桃木符从两侧围上去。

大学时我和蓝真真虽参加过多次挖掘古墓，都是光天化日之下几十个人进场，有大型挖掘设备和考古仪器，比建筑工地还热闹，传说中的炸尸、僵尸等等一概没遇到过。阿诚干上这一行后，偶尔趁酒兴半真半假讲过在古墓里大斗僵尸，从来只当故事听，没当过真。

再看这尊石棺，棺身灰不溜秋，不知用哪种石材打制，中间似乎蕴含着某种矿物质，隐约闪烁着星星点点的寒光。它安放的位置很奇怪，既没有紧挨着山壁，周围也没有任何修饰或固定物，就那样随随便便，孤零零斜卧在那儿，与四周精美绚烂的青铜器形成强烈反差，不协调中有种令人不安的悸动。

石棺自从发出一声后再也没了动静，石窟里只有各人细微的气息声。

阿诚和老董慢慢靠近石棺，我咽了口唾沫忍不住道："别靠近！"

两人停下来看着我。

"古蜀国有随玉下葬的习惯，这儿全是青铜器，一块玉没有，绝对不是蚕丛的墓室！"我一口气说，"再者古蜀国之前岷山一带生活着一种叫戈基人的居民，生理特征是'纵目，有尾'，风俗习惯是石棺葬，后来被羌人打败，史书上也有记载'石棺、椁为纵目人冢也'。"

老董点点头："有道理，可你不懂这一行的规矩，进了古墓就不允许对什么地方不明白，否则它迟早会闹出事情，我们必须面对！"

说着他守在棺首，阿诚站在棺尾冲郭项龙做了个手势，郭项龙深吸一口气大步来到石棺正面两米处，左手持枪，嘴里咬着藏刀，右手缓缓伸过去推棺盖。

我们的心情紧张到极点，屏息看着他每一个细微动作。

手伸至半途，他好像被石棺上折射的碎光闪了一下，迷惑地眨眨眼，眼睛直勾勾盯在棺面上，脸上表情越来越怪异。

这一刹那我突然想起个重要问题，来不及细想大吼一声："趴下!"

阿诚和老董一愣，不假思索直挺挺往地上一伏，几乎是同时郭项龙蓦地调转枪口冲阿诚开了一枪：

"砰!"

火光几乎贴着阿诚胸口闪过去，阿诚惊魂未定连忙在地上打了几个滚翻到我旁边。

蓝真真尖叫道："你疯了?!"

却见郭项龙恍若换了个人，面容狰狞，眼睛血红，又杀气腾腾朝老董开了一枪，方知没填火药，扔掉火铳持刀向我冲过来。我吓得转身就跑，被他一个飞扑按倒在地，左手揪住我的衣领，右手挥刀便刺。我拚命挣扎，无奈他的手坚如钢铁，又力大无比，左手压得我气都喘不过来。阿诚从侧面狠狠一撞，藏刀贴着我脑门扎在石头上，火星四溅。老董也赶过来从背后偷袭，郭项龙撩起一脚将他踹到六七米之外，蓝真真连忙把他扶起来。

阿诚气喘吁吁问："怎么回事?"

我简洁地说："石棺有问题，他得了失心疯。"

古蜀国传说中蚕丛率领子民进军岷山时，遭到戈基人的激烈抵抗，戈基人是一群天生异禀、习俗奇特的原始人，个个勇猛凶悍，疾跑如飞，擅长在山地丛林里徒手捕捉野兽，当感觉自己不行时就主动躺进石棺等死。蚕丛连续打了几个败仗，伤亡惨重，于是向天神祈祷——许多外国学者认为是外星人，天神便现身指点他找到一种能发光的石头，戈基人看到石头后神经错乱，相互殴打残杀，结果大败，退出四川盆地。关于发光石头到底是什么众说纷纭，持外星学说的外国学者解释为生物武器，中国明清两代史学家考证是一种巫术，殊不知确有其石。

看着狂性大发的郭项龙，我和阿诚均知别无退路，只能放手一搏。郭项龙嘴里"呵呵"叫个不停，张牙舞爪扑向阿诚，阿诚绕着篝火奔跑，郭项龙跟在后面追了两圈，突然转过身体冲向我，我退到山壁下随手捡只青铜面具扔过去，被他一拳击飞，我接连不断拿面具砸过去，他大概不耐烦纠缠，竟然不躲不避任凭面具打中额头鲜血直流，抢先冲到正面一掌劈在我颈椎上！

刹那间我体内像被抽空了血似的，一丝力气都没有，软绵绵倒在地上，郭项龙向前踏了一步挥刀刺向我心口。老董持刀从斜后方猛刺郭项龙腰际，阿诚捧着一块最大的面具挡在我身上。郭项龙这厮到底是特种兵出身，身手果然了得，左手一把握住老董的手腕一捏一扭，老董“哎哟”一声藏刀落地，一脚将面具踢飞，正好打在阿诚胸口，阿诚踉跄连退两步，捂着心口直喘气。正当我们陷入绝境之际，蓝真真挥舞两个火把冲过去。郭项龙歪着头看看她，神色间有些犹豫，放开老董向后退了一步，接下来她做了件错误的事——

扔掉一个火把蹲下来扶我。

郭项龙迅速恢复到迷乱状态，猝然上前一脚踢掉她的火把，右手一记凶猛的勾拳将她打得连转五六圈栽倒在地。

阿诚见我像死人般躺在地上一动不动，蓝真真也遭受重创，朝老董打个手势，故意大叫大嚷将郭项龙吸引到另一侧即石棺附近，围着石棺玩起了捉迷藏。阿诚和老董搭档数年，配合得极为默契，利用北面漆黑的角落错进错出，交替上阵消耗他的体力。郭项龙狂乱中丧失思维能力，竟觉察不到他们的伎俩，几十个圈子跑下来呼吸粗重，步伐凌乱，盛怒之下大喝一声将石棺一推，石棺轰然倒地，棺盖受震动“格”滑开一条缝隙，里面冒出袅袅白烟。

“糟糕，有僵尸！”

阿诚失声道，脚下一迟疑被郭项龙追上来抓个正着，老董不等他举刀便吆喝着从黑暗中冲出来，郭项龙将阿诚一甩撞到老董身上，两人一齐倒在地上直哼哼。

我和蓝真真都无力爬起，眼睁睁看着郭项龙紧握藏刀逼向他们。

石棺里蓦地伸出一条白森森的手臂，指甲足有三四十厘米，转瞬间手臂上唰地长出一层绿毛，密密麻麻直长到指甲。我心里一紧，阿诚说过僵尸分为三等，一是行尸，即无意识的尸体，是最低等级的僵尸，只能依靠本能做最简单的抓、咬、跳等动作，成语行尸走肉就指这个意思；

二是绿毛僵尸，经历上千年尸变而成，具有一定的思维和智慧，是比较难对付的一种；三是红毛僵尸，高等僵尸，具有可怕的杀伤力和魔力，传说中黄帝曾被一只红毛旱魃追杀险些没命，危急关头女儿违反天规用惊天动地的爆炸性武器（一说是原子弹）将它杀死，这大概是最早的人类与红毛僵尸的斗争记录。

绿毛僵尸吸到足够的鲜血后就能变到红毛僵尸，真出现那种情况的话，我们将全军覆没。

郭项龙没注意到形势发生变化，又向前迈了一步，目光闪烁不定，好像在琢磨先对哪个下手。这时僵尸手臂暴长，枯爪一把箍住他脚踝，郭项龙甩了两下没甩掉，暴怒之下用另一只脚猛踢。谁知枯爪像生了根似的任他怎么踢都纹丝不动，反而越收越紧，直把骨骼捏得格格直响。郭项龙尽管神智错乱，可特种兵的本能使他嗅到危险的气息，立即蹲下来用刀柄猛砸。僵尸在石棺动个不停，一点一点地撑开棺盖。

“黑驴蹄……”我才叫了三个字，却见阿诚闪电般扑到石棺前，像塞炸药包似的连续往棺里塞了四五个蹄子，接着老董将满满一袋子糯米全倒进去。

蓝真真最相信火的威力，挣扎着起身到篝火前扎火把，说：“等会儿，把火把塞进去烧。”

阿诚摇摇手正待说话，石棺盖“轰隆”一声被掀到一边，周身绿毛的僵尸蹦了出来，四肢全是布满绿毛的白骨，头至胸腹包着一层薄薄的皮，脸上被浓密的绿毛遮盖因此看不清相貌。它在郭项龙背上重重一拍，“哇”，他连吐两大口血晕厥过去。僵尸嗅到血腥气顿时松开爪子在地上乱摸，老董飞快地把郭项龙拖开。

我见状也强撑起来，阿诚扶住我说快跑，我们不是它的对手，只能把这鬼东西关在里面。老董也摇摇晃晃背起郭项龙，跟在蓝真真后面跑向铜门。

来到铜门前她用力一推，突然间脸色大变，颤声道：“怎么回事？门打不开了！”

老董不信：“这是推拉门，没有锁。”

他把郭项龙放下来也上前推，使出吃奶的劲门都纹丝不动。

蓝真真吃吃地说：“不，不可能的，刚才我站在这儿时门明明开着，怎么……怎么被关得打不开了?”

我们面面相觑，打心底生出一股寒意。

绿毛僵尸绕过石棺疾风般扑过来，情急之下阿诚也不管什么宝贝了，顺手拖过通天神树横扫过去，僵尸被重重叠叠的铜枝铜条顶住无法前进，便抬起双臂一下一下地砸，每砸一下向前靠近一步。阿诚一见赶紧撤手又拉过旁边一株稍矮些的神树砸过去，僵尸依然不急不躁稳扎稳打，步步逼近。老董从角落抄起个青铜面具狠狠砸到它头上，“咣当”，反将面具砸凹下去一大块，僵尸对他毫不理会，似乎吃定了我和阿诚。

蓝真真不知从哪儿生出的胆气，拾起刚才扎好的火把掩至它背后，“嗞”，火把按在它背心上发出一股令人作呕的焦臭味。僵尸头颅陡地旋转 180 度与她正面相对，蓝真真猝然不及吓得傻傻地站在那儿，眼睁睁看着利爪插向咽喉，幸好老董眼疾手快将她拖开。

我终于恢复了一点力气，和阿诚趁难得的机会调整站位，一人抱着一棵神树形成交叉防线。僵尸头颅又 180 度旋转过来，双臂骤然发力将神树向下一压然后踩在脚下，我们无奈放手退到石窟内最大的神树下，四手一齐用力将树扳倒，然而意想不到的事发生了——

一阵机括声响，神树背后的山壁突然裂出一个黑洞，脚下地面猛地一翻，我和阿诚在惊叫声中翻滚着滑入无边黑暗的洞里。

第十三章　水晶洞天

下坠、失重、撞击、剧痛、昏迷……

不知过了多久我方才悠悠醒来，眼前漆黑一团，头盔灯已撞得粉碎派不上用场，伸手胡乱一阵乱摸，触手间是阿诚毛扎扎的胡须，急忙推推他叫道："阿诚，阿诚！"

他呻吟一声，含糊不清地骂道："他娘的，我们在哪里？是不是进了地狱？"

"怎么会？我们俩是合法经营按时纳税的好公民，死后应该上天堂才对……没受伤吧？"

"还……还好，就是腰被石头硌了一下，疼得天昏地暗，强烈需要休息，"他打着打火机一照，我们正处于类似深井的底部，空间不足两平方米，井壁上没有可供燃烧的干藤枯枝，摸摸头咧嘴笑道，"还好，从那么高的地方掉下来居然没死，咱们哥俩真是命大福大。"

我想起石窟里一塌糊涂的局面：绿毛僵尸、郭项龙得了失心疯又昏迷不醒、柔弱的蓝真真和虽有经验却无力量的老董，还有莫名其妙关上的铜门，忧心忡忡道："我们是躲过一劫，他们怎么办？"

阿诚拍拍我："生死有命，富贵在天，命运这个东西光愁是没用的，不如利用难得的清静好好想一想，这一连串事件背后到底隐藏着什么玄机。"

"总觉得第二道铜门后的黑影真实存在，一直躲在暗处窥伺我们行动，他将露在地面的洞口填上，打跑古猿王，暗中关上那道推拉门，另外还有突然出现的鬼火，"我苦苦思索道，"又打又拉，他的真正意图是什么？"

"可以确定的是他不想让我们接触到核心古墓，才弄出诸多手段如派遣古猿过来，放出鬼火，黑暗中拿走电池的也是他，指望在不出人命的前提下把我们吓跑，可当我们躲过鬼火、砸死蜘蛛王进入墓室后他发现严重低估了我们，索性关上铜门让绿毛僵尸将我们一网打尽。”

我质疑道：“有点牵强附会，石棺第一次发出动静时蓝真真打算逃出去，那时门还没有关，如果黑影起了杀心，在此之前有很多机会关门，比如我们研究冰雕，还有看青铜器的时候，后来郭项龙得失心疯、推倒石棺并导致僵尸逸出都是随机事件，不可能事先预料到。”

“僵尸躺在石棺里几千年都不动，为什么我们一进去就动？说明黑影有某种手段促使它尸变并苏醒，与郭项龙发疯无关，即使石棺不倒黑影也有办法让僵尸出来，倘若在此之前就把门关上，势必引起我们警觉，从而想出应对之策。”阿诚说。

“好，第二步来分析黑影到底是谁，为什么暗中阻挠我们行动，他想掩盖什么？”

阿诚长长吸了口气：“这个问题让我联想到李芒和孟哲远，一个小小的书童为何让他们如临大敌，而且不惜以身犯险，组织探险队进洞寻找‘关系到天下苍生祸福凶吉、生老病死的秘密’，难道徐耀与古蜀国存在某种神秘的联系？”

提到徐耀我心里不禁泛起阵阵悸动，全身泛起鸡皮疙瘩，半晌没吱声。

“其实老董还发现个细节，只是怕影响士气没敢告诉你们，”阿诚说，“那就是我们走的线路与当年李芒完全一样，我们遭遇到的挫折他也同样经历过，按照探险习惯凡打开的门就不应该再关上，否则回来时没法找，然而李芒走过去之后为什么所有铜门都关得好像从没人进去过？会不会有人事后仔细处理过现场，把一切恢复原状，包括机关？”

我叹息说：“你当我是不通世事的书呆子，没考虑过这个问题？只是不愿想得太多罢了。”

“但现在不想不行，而且要深入分析，我的设想是，会不会有这么一个家族，负有看守蚕洞的责任并代代相传，保证里面的秘密永不泄露，而书童徐耀就是家族成员之一，因言行不慎而被孟哲远注意上，于是和李芒展开旷日持久的调查……”

“可是书童徐耀与同学徐耀有什么关系，他们……”说到这里我猛地刹住口，想到同学徐耀的籍贯正是四川成都！

“难道这个护墓家族每一代传人都叫徐耀？这也太他娘的不可思议了！”阿诚骚骚头说，“一个几千年之前的古墓，年代甚至早于大禹治水，能有什么秘密值得这样？”

我沉吟片刻道：“谈到秘密，古蜀国的确谜云重重，除了我在车上提到三大悬案，还有很多难以解释的东西，比如精确高深的青铜铸造术从何而来，用什么器具在玉上雕琢细微入致的图案，又比如这样强盛繁荣的文化居然没有文字流传，虽有一些符号却无法知晓其含义……”

阿诚沉默了，黑暗中石井一片寂静，一点声音都没有。

“蓝真真还没有结婚。”我突然冒了一句，旋即后悔得直掐自己，这会儿说这不相干的话干嘛？

“噢，你不也没结婚吗？怎么，还想再续前缘？”阿诚懒洋洋说。

“以她的条件——本科生，人又长得漂亮，家里很有钱，可谓万般宠爱于一身，可居然不结婚，到底为什么？”

“老弟，做兄长的提醒一句，如果你真心喜欢一个人，就不要计较她的过去。”

我捶了他一拳：“臭小子，从生物学家演变成哲学家了。”

“哎哟！”他惨叫一声，不满地说，“当心点，别碰到我伤口。”

休息了会儿，阿诚说与其坐井观天等死不如攀着山岩向上爬，没准能找到活路。我看看四周井壁犬牙交错凹凸不平，有不少可供徒手攀登和蹬踏的地方，而且狭小的空间便于我和阿诚相互支援，难度不算大，于是在手心吐口唾沫搓了搓准备行动。

“等等，”他将打火机凑到右下角岩石前，“这儿有字！”

只见一块相对平坦的褐灰色岩石上刻着三行娟秀纤细的行书：余与潼关蒋仲夏坠于井，至此十一人已亡其九，呜呼哀哉！然余心不悔，待最后一搏矣。广平李芒字。

原来李芒一行人在石窟内也遭到沉重打击，只剩下他和蒋仲夏无意间触动机关后侥幸逃生，虽然如此他并不甘心放弃，准备再努力一把——可惜他终究没能成功，永远葬身在蚕洞之中。几百年后我们仍在重复着他的故事，一步步走向灭亡。想到这里我不寒而栗，下意识缩了缩脖子。

阿诚看出我的怯懦，朗笑道："怕什么？不是猴子不上花果山，既然来了就不会被吓住！哥儿们，上！"

被他一激我豪气顿生："上就上，反正打进来起就没想活着出去！"

两人沿着井壁向上爬，由于凸出的石角大小适中，连我这个从没攀过岩的外行都能比较轻松地攀登，爬了一米多我突发奇想说这些凸出的石角是不是设计好专门让人踩踏的？否则怎么会角度、大小都差不多？阿诚哼了一声说如果我是护墓家族的人，会让这个人工石梯存在吗？我哑口无言。

攀了将近两米，向上摸索时伸进一个洞里，我赶紧让阿诚打起打火机，果然有个半米多高的洞穴，里面的甬道一眼看不到头。阿诚向上打量一番，举棋不定往哪一边走，我说假设我们是从上面掉下来的，即便爬上去机关也会封闭，而这个洞穴位置如此隐蔽，八成是条秘密通道，不妨进去看看。

我们在洞口收集些枯藤扎了个火把半跪半爬着前进，约十多米后看到前面黑黝黝一片，我脱口说糟糕，走到头了。阿诚骂道别乱讲，我们俩命大福大能活一百二十岁，现在还早着呢。我指着前面说你看——咦，爬到跟前才发现黑黝黝的不是石壁，而是厚厚密密的流苏木藤，岷山山区村民夏天将它挂在门上做门帘，又挡蚊虫又清凉，而且它的叶子肥厚重叠，能起到有效的隔阻作用。拨开重重叠叠的枝蔓，透过叶子缝隙见到几缕光亮。我乐观地说或许前面是出口，我们可以重见天日了。阿诚悻悻地说啥也没搞到手，还把老董他们弄丢了，压根没脸出去。我立刻想到蓝真真，叹息道是啊是啊，余亦心有戚戚哉。

眼前越来越亮，当阿诚揭起最后一层木藤叶，两人不约而同"呀"一声，眼睛被雪白的光线刺得生疼，赶紧闭上眼适应了会儿才小心翼翼睁开，又不约而同"呀"了一声。

眼前是一个浑圆透明的水晶洞！

洞壁是近于完美的弧线，和谐协调地形成一个圆形，比圆规画的还要精确。纯白色水晶由大颗透明石膏晶体组成，晶莹剔透，璀璨明亮，折射出令人眩目的白光。

阿诚看痴了差点流下口水，恶狠狠抹抹嘴，用力跺跺脚下，拉着我急切地说："快，快点掐我，让我从梦境里出来。"

我怔怔说："要真是梦就好了，我就把整个水晶洞打包带走。"

站在水晶洞中间，四周晃动着我们的影子，似幻似真，让人感觉一种脱离真实的晕眩。阿诚十指叉开一寸寸抚摸着洞壁，用梦呤般的声音说我不贪心，只要属于我的部分，我们开着面包车来的，把后面座椅卸掉装满就行了……

我哑然失笑，转念想到一个至关重要的问题：凭那时的技术水平，古蜀国人如何完成这项庞大艰巨的工程？水晶硬度远远超过普通宝石和玉，属于坚硬结实的矿物质，但它有两个脾性，一是受热易碎，水晶熔点为 1713 摄氏度，即使用烧开的水浇在上面晶体也容易碎裂，二是怕碱不怕酸，这是它氧化硅的特性所决定。不过这两点都无助于对它开凿加工，古代是用尖锐的钢锉反复敲打锥钻，杀敌一千自损八百，通常加工一件水晶工艺品得换好几把钢锉，完全想象不出几千年前的古蜀国人如何在大山里用最原始的工具完成这几乎不可能完成的任务。

我拉了阿诚一把，说到前面瞧瞧，总觉得这里面怪怪的很不正常。阿诚也从狂热中冷静下来，摸摸胡子说他娘的是有点邪门，莫非这是核心墓室的墓前甬道？

水晶洞高度折射光和声音，我们每说一句话都在洞里反复回荡，像几十个人同时说话，感觉很不舒服。我压低声音说宋代古墓里有回音墙，那是吓唬盗墓贼用的，莫非水晶洞也有这个功能？阿诚说这么大的水晶仅仅用于吓唬人未免有点划不来，依我看它另有奥妙。

你觉得可能起什么作用？我问。

阿诚张嘴正待说话，突然踉跄半步向前栽倒，我赶紧将他扶住，阿诚凑在我耳边用低不可闻的声音说：

"你看影子……"

我向右侧一瞥，只见纯净的洞壁上淡淡映着三个人影，再看左侧也是如此。

明明只有我和阿诚两个人，怎么会有三个影子？我也呆住了，全身血液几乎凝结成冰。

第十四章　水波幕门

阿诚偷偷使了个眼色，两人同时向前迈步，三个影子随之一起移动，我们再向后退，三个影子也一起退。阿诚一咬牙，陡然翻出藏刀恶狠狠刺在洞壁上，“当”，水晶上只留下一道浅浅的白印。

就是他，神秘黑影，他躲在洞壁后面监视我们。我说。

阿诚扯掉外套，对着洞壁大吼道：有种的出来较量，别像缩头乌龟躲在背后，出来！出来呀！

暴烈的吼声响彻整个甬道，震得耳朵嗡嗡直响。

我说光吼没用，快点跑出这鬼地方。他点点头，两人突然发动，以百米冲刺的速度向前跑，跑出十多米拐了个急弯，前面有堵水晶墙挡住去路，墙上是道流光水溢的门，大小与普通门一样，却上下流动着水状液体，并反射出五彩缤纷的光芒。

我们冲到面前用手一摸，感觉与摸在水晶上一样，整个门与水晶墙浑然一体，没有半点缝隙。

他娘的不是真的，而是观光门。阿诚骂道。

我凝视着水波，依稀间看到蓝真真的身影，独自站在一堵墙的角落。

“蓝真真!”我不由得一喜，为她成功从僵尸魔爪下逃生而高兴。

阿诚也看出来了，喃喃道：“也许她与我们一墙之隔，就在水晶墙后面……”他冷不丁高声叫道，“真真!”

我被吓了一跳，怒道：“轻一点好不好，她听不见，我却被你震聋了。”

水波里蓝真真歪着头好像在思考问题，过了会儿抿抿嘴唇转头向左边走去，左边墙壁下坐着个人，双臂抱肩瑟瑟发抖。

“郭项龙!”

我和阿诚叫道，心中诧异不已，按说我们俩坠入暗洞后，对付僵尸的主力只剩下老董，然而活下来的却是蓝真真和郭项龙，老董到哪儿去了？难道丧命在僵尸爪下？郭项龙苏醒后是不是失心疯也自然消失了？

一连串疑问充斥在我们心头，两人瞪大眼紧紧看着水波，惟恐忽略掉一点细节。

蓝真真蹲在郭项龙对面询问着什么，他只是摇头，嘴唇急剧颤抖，身体犹如打摆子似的左右摇晃，好像冷得说不出话来。蓝真真握住他的手说着什么，他却尽力抗拒，两人争执不下。

阿诚诧异道：小郭到底是冷得发抖还是摇头？我说可能是蓝真真要求他做一件事，他坚持不同意。阿诚说不会的，来之前事先说过，五个人都在的情况下以我的命令为准，我不在的话依次为你、老董、蓝真真，总之他只有服从的份儿，违拗一次就扣除一半酬劳。我笑骂道你也太黑了。

水波上下流动着泛起阵阵涟漪，两人的容貌、神态却清晰可见，简直太奇妙了。只见郭项龙用力甩开蓝真真的手，身体向右侧移动，他脸色越发青白，眉毛、唇边、耳垂上竟然结了一层薄薄的冰霜，手指僵直得无法舒展，胸口因体温下降而急剧起伏。

“是不是中了尸毒？”我惊问。

阿诚脸色沉重：“不像尸毒后的反应，我也没见过。”

蓝真真突然做了个令人吃惊的动作，张开双臂将他搂在怀里，而且解开外套钮扣，把他的脸贴在她胸前。

我和阿诚双双“啊”了一声。阿诚怔怔地说真真怎会做出这种傻事？她，她，她还是没嫁人的姑娘啊。我也咂咂嘴，百味交陈一句话都说不出来。

郭项龙似乎也觉得唐突，但已无力动弹，只得紧紧闭上双眼。顷刻之间他身上的冷气好像传到她体内，蓝真真顿时脸色白得吓人，睫毛上挂了一串冰珠。起初还微微颤抖，渐渐地两人如同冰雕呆立不动，完全没了生气。

阿诚双手捏得格格直响，腮帮子因愤怒绷出坚硬的线条，咆哮道为什么这么傻？难道想不出更好的解决办法，非要用死来证明自己愚蠢？我们进古墓是要发财，而不是送死！

他边嚷边挥舞藏刀砸在门上，水波剧烈晃动，整个门好像有坍塌的迹象，我们精神大振，冲上去连踢带踹，全然不顾手背和关节被水晶棱角割得鲜血淋漓。猛烈撞击下水波仿佛掀起滔天巨浪，将蓝真真和郭项龙的模样撕裂得支离破碎，以至于无影无踪。

蓦地“哗”一声，水状液体突然快速收入两侧水晶壁中，露出个黑乎乎的甬道。

“真真!”

阿诚举着火把疾步冲进去，“啊”地呆住了。我跑到他身边一看，眼前石窟与我们在水波里看到的完全不同，里面布满犬牙交错的钟乳石，狭小的空隙里空无一人，蓝真真和郭项龙似乎凭空消失了。

“咦，明明看得清清楚楚，应该不会错的……”我心有不甘地想上前再搜寻一下，阿诚抬臂拦住，冲前面呶呶嘴，我低头一看连忙倒退两步，原来四五米前竖立的岩石上傲然盘踞着一条两头蛇!

它全身赤红，背部布满弯月形鳞片，身体一圈圈绕在石头上，粗粗一数起码有七八圈，岩石周长按两米计算它身长也达十六米左右，也就是说以我们的奔跑速度不可能抢在它攻击前逃出去。

自古以来两头蛇被视为不祥之物，会给看到它的人带来不测。相传楚国孙叔敖出去玩耍后哭着回家，告诉母亲自己遇到了两头蛇，虽害怕如人们所说因此而死，仍将它打死并深埋，以免再有其他人看到。母亲听了夸奖他是在积阴德，将来必有福报。

从生物学角度讲两头蛇并不神秘，它是胚胎发育过程中的异变，当一个受精卵要分裂成两个胚胎形成同卵双生时因某种原因无法完成，因而形成连体现象。但两头蛇与有性格缺陷的人一样，往往易怒易冲动，性格暴戾残忍，不达目的不罢休。

它的头摆来摆去，显然它已发现了我们，正在寻找最佳出手时机。

阿诚轻微翕动嘴唇说：“我掩护，你走，确保逃一个。”

“不，你先走。”我说。

“神经病，我在里你在外，我来不及先逃。”

我还要坚持，两头蛇似乎被我们的交谈激怒了，两个头呼地同时昂起，血红的舌头一吐一吸煞是可怖。

“快跑!”阿诚将我重重一推，我不由自主奔出几步冲入水晶洞，阿诚紧随其后跟过来，再回头看两头蛇还是蓄势待发的模样，并没有发动进攻。

这下我们倒奇怪了，刚才两人都是后背对着它逃跑的，应该是最佳袭击时机，以它的身长和速度同时撂倒两个都有可能，怎会按兵不动呢？

我小心翼翼将头伸进去看了半天："它该不会是瞎子吧？"

阿诚"啪"敲在我后脑勺上："外行话，蛇的视力本来就差得出奇，主要靠嗅觉，我们俩刚才闹的动静对它来说相当于十级台风，焉有不知之理？"

"管它呢……"我只说了三个字就闭上嘴，因为老董说过，古墓里不能存在不明白的事，何况水晶洞本身也凶险莫测，想到洞壁上三个人影我就头皮发麻。

阿诚思虑良久说："蛇作为冷血动物，嗜血和主动攻击是它的天性，这一点毋庸质疑，但这条两头蛇为何光响雷不下雨呢？肯定有某种原因在制约着它，使它有心无力……"

"有些古墓用蛇作为护墓生物，类似看家狗的作用，只要不越过警戒线就不轻易出手？"我猜度道。

"几千年的两头蛇？那不叫蛇应该叫龙了，"阿诚说，"可惜没有枯藤，否则扔只火把逗逗它……"

我陡然想起口袋里有半卷纯棉绷带，于是撕了做成灯笼形状把火苗燃在中间，纯绵容易引燃，很快烧成一团火球，阿诚瞅准了朝两头蛇扔过去。

"叶"，火球扔到半途好像被什么阻了一下，直直地落到地上，再看两头蛇还是一付如临大敌的样子，依然没有动。

原来石窟中间有道透明的墙，难怪两头蛇按兵不动，它早知道我们不构成威胁。

阿诚快步走进石窟故意又蹦又跳，手舞足蹈，两头蛇还像刚才那样摇晃着脑袋，好像为他伴奏。这时他做了件冒险的事，突然飞起一脚踹在看不见的墙上！谁知那道墙仿佛是巨大的弹簧，竟然将他弹飞起身，重重撞在后面石壁上。

我赶紧跑过去扶他，他却一把推开我，眼睛直勾勾盯着对面，颤声说："我看到了，我看到了！"

顺着他的目光看去，那边漆黑一团什么都看不见。

“什么?”我不解地问。

他一骨碌爬起来把我拉到透明墙面前，这回终于看到了，两头蛇后面石壁上有道暗灰色铜门，虽然只有前面那些铜门的一半大，却透出一股说不出的威严肃穆的气氛，感觉它不可侵犯。门前倒着一具骷髅，一手抚胸，一手叉开抓在门上，似乎不甘心死在那里。

“看到了吧?”阿诚激动地说，“这才是真正的核心墓室，而两头蛇如你所说是护墓生灵，跟河里的怪兽一样代代相传，忠实守在墓室门口。”

进洞以来经过这么多周折，头一回看到胜利的曙光，但看不见的墙又将我们阻拦在外面，它不仅韧性十足，而且刀枪不入，水火不惧，我和阿诚把能用上的工具轮番使出来，折腾了大半天也无奈何。

阿诚恨声说他娘的我们还不如那具尸体，他好歹摸到墓门，我们只能眼巴巴看着连门都找不到。我说不要悲观，李芒做到的事我们也一定能做到，不过是时间问题。

甬道纵深十五米左右，除了右侧透明墙全是厚厚实实的石壁，我们来回转了十多圈，真有黔驴技穷之感。透明墙那边空间并不大，铜门是斜向右突出在中间，两头蛇盘踞的岩石又占了好大一块空间，其余都被钟乳石占据，密密匝匝几乎伸不进脚，也没有看到任何通道，按理说透明墙的位置就是墓室正入口，可为什么偏偏进不去?

阿诚看着我说：“晓飞，运用你无上的智慧和渊博的三星堆知识，好好想一下其中的奥妙。”

我说：“首先三星堆出土的文物中从未有关于水晶墙图案的，其次这道看不见的墙别说四川地区，就是全世界墓葬史上都没有记录，说明蚕洞确实很奇妙，奇妙得让我忍不住怀疑达尔文的进化论。”

阿诚摆摆手：“那事儿说来话长，以后再探讨，现在我们只有两个选择，一是留在这里继续想办法，二是原路返回，从水晶洞回到井坑口再向上爬，没准会有新发现。”

我沉忖道：“这里设计玄奥离奇，差之毫厘谬之千里，我们放着好端端的目标舍近求远，要是再想回来不知要费多大劲，再说刚才明明看到真真和小郭，或许他们也在附近，不如……”

两人边说边在石壁下踱步，这时我看到火把的火苗向右一晃，连忙问："阿诚，感觉到风没有？"

"这是全封闭甬道，哪来的风？"

"不对，火苗随风走，肯定是风。"我坚信自己的判断，夺过火把贴着石壁一寸寸找，阿诚在旁边嘲笑说这种火苗火势不大，吹口气也能让它晃三下。转眼间摸到尽头拐角，前面还是黑乎乎的阴影。

"这就是了！"我长长吐了口气。

阿诚不解地看着我："是什么？"

我指指石壁，这片区域不像其他石壁有明显的脉络和纹路，上下连贯浑然一体，而是由形状各异、颜色也大相径庭的岩石堆砌而成，由于年代久远石质已比较接近，加之洞里暗黑，若非拿火把凑在面前细看，根本察觉不到区别。

第十五章　遇美人鱼

“好像是……人工墙!”阿诚说。

我拉着他猛地向角落里一冲，他“啊”了半声，大概做好撞得头破血流的准备，谁知竟一下子冲入空旷的石室，诧异得摸着脑袋回头打量。

这道人工墙是屏风式石壁，衔接上方垂落的石幔浑然天成地挡住后面通道，它巧妙运用光学原理，利用阴影遮住狭小的入口，角度又几乎与人的视线平行，昏暗中哪怕站到跟前都看不出破绽。要不是天助我也，紧要关头从洞里吹来一丝风，无论如何悟不出其中玄妙。

石室呈正方形，约十多个平方，四个角各有一具半人大小的青铜蟾蜍，中间则端放着三足铜爪直立人像，三个铜爪造型不同，有单蹼两指，有五指，还有六指，人像约两米多高，下身是长至脚踝的裙子，瘦削而简洁，腰间围着鼓鼓囊囊的东西，头戴圆顶头盔，上面竖着两根短短的线，眼睛一如蚕丛的形象，夸张地突在前面，两侧耳朵成直角张得很大。

整个布局好似原始部落的祭祀台。

阿诚歪着头看了半晌，说中间人像有点像郭项龙。我迷惑道我怎么没看出相同点？他笑着说你不觉得青铜人像就是特种兵的形象吗？头戴钢盔，架着望远镜，还竖有联络天线，郭项龙见了肯定特有亲切感。

我不悦地说你也跟真真一样，什么事都往外星文明上扯，照你的思路世上所有考古学家和史学家都得改行，只等天文学家与外星人联系上就 OK，甚至人类也无须孜孜不倦地探索发明，反正有外星人手把手来教……

阿诚高举双手说我承认说错了，我投降，现在请考古学家研究一下这间石室的作用，为何孤零零放五件青铜器？

我围着石室绕了一圈，先找到风源——青铜人像的方形大嘴里吹出丝丝凉风，说明它内部空心，而且通往某个通风口。青铜蟾蜍背部深深凹陷下去，里面空无一物，左右各有一个细细圆圆的小孔，小拇指伸不进去，拿登山索塞了二十多厘米就被阻住了，不知是有弯道还是到了尽头。手指在边缝和角落里一抹，抹到淡淡的灰烬，无疑它的功能是焚香或燃烧祭祀用品，但灰烬被人清除了。

阿诚拿手指叩击几下，青铜人像发出空洞的声音，他卷起袖子准备强行搬开，嘴里咕哝着把它扛出去就算这趟没白来。我急忙阻止说不可鲁莽，设计者把石室放在核心墓室对面，可能暗示这里有打开透明墙的机关，草率从事触动毁灭设置就完了。阿诚以前盗墓时在毁灭机关下吃过苦头，闻言立即放手。

我转到其他三只青铜蟾蜍前都抹到一点灰烬，这就大有问题了。作为祭器，焚物燃香是再正常不过的事，即使里面装满香灰都不会让人惊讶，有必要刻意清除吗？难道香灰本身就透露某种信息？

“嘴里有东西！”阿诚在青铜人像面前踮起脚尖说，我过去将他拦腰抱起，从嘴里小心抽出四只树叶形的青铜片，很薄，上面刻满了鳞片。

阿诚说该不会是青铜人像的舌头吧，世上哪有这么可怕的舌头？

我摸着青铜片上的鳞片心念一动，抽出一片盖到青铜蟾蜍背部，正好覆盖住它的凹陷部分，缝口吻合得丝毫不差。

原来是香炉盖。

毫无顾虑，这是个被精心掩盖的真相：四只青铜蟾蜍的功能是封闭燃烧，产生的热量和烟通过小圆孔输送到某个地方，然后对墓室里的设置形成推动力。但中间青铜人像在燃烧中发挥什么作用还有待继续研究。

听了我的分析，阿诚虽觉得有道理，又疑惑地说既然不想让盗墓者发现真相，索性把青铜片销毁岂不利落，为何多此一举藏在人像嘴里？这不是给我们提供机会吗？

我也说不清，但这件事与神秘黑影击退古猿王一样，肯定有他的道理，只是暂时想不出其中的奥妙罢了。

采集了一大堆枯藤干草，扯碎后一层层压入青铜蟾蜍背部凹陷处，点燃并用青铜片盖上。古蜀国青铜器铸造水平果然登峰造极，虽然就这么简单一盖，没有卡缝或合铆，里面的烟却一丝儿都没有逸出，鼻子凑到跟前只感觉有些热量，嗅不到烟呛味。

“有奖竞猜，这些烟跑到哪儿去了，”阿诚说，“窃以为将从青铜人像的鼻、嘴、耳朵里弥漫而出，形成吞云吐雾的奇观。”

我摇头道：“古蜀国人把祭祀作为头等政治大事，不会把庄重的祭台设到墓室门口，祭祀场面也不会如此简单，这间石室隐含着过渡意味，相当于传说中的鬼门关，冲过去就是阴界，冲不过去只能在石洞里兜圈子。”

阿诚笑道他娘的你说的话越来越有道理，简直赶上甚至超过我这个盗墓前辈了，看来把你拉下水的决策是正确的。我深深叹了口气，说我只想弄清徐耀的问题，其他事一概不感兴趣，只要查到答案立即回去继续贩面粉，老实说好久没闻到面粉味儿真有种失落感。他失笑道贱骨头一个，这里随便捡件青铜器回去都抵得上两条船面粉。

几分钟后青铜蟾蜍遍体滚烫，中间青铜人像也有热意，但没有烟雾。难道它们之间只导热而没有管道相连？正在瞎琢磨之际人像底座里传出“格”一响，我们吓了一跳连忙跳开几步，可石室里并没有异常，跑到对面透明墙前一试还进不去，这到底怎么回事？两人百思不得其解，绕着人像转了几圈，阿诚猛地眼睛一亮，蹲下身指着底座说你瞧，地面有擦痕！

只见底座南侧边缘灰黑色石头上有道浅浅的擦痕，呈半弧形，若非阿诚眼尖，又用剩下的枯藤加大火把亮度，根本不可能看到。可以想象，在石室里收拾残局的人只顾把青铜片藏匿起来，也忽略了这个细微的破绽。

显然，擦痕是底座旋转时留下的，底座里关联到对面某个机关。四只青铜蟾蜍燃烧产生的热量通过导体传送到底座融解装置——例如石蜡，平时机关被石蜡凝固住无法启动，只有受热后融化才能操作，“格”就是启动信息。

阿诚是急性子，对着擦痕一比划说顺时针旋转，搓搓手双臂搂住人像由左向右用力一转，顿时地底下传来“轰隆隆”的巨响，接着石室也摇晃抖动起来，我们赶紧退到石壁边贴墙而立，紧张不安地看着人像“唰”地反转归位。

他娘的，反应好像大了点。阿诚喃喃说。

错了。

什么？

刚才旋转错了，应该逆时针。我说。

不可能，我看得很清楚擦痕是顺时针。

那不是旋转痕迹，而是旋转后底座自动弹回原状的刮痕，我叹息说，我也是刚刚看到人像复位时想通这一点。

阿诚怔了半晌，一跺脚道错就错吧，大概也没什么要紧……

话未说完北侧石壁上“轧轧轧”露出个半人高的黑洞，紧接着石壁上方“哗”一声巨响，强大的水流暴泄而下，瞬间吞没我们并涌至石室顶部，然后一股强大的吸力将我们裹挟其中直冲入黑洞！

这是一个绝妙透顶的设置，任你水性多高，反应多快，都无力抗拒从天而降的巨大水流。

卷入黑洞的刹那，我和阿诚的手紧紧握在一起，这使我心里多少有些安慰：就算死了黄泉路上还有个朋友，不会做到处流落的孤魂野鬼……

“扑通”，身体恍如高速炮弹重重冲到水中，失重和水压挤得全身撕心裂肺地痛，连呛几大口水直往水底沉。幸好阿诚抗打击能力强，连抱带搂将我拖出水面，奋力游到礁石边爬上去，两人眼、鼻、耳都渗出血，眼睛阵阵肿胀，呼吸时胸腔隐隐作疼，这突如其来的打击委实让我们受伤不浅。

火把自然是没了，所幸打火机还在，打着了一照，我们正处在一个大水潭内侧石壁边，水潭对面黑影幢幢不知是岩石还是别的什么，距离太远看不清楚。

打火机火苗渐渐弱下来，阿诚舍不得再用将它熄掉，骂咧咧道：“他娘的又是什么鬼地方，莫非进不了天堂就下地狱不成？”

我捂着胸口连喘几大口气，有气无力道：“恐怕我受了内伤……全身提不起劲……”

“没关系，休息会儿就行了，干革命得能吃苦肯拚命，轻伤不下火线，”他循循善诱说，“尽管我们再次遭受重挫，但换个角度讲我们又活下来了，这就是最大的胜利，目前老董生死未卜，郭项龙不知中了什么冰毒，蓝真真又傻不拉几舍身相救，凶多吉少，我们俩必须振作精神一勇无前，用实际行动告慰死者在天之灵……”

我粗暴地打断他道："别说了，越说我心里越堵得慌。"

阿诚乖乖闭上嘴，只过了三秒钟又开口说："听到没有，水里有动静。"

我耳里还嗡嗡直响，脑中一片混沌，懒洋洋说："让我清静会儿好不好?"

"不对，水里一定有情况!"他沉默片刻断然说，翻身在黑暗中摸索着扯了些枯藤扎成火把，这个简单的动作使他连连喘息，可见他的伤未必比我轻，只是一直在硬撑而已。

点燃后他将火把凑到水面上，几乎是同时潭水悄无声息荡漾出几圈涟漪，一个长发垂面的人头浮出来，滴溜溜转了一圈又沉入水中，整个过程没有一丝动静，也没有水花，若非潭面涟涟水波，简直怀疑是在做梦。

阿诚先是呆若木鸡，然后蹬蹬蹬退到我身边，手哆嗦得连火把都拿不住，一迭声问："你看见了吗? 水里那个东西到底是什么?"

"不是僵尸?"

"尸体碰到水就烂掉了，哪来的僵尸? 还有僵尸只长指甲不长头发的。"

我也意识到问题的严重性，沉吟良久说："也许只是一条大鱼或普通水底生物，正好顶着一团水草上来，所以误以为是头发……"

"嗨，你明明知道我眼力好，从来没看错过……"阿诚嚷着几乎要翻脸了。

似乎要推翻我的猜测，长发人头猛地从岸边冒出来，这回上半身都露出水面，可以清晰地看到胸前圆鼓鼓的乳房，它仿佛扫了我们一眼，又轻轻没入水中。

"美人鱼!"

我们异口同声叫出声来，阿诚神色一松，笑咪咪说想不到神话里才有的宝贝让我们见到了，以前上大学时教授们都说世上根本不存在美人鱼，而是古代渔民误将海牛、儒艮等类似人形的动物看作人，并附会很多奇谈杂论，当时我就不信。要是一两个人看错倒情有可缘，事实上东西方都长期流传着美人鱼的传说，难道大家都瞎了眼不成?

我泼冷水说未必是美人，或许长发下覆盖着一副奇丑无比、让你看了做噩梦的面孔。

那也比遇到僵尸好，他满不在乎说，刚才你注意到没有，它的皮肤很细腻光滑，真真也不及它。

我觉得拿真真与它比较简直是对她的侮辱，冷冷地说细腻不细腻亲手摸过才知道，你摸了真真没有？又摸了丑人鱼没有？

阿诚也知道自己失言了，讪讪说我倒忘了真真是你的梦中情人，无意冒犯多有得罪，算了，我还是再观察观察它，回去写篇轰动生物界的论文冲击诺贝尔奖，为国人争一把光。

正说着美人鱼又冷不丁出现在岸边，阿诚急忙举着火把靠上去，谁知它蓦地伸出黑黝黝布满鳞片的手臂一把扣住他手腕往水里拖，阿诚猝然不及被拖着向前两步，情急之下我不知从哪儿爆发出力量，一个飞跃拦腰抱住他的腰。

阿诚身体一滞，正当我以为救援成功之际，美人鱼猛地伸出另一条手臂“夺”啄在我肩头。

这时我才知道阿诚为何毫无反抗，它的爪子十分锋利，瞬间深深扎入体内锁住肩骨，根本提不起反抗的力道。

我和阿诚被这股凌厉的力量一寸寸拖向水潭……

第十六章　暗藏杀机

书到用时方恨少，这一刻我才懊悔平时不注意锻炼身体，两个大男人居然被一条美人鱼硬生生拖下水，这种死法未免太窝囊了。

危急关头还是阿诚脑袋瓜子活络，迅速将火把往它手臂上一按，“呲”，立刻闻到一股皮肉烧焦的味道，它全身一抖，惨叫着松手滑入水中。

再看肩窝处，利爪刺破衣服在肩上留下三个血洞，阿诚也好不到哪儿去，手腕高高肿起四道血印，像被烧红的烙铁烫过一般。

阿诚骇然说这哪是美人鱼，分明是杀人鱼，教课书里从没提到过。我说你犯了严重的教条主义和本本主义的错误，因为主流生物学理论根本不承认有美人鱼，当然扯不上杀人的事。而神话传说大都集中在美人鱼美丽的容貌和漂亮的鱼尾，以及富有诱惑力的身材，通常是纯洁、善良、容易被爱情冲昏头脑，却忽视了它的另一面，没有灵魂，像海水一样冰冷无情，兼有虚荣、残忍和绝望等多种特征。只有德国诗歌例外，提到一个叫洛雷莱的美人鱼，经常出现在莱茵河畔，用冷艳凄美的外表和哀怨动人的歌声迷惑过往的船夫，使他们分心而失去方向，最后沉入河底。攻击类的美人鱼也有，西南太平洋群岛上的美拉尼西亚人的神话中把美人鱼叫作阿达拉（Adaro），平时隐匿于海上龙卷风里，每当有渔船落单就突然从海里飞出来袭击渔民，使他们昏迷不醒后拖入海中。

此时两人全身又痛又冷又累，加上无尽的恐惧和不安，哪有心情追本溯源探讨美人鱼的来历，但只有不停地说话才能稍稍减轻压力，使气氛不至于太压抑。其实自旋错方向被打入水潭后，我们的情绪已低落到极点，这危机四伏的石洞里每前进一步都要付出相当大的代价，好容易无限接近终点却被打入岔道，回头想想真觉得泄气。

包扎好伤口，我们一直盯着潭面，防止美人鱼爬上岸偷袭。或许刚才的烫伤很严重，它再也没露过面，但水面不时泛起水波，说明它仍躲在水里窥伺。看着看着我眼睛渐渐模糊，睡意上拥，昏沉沉打起盹来……

"晓飞!"

我一惊，直起身说："有情况?"

"没有，"阿诚脸上少有的深沉，"我在想，如果这回我们俩死在洞里，人生中还有什么遗憾。"

我心里"格登"一声，知道乐观如他者也挺不住了，开始考虑失败的后果，我抚了抚伤口说："要说遗憾只有徐耀失踪那件事，到底谁叫走了他，两个人跑到哪儿去了，我明明站起身的，为什么你看到我趴着?这一串疑问毁了我三十岁前的人生……要不然，我和蓝真真的孩子起码两岁了。"

阿诚沉默良久，道："真真是个好女孩，如果有幸活下去，你千万不能错过。"

我苦笑着反问："你呢？有什么遗憾?"

"我应该多陪陪妻子和儿子，钱多有什么用？生不带来死不带去，成天忙忙碌碌不就图个一家人幸福快乐吗?"他喟叹道，"我发誓，只要能解开徐耀的秘密，我阿诚必定金盆洗手，永远不踏入古墓一步，否则天谴雷劈……"

我赶紧打断道："随便聊聊而已，犯得着发这种毒誓？要说永远不进古墓，我第一个反对，通过这次探险我又恢复了对考古的兴趣，说不定今后会重操旧业呢。"

阿诚咧嘴笑道："他娘的从良就这么困难，总有人哭着喊着不让……你知道这会儿我的愿望是什么?"

"赶快进入核心墓室，回家。"

他恶狠狠说："不，我要活捉美人鱼，长得难看就一刀刀剐死，长得漂亮的话，嘿嘿，来个先奸后杀。"

我忍俊不禁，哈哈大笑，先前的郁闷在笑声中一扫而空。

其实这方面的事古籍中也有记载，《太平广记》第四百六十四"水族"就记述过一种海人鱼，长年生活在东海，身体形状与人一模一样，一般身长一米多，少数大的超过两米，可以人选篮球队。眉目、嘴、鼻子、手都秀丽可爱，酷似美丽的少妇，一头长发束成马尾辫，全身上下肌肤洁白如玉，没有鳞（这一点我不太相信），长着细细软软的绒毛，性别有雄有雌，生殖器官与寻常男女没有区别。靠海的鳏夫寡妇寂寞难耐，就到深海里捉这种海人鱼藏在家里池子里喂养，夜里抱出来与之交合，跟男女之间性爱一样，而且它从不伤人。只是海人鱼出了海水后生命特别脆弱，即使最有经验的渔民喂养也很少超过三个月。

说说笑笑不觉过了两三个小时，潭面平静如故。阿诚开始不耐烦了，说这样下去不是办法，水潭就是她的家，躲在下面耗几年都没事，我们全身湿透，身上有伤，食物又不多，一天都耗不起，得想个办法制伏它后才能泗渡到对岸。我说首先它怕火，但火又怕水，这一条否决掉，其次是刀，它身上布满鳞片，刀尖一刺就滑，攻击效果不佳，恐怕也不可行。要不采用美男计，你脱光了躺在潭边，它闻到男人的气息肯定淫心大动，会忍不住扑上来跟你办好事，我在旁边拿石头截断后路，上演一幕火烧美人鱼的好戏。

饿死事小失节事大，我宁可一头在石壁上撞死也不会这么干。阿诚慷慨激昂地说，眼珠一转盯到我身上，色迷迷说你是童男子，对美人鱼更有吸引力，这等好事还是你来。

去你的，这是我想出来的，有优先指定权，我面色一整说美男计只是说说而已，不能当真，它能在水潭里一代代繁衍生存，八成与河中怪兽一样或者有自身繁殖系统，或者不止一只，再说它有独特的审美观，就算你愿意全裸恐怕也勾不起它的性趣。不过美人鱼终究是鱼，鱼就能用鱼饵骗其上钩，这一点千古不变。

阿诚眼睛一亮，抚掌说你越来越聪明，以后可以取代老董成为我的最佳拍档了，不错，它再凶残再厉害，本质上还是鱼，所以要用对付鱼的手段对付它……

我们低低嘀咕了一阵，在地上生了堆火开始准备起来。我解下皮带，拆掉皮带头上的钢扣，用石头劈劈叭叭一顿猛砸，将钢圈砸断后再反复捶打，直至打制成弯弯的鱼钩。阿诚把另一端圈成封闭环形，拿登山索扣在上面打了个死结，再用皮带套做了五个浮标。两人得意地相视一笑，他从贴身食品袋里切了块五香牛肉，在火上烤得浓香四溢，连我们自己的都馋得直咽口水，然后把牛肉钩在鱼饵上，远远甩到水潭里。

水面立刻泛起一圈圈水波，显然喷香的牛肉给了美人鱼很深的刺激，它不停地在水下游来游去，琢磨天上为什么突然掉馅饼。过了会儿陡地在远处冒出来刺探情况，我和阿诚在篝火后面贴壁而坐，如老僧入定。

“它很狡猾。”阿诚悄声说。

“我把登山索隐在枯藤下面，它看不到绳子就产生不了联想。”我低声应道。

美人鱼上半身浮在水面缓慢地沿着潭边游弋，游到我们跟前时还故意停顿了会儿，用没受伤的手臂在岩石上拍打几下，故意向我们挑衅。我暗暗好笑，若说它有智慧，也不过相当于三四岁孩童的智力水平，一块牛肉就让它患得患失得这样。

见我们没有反应，它好像放心下来，一头钻入水中，潭面又恢复了平静。

“注意，它准备咬钩了。”我提醒道。

阿诚又兴奋又激动：“我盯着呢，这将是我们有史以来钩的最大、最漂亮的鱼。”

浮标轻轻一动，我一抖就要拖绳子，阿诚使个眼色说别动，它在碰钩，这是鱼咬钩前的常用伎俩，我擦了把冷汗点点头。

过了半晌浮标又动了一下，阿诚做个准备动手的手势，两人眼睛瞪得比铜钱还大，一眨不眨地盯着水面。

突然浮标猛地向下一沉，阿诚手一劈，两人同时起身双双将绳子一拖，水面上顿时翻腾起巨大的水花，美人鱼半沉半浮激烈地挣扎，力量之大使我们稳不住身体，反被向潭里拖了两步。

“来回跑!”

阿诚叫道，我醒悟过来，跟着他在狭长的岩礁上跑来跑去——它在水里的力量太大，凭我们的力气无法与下面抗衡，而且容易被它用手褪掉鱼钩，只有来回跑才能在运动中消耗它的体力，使它来不及褪钩。因为它只要动作稍慢就会感到剧痛，出于避痛本能必须被拴在后面游。

它还在拼命挣扎，登山索绷得直抖，但我和阿诚成犄角形拉着，从而有效化解它巨大的力道，登山索是阿诚特意在上海登山协会买的进口货，品质确实超一流，任它用牙齿咬，用爪子啄，用双手拉怎么也不会断。

一眨眼工夫已经跑了四十多个来回，它依然保持强劲的后劲，反而我和阿诚累得上气不接下气，汗水如雨点扑簌簌而下，模糊了双眼，脊背上更是湿得精透，和衣物牢牢贴在一起，非常难受，脚后跟更被凹凸不平的岩面硌得生疼，每跑一步就钻心地痛。

“再这样下去恐怕累死的是我们。”我气喘吁吁说。

阿诚大声应道：“现在是黎明前的黑暗，再撑会儿，坚持到底就是胜利！”

“万一坚持到底的是它呢？”

“毛主席说过，打一场大仗争取三十年和平，即使最后被它脱逃也元气大伤，到时我们再下水它也不敢轻举妄动。”

我还是不安：“它体力远比我们充沛，恢复起来也比我们快，到时还是要吃亏。”

“你这个悲观主义者真是没救了，怎能这样钻牛角尖？”阿诚批评道，“作为国内享有盛誉的生物学家，我可以负责任告诉你，鱼类跟人不同，不懂得合理分配体力，有一分用一分，所以笑到最后的一定是人。”

话音刚落手腕上的压力果然一轻，阿诚得意洋洋看着我，两人打起精神继续漫长的马拉松。又跑了十多圈，它的力量越来越弱，几乎失去了反抗的能力。我已累得两眼发黑，舌头像狗一样伸出来，断断续续说着，差不多了吧？阿诚沉着地说再跑三圈。

三圈后水潭里已没了动静，美人鱼如死鱼一般浮在水面，我要歇会儿再拖，阿诚说夜长梦多，把它弄上岸捆绑住才放心，煮熟的鸭子不能飞了。于是两人一齐用力，将它拖到岸边，由于水面离岩礁尚有三四十厘米落差，单靠绳子无法拖上来，阿诚骂了一句，跑过去弯腰握住它嘴边的绳子准备拖，就在瞬间——

它身体右侧蓦地又冒出一只美人鱼，闪电般抓住他的胳臂向水里一拖！

我们都失误了，忘了潭里真的还有一只美人鱼。

仓猝中我来不及多想奋力将绳子一拉，虽比不上美人鱼刚强的拖力，却多少有所缓冲，阿诚毕竟经历过大风大浪，危急中反应奇快，飞起一脚蹬在它脸上。它怪叫一声更加用力，我迅速跑过去抱住阿诚的腰，双方形成僵持格局。

被钩住的美人鱼趁机翻转身体，三下五除二地褪掉鱼钩，冲我们虎视眈眈。我们暗暗叫苦却分身乏术，只能眼睁睁看着它张开利爪逼上来。

第十七章 重力装置

美人鱼脸部虽被浓密的长发覆盖着，依然能感觉到它那怨毒凶残的目光，嘴唇边血肉模糊，大滴大滴的血直往下流，它吃力地爬上岩石张开利爪扑向阿诚。

此时阿诚双手紧紧握着另一只美人鱼的手相持不下，我则奋力抱着他的腰不敢有半分松懈，只能眼睁睁看着它冲过来。

刹那间我打定主意，一旦阿诚被拖下水我就掏出藏刀自刎——不是出于哥儿们义气，而是不想落到美人鱼手中受折磨。

“砰!”

一声震耳欲聋的枪响，扑到半途的美人鱼一震，身上炸出一大片血肉全喷到阿诚脸上，身体痉挛数下软绵绵倒下，滑入潭中，水面上顿时泛起鲜红色。与我们对峙的美人鱼大惊，仓惶松手向后一仰，“扑”一声没入潭水。

阿诚长长出了口气，朝对面挥挥手：“郭……”软绵绵地倒在我怀里，我本来就脆弱得不堪一击，一撞之下当即两眼一黑也昏过去。

……

醒来时一眼看到蓝真真，然后是郭项龙和老董，阿诚还昏迷不醒，但呼吸平稳脉搏正常，基本没有大碍。

我一咕碌爬起来劈头就问：“你们没冻坏吧?”

郭项龙和蓝真真对视一眼，莫名其妙道：“你问谁?”

“你，还有真真，当时老董不在旁边，”我虽感到事情又不对劲了，还是自顾自说下去，“我和阿诚亲眼所见，你冻得浑身发黑，真真为了救你也……也冷得生命垂危……”

郭蓝二人脸上诧异之色更浓，愣愣看着我，蓝真真伸手在我额头上试了试说："体温正常，不像说胡话。"

我急得直跺脚说："不信等阿诚醒来后问，保证和我说得一样。"

郭项龙笑了笑蹲到阿诚跟前查看伤势。

老董干咳一声说："我不知道你们俩翻入黑洞后经历了什么，总之可能是墓里设置的古怪，因为由始至终我们仨都在一起……"

原来我和阿诚无意碰到通天神树后的机关后翻入黑洞，绿毛僵尸心有不甘地在石壁下乱砸乱打了一阵随即转身，一双红通通的眼睛直瞪着蓝真真，她吓得瑟缩到老董背后，全然没了主意。老董慌而不乱，指示她躲到石棺那边，自己挺身而出围着篝火与僵尸周旋。

跑了七八圈，蓝真真突然叫起来："铜符！地上有张铜符！"

老董听了一个箭步冲过去，从棺边捡起泛着幽光的铜符，伸出去举在胸前。说来也怪，僵尸本来气势汹汹奔过来，离铜符尚有两米远时突然一呆，居然畏缩地连连后退，老董得势不饶人，举着铜符步步紧逼，直把僵尸逼到东南角落里，蓝真真拾了块铜管在它头上连敲十多下都一动不动。老董松了口气说这叫降鬼符，专门放在尸体胸口防止尸变的，刚才不知为何滚到一边，"咚"就是铜符滚落声，正巧郭项龙发狂推开盖板，后来干脆掀翻石棺，才让它窜出来撒野，险些闹出人命。

蓝真真用丝线将铜符系好挂在僵尸胸前，这样再怎么蹦挞也不会掉了。两人赶紧查看郭项龙，只见他脸涨得通红，胸口急剧起伏，嘴角沾满了白沫，老董松了口气说刚才一番折腾把他体内的邪火发泄出来了，估计休息会儿就没事。

由于我和阿诚下落不明，两人不敢轻举妄动，生怕再引发洞里什么机关没法应付，守在篝火边紧紧盯着郭项龙。过了大约一个多小时，他终于醒过来，对刚才发生的事浑然不知，只记得拿着枪准备应对石棺里的突发状况。老董怕他自责自疚，压根没提他开枪的事，持刀追杀我和阿诚的经过也只轻描淡写提了一下，然后便商量下一步计划。

蓝真真认为不管如何首先要找到我和阿诚，然后才考虑是继续寻找真正的墓室还是见好就收捡些青铜器回去。老董说这两点并不矛盾，因为通天神树后的黑洞十有八九就是通向墓室的密道，只要跟进去就行了。

郭项龙一边心不在焉听一边蹲在地上找藏刀，经过倒卧的冰雕时"咦"了一声，冰雕底部有根铜索连入地面一个小小的圆洞里，用力一拨下面隐约传来机括声，过了好一会儿石棺那边“格”一声脆响。老董顿时恍然，原来冰雕正是控制石棺尸体上铜符的枢纽，推倒冰雕的同时就发动机关，将铜符从尸体胸部滚下来，从而使僵尸复活。

蓝真真叹道这种设计真是独具匠心，歹毒之极。

老董说设计者有他的考虑，倘若进入这里的人野蛮到推倒冰雕，说明不怀好意，为了保护里面的东西不受损伤当然要使出绝招。

蓝真真说总之知道了僵尸复活的原因，心里舒服不少，不过推拉门怎么回事，难道也被我们无意触到什么机关后关闭了？郭项龙正好从地上捡起藏刀，闻言诧异地说推拉门不可能有锁，除非有人在外面顶着。

他说着大步上前用力一拉，轧轧轧，铜门居然应声而开，老董连忙扎了个火把和他一起到门外转了一圈，没有异常。

他妈的真怪，当时明明拉不开的。老董愤愤说，蓝真真也随声附和，郭项龙性格却比较执拗，凡不是他亲眼看到的事实一概不信，而且不屑争论，只面无表情到通天神树后面查找机关。

东面山壁下原来放着一排五棵通天神树，经过我、阿诚与僵尸的大战，都砸得稀巴烂，没有一棵完好，精美的青铜铸器成了一堆没用的废铜。郭项龙在当中左翻右找，踢打摔拍，始终无济于事。最后老董协助他将所有废铜搬到一边，举着火把在山壁上一寸寸搜索，还是没找到预想中的机关。

蓝真真沮丧地说恐怕是僵尸一阵乱砸，把机关设置破坏掉了。

不排除这个可能性。老董面色凝重地说，石窟里一片寂静。

郭项龙发了半天呆，摸摸鼻子从铜门开始贴着山壁边挨个儿搜查，途中有青铜器拦道的，无论是面具还是铜人，或是其它奇形怪状的铜器皿，一律抓起来扔到一边。老董每听“咣当”一响心就颤一下，因为这里任何一件东西拿到古玩市场都起码值五位数，可有破损就得对半打折。

他从进入这个石窟起就把里面的一切作为自己的财产，因此不是计算将得到多少，而是计算郭项龙的举动将给自己带来多少损失。

在劈里叭啦的响声中蓝真真幽幽地说即使找到密道，恐怕都不是他们俩消失的那条道。老董半安慰半开解说眼下如果从铜门出去必定是回头路，唯一的办法就是在石窟里找到出口继续前进，殊途同归，说不定能在某个地方会合。

或许为了证实他的话，西侧偏左山壁上突然“咔嚓”一响，在离地一米多高处露出一个小洞，椭圆形，半个平方大小，里面类似石龛，空间狭长，郭项龙找了根两米多长的铜杆往里戳，伸进去大半就戳到尽头石壁。

这是做什么用的？三个人站在洞口琢磨了半天不得其解，要说是秘密通道，里面肯定深不见底，要说石洞里套着机关，四壁都是光溜溜的石壁，根本没有下手的地方。可这样一个洞被机关隐在山壁里，肯定与核心墓室有联系。

蓝真真说你和阿诚出入过很多古墓，没遇到过这种情况？老董苦笑着说事实上蚕洞里的每个设置我们都没碰到过。

郭项龙双手撑住洞沿，把头伸进去细细打量一番，突然缩回来，拍打着石洞底部说：“这儿有问题。”

老董一看边沿内侧有道细细的缝隙，说：“我刚才就看出来了，说明是人工打制，其他没什么。”

“不，这里面大有学问，”郭项龙说，“我不懂古墓构造和机关设置，但我见识过一种触发雷，美国人研发了用于越南战场的，只要负重达到一定数值就会爆炸，其实就是杠杆原理……”

老董说：“这好办，我们捡些铜块扔进去试试，实在不行哪怕我躺进去做试验品。”

“我还没说完，那种触发雷设计得很刁钻，不仅有承重下限，还有上限，就是说如果负重超过一定数值也不会爆炸，为什么呢？因为越南人体形小，普遍偏瘦，而美军个个人高马大，臂粗腰圆，所以这样的设计能避免自家人误踏后伤亡。”

蓝真真“喔”了一声：“你担心石洞里也会采用类似结构？”

郭项龙严肃地说：“不仅如此，古墓设计者无需考虑什么自家人，只要不符合设置中的重量承载，估计会一网打尽。”

老董和蓝真真倒吸一口凉气，望着石洞均不作声。

过了半晌蓝真真说：“要不先用长铜杆撑着，再一点一点加重量，没准达到规定承重机关就自动开启。”

“你没听懂我的意思，承重石不是天平，不可以这样慢慢试，只能在很短时间内完成……”郭项龙皱眉道，“但从铜门的设计来看，墓室应该是开放式的……”

老董听懂了：“钥匙就在石窟里。”

三个人举着火把在里面走了一遍，最后不约而同把眼光投在冰雕上。从进石窟起冰雕就引起大家的猜测，因为它出现得太突兀了，而且与青铜器、石棺没有任何关联，尽管后面发现它的底部可能牵动铜符，但设计者大可不必为了铜符专门放一座古古怪怪的，连材质都搞不清楚的雕像。

如果冰雕是打开石洞机关的钥匙，一切才顺理成章。

郭项龙过去抱起冰雕，谁知它比想象中要重得多，以他的臂力竟没能抬起，老董和蓝真真都上去协助，以小白兔拔萝卜的队形用力向后拽了十几下才拉断它底部挂着的铜索，再齐心协力将它塞入石洞。

只过了二三十秒钟，整个石洞底部猛地向下一沉，接着山壁内部“轰隆隆”响了好半天，“咚”，右侧山壁裂开一块巨石，露出个两米多高的大洞。

郭项龙仔细看了看岩石上的裂口，肯定地说这个入口以前没人走过。蓝真真又开心又伤感，说这才像入口，那么阿诚和晓飞是落进陷阱了。

也不能这么说，老董赶紧打岔，依我看两条路各有巧妙不同，一条是给聪明勇敢的人走，一条是给运气好的人走，我们属于后者。

三个人沿着甬道一直向前走，即将进入一个大石窟前突然听到我和阿诚的叫声，知道我们正陷入苦战，郭项龙迅速熄掉火把，端着火铳摸到水潭边，瞅准时机将其中一个美人鱼击毙。

听到这里我舒了口气：“殊途同归，老董这个词概括得真有水平，早知道铜符能镇住那个该死的僵尸，我们何必吃那么大的苦？”

“可是如果不掉入黑洞，怎能见到璀灿的水晶和美人鱼？”阿诚不知何时醒过来，嘻皮笑脸地说。

提到美人鱼我突然想到一个问题：“我们俩昏倒后，你怎么把两个人弄过来的？”

蓝真真心情开朗了许多，笑道：“当然不敢下水，还有一只美人鱼在水底守着嘛，是小郭攀着藤蔓攀过去，然后系了道缆绳，从空中将你们一个个传过来的。”

郭项龙并不居功，简洁地说：“没事就好，走吧。”

我们纷纷从篝火边起身，刚一转身，齐齐发出一声惊叫：

就在外围五六米处，七八只美人鱼静静站在黑暗里，好像随时随地都可能扑上来！

第十八章　殊死搏斗

若非美人鱼畏惧火，又在郭项龙的火铳下吃过亏，恐怕早就围上前把我们分而食之了。

郭项龙当即举枪，“砰”一枪把中间块头最大的撂倒，其它美人鱼出现短暂的慌乱，但只微微退了一步，依然保持原有半包围阵型。我们赶紧退到篝火边，有的扎火把，有的掏藏刀，乱成一团。郭项龙沉着冷静地填上火药，再度举枪瞄准，吓得它们又退了一步。

“开枪啊！”蓝真真悄声催促道。

郭项龙淡淡地说：“没火药了。”

“啊！”

我们如遭雷击，只知道呆呆看着他。是的，在我们看来他应该像电影里神勇无敌的英雄一样，有打不死的体魄、打不完的子弹，每到关键时刻就展示出万夫不当之勇的气概，将敌人一律拿下。

然而郭项龙以实际行动告诉我们，那只不过是电影，永远不可能出现在现实中。

美人鱼虽然是鱼，在它们生活的领域里却有一套共同遵守的游戏规则，当第一只美人鱼发现我们，就意味着我们成为它的猎物，哪怕它狩猎时挫败甚至负伤，其他美人鱼都不可以插手，除非它主动邀请。但它被枪杀后局势立即逆转，所有美人鱼都被号召起来，不惜生命的代价为同类报仇，而且在它们不擅长的陆地。

反观我们，尽管休息了一段时间，但最有杀伤力的火铳只能再放一枪，篝火的火势越来越弱，取枯藤的通道又被美人鱼截断，最多捱十分钟将完全熄灭，局势相当不利。倘若美人鱼再有两分人类的狡黠，安排几只躲在暗处，处境将更加危险。

几乎同时我们作出判断：此地不宜久留，必须果断杀出重围！

阿诚像强盗般打了个唿哨，……郭项龙会意“砰”又开枪放倒一只，趁着对方骚动不安之际他端着火铳冲过去，我、阿诚、老董将蓝真真夹在中间，成三角之势挥舞火把紧随其后。美人鱼似乎没料到我们强行突破，又特别害怕火铳威力，虚张声势挥动手臂舞了两下，被我们有惊无险硬闯过去。

“眼怕手不怕，全靠胆子大。”阿诚到达安全区又活跃起来。

郭项龙猛地刹住脚步，警告道：“有杀气！”

此时洞口距离我们不过五六米，我急道：“干脆冲过去！”

“杀气就在……”

郭项龙话未说完，一道黑色闪电带着凌厉的风声从正前方射过来，他何等反应，侧身翻转让开，黑色闪电堪堪从他胸口掠过，贴着蓝真真耳垂“夺”插入老董肩头，随后以极快的速度将老董往洞口方向拖。我和阿诚同时出手没能拦住，还是郭项龙眼疾手快，刀光一闪，将黑色闪电从中斩断。

“嘎”，洞口发出一声嘶哑难听的叫声，迅速收回剩下半截。

我们这才看清那段黑乎乎软绵绵的东西，形状像章鱼的爪子，但上面长满鳞片，顶端尖锐锋利，还有两三个吸盘，深深嵌入老董肩窝。阿诚想把它硬拔出来，老董连连惨叫吃不消，郭项龙说这种脏东西留在体内会发炎甚至中毒，长痛不如短痛，说着先齐根截断，再在伤口上洒了盐，老董被腌得痛不欲生，我和阿诚死死按住他，断爪在盐的作用下微微收缩并向外褪，郭项龙将刀锋在火把上消一下毒，突然刺下去在老董肩上一剜一挑，一小团鲜血淋漓的肉带着断爪被挖出来甩到地上，老董大叫一声昏过去，郭项龙却冷静如外科医生，从容不迫地消毒、敷药、包扎，然后在衣角上擦掉血迹，拍拍手说好啦。

阿诚和蓝真真把老董抱到一块平整的青石上，我双手挥舞火把阻吓美人鱼上前，但地上那团血的诱惑力太大，还是被它们冒险抢回去。郭项龙两眼直盯着对面洞口，飞快地装填火药。

“你刚才说没火药了？”阿诚很吃惊。

郭项龙说：“不那样说你们都依赖火铳，哪会下决心突围？”

阿诚忍不住一笑，接着问：“你认为埋伏在洞口后的是什么？”

“说不准，可能是美人鱼首领，刚才突围时我就觉得奇怪，因为它们几乎不作抵抗，太顺利了，现在看来也许是个陷阱。”

我说：“它能从洞口抓到老董，手臂起码超过八米，照这个比例推算身体有多高？想想都吓人。”

阿诚摇摇手：“不对，这不是手，我认为它的身体结构与美人鱼不同，可能更近似章鱼，身短爪长，而且不止两只触爪……”

郭项龙冷冷说：“哪怕三头六臂，只要它敢现身就崩一枪。”

“就怕它一会儿伸只爪子，一会儿伸条手臂跟我们玩骚扰战，别忘了后面还有五六只美人鱼。”我说。

“前有阻截，后有追兵，”阿诚甩甩受伤的手腕，吸了口气道，“怎么办，退还是进？”

郭项龙沉吟不定：“老董受伤不浅……当心！”

我还没反应过来，眼角瞥见右侧黑影一闪，一只美人鱼趁我分神之际上前偷袭，一掌拍掉右手火把，将我扑倒在地，我挥动左手火把却被它一把捏住手腕，张开利齿咬向咽喉。阿诚赶紧冲上前相助，被左侧两只美人鱼截住，蓝真真护在老董身前，不停舞动火把坚守阵地。

我索性扔开火把奋力反抗，用额头猛烈撞它的牙齿，它仗着身壮体重，把我压得无法动弹，尤其两个壮硕且毫无美感可言的乳房像石头一般顶在我胸口，比两块石头还重。幸好我百忙之中故意留了一招，右臂始终不动，而是左臂和两腿用力挣扎，将它的注意力全吸引过去，右手悄悄从腰间掏出藏刀，冷不防在它喉咙间一划！

它尖叫一声跳了起来，双手捂着咽喉步履蹒跚退了几步，在地上翻滚一阵后跳入水潭。这时阿诚已被两只美人鱼按在地上，一个抓脸一个撕扯身上的衣服，好像要强奸他似的，我拾起火把冲上去重重踹了一脚，将其中一只推倒在地，然后握住火把按在另一只的背上，它呲牙咧嘴反身一掌打中我右脸，把我打得天旋地转完全失去方向感。

“砰！”郭项龙终于开枪，但没有为我们这边解围，而是打死一只试图攻击蓝真真的美人鱼，因为她的火把已燃到尽头，基本失去威慑力。旁边一只被吓得反而激起兽性，以悍不畏死的气势将她扑倒在地。

阿诚一个鲤鱼打挺冲过去解围，留下我独自面对两只美人鱼，正手足无措之际，郭项龙在后面叫道：“扫堂腿！”

我一听才注意到它们下半身并没有脚，而是两片分叉的鳍支撑着，因此平衡性并不好，整个身体摇摇晃晃，当下大喝一声挥动火把自上而下劈过去，它们不知是佯攻，一个后退，一个伸臂来抢夺火把，我趁机来个“秋风扫落叶”，想不到美人鱼上半身强大如超一流高手，尾鳍却不堪一击，横扫之下将它们重重绊倒在地。

阿诚正和一只美人鱼纠缠成一团，偷眼见我如此神勇不惜以后背挨了它一爪，腾出空间瞅准它下身一铲，噗，它也趴地上了。

接下来我们完全占了上风，美人鱼靠双手和尾鳍撑起沉重的身体很不容易，不等它们站稳再踹一脚，又摔个四脚朝天，如此四五个回合它们均放弃努力，团身往水潭方向滚，阿诚得势不饶人，飞快地扯了几把枯藤点燃了挡在潭边，形成一道不可逾越的火墙。它们茫然不知所措，只好在地上滚来滚去，我们看得乐不可支，一吐先前的恶气。

正看得高兴，突听见郭项龙闷哼一声，回头一看他被两根长爪缠住，一根缠着左臂，一根缠在腰间，他单脚抵在旁边岩石上，双手握着长爪运力顽强抵抗，也就是他能这样强势顶住，换作我们任何一个肯定完蛋。

我和阿诚二话不说掣刀奔上前就砍，不料洞口又射出两道黑色闪电，我下意识拿藏刀相迎，被爪端一卷一吸，将藏刀甩到十多米开外；阿诚单膝跪地躲过一击，谁知底下悄无声息伸来一只爪子疾迅无比地在他双腿卷了两道，然后将他拉倒在地朝洞口方向拖曳。我飞身想抓他腿踝，却被迎面飞来的一根长爪卷住，我情急之中另一只手抱住岩石边缘。幸好蓝真真奋不顾身冲上前双手拉住阿诚的脚，同时小腿勾住一道石栏。

现在的形势是老董昏迷不醒，我、郭项龙、阿诚、蓝真真都被长爪卷住，讽刺的是我们连洞口后怪物的真面孔还没见到。

一直在地上打滚的三只美人鱼突然停下来张望，大概看出我们处于劣势，摇摇摆摆撑起身体合围上来。

郭项龙扭过头看我，想说什么但脸憋得通红，一个字都说不出来。我念如电转：他为何单单朝我看？难道我有能力瞬间扭转局势？我与阿诚、蓝真真相比有何优势？对了，腿！我的双腿都闲着，而他们俩或是被卷，或是勾住平衡。但我的藏刀丢在十多米外，再说腿又不能使唤武器，他想让我干什么？

“是不是与我的腿有关？我该怎么做？”眼见美人鱼离我们只剩下几

步之遥，我以最快的语速问道。

他用力眨眨眼，然后低头看半插在腰间的藏刀。

我脑中灵光一闪陡然想通了，大吼一声右腿在地上一蹬，身体跃起，左腿横飞到半空，刹那间郭项龙双手一齐松开，身体在巨大的拉扯力作用下如高速炮弹飞向洞口！飞至半途他左手一把抓住我的左腿刹住去势，腾出的右手拔刀、挥砍、再挥砍，三个动作几乎在两秒钟内完成，摆脱长爪后坠落在地，打了个滚翻到阿诚前面又刀光一闪，阿诚也恢复自由。

这时最靠前的美人鱼爪子已几乎触到蓝真真颈部，她叫得嗓子嘶哑，惊恐地闭上眼，阿诚翻身两个大步迈过去一个飞铲，后面两个见状赶紧掉头往水潭跑。郭项龙并不急于斩断我和蓝真真身上的束缚，一手平端火铳，一手握着藏刀一步步向前挺进。

洞口后的怪物连续被斩断数根长爪，似乎有点畏惧，主动收回长爪按兵不动，郭项龙走到离洞口两米左右也不敢冒进，静静站在那儿，全身如绷紧的弓弦一触即发。

我和阿诚悄悄摸到郭项龙背后，同时扔出火把，顿时照亮洞口内外，也照出矗立在洞口内侧怪物的模样：

周身上下一片漆黑，上面泛起令人生厌的粘稠物和泡沫，没有头，没有颈，没有腰和腿，活像一个半截的老树桩，身子中间挥舞着七八根长爪，最上方有一块区域不知是嘴还是别的什么，里面有条状东西不停地蠕动，禁不住让人产生一些很不雅的联想。

我敢打赌，这是我有史以来见到的最丑陋的东西！

第十九章　巨型神树

“砰”，郭项龙可不管它是什么，抬手就是一枪，子弹在它身体表面炸开个大洞，但几秒钟后粘稠物便将创口填满，恢复到原有模样。阿诚将火把甩到它身上，老树桩纹丝不动，粘稠物和泡沫很快把火扑灭。

它……好像没有弱点。

郭项龙也有些气馁，和我们一齐退到水潭附近说这东西邪乎，得用巧计对付。我说它一不怕火，二不怕子弹，瞧它身体湿答答的肯定也不怕水，金木水火土，只剩下刀和石头了。郭项龙说它的爪子怕刀切割，身上可不一定，而且这东西没有疼痛感，没法近身搏斗，只有用大石头砸。

说话间它依然不进不退地立在洞口，一副一夫当关万夫莫开的样子。

我心一动，莫非它也是设计中的护墓生物？从墓室结构分布来说，自古以来绝少有双墓道设计。我和阿诚经通天神树后的黑洞坠入石井，再爬进水晶洞，穿过水波墙，在石室里焚香触发机关，若非旋错方向已经进了核心墓室，那条线路应该是行得通的。可郭项龙以冰雕打开秘道辗转来到这里，虽符合墓道设计原理，却与我们旋错方向后的遭遇形成交集，那么这条路到底对不对？会不会是设计者有意做的圈套，利用一道接一道稀奇古怪的生物消耗我们的锐气与决心？

阿诚说你的考虑很有道理，然而现在不是讲道理的时候，早在水潭那边我就打量过洞顶，从石室泄水下来的洞口已经关闭，那条通道不可能再走第二遍，因此我们别无选择，只能硬闯老树桩这一关……小郭当过工程兵，想想怎样把大石头运过去，前提是不引起它警觉。

郭项龙沉声说它站的位置易守难攻，即使运过来也使不上劲，因为洞口只有一米多宽，石头大了会被拦在外面，小了力量不够，不如……

用长竹竿捅，迫使它移动位置。

通天神树！我和阿诚同时叫道，神树主干铜枝足有四五米，虽然树枝和果实被僵尸砸得稀巴烂，用来作武器却再适合不过。

当下兵分两路，阿诚和蓝真真沿原路返回取铜枝主干，我协助郭项龙先把老董抬到安全地带，然后在水潭周围物色大小适中的岩石——最好呈球型，便于搬运。郭项龙很快看中一块直径两米左右，高一米多的岩石，形状头重脚轻，根部只有约三分之一与其他岩石相连，取出折叠式工兵铲沿着岩石根部凿爆破点，他说根据以往的经验只要六个爆破点就能彻底将两块石头分离。

“叮叮当当”敲击的时候我问道：“听说志愿兵退役都包分配，你这样的特种兵更是人才，为什么要跟着我们冒险？”

“我有工作，但不高兴干。”

“什么工作？”

“纱厂保卫科长，从早到晚就是喝茶、看报、聊天，这样下去迟早要废掉。”

我笑道：“工作，结婚，生儿育女，最后光荣退休，这是绝大多数人的一生。”

他沉默片刻，瓮声瓮气说：“我申请回去，可部队不让，反而劝我在地方安心工作……我能安心吗？”

“如果这趟能安全回去，以后还想出来冒险吗？”

他目光炯炯看着我：“为什么不？每个困难都前所未有，每个障碍都充满杀机，每个细节都蕴含玄奥，你无法回避，无法退让，必须用心思考，尽最大努力解决问题，这才是人生存在的价值。”

“阿诚……给你多少酬劳？”我压根没想到他竟是以这种亡命冒险为乐趣的人，真是大千世界无奇不有。

“钱是小事，我并不看重，他随便说了个价我就跟着来了。”

我无语。

到底受过专业训练，没多久六个石眼就凿好了，郭项龙从怀里取出油纸包，里面一层又一层包着火药，正因为这份细心和妥贴，才让我们始终握有最具威力的武器和保命符。他把油纸包摊在青石上打开，随口说老董背包里也有一筒火药，只是他一直以为是压缩饼干。

说到老董，我下意识回头看了一眼，就这一看，全身血液顿时凝固，失声道："老董，老董哪去了？"

郭项龙反应奇快，操起火铳冲向洞口，这时我才看清老董被老树桩长爪卷着往那边拖，主要是刚才凿打岩石的声音太大，掩盖了后面的动静。老树桩见他赶过去，加快了拖曳速度。

"砰！"郭项龙开枪试图把长爪炸断，可惜只从爪边擦过。

这是我第一次看到他失手，也是性质最严重的失手，因为老树桩骤然加快速度将老董一下子卷到身前，然后突然移动，以快得不可思议的速度直直向后退，真是静若处子动若脱兔。

"追！"

郭项龙咬牙切齿喝着急步上前，我急冲冲凑了个火把跟上去，双方在蜿蜒曲折的山洞里展开追逐。老树桩跑的动作很奇怪，整个身体一动不动，却能在崎岖不平、布满石坑裂缝的地面移动自如，搞不清它靠什么行走，幸好老董被悬空卷着，否则在这种地面拖上几分钟不死也得掉层皮。追赶途中遇到两个岔道，本想留下记号以便阿诚他们寻找，但老树桩速度太快，郭项龙又寸步不让，稍稍迟缓就有可能被甩掉，只得放弃这个念头憋着一口气紧紧跟在后面。

跑了十多分钟，山势突然以将近九十度直角急泄而下，老树桩仿佛在石阶上滑行似的毫无阻滞冉冉下降，郭项龙受过特种训练，对付这种地形游刃有余，用奇特的螃蟹步左右横着走，又快又稳，始终保持与老树桩的距离。而我应付起来颇为吃力，一手举火把，一手扶着身侧石壁，小心翼翼一脚探一脚地下去，没多久就被远远甩下，等我好不容易攀了二十多级台阶时已看不见他，连他的头盔灯都模糊在漆黑之中。

"郭项龙！郭项龙！"我有些害怕，大声喊道。

黑暗中突然"砰"一声巨响，紧接着响起脚步移动声、运劲吐气声、击打声、怒骂声……

好像老董的声音！

我又大叫道："老董！"

老董应了一声，语气萎靡虚弱，过了会儿郭项龙说："没事了，你下来吧。"

我又惊又喜，攀了十多级台阶来到一块平整的石面，只见老董半倚在青石边敷药，手臂和胸口到处是血，郭项龙站在前面双手持枪，警觉地四下戒备。

刚才下石阶时郭项龙眼看老树桩要落到平地，担心后面还有陷阱，遂冒险朝它头顶开了一枪，出乎意料的是老树桩中弹后竟然翻身滚下石阶，翻滚中老董被撞醒过来，毕竟是盗墓老手，危急关头既沉得住气又有急智，摸准藏刀位置后猝然拔刀一切，斩断爪子后连滚几下躲过它的抓捕，郭项龙赶紧跳下去把火铳当铁棍使唤拦在老董前面。他长有火铳短有藏刀，老树桩长爪速度虽快，闪击力也相当锐利，但双方以快打快，郭项龙丝毫不落下风，老董爬起来后也手持藏刀要上前拼命，它见大势已去飞快逃遁。

"阿诚和真真在哪儿?"老董问。

我简要说明了刚才的情况，准备扶起他回去会合。倘若阿诚回到原地看不到我们，老树桩也不见踪影，肯定猜到发生过什么，以他的脾气不会安分守己坐在那儿干等，而是一路追过来，万一在岔道走错了路不知又要生出什么事端。

"等等，"郭项龙指着前方说，"你看看这是什么?"

下石阶时我的注意力都在老董身上，没怎么观察四周情况，印象里全是山壁阴影，黑咕隆咚，经他提醒举着火把上前几步，然后一个激灵再上前几步，接着又要向前，郭项龙一把抓住我说小心，有危险。我说我不管，我一定要仔细看清这个震古烁今的大发现！

眼前是座巨大的青铜方尊，视力所及高度至少二十米以上，长约三十米左右，整个方尊分四层，分别是底座、饰面、腰封和尊顶。底座表面镀了层黄金，火把一照金光灿灿亮得炫目，底部采取波浪型设计，每隔半米就有一道弧线皱褶，便于上下攀爬，皱褶线汇集于底座中心，那儿有道拱形小门，郭项龙说老树桩就躲在里面。饰面刻满了各式花纹图案，不过距离太远看不清楚，腰封银光闪闪，上面似乎有水波流动，这种景象我已在水晶洞见识过，因此一眼便确定是水晶制成。腰封上镶嵌着两个面目凶恶的龙头，方向均对着北方。尊顶隐在黑暗中，不过依稀可见其古朴大气和庄重威武的造型。

这是迄今为止世界上规模最大的青铜建筑！

想当初我们看了几扇铜门就怀疑古蜀国铸造青铜的能力和原料来源，

现在看来那根本不是问题，因为它远远超出我们对古蜀国的认知。单这尊青铜方尊，除了底座哪怕上面完全中空只有表面薄薄一层，至少也需要上百吨青铜。这是什么概念？战国时期秦国国力最强，所用兵器以青铜合金为主，根据记载嬴政（秦始皇）继位那年秦国全年冶炼出青铜三十七万八千斤，当时一斤约等于现在的0．282公斤，也就是九万七千多公斤，撑死了不过一百吨。这已经让秦国财政十分吃紧，财政部、民政部纷纷上书请求新君主“息民从缓”，压缩军事开支，减轻农民负担。不想嬴政是个野心勃勃的主儿，手段更加强硬，非但不减，还将军费预算增加百分之二十，即使如此青铜冶炼量也只提高到一百零五吨。

且不说成都平原有没有支撑如此庞大青铜冶炼的铜矿，恐怕举古蜀国全民力量都来不及开采与挖掘，更遑论在青铜器上镶嵌水晶的高难度技术，这个难题直到20世纪30年代才由英国科学家攻克。

我们当然可以把这种现象解释为宗教信仰的产物，从三星堆和金沙遗址看，古蜀国确实将祭祀作为全民族头等大事，子民对神灵的崇拜达到登峰造极的程度，狂热产生激情，激情产生创造力，很难说古蜀国人不可以做到我们认为不可能的事。但换而言之，他们为何对神灵如此五体投地呢？是不是曾经享受到，或者亲眼看到神灵展示无所不能的一面？这些疑问也许能在方尊内部找到，也许在最隐秘的核心墓室有所揭晓，也许，将永远成为秘密。

老董也一瘸一拐走过来，激动得老泪纵横，恨不得扑上去大哭一场，盗墓盗到他这个份上，要说完全为了发财未免有失偏颇，而是类似郭项龙，不在于结果能得到什么，重要的是享受过程，在艰苦卓绝的探索中品味惊喜。

他玩的不是盗墓，是心跳。

郭项龙道：“老树桩的长爪几乎全被切断，对它打击不小，因此不得不躲进老窝疗伤，我们必须抢在它恢复前冲进去动手，彻底铲除这个祸害。”

“万一里面不止一个怎么办？”我问。

“动物都有护巢的本能，不到万不得已不会让战斗发生在自己巢穴中，而且，”他顿了顿，“我预感方尊与核心墓室存在某种联系，不管如何得进去看看。”

我还是惦记着阿诚和蓝真真："可是他们俩……"

老董拍拍我道："机会稍纵即逝，不能顾虑太多，想多了也没用。"

郭项龙微微颔首，将头盔灯调至最大，蹑手蹑脚爬上底座平台，我扶着老董稍稍落后两三米。

"咣当！"郭项龙冷不丁一脚踹开小门，端着火铳对准里面，然后好像看到什么令他害怕的东西，闪电般退到一边，脸上又惘然又吃惊。

第二十章　催眠有术

“怎么了?”我和老董同时问。

郭项龙抹了一把脸，长长吁了口气：“上当了，门正对面是一面大镜子，我被自己吓了一跳，还差点开枪。”

说着他又大踏步走进去，我们跟在后面一看，铜镜果然光滑锃亮，人影照在上面纤毫毕现，难怪把郭项龙吓得不轻。铜镜右侧封闭，左侧有狭窄的铜阶通道平缓向上，阶梯上隐约可见透明状粘液。

郭项龙没有立即冲上去，单脚蹬在铜阶前左望右看，似乎拿不定主意。通道又窄又长，钻进去后被老树桩居高临下攻击将进退两难，就算扔块石头都躲不掉，实战经验丰富，警惕性强的郭项龙当然不敢冒进。老董看出他的顾虑，略一思索，让我到方尊下面捧了些石块，一块块扔上去投石问路，上面毫无动静。郭项龙整整衣服，一口气冲了十多级铜阶，正准备拐弯之际突然“当”，一扇铜闸从天而降，我和老董赶紧向上跑仍迟了一步，铜闸落在铜阶上将我们和郭项龙隔断，幸好阶面上有块石头硌住，好歹留了条缝。

“小郭，没事吧?”我们焦急地喊道。

“没……”

他才说了一个字便闷哼一声，接着上面传来沉重的脚步声和叮叮当当的撞击声，看样子遭到老树桩偷袭，双方在激烈搏斗。

我们虽然很想知道战况，又不敢出言询问以免使他分心，四只手一齐托住铜闸下沿奋力向上抬，可铜闸重得出奇，两人累得眼冒金星都没能撼动半分。

上面还在拼斗，我们可以清晰听到他粗重的喘息声，一方面说明他还活着，另一方面说明战况异常惨烈，以郭项龙的身手都累成这样，老树桩之难缠可想而知。

嘀答，一滴鲜血沿着铜闸流下来，过了会儿又是一滴……

郭项龙受伤了！

我和老董再也按捺不住，大声叫道："小郭！郭项龙！"

他没有回应，但搏斗声仍在继续，几分钟后陡然"扑通"，一个物体坠地，从铜阶上咕噜噜滚下来，我们一惊，贴着缝隙向上看，不料突伸过来一只长长的爪子，差点抓到我的眼睛。

美人鱼！

上面居然有美人鱼，而且参与了对郭项龙的围攻，它们虽然下盘不稳，但双臂力大无比，如果有老树桩掩护倒也棘手，怪不得双方在上面打得震天响。时间，在焦急的等待中一分一秒地度过，这期间我们总算领略了什么叫度日如年，什么叫鞭长莫及，明明敌人就在附近，明明同伴在浴血奋战，却没有半点办法，只能倍受煎熬地听任命运左右……

"咣——当！"

上面突然传来一声巨响，我吓得跳起来，一迭声叫道："小郭，小郭！是死是活倒是说句话呀！"

我倒忘了死人是不能说话的。

老董比我冷静些，沉声说："小郭，如果说不出话就用火铳敲，平安无事敲两下，非常危险敲一下。"

过了半晌，上面传来两声轻响。

"老树桩和美人鱼还在敲一下，都死了敲两下。"老董面露喜色继续说。

又过了好一会儿，郭项龙有气无力地说："我……敲不动了……让我，歇会儿……马上找……找机关……"

我和老董如释重负，兴奋得连连击掌。

郭项龙养足了劲，找到控制阀吊起铜闸，我们上去一看，眼前简直是阎罗地狱：不足十个平方的平台上到处飞溅着鲜血，尸体、断肢、鳞片、肚肠洒了一地，最惨人的是靠楼梯右侧有尊秤砣状铜块，下面全是白红交织的血肉，郭项龙疲惫不堪地坐在楼梯上，双手驻着火铳，眼中闪动怒火与煞气。我急步上前准备问话，老董暗暗拉住我的衣角使了个眼色，坐到郭项龙身边用温和而平缓的语气说：

“你太累了，休息一下吧，深呼吸，闭上眼睛，忘掉刚才的一切……”

郭项龙听话地点点头，眼睛慢慢闭上。

“放松全身，放松肌肉，放松手、胳臂、腿，把手里的东西交给我，对，五指放开，再深呼吸，一、二、三……你很困，很疲劳，需要好好睡一觉……”

我注意到老董故意不说“火铳”而是说“手里的东西”，从郭项龙手里拿的时候他身体抖了一下，似乎不太愿意，但经过诱导终于慢慢松开，然后昏沉沉倚在老董肩上睡着了，很快发出香甜的鼾声。

“你对他用催眠术？”我轻声问。

老董摇摇手盯住郭项龙看，直到他眼睑完全不动才说：“刚才那场杀戮太惨烈太血腥，激发起他内心深处最原始的兽性——其实每个人都有兽性，不过有的人容易被激发，有的人隐藏得比较深而已。当我们上来时他正处于怒火燃烧看谁都不顺眼的阶段，任何一句话甚至一个词都有可能惹恼他，端起枪‘砰’对你来一下，所以最好的办法是让他放松，通过睡眠松驰他的神经。”

“你学过催眠术？”

“盗墓可不是简单的体力活，你必须会很多技能，有些平时看起来好像没用，关键时刻却能救命。”

我笑了笑，随后看到楼梯对面墙上的牛角开关，无疑它就是控制铜闸的机关，以美人鱼的臂力轻轻一压就行了。楼梯向上四五米处有一段落差三米的空当，无论人或者美人鱼站在铜阶边缘都跳不上去，幸好铜壁上挂着一串吊环，可以手脚并用攀爬。老董感叹说设计者真是处心积虑，既让老树桩和美人鱼在这一层把守，又用这种跳跃式吊环设计避免它们进入上一层，老实说我真有点崇拜他了。

“按照你的经验，核心墓室里可能有什么东西？”

老董好像被问住了，想了很久才说：“以前盗墓，越深入内部越兴奋，感觉古玩珍宝即将出现在眼前；这一回却邪乎，越深入越迷糊，完全搞不清里面什么名堂。来的路上你不是说三星堆文明有三个未解之谜吗？我看这座古墓也有三个未解之谜，一是它的主人是谁？竟然用这么大代价，耗费这么多心血，包括人力、物力、财力；二是谁设计了这座墓？一道道机关和奇异生物组成的障碍，封闭千年运行不歇的生物圈；

三是墓里肯定埋藏着一个巨大的秘密，既然墓主不想让秘密重见于世，索性把它销毁不就得了吗，为何如此大费周折？”

我说：“自古以来史学家对古蜀国的评价只有八个字，‘不晓文字，未有礼乐，’三星堆遗址出土后改变了人们的观点，然而还远远不够，我相信如果蚕洞公布于众，说不定会改变人类的文明史。”

“你说得太深奥，不是我老董能想明白的问题，但我只知道一点，那就是，”他一字一顿地说，“如果想让蚕洞完好无损地保存下去，就不要公布于众。”

“为什么？”我诧异地问。

“那班所谓考古学家我真是太了解了，都是满瓶不动半瓶摇的货色，不管什么好东西落到他们手上保准完蛋，这就是当年周总理坚决不肯开挖秦陵、乾陵的原因，还不是怕他们乱糟蹋暴殄天物，”老董越说越激动，“就说马王堆汉墓，鲜活的尸体、精美的丝帛，还有不计其数的玉器、金银，见了空气后全部氧化，难道挖掘前没有一个人提前考虑到保护措施？我们盗墓贼尚且知道打盗洞摸底，那些考古专家就不能打个洞考察一下墓里的情况？再说明朝万历皇帝的定陵墓，就是几个考古学家打个报告经过领导同意，就组织人马上山开挖了，根本不考虑有没有能力保护出土文物，也没有后续护墓手段，结果很多东西在“文革”中被毁掉了……都说盗墓贼破坏古墓，其实这些家伙才是真正的古墓杀手，而且破坏得理直气壮。”

我先是哑然失笑，细细一想还真有些道理。

“当时受时代局限性和客观条件制约嘛，相比之下现在的考古水平就提高了不少。”想到我也是考古专业出身，家丑不能外扬，便尽力为自家人开脱。

老董撇撇嘴说：“好个屁！两年前在浙江挖掘汉墓，里面有一罐酒——这可是绝无仅有保存到现在的汉代美酒啊，结果你猜怎么着？被工作人员不小心全洒到地上了；最可笑的是去年一支考古队到江阴三家屯发掘明墓，领队昏头昏脑跑到江南，那儿偏偏也有个三家屯，于是甩开膀子挖了半个月……”

说到这里两人笑得前俯后仰。

郭项龙这一觉足足睡了两个小时，醒来后只记得自己打到体力透支，根本不知道被催眠的事，我暗暗提醒自己以后要留神，千万不能中了老董的道儿。郭项龙看着满地血污，讲述了上来后的经过：他大步跨上平台，看到一幕极其怪诞的场面，老树桩倚在铜闸开关旁，前面半跪着三只美人鱼，均双肘撑地，臀部抬得老高，原来老树桩以三根长爪插入它们下体，美人鱼辗转呻吟身体扭个不停，显得十分惬意。郭项龙当即抬枪准备射击，不料暗处还蹲着一只美人鱼，猛扑上来打掉火铳，紧接着老树桩长爪按动机关将铜闸落下，伙同三只美人鱼将他围在中间。所幸平台上摆放着各式各样的青铜器和石蟾蜍，郭项龙可不管它们的价值，随便拿一件便乱砸乱打，扔出去后再捞一件。美人鱼有下盘不稳的毛病，移动范围小，攻防转换节奏慢，而老树桩虽不畏打击，但除了长爪也没有其他更厉害的绝招，因此战况虽十分激烈，郭项龙并不落下风——我们看到的血其实是美人鱼的，相反他还能边打边留意平台上的布置，不久便看出了问题。

在楼梯与铜闸中间顶部悬挂着一块秤砣状铜块，有两个汽车轮胎大，起初以为是固定在顶部的装饰品，后来发现它随着震荡轻微颤动，从轴心到铜闸上方有条暗黄色铜轨，宽度不足两厘米，是双轨轮滑轨道。郭项龙借拼斗腾跃到铜块下方轻轻向外侧一推，它只晃了两下没有滑行，好像被什么东西卡住了。他学过动力机械，懂得滑轮装置的要领和诀窍，当下心生一计，先绕着平台转了一圈找到控制铜块的机关——嵌入式手闸，它的表面被推拉盖板覆盖，必须向右侧推开后以掌心挤压，这是两种截然不同的思维方式，对人类来说小菜一碟，可老树桩、美人鱼的智慧却力不能及。

接着郭项龙每次扭斗时都在平台中央跳一下，用藏刀猛刺铜轨，老树桩似乎预感到什么，加紧发动进攻，美人鱼在连续攻击中也掌握到技巧，将尾鳍藏在老树桩身后，从两侧发动进攻，另两只美人鱼也一改被拴着鼻子走的策略，分别扼守上下两个楼梯，半蹲在地面打防御战。这一来郭项龙陷入苦战，不得不用最暴烈的手段猛烈反击，双方均采取硬碰硬的肉搏打法，他除了防止被老树桩长爪啄住，身上不知挨了多少拳多少爪，美人鱼浑然不顾手臂、身上被藏刀削得血肉横飞，只管一味抢攻，一时间平台上腥风血雨全都杀红了眼。

郭项龙忙中抽空跳到第十四下时，铜轨已被切割掉大半，算算时机应该差不多，何况他的体力急剧下降，眼看快顶不住了，遂侧身硬挨了六拳四爪，一刀割断一只美人鱼的咽喉，飞脚将它踢下楼梯，然后以藏刀逼向老树桩长爪根部，老树桩很在意保护长爪，当下连连后退站到铜闸附近。郭项龙一见机会来临，一个鱼跃扑到铜块手闸面前用力一按，“吱”，硕大的铜块沿着铜轨滑下来，滑到断裂口向下一沉，惯性使它以抛物线向前一甩，重重砸在老树桩和一只美人鱼身上，瞬间将它们砸成一堆肉酱。

这一变化把剩下两只美人鱼吓呆了，它们愣了半晌突然做出一个奇怪的举动。

第二十一章　长明燃灯

“猜猜它们做了什么？”郭项龙罕见地开起玩笑来。

我说：“发了疯的进攻。”

老董说：“那不叫奇怪，我猜它们一见势头不妙自杀而亡。”

郭项龙露出诡谲的笑容：“都不对……”

两只美人鱼突然伏到地上，倒转身体将臀部高高抬起，嘴里发出尖尖的叫声，腰肢来回大幅度扭动。郭项龙上前分别赏了它们一脚，举刀便刺，美人鱼在地上翻滚着躲闪，不一会儿都死于刀下。

我们听罢哈哈大笑，老董道：“英雄难消美人恩呐，它们见靠山已死，转而以身相许表明投降之意，你应该顺水推舟笑纳才对。”

“我只觉得恶心。”郭项龙简洁地说。

我说：“之前我和阿诚还在猜测美人鱼靠什么繁衍，原来老树桩充当了中介，美人鱼是雌雄一体的结合体，但男性器官严重退化，以女性特征为主，它们只能通过与老树桩交媾的方式满足性欲和繁衍后代，当然具体细节我也说不清，需要生物专家阿诚来分析研究。”

老董知道我故意提到阿诚的意思，看看郭项龙说：“小郭，你觉得此刻是乘胜前进，还是停下来等阿诚过来会合？”

“你们在这儿等着，我回去找他们。”郭项龙不假思索说。

我一愣：“从水潭到这里有两个岔道，万一他们走错了路，又得折腾好半天，我们守在这里横竖没事，不如一起去。”

“不行，”郭项龙目光炯炯，“你玩过飞行棋没有？当我方某架飞机出于种种原因落后时，其他飞机不能原地等待，必须继续前进抢先到达终点，因为那才是我们进洞的终极目标。”

老董开口道：“小郭说得对，蚕洞里阻碍重重随时可能发生不测，把我们带在后面还要分心照顾，不如他轻装上阵见机行事，我们俩就守在这儿……以两个小时为限，如果还不回来就说明出现新情况，我和晓飞将继续前进。”

“时间太短……”我觉得他的说法太绝情，试图挽回一下。

郭项龙却点头道：“两个小时足矣，再等下去也没有意义，二位，再会！”他与我们一一击掌，快步消失在铜阶下。

看着他的背影，老董微微叹了口气：“是条汉子，不过很难控制，把他哄得服帖了是左膀右臂，一旦起了反心就是最可怕的敌人。”

我吃惊地说：“你怎么会这么想？他亲口说过跟我们盗墓纯粹是追求刺激，重温过去做特种兵时的玩命生涯，并不是贪图钱财。”

“不贪财才可怕，追求刺激是看不见摸不着的东西，有可能是真的，也有可能是借口，因此我才不放心，”老董老谋深算说，“譬如你，是为了解开徐耀之谜，我和阿诚既是帮你，也想大捞一笔，真真嘛不说你也知道，我们四个人的目标都很明确。”

“你说真真什么？”我茫然问。

老董嘿嘿一笑，旁顾左右而言它：“火势小了，我下去捡些枯藤。”不等我说话快步走下铜阶。

“老狐狸。”我恨恨骂道。

百无聊赖在平台上踱了两圈，老董噔蹬跑上来，语气急促地说快，快放铜闸！我刚走了两步，他颓然说来不及了，赶紧上楼！我就着火光一看，满地青白色的长蛇如潮水般漫上来，立刻腿脚发软，哆哆嗦嗦攀上铜环，老董随后一跃而上也奋力向上爬。幸好平台上血污和碎肉分散了长蛇的注意力，为我们手忙脚乱的撤退提供缓冲。

从铜环爬到悬空的铜阶后我才松了口气，埋怨道你怎么搞的，招惹来这么多毒蛇？

他大叫冤枉，说根本与他无关，他刚刚到对面石壁扯了些枯藤回到半路，陡然看到石阶上面有影子动，本以为是残余的美人鱼，走近一看竟是万蛇阵，吓得撒腿就跑，差点没被冲在前面的蛇咬到脚后跟。

从石阶下来？我心一震，莫非郭项龙遇到麻烦？他身手虽高，碰上蛇这种东西也没奈何，估计跟老董一样，三十六计走为上策，可阿诚和蓝真真又在哪里呢？我愈想心里愈不安，恨不得飞过去打探情况。

老董拉起我说走吧，与其坐在这儿发呆，不如上去看看，等蛇撤退了再说。

沿着台阶向上依然又陡又狭，老董摸着两侧感慨说这是真正的铜墙铁壁啊，或许是独一无二的奇迹。我说但愿上面不再出现让人心惊肉跳的事，我的心脏已经脆弱得不堪一击。他说永远无法预料下一刻会发生什么，这就是盗墓最刺激的地方。

这时铜阶到了尽头，有一扇画着山川湖泊的铜门，门虚掩着，里面却透出一丝灯光。我与老董对视一眼，全身汗毛倒竖。

里面是谁?

会不会是一直没露面的神秘人，在里面以逸待劳坐等我们上钩?

难道这是一个圈套，谜底即将揭晓?

是福不是祸，是祸躲不过，事到如今已别无选择，我们屏住呼吸缓缓掏出藏刀，一个贴近门口，一个站到铜门对面，使个眼色数着“一、二、三”，我飞起一脚踹开铜门，身体半蹲双手握刀护在胸前，老董也闪了进来，两人定睛一看，铜室内空无一人，只有一盏发着幽光的油灯。

铜室约二十平米，正方形，两侧墙壁刻有八幅浮雕，正对面一字排开一套青铜祭器，有龙形圆器、铜蟾蜍、跪坐青铜人，还有玉琮、玉璋、玉凿等晶莹剔透，微泛灰黄色的玉器祭器——这是我们入洞后第一次看到玉制品。油灯安放在青铜龙形圆器龙头上方，灯架高约三十厘米，灯柱纤细精致，和普通电线差不多粗，托盘呈荷叶形，里面汪着浅浅一层油，中间微微凸起个小圆孔，火苗就是从圆孔里蹿出来的。我们盯着托盘看了半天，油始终是那么多，没有半分减少。

“天啦，这大概是传说中的长明灯!”老董颤抖着说，情不自禁跪到龙形圆器前，双手一寸寸抚摸灯柱和灯架，眼中跳跃着激动喜悦的光芒。

世上到底是否存在真正意义的长明灯，历来有很大的争议。有明确记载的是秦始皇陵墓中安置了长明灯，但陵墓一天不开就无法证实。中国人向来有视死如生的传统，尤其是古代帝王，生前住宫殿，死后也希望陵墓像宫殿一样灯火辉煌，因此才有长明灯的说法。

在大学里我跟教授挖掘过一个乾隆时期的古墓，里面就有长明灯，它设计得很科学，双层结构，里层铜器里贮藏灯油，外层铜器装水以冷却灯油——这是个伟大而绝妙的发明，因为油灯消耗的油不是被燃烧，而是受热挥发，同时灯芯用酸浸泡过，这样能保持低温。这种长明灯只要有足够多的灯油，可以燃烧几年甚至几十年。然而我们进去时油灯已经熄灭了，原因很简单，密封的古墓缺少氧气。

但历史上一直流传着千年不灭的长明灯，西方也有类似传说，即阿拉丁神灯。公元527年，东罗马军队攻占叙利亚，在一个关隘的壁龛里发现一盏亮着的灯，外面罩着精巧的铜罩，根据旁边的铭文可知这盏灯是公元27年点燃的，已经持续燃烧了500年！可惜野蛮的士兵很快毁掉了它。公元1400年，人们发现古罗马王子派勒斯坟墓里也亮着长明灯，据记载它已燃烧了2000年，而当有人将灯碗里奇怪的液体倒掉后，灯就熄掉了。这种奇怪的液体还出现在古罗马政治家西塞罗女儿的墓中，她死于公元前44年，墓是1540年打开的，油灯浸在液体里燃烧了1584年。

主流科学家认为长明灯的能源问题严重违背能量守恒定律，其实根本不存在，是古人开的一个聪明的玩笑。但另一种观点认为东西方同时出现长明灯的记载并非偶然，只是由于技术失传，以现代人的思维理解不了罢了。

在踏入这间铜室之前，我也是主流理论的拥护者，可这盏油灯轻而易举颠覆了我的认知，让我感应到自然界除了科学还隐隐存在着某种神秘的东西。

“晓飞，帮我抓牢铜器底部，看能不能把油灯卸下来，”老董说，“得将它放到更安全的地方，以免被莫名其妙毁掉，这可是世上仅存的长明灯。”

我阻止道：“等等，依我看最好别动，它在里面亮了几千年都没事，说明还能继续亮下去，不要破坏它的平衡。”

老董说：“如果不能把它带出洞，哪怕在这里亮十万年也没有价值，它的价值就在于绝无仅有，明白我的意思？”

“十分钟前你刚刚谴责考古专家破坏古墓……”

“这不是破坏，而是挖掘再保护，我要把长明灯卖给真正喜爱它并有条件研究和保存的买家，总比默默无闻埋在洞里一辈子好得多。”

我叹了口气，蹲在地面用力抱住龙形圆器，他在龙头上摆弄了一阵，得意地说这里有旋口，证明长明灯可以拆卸。过了会儿又嘀咕道奇怪，既然有旋口，灯柱底部的卡口作什么用？双保险？不太像啊……

我忍不住说干脆等阿诚他们过来再仔细研究，蓝真真是青铜器专家，或许她有办法。老董说你又不明白了，长明灯由我们俩发现并拆下来，将来分红我们得大头，其他人只能是见者有份，拿个零头；假如五个人一起拆，分红就得平分为五份，其实不过是举手之劳，何必把白真真的银子拱手相送？

原来这里面还有名堂，怪不得老董一直想往前赶，我不假思索说你等他们都过来，我的那份给你好了。

那可不行，老董郑重其事地说，盗亦有道，干我们这一行的最忌讳坏了规矩，属于你的你就得拿，宁可拿到手后打麻将输给我，但不可以不拿……

他边说边将油灯底部旋了两圈，好像被阻住了再也旋不动，他又将卡口向下一扳，“格”，油灯没动，旁边一米多高的跪坐青铜人倒动了起来，突然抬起双臂，举着手中的玉戈冲我们砸过来。

我和老董急忙一缩头，身体向后一倒在地上打了个滚。

“咚”，却见玉戈正好砸在油灯上，刹那间灯灭、油泼、灯柱与荷叶托盘分离，呼啦全落到地上。

“长明灯！我的长明灯！”老董连滚带爬扑过去，一手拿灯柱，一手拿托盘悲痛欲绝。

我冷冷地看着他，怒火拥堵在喉间，不知骂什么才解心头之恨。

或许是冥冥之中命运使然，或许古人利用了某种魔咒，只要有长明灯现身，就会被一种特殊的方式毁掉。这回他们的目的又一次达到了，长明灯的奥秘依然被严密保守着，以前没有，今后也不会有人知道。

第二十二章　铜室浮雕

跪坐青铜人砸掉长明灯后好像完成了一桩历史使命，收起玉戈又变成一动不动的青铜塑像，油灯底部卡口“格”地归于原位。

原来卡口是启动青铜人手中玉戈的开关，设计者算准以盗墓者的贪婪不可能不动心，宁可毁掉它也不愿将秘密公布于世。其实老董旋转油灯时我一闪念想连同龙形圆器一起带出去，现在看来同样避免不了被毁的命运，因为毁灭设置从油灯底部经过龙形圆器与跪坐青铜人像相连，不管动哪儿都得触发机关。

“晓飞，这件事我太鲁莽……”老董追悔莫及说，懊恼地抓着头发，脸上皱纹间写满了自责与难过。

我摆摆手示意别再提这件事，反正已鸡飞蛋打，接下来的路还很漫长，不能因此伤了彼此之间的和气。我转过去四下打量，又发现一个新问题：铜室里没有通往上面的门！

从我们所处的高度来看，大概有十五六米，处于青铜方尊饰面和腰封之间。离尊顶尚有一段距离。如此规模空前的青铜方尊矗立在这儿，其功能绝不可能是给后人瞻仰，更不会为老树桩和美人鱼风流快活提供便利，应该与某种特定的祭祀方式有关，或者是死者下葬后祭师必须要完成的某种法定仪式。按常规祭台设在尊顶，这样才能达到“天人合一”和与天神交流的目的，因此应该有一条直通尊顶的路……

正想得出神，老董凑过来带着讨好的语气说：“晓飞，你看看两边墙上的浮雕，我怎么琢磨着有点古怪。”

说着举着火把站在浮雕前，等我上前查看。

其实浮雕是这间铜室里最重要的内容，我甚至怀疑铜室的功能就类似陈列室，专门展示这八幅浮雕，只不过进来后被长明灯吸引住了，没来得及研究。

这八幅青铜浮雕与前面看到的铜门、青铜器有很大的不同，上面既没有流云水波、鱼鳞纹、兽面纹等常见花纹，也没有山川湖泊、面具塑像等写实图案，而是一幕幕场景，画面简洁，线条分明，好像在叙说一件重大事件。

依照古蜀国人的排序习惯，我站到靠门右首的浮雕前，按顺序它应当是第一幅。浮雕左侧有一大片凸起的圆形，右侧则是一张大嘴，嘴里衔着一个人，此人双手反缚在背后，姿态似乎在挣扎。由于嘴张得太大，看不到嘴主人的面孔，但寥寥几根线条已经勾勒出其凶残和不可一世的气势。

老董喃喃道："妈的，这不是老虎吃人的场面吗？根本毫无纪念的价值。"

我指着左侧说："你看这边是什么？"

"森林。"

"不对，应该是密密麻麻的人头。"

"什么？这么多人看着老虎吃人？不会的，老虎其实也怕人，遇到一大群人时会主动躲避，哪有当着人群吃人的？"

"你看清楚，这个人被反绑着。"

他张大嘴，思维似乎停滞了："你的意思是原始部落为了生存，把同伴作为牺牲品进贡给老虎，所以那个人在痛苦地挣扎，他是完全不知情的情况下被强行捆绑着送过去的？"

我摇摇头："未必是老虎，这是一个隐喻，再看下一幅吧。"

第二幅场面与第一幅差不多，还是人群、大嘴，不过嘴里变成两个人，同样被反缚着大力挣扎。

这回老董看明白了："老虎的胃口越来越大，对部落来说已成为沉重的负担。"

"不仅如此，部落内部也开始分化，形成两个意见相左的集团。"我指着浮雕说，那片代表人群的凸出圆形中间有一道空隙，两片圆形边缘岔出若干条手臂，似乎象征着他们在激烈地争论、对骂。

哪里有压迫哪里就有反抗，到了第三幅场面转到一个封闭的山洞，黑压压的人群躲在洞穴最深处围着篝火展开讨论，这是个非常绝密的会议，从洞穴到山洞外面每层通道都站有人手持长戈或大刀把守，气氛十分紧张。然而在代表山脉的弧线外围，大嘴巴紧紧贴在上面窃听，不过聪明的人类早有对策，离大嘴巴不远处的洞穴里同样坐着一小堆人，或坐或站，手势、动作都很夸张，无疑这个清谈会是个幌子，用于掩护洞穴深处绝密会议。

老董笑道："真有意思，差不多是一部悬疑电影了。"

第四幅画特写绝密会议的场景，二十多个人围在篝火周围，有的捧着碗喝水，有的在抽烟，有的双手转动着什么——可能是纺织纱布，最靠火堆站着一个人，方脸、纵目、大耳，身上披着长披风。

"蚕丛!"我惊呼道。

老董敲敲蚕丛的人像笑道："这些浮雕进一步证实了我们的猜测，这里确实是古蜀国时期的墓葬，墓主就是蚕丛，是浮雕中当仁不让的主角。"

蚕丛主持的部落会议研究出了什么方案呢？我们迫不及待转到左首继续看第五幅画。画中是热气腾腾的冶金和铸造场面，山上山下成为一个巨大的工地，人们穿梭往来忙忙碌碌，画面正中有个正方形大坑，蚕丝双手负在背后独自站在坑边，手里握着几颗晶莹剔透的小石头，不知心里想些什么。离他不远处有几个人驱赶牛车上山，车上垒着高高的东西，牛车左侧的人转过身呆呆地看着蚕丝，车后的人扬起手臂提醒，似乎责怪他不该在车子上山的节骨眼上走神。

整幅画当然以蚕丛为焦点，个子也比其他人高出一截，用来突出他的形象，这是古人常用的对比手法，但牛车左侧那个人的形象却很突兀，他离蚕丛那么近，又是画中唯一正面刻画的人物，若不是身材明显矮一截，几乎要抢了蚕丛的风头。

老董也是识货之人，摸着那个人啧啧嘴说："我曾经盗过汉墓，汉朝有在墓室绘制彩画展示墓主生前活动的习惯，无论官阶大小，爵位高低，一般都采用众星捧月的绘画手法，重点突出墓主，其他人要么面目模糊，要么侧身、掩脸、做各种修饰性动作，只有墓主意态闲暇与众不同，可这幅浮雕……怎么说呢，有点怪，让人不由自主把注意力集中到这家伙身上，违反了设计浮雕的初衷……"

"这是古蜀国人绘画的写实手法，不在于表现，而是场景的再现。"

我边解释边来到第七幅画面前，看了之下不觉一愣。

“青铜方尊和通天神树!”老董在旁边嚷道。

不错，这幅浮雕上没有任何修饰，只画着一尊方方正正、凝重古朴的青铜方尊，尊顶有棵巨大的通天神树，精美华丽，摇曳生姿，树杆最尖端的凤凰直插云霄，整个头部和上半截身子都隐在云层里。

“这……这是我们所处的方尊吗?”我疑惑道，“饰面、水晶腰封都差不多，只是上面没有神树。”

老董说：“不一定，我们站在底下向上望，根本看不到尊顶上面部分，估计应该有神树，以古蜀国的国力铸一尊都很费劲，按说不会没事找事铸两尊一模一样的。”

我笑着说：“你是老革命，经历过大跃进和大炼钢，那些土法上马的小作坊炼出的钢质量如何?”

“嗨，别提了，整个都是废铜烂铁，里面杂质太多，火候也不够，回炉重修又不合算，后来马路边扔满了黑不溜秋的铁疙瘩。”

我说：“当时古蜀国也是如此，全民上阵，大炼青铜，如果缺乏严格的技术监督和质量把关，根本不可能铸造出这样完美的青铜方尊，因此浮雕只说明了表面，没有真正反映冶炼铸造的核心环节，也许对古蜀国人来说批量生产并不是问题。”

老董想了想表示同意。

第七幅浮雕上蚕丛一个人站在青铜方尊顶部，看着通天神树顶上方，双手张开准备攀登的样子。老董心急，想知道蚕丛爬上神树后的情况，将火把移到最后一幅浮雕，惊讶地叫了一声：

“咦，没有了!”

我过去一看，第八幅一片空白，什么内容都没有，细细抚摸青铜表面，质感细腻光滑平整，没有强行敲凿破坏的痕迹，不觉看着浮雕沉吟起来，脑中隐隐约约闪过一丝什么，但太抽象太笼统，一时间无法用言语表达出来。

老董说：“或许这件事并没有结果，蚕丛部落有意留下一块空白，等后人知道答案后补上去……”

“古蜀国传说中蚕丛活了几百年，其实是他死后子孙继续统治着部落，直到被柏灌氏族夺得领导权，但无论是柏灌、鱼凫，还是后来的望帝杜宇、鳖灵，都毫无例外将蚕丛作为精神领袖，号召子民们像神一样崇拜他，这固然是统治者巩固执政地位所采取的手段，不过也证明蚕丛确实解决了困扰古蜀国多年的问题，因而有资格获得神话般的地位。”

“就靠这大而无用的青铜方尊和华而不实的通天神树？”老董不信，“我怀疑这是蚕丛玩的死亡游戏，明知自己快要死了，告诉臣民们说我要为你们解决进贡活人的问题，我爬上通天神树与天神谈判，肯定会有好的结果，其实他从正面上去后从背后下来，偷偷躲进挖好的墓室死翘翘了。”

我摇头说：“你未免小看了通天神树……”

《山海经》里讲述过神树的传说，有一个叫汤谷的地方长着一株高几千丈、一千多围的扶桑树，树上栖息着十只称为金乌的太阳鸟，九只住在下面枝条上，一只住在树顶——与通天神树的结构完全相同，它们是天帝帝俊的妻子羲和所生的十个儿子，羲和每天带它们在汤谷里洗澡，并让儿子们轮流值班，每天有一只飞到天上，早出晚归，给大地和人类带来光明。可是有一天它们不守规矩一起飞到天上嬉戏，这下天下大乱，到处烈焰熊熊、焦禾遍野，老百姓们无法生活下去。后来有个叫后羿的英雄站在高山山巅用强弓硬箭射下九只金乌，这才挽救了天下苍生。

不单是中国，世界各地都有关于神树的传说。埃及金字塔里的壁画中有这么一幅画，上面画着一个巨大的女人俯身弓腰，身体上布满了星星，象征着星河。星河两侧就有神树和神鸟。印第安人有一幅流传至今的古宇宙图，中间画着太阳，四周八个角各有一棵太阳树，每棵树的顶部都有一只太阳鸟，树顶主干也有一只大太阳鸟，与通天神树有惊人的巧合。

由此验证了先秦时期的宇宙观点，人们认为天和地是相连的，中间有天梯连接，主要的天梯是高山，其次是神树。传说中天地的连接点就是“昆仑山”。不过此“昆仑”并非今天的昆仑，经考证正是我们所处的岷山。上古传说中岷山是连接天地的福地，岷山之巅就是进入天庭的南天门，从神树上天后，能得到神鸟、不死木和长生不老药。

在古蜀国人心目中，通天神树的意义不仅仅是祭祀品或艺术品，而是通往天堂的阶梯。

听到这里老董反问道：“你真的认为蚕丛从通天神树成功上天，从而让古蜀国子民过上幸福的生活？”

第二十三章　蜀王蚕丛

我笑着说："古人有个很奇怪的习惯，喜欢把现实生活抽象化，通过隐喻或神话传说的方式来表达，其实真相远非如此，比如大嘴巴也许不是老虎，而是代表某种外来势力或特权阶层，这不奇怪，从现有挖掘的遗址分析，古蜀国存在神权阶层和世俗王权阶层，因此浮雕可能反映两个特权阶层在争夺实际统治权过程中的斗争。"

"这么一说倒让人放心，"老董长长出了口气，"那蚕丛代表着哪个阶层?"

"很难说，蚕丛的来历本身就是一个谜，一种说法是黄帝的后裔，《史记·五帝本纪》中记载黄帝有两个儿子，其中二儿子昌意被分封在若水（今雅砻江一带），后来娶蜀山氏的女子为妻，生下了蚕丛；另一种说法与戈基人有关，因为戈基人天生纵目，与蚕丛的生理特征十分相似，可古蜀国人与戈基人是死敌，双方为争夺地盘打得死去活来，古蜀国人怎能容忍仇敌子弟做自己的首领呢？这一点很难解释，"我说，"如果黄帝之后裔说成立的话，他无疑是代表本地势力的王权阶层，要与神权阶层展开殊死搏斗了。"

"听君一席话，胜读十年书，这回真长了见识。"老董不失时机地猛拍马屁，显然还为长明灯的事愧疚。

我淡淡一笑："接下来看你了，怎样无中生有找到通向方尊顶部的门。"

老董跑到正面铜壁将青铜祭器挨个儿翻了一遍，没有机关暗门，说大概答案还在八面浮雕上，我得再仔细研究研究。遂举着火把从第一幅看起，嘴里念念有词。

"有问题!"他身体突然一震，手指在第三幅浮雕上弯弯曲曲划着，喃喃说，“就是这样，就是这样。”

“怎样?”我站在一边看了半天不得要领，忍不住问道。

他面色凝重，指着代表山麓的弧线说:“你看第一道关卡，这个凸出的圆形又大又圆，比石洞深处的人群至少大两倍，是什么东西?再看第二道关卡，一条甬道里有四个凸出圆形，每个腰间拖了根尾巴，这又是什么?还有后面……”

“等等，我知道了!”我恍然大悟，“第一道是河里的怪兽，第二道是古猿，后面还有鬼火、僵尸、美人鱼、老树……”

老董接口道:“对，浮雕上描绘的正是我们现在所处的蚕洞，之前我们理解错了，这里不单纯是古墓，而是蚕丛在世时议事议政、领导臣民对抗神权阶层的办公场所，也是古蜀国昔日的王宫，难怪工程如此浩大，规模如此惊人……美人鱼、鬼火这些东西亘古有之，是用来防止神权阶层势力入侵，阻截对方间谍潜入打探消息的，不过这套防御圈非常稳定，尽管蚕丛后代为了纪念他将蚕洞密封，生物圈却一直自我繁衍到现在。”

“对，对，正是这样，”我也激动得喘不过气来，“后来古蜀国虽然覆灭，蚕丛子孙还保守着蚕洞的秘密，代代相传肩负起守卫祖先墓藏的责任，所以李芒等人进洞后留下的痕迹被消除得干干净净，而我们进洞过程中总有神秘影子在附近活动，都是蚕丛的后人!”

“这就是明朝徐耀的秘密，可是……”老董歪着头说，“还有问题没有解决，就算李芒查到蚕洞里埋葬着蚕丛，就算他知道通天神树和长明灯，也谈不上‘关系到天下苍生祸福凶吉、生老病死的玄机’，而且发掘上古时期的古墓，对李芒这样的退休高官来说虽不算光彩，也扯不上‘蹊跷离奇，大违常理，非普通人所能理解’，总之此事还有蹊跷。”

我也想到同学徐耀与明朝徐耀奇怪的巧合，想到同学徐耀稀奇古怪的失踪方式，刚刚激起的兴奋瞬间即逝，滞声道:“是的，蚕洞包含的秘密远非几幅浮雕能解释的，所以我们得继续前进。”

“革命尚未成功，同志仍需努力，”老董随口应了一声，一幅幅看下去，看到第五幅画时又嘀咕道，“牛车旁的人真有点怪……”他本想继续阐发感想，突然触起什么灵感似的冒了一句，“晓飞，你认为这些浮雕是谁画的?”

“当然是蚕丛的后人，怎么了?”

老董断然道："不对，依我看就是蚕丛本人，或者说在他主导下绘制完成，你想，既然铸造青铜方尊和通天神树是蚕丛一手策划并督造，内部装修肯定也要由他拍板，等一切大功告成，他才在臣民的注视下走上神树，这些浮雕有承载重大历史史实的功能，当时蚕丛一定这样考虑，'我把整件事如实记载下来，是非功过留待后人评说'，你觉得呢?"

受他感染我也用手摸了摸牛车边的人，沉吟道："这样分析并非没有道理，倘若我是蚕丛，决定上马这样劳民伤财，倾全国之力的大工程，心里难免有些忐忑，所以站在热气腾腾的工地中间发愣，这时突然有人紧紧注视着他，说不定嚷出了大多数臣民敢怒不敢言的心声，蚕丛虽以自己的威信把事态压下来，但内心很不平静，创作浮雕时不由自主把反对者画上去，提醒后人今后做重大决策时要倾听民意，不能专制独行。"

老董笑道："到底上过大学，经你一拔高思想性就上去了，简直把蚕丛上升到唐太宗、康熙之流的高度……咦，这里有一行血字!"

在第五幅和第六幅浮雕中间，有一行又细又小的血字，由于年代久远，血迹已变成赭黑色，与铜壁融为一体，若非老董把火把凑在铜壁前，两人又距离浮雕很近，根本无从发现。

"牛车左者，徐耀也……什么，徐耀?!"我念完后惊叫起来，全身上下冰凉僵硬。

老董以为听错了，也伏在上面逐字念了一遍，然后傻了眼，看着我不停地问："这是谁写的?他凭什么说这个人是徐耀?即使是徐耀又有什么问题?"

我大脑已经停止运转，完全是白茫茫一片，一个遥远的声音不停地念叨：徐耀，徐耀，徐耀……

"我想通了，"老董一拍大腿，"徐耀与蚕丛一样，也是古蜀国里地位崇高的氏族，徐耀家族受蚕丛的密令世代保护蚕洞，而且子孙后代都叫徐耀这个名字，直到李芒发现这个秘密……"

我回过神喃喃道："字迹是李芒的，可他跟我一样从神树背后的黑洞中掉进深井，难道也爬上水晶洞，再由石室滚入水潭，闯过美人鱼和老树桩两关来到这里?为什么他看到牛车边的人就联想到徐耀，而我却没有丝毫感应?莫非我们漏掉一样重要线索?"

"可能性不大，李芒走到这儿时已相当狼狈，最得力的助手死在蜘蛛王爪下，其他人死的死，失踪的失踪，只剩下他和蒋仲夏，大概连武器都没有了，只能咬破指头在墙上留言，哪有我们一路走得从容？或许本来是有证物的，后来被故意销毁了。”

老董解释道，又回过头将每幅浮雕之间都查看了一遍，没有发现留字。

我皱眉道：“一个家族沿袭使用徐耀做名字，虽然有点奇怪，也不至于让见多识广的李芒和孟哲远如临大敌，花费几十年时间探究其中的奥秘，因此李芒进洞前已经掌握了一些资料，是带着目的进来的，而我们什么都不知道，就凭李芒和徐耀两个名字就冒冒失失闯进来了，所以碰到问题就茫然不解……假设李芒说得不错，画中之人就是徐耀，蚕丛为何将他在浮雕中突出出来呢？其中有何深意？”

“蚕丛是告诉后人，徐耀家族负责看守我的墓葬，要好好对待他们。”

“如果你准备把一批宝藏带入棺材永久保存，你是告诉自己儿子呢，还是嘱托阿诚或者我帮你看守？”

老董一怔，瞬间明白我的意思，嘟哝道：“是啊，蚕丛死后子孙还统治了几百年，哪有信不过自己的儿子孙子，让外人看守墓葬的道理？我想岔了，这件事要从头慢慢梳理。”

听到“梳理”两个字，我心一动，刚才若隐若现的念头又拥现出来，但这回更清晰更具体，我冲口道：“也许是徐耀先祖的秘密，被蚕丛无意中发现后藏在洞里，然后他们家族一代代持之以恒地寻找……”

老董质疑道：“所谓秘密都是有时代局限性的，很难想象蚕丛时期的秘密到了明朝还能让人关注，正如古代的宝剑宝刀，随着冶炼技术的提高放到现在根本不值一提，怎么会使李芒甘愿付出生命的代价去探险？”

我抓抓头苦恼地说：“这不是我想表达的意思，我是说……我是说……怎么说呢？总之徐耀才是整件事的核心。”

老董表示同意：“确实如此，换作一般人走进僵尸石窟早晕了，随便搬几件青铜器回去就能大发，如果捧一株青铜神树献给皇帝，没准能让龙颜大悦加官进爵，泽被后代。之所以继续往里走，就是想揭开徐耀的秘密。”

可是李芒身处铜室并没有生出前面无路的感慨，似乎知道下一步应该去哪儿，怎么去。为什么他看来顺理成章的事成为我们的障碍呢？我和老董开始想到铜壁本身，不约而同把目光聚到最后一幅空白浮雕上。

或许蚕丛反抗的故事讲述到第七幅就结束了，第八幅故意空着，作为铜室通往尊顶的出口。这个解释合乎原始宗教的习惯，因为在普通人看来天神无往而不利，不管去哪儿都不需要门，所以蚕丛在这儿设置了一个小小的噱头。

老董站在空白浮雕前用力一推，“哑”，浮雕下口裂开一道缝，但里面好像有什么东西阻着，我看他脸红耳赤的样子，上前助了把劲，硬将浮雕又向里面推开了半米深的缺口，老董伸进一只脚试了试，两人团身钻进去后手一松，“咣当”，浮雕复回原位，我们看到浮雕背后挂着一块大铜块，难怪一个人的力量不够。

回身打量尊顶，眼前果然矗立着一棵巍峨耸立、华丽绚烂的通天神树，由于火把通明范围有限，看不到它的顶部，但从树枝和主干分布看至少十多米高，主干上的龙凤和小鸟都镏了黄金，在火把的照耀下金光闪闪。最底层树枝舒展得很长，一直延伸到两侧山壁，主干和树枝上布满了半寸长的铜荆棘，一看就知是便于攀登时踩踏用的，二层以上没有铜荆棘，只有错乱有序的铜叶。

老董抚掌笑道：“我猜得没错吧，蚕丛根本没有从树顶登天与什么天神对话，他爬到第一层后趁大家不注意就沿着树枝跑到山腰，从事先修好的密道去了墓室，这一点倒有点像戈基人，躺进棺材里等死。”

我失笑道：“全民发动，全民参与，最后竟以谎言告终，蚕丛未免太儿戏了，我看没这么简单。”

“你不明白的，晓飞，古今中外统治者的德性都一样，以欺骗天下百姓为己任，不信咱们可以打赌，赌底层树枝肯定与山崖上的密道相连，敢不敢?”

我一犹豫：“怎么赌?”

“如果我赢了，你得发誓今后永远不提长明灯的事，如果你赢了，出去后我把分得的红利让出 20%。”

闹了半天他还惦记着长明灯，我笑了笑说：“好，一言为定。”

两人握手为誓，然后一起攀上神树第一层。

第二十四章　极寒冰窟

踏上通天神树第一层树枝，树身有些轻微的摇晃，我握住主干笑道，神树就是神树，普通人在上面真不适应。老董说还算好，我和阿诚在湘西深山过独木桥才叫险，桥面不过三四十厘米，下面是两三千米的绝谷，掉下去别说尸体，连根毛都找不到，我们背着几十斤重的行李咬咬牙也闯过去了。我忍不住说你们这些年按说也捞得不少，为什么还不收手？他笑着说这回要是能平安出去肯定收手，因为天底下再也找不到比蚕洞更刺激更有意思的古墓。

沿着左侧树干来到边缘，树枝与山崖之间还有两三米空隙，没有老董所说的密道，我看了看他，他面色如常说急什么，到右边去。我说倒不是在意你的20%，只是想研判一下我的直觉对不对，青铜方尊和通天神树的代价太大，不可能是一场游戏。

老董不说话，只用嘴朝右边努努，言下之意走着瞧。回到神树主干往右侧走，树枝摇晃的幅度渐渐加大，我们只能扶着两侧树叶和岔枝踉踉跄跄向前。

“歇会儿，等树枝停下来再说。”我大声叫道。

老董在我前面两步，回头道：“没事……我看见洞了，山崖上真有个暗洞！你输了，哈哈哈……啊，不好！”

他身体一沉好像要掉下去，我一个箭步上前拉住他后腰间衣服，谁知他站的区域特别陡峭，他的下沉势头加上我的前冲力，两人刹不住脚步直往前冲。此时两侧没有东西借力，除了在光溜溜、宽度不足半米的铜枝上一路滑行别无他策，转眼滑下去七八米，可以清楚地看到前方黑黝黝的暗洞。

“快想办法刹住，暗洞有问题！”我喊道。

“刹……刹不住，到洞口再说。”

老董想滑到洞口时伸手抓住洞沿或在洞壁上减速，孰料后面铜枝坡度更陡，几乎成八十度角，我们以百米冲刺的速度呼啸而下来到洞口，老董眼疾手快一把搭住暗洞上沿，而我反应却慢了一拍，直直朝他撞过去。

嘭！

老董身体本来就不稳，一撞之下两人都摔倒在暗洞边沿，这时才发现暗洞内部与我们想象得不一样，里面是一块比滑梯还陡的山坡，又宽又深，一眼看不到底，两人来不及反应便顺着石道骨碌碌往下滚。

“抱头！”

滚出几米后老董挣扎着嚷了一句，我蓦地醒悟过来，在翻滚中调节姿势，双臂抬起紧紧护住头部，开始身体被凸起的石角、尖棱硌到时还觉得疼，后来全身到处都疼，疼得麻木了反而没了感觉，心里宁愿随便撞到哪块石头上死掉算了，免得受这种苦难……

不知滚了多久，脸上也钻心地疼，晕乎乎中我还保持着一丝清醒，暗忖脸怎么会疼，不是有双臂护着吗？后来不仅是脸，身上也疼得发抖，牙关一个劲地打战，我一个激灵悟出来：这不是疼，而是冷！

我们正飞速滑向一个奇冷无比的冰窟！

老董也发现问题的严重性，在黑暗中颤巍巍叫道：“阿飞……”随即便没了声音，我想回答，可是嘴唇仿佛被冻僵了，半天都憋不出一个字。

“扑通！”

冷不防眼前一亮，感觉滚到了平地，身体向前翻滚了十多米撞到一堵墙后才停下，白茫茫的寒气如同一张无形的网将我笼罩在其中，剧痛和酷寒使我口不能言，身体丝毫不能动弹，唯一能动的只剩下眼珠。

然后便看到刚才撞到的那面墙——水晶墙！

与我和阿诚从深井里爬上去后看到的一模一样，晶莹剔透，璀璨明亮，整个墙面折射出令人眩目的白光。

难道绕了一圈又回到起点？

我想扭头寻找老董，脖子像锈住一般僵硬得不听使唤，不仅如此，严寒迅速麻痹了我的大脑，神经，全身上下每一处关节，迷糊中只想睡觉，想舒舒服服地睡死过去，永远不会醒来……

“哗啦——”

不远处一阵碎响，对面墙体骤然破裂，一个巨大的身影和着碎石、粉尘飞坠而下，落到地面才看到原来是两个人，郭项龙和蓝真真!

郭项龙一手搂着她，一手撑在地上爬起来，还没站稳“嗵”地倒下，蓝真真被甩到几步之外。

“小郭，没受伤吧?”

“还……还好。”

郭项龙又一次撑起身子，站到一半晃了两下又坐到地上，他揉揉腰部，那里好像受伤不浅，上半部身体微微向前以减轻腰的负重。蓝真真爬过去将他扶到我斜对面石壁边坐下，四下扫了一眼，不知洞内雾气太重还是心不在焉，竟没发现我和老董，站在原地跺跺脚，双臂抱肩说：“比刚才好多了，但还是很冷，咱们歇会儿再找出口吧。”

我一惊，暗想这里已比食品公司冷库冷许多，气温估计远低于零下三十度，他们俩刚才呆的地方更冷，恐怕得有零下五十度，与南极冬天时温度差不多了，怪不得把郭项龙冻成这样。

郭项龙因剧烈哆嗦而全身颤抖，憋了半天挤出两个字：“现在……”

我明白他的意思，洞里低温对人体杀伤力太大，呆的时间越长热量消耗越大，越没有力气寻找出路。我不知道之前他们经历了哪些事，原来阿诚和蓝真真在一起的，为什么阿诚不见了，反而变成郭项龙和蓝真真，两人又为何误打巧撞来到这里，但有一点可以确定，那就是郭项龙一直将她保护得很好，因此成为冰窟内唯一能自由行动的人。

谁知平时还算聪明伶俐的她大脑似乎被冻僵了，居然歪着头问：“现在干什么?”

“找……找……”

蓝真真茫然看着他，又四下张望，我心里怦怦乱跳，不停地祈祷：快过来，快过来，把我拉起来活动活动，不然我也要成冰雕了。然而她的目光在我身上一扫而过，又移到别处。

我突然想到一个关键：我和老董一路下滑时衣服上沾满了冰霜、冰花，滚进冰窟后又和碎石块混在一起，基本辨不出人形，加上窟内一片白色，又有水晶墙映衬，容易让人产生视觉疲劳，因此她对我们的存在熟视无睹。

郭项龙坐在石壁下缩成一团，喉间发出粗重的喘息声，刚才他在更冷的地方受的寒气还未释放，现在又被长时间低温侵袭，强壮如他者也顶不住两股寒气的反噬。

蓝真真看着他，一步步退到右侧水晶墙边思索着什么，过了会儿抿抿嘴唇转头走向他。

这个场景怎么特别熟悉呢？好像在哪儿见过似的……我盯着她的举动，脑中急速运转。

“小郭，我反复考虑过，单凭我的能力不足以走出这个石窟，再说也不可能抛下你不管，因此你必须尽快恢复……”她咬着下唇说，“你体内寒气太重，我没有别的办法，只能用我的体温……”

我脑中“轰”一声，想起来了，终于想起来了，这一幕当初我和阿诚在水晶洞的水波门上见过，从她内心交战到两人争执，最后把他搂在怀里，我们因此情绪激动地砸掉水波门冲进被透明墙一分为二的通道，后来老董和郭项龙都说根本没有发生过，他们三个人始终在一起。

难道水波墙具有能看到未来的神奇功能？早知如此我们应该耐心看下去才对！可是几千年前的古墓，居然能预测未知事件，不仅是天下奇闻，简直让人恐惧，难怪……难怪李芒说此事“蹊跷离奇，大违常理，非普通人所能理解”，此刻我也深切体会到他当时的感受。

对面，两人像有剧本似的一幕幕演下去。

蓝真真握住他的手说：“小郭，这是救我们俩唯一可行的办法，否则都会死在这里。”

郭项龙冷得说不出话，只是用力摇头，嘴唇急剧颤抖，身体犹如打摆子似的左右摇晃。她一边说一边把他的手往怀里拉，他使劲甩开她的手，身体向右侧移动，脸色越发青白，眉毛、唇边、耳垂上结了一层薄薄的冰霜，手指僵直得无法舒展，胸口因体温下降而急剧起伏。蓝真真猛地站起来靠过去，张开双臂将他搂在怀里，而且解开外套钮扣，把他的脸贴在她胸前。郭项龙觉得太唐突，但无力动弹，只得紧紧闭上双眼。顷刻之间他身上的冷气传到她体内，蓝真真顿时脸色白得吓人，睫毛上挂了一串冰珠。起初还微微颤抖，渐渐的两人如同冰雕呆立不动，完全没了生气。

我愈看愈害怕，愈看愈沉重，如同观看一部悲剧电影，明知结果却无力改变，只能眼睁睁看着它发生。我实在想不通水波门为何能精确预知到这等程度：它猜到我和阿诚判断错误，反向旋转青铜人像后落入水；猜到我们能击败美人鱼，顺利进入青铜方尊；猜到郭项龙临时起意独自回去与蓝真真会合……

莫非冥冥之中有双大手在操纵一切，我们的命运从进洞一刻起就被注定？

眼看郭项龙和蓝真真没了气息，我也全身麻木，只剩下眼睛能证明自己活着，其他器官仿佛都从躯体上切割出去了，无知无觉，我觉得我快要死了，就在几秒钟之后……

"咚咚咚咚……"

急促的脚步声由远而近迅速传过来，一个伟岸的身影——至少我这样认为，虽然阿诚只有一米七多一点，举着火把出现在郭项龙滚进来的洞口，大声叫道：

"真真！真真！"

重色轻友！我暗暗骂道。

他高一脚低一脚走进来，嘴里呵着气，很快发现郭项龙和蓝真真紧紧依偎在一起，大概也触起在水波门上见到的一幕，咒骂道："他娘的，果然如此，果然如此！简直匪夷所思！"

他没有急于动——僵化的身体干脆易裂，稍有不慎就可能致残，蹲在两人中间，用火把反复烘烤他们的头、手、腿等易动部位，同时轻轻拍打身体表面的冰冻，经过漫长难熬的等待，蓝真真先复苏过来，深深叹了口气坐到地上。

"起来运动！不然你的内脏要受伤！"阿诚厉声喝道。

她听话地撑起身体，颤抖着在冰窟里来回走动，走到第九个来回时终于"咦"了一声，朝我这边走过来。我松了口气暗道有救了。不料她对我熟视无睹，从身侧径直走过去，过了会儿惊叫道："老董！"

我心中狂骂她上百遍：好歹谈了几年恋爱，这点默契都没有？难道那个糟老头子比我还显眼？

阿诚刚好把郭项龙救醒，三步并作两步冲过来，他的眼力还是好，一眼看到我，狂喜道："晓飞！晓飞也在这儿，我们终于会合了！"

老董毕竟上了年龄，采取抢救措施后仍处于昏迷状态，郭项龙把他背起来在冰窟里慢跑。我趁机讲述了刚才一幕与水波门上的巧合，蓝真真惊愣得说不出话来，阿诚沉声说不管这么多，当务之急是赶紧离开这儿，再研究下一步方案。我建议沿着我们滚下来的斜坡爬上去，因为神树上肯定隐藏玄机，蚕丛能爬上去，我们为何不可以？就算上面没戏，权当健一回身好了。阿诚拍拍我用居高临下的语气说晓飞同志，经过革命的洗礼你已经成熟了，好，我个人表示同意。

郭项龙听了拉着蓝真真直往斜坡上走，我和阿诚紧随其后，走了七八米远老董突然醒来，左右看了看，用力拍打郭项龙，焦急地说：

“不能从这儿走，快回去。”

“为什么？”我们都愣住了。

第二十五章　神秘黑影

老董连喘几大口气："滚到冰窟下后，我一直在琢磨怎么回事，后来终于想通神树第一层右侧压根就是个陷阱！为什么这么说，因为我们在左侧行走时铜枝只轻微晃动，到了右侧摇晃的幅度越来越大，越往边缘坡度越陡，这是利用'秋千原理'设计的机关，哪怕以郭项龙的身手在有准备的情况再走一遍也撑不住，反之我们倒过来上去照样会被抖入冰窟。"

阿诚看看我："你也是当事者，你判断一下老董的话有没有道理？这关系到大家是否走回头路。"

我略一沉吟："恐怕是这个道理。"

"撤，从白窟走。"阿诚果断一挥手，一行人循着他进来时的洞口原路返回，途中高高低低钻了六七个石洞，进入阿诚所说的白窟——确实很白，里面全是厚厚的冰层，温度起码比冰窟低二三十度，我和老董尽管被冻过一次，却没经历过这种冷法，连续打了十多个喷嚏。幸好阿诚熟悉这一带地形，在两道隐秘的山脉皱褶缝里找到出口，攀着长藤爬了将近二十米才到达地面石洞甬道尽头。郭项龙说这是从水潭到青铜方尊途中第二个岔道分支，他就是在这儿发现两人踪迹的。

"可真真怎么会与阿诚失散，反而跟你在一起？"我问道。

三个人你一言我一语很快凑齐整件事的经过。

阿诚和蓝真真回到僵尸石窟挑捡通天神树主干铜枝，未料里面材料虽不少，能派上用场的几乎没有，或者被僵尸砸弯砸断，或者和树枝、树叶纠缠在一起，费了好大劲才找了根相对完整的，约四米多长，兴冲冲回到水潭边一看，一个人都没有，连昏迷不醒的老董都不见了。当下猜到发生意外，阿诚想追过去，蓝真真怕出意外，死死拉着他在原地等待，等了两三个小时都没动静，阿诚实在按捺不住，说服她一起出发，结果刚到第一个岔路口就惹了麻烦。

当时我们跟着老树桩一路跑过去，无暇顾及其他岔道的情况，阿诚本来也可以根据地面粘迹一路追踪，偏偏他眼力好，又喜欢眼观八方，发现岔路左侧暗处有影子晃动，还有两点若隐若现的幽光。他自倚手中既有火把又有武器，大踏步走过去察看，一看之下魂飞魄散：

原来是条一米多粗、长约十多米的红头绿鳞蛇王！

他拉着蓝真真撒头就跑，跑了几步突听到身后传来尖利的呼啸声，回头一看，蛇王正吞吐着尺许长的毒信快速追过来，石洞里弥漫着一股腥臭和凉风。阿诚一慌，将蓝真真手中的火把掷过去，蛇王没留神被打个正着，“嗞”，烧在七寸下方的柔软处。蛇王何尝吃过这种大亏，暴跳如雷，蛇身乱舞乱拍，洞内到处飞舞着鳞片和碎石块，不一会儿甬道里拥出数不清的长蛇，对两人发动集团冲锋。阿诚对付蛇倒有一套，先从口袋里掏出一大捧驱蛇剂洒在地面，然后扯了些枯藤点燃，构起一道火龙阵。蛇忌惮药味，又畏惧火，密密麻麻挤成一堆逡巡不前。

阿诚让蓝真真先撤，他再顶一会儿。蓝真真跑到第二条岔道后鬼使神差选择另一条道，一直跑到甬道尽头，然后看着深不见底的黑洞和长长垂下去的藤索发呆。

这时郭项龙正好找过来，远远看到她的身影赶紧追过去，接着他犯了一个错误——

他没有像我们一样叫她“真真”，或干脆叫“蓝真真”，而是喊了声：“哎！”

此时蓝真真已是惊弓之鸟，以为来者不善，匆忙之间攀着藤索缒了下去，由于力气单薄，心里又慌慌的，攀到离地面还有五六米时突然泄了劲，尖叫着摔了下去。郭项龙刚好伏到洞里听到呼救声，也随之缒下去。

阿诚仍在甬道中间与蛇群对峙，在蛇王的催促下群蛇开始变阵，驱蛇药布成的防线前蛇越聚越多，后面的蛇层层向上叠加，几分钟就形成半米多高的蛇堆。他脸色一变，知道蛇准备采取“空投战术”——蛇药气味只在贴近地面的高度最浓烈，愈往上愈淡，所以蛇耐心地堆积高度，等嗅不到那股味道后凌空倒下，上面的蛇就能越过药和火的防线了。

他赶紧又掏了几把药洒在地上，然后飞快地往甬道深处跑，跑到岔路口时蛇已突破防线追了上来，他眼尖看到藤索，快步跑过去三下五除二向上攀了四五米，屈身石壁上的凹处，再大把大把地将藤索向上收，全部收到怀里，这样防止蛇群顺着藤索爬上来，可是也断了郭项龙的后路。

郭项龙缒到白洞救起蓝真真，前后不过两三分钟的工夫，再回头一看，藤索不见了！当下顿感事态严重，因为他打量过白洞，藤索是通向外面的唯一出路，以洞内零下四五十度的超低温，两人身上又没有火种，一个小时都捱不过去。于是将外套脱给蓝真真，不顾严寒地在洞壁上敲敲打打，试图发现最薄弱部分。

时间一分一秒地过去，这期间我和老董从铜室出去，颤巍巍在摇晃的铜枝上行走；阿诚则蹲在石壁上与群蛇打消耗战。

郭项龙终于发现一块石壁回声比较脆，苦于没有工具，只得用脚蹬，用拳头砸，石壁上结满滑溜溜的冰，未几一不留神腰扭了一下，整个上身无力动弹。蓝真真苦笑道算了吧，也许我们命该如此，最后做个冻死鬼。郭项龙硬邦邦地说我从来不相信命。说着用后背拚命往石壁上撞，指望着靠结实的身体撞出一条生路，蓝真真看得不忍，也加入撞墙行列两人轮流撞，但她身体单薄，又十分畏寒，不多会儿就冷得绻缩起来。郭项龙心生一计，征得同意后将她拦腰抱在怀里——一来可以相互取暖，二来两个人体重叠加撞击力更大。

这招果然有效，连撞二十多下后石壁“哗啦”骤然破裂，冲入我和老董所在的冰窟，由于大运动量使身体微微出汗，寒气趁机入侵，郭项龙反而在蓝真真前面倒下，接下来发生的事便如同放电影，在我眼前演了第二遍。

阿诚在石壁凹槽里听到洞穴里的撞击声，立刻反应过来，知道把藤索抽上来的举动很不妥，但蛇群还密密麻麻铺了一地，虽然着急却无计可施。好容易等蛇慢慢散开，赶紧放下藤索一路攀下去，充当了一回救苦救难的大英雄。

一行人转过岔道，经过陡峭的石阶来到青铜方尊前，蓝真真是第一次看到，激动得眼角泪光闪闪，连忙掏出纸和笔进行素描。阿诚直懊恼忘了带相机，我说带了也没用，我们一会儿在水里泡，一会儿掉进深井，我和老董还表演斜坡十八滚，其难度跟十八摸有一拼，相机质量再好也吃不消。

郭项龙生了堆火，大家围着篝火将冻得硬邦邦的衣服烘干，顺便驱除体内寒气，冰窟里虽然没人冻伤，但五脏六肺无疑已受了暗伤，不赶紧用火气逼出残余寒毒的话，将来会留下隐患。老董是老江湖，特意带了山东老姜，每人分了一块放在嘴里大嚼，直嚼得满头大汗，浑身发热为止。

阿诚见大家感觉好了不少，拍拍手说："同志们，最困难的时刻终于过去了，青铜方尊、通天神树就在前面，我们离胜利只有一步之遥——虽然不知道这一步往哪儿迈，根据古墓布局规律，越接近核心墓室越危险，我们必须冷静思考下一步方案，把每个步骤、每个环节以及有可能产生的后果想清楚，不能出现盲目冲动、临时起意的情况，最重要的是防止人员失散、失踪，我们再也经不起折腾了。"

老董将姜渣吐进火里，埋着头说："我的意见大家可能不爱听，从现在起一方面绝对不能分头行动，不管发生什么情况；另一方面万一谁出了事，只能自救，其他人不能再冒险营救……"

"这样恐怕不好，"我第一个反对，"我们这支队伍进蚕洞探险，尽管目的各不相同，但有一点，那就是始终要把安全放在首位，核心墓室可以不进去，徐耀的秘密也可以不探究，可是我不能容忍对同伴遇难无动于衷，这样就算达到目的，也会在心灵深处留下更大的遗憾。"

蓝真真在一旁插道："这里面我最笨，又没什么本事，遇到突发情况倒霉的八成是我，不救就不救，干脆明说把我这个包袱甩掉好了。"

"我不是这个意思……"老董连忙辩解。

阿诚打圆场道："好啦，老董讲的是盗墓规矩，有口无心，并没有针对谁，真真别多心，其实那些盗墓规矩在这里根本不适用，大家都是相处得很好的朋友，又经过种种周折和磨难，早已建立了牢不可破的友谊，哈哈哈……晓飞，老董，你们俩登过方尊顶部，还在神树上兜了一圈，有什么想法说说看。"

老董的无心之言被我驳斥一番，又被蓝真真一顿抢白，感觉很没面子，勾着头不说话。

我说："从铜室里的浮雕看，青铜方尊和通天神树确实是蚕丛等人为了抗击外敌而铸造的祭器，工程完工后他独自走上方尊，从此再也没有出现。他去了哪儿呢？我是无神论者，不相信天神之说，所以同意老董的分析，蚕丛很有可能从神树密道溜进了墓室，躺在棺材里等死——当时蚕丛已经年迈，对整个部落的控制力日益消退，为了整个氏族的利益，他宁可牺牲自己，让儿子早日接班掌管统治大权，从这个角度说，第八幅空白浮雕意味深长，给后人充分想象的空间……虽然我们在第一层中了机关滑入冰窟，但那个设计精巧的机关反而让我坚信神树里面蕴藏奥妙，真正的出口要从第二层找起。”

“第二层以上主干铜枝上没有铜刺，也没有其他可供攀登的东西。”老董说。

“蚕丛当时上树想必有辅助物，上去后顺手抽掉就行了，”我说，“蚕丛的后人已事先被关照好，等他失去踪影后立即封闭方尊，封闭整个蚕洞，从此古蜀国把蚕丛当作神一样敬仰供奉……”

老董咳嗽一声：“这番话漏洞太多，首先你自己就说过作为一出戏的话代价未免太大，从浮雕上看得出，这项工程几乎举倾国之力，耗费的钱财想必也是天文数字；其次就算演戏，哪怕演得再惟妙惟肖，再出神入化，倘若臣民们看不到效果，期望变成失望，对他的崇拜恐怕要大打折扣；最后还有个最重要的问题——徐耀，李芒认定只要进入核心墓室就能解开谜团，他这么想应该有充分依据，如果蚕丛只身一人从暗道进了墓室，就证明除此以外没有人知道墓里的秘密，那么李芒从何得知呢？”

我一滞，不得不承认被他击中要害，这本来就是一对相悖的道理，只是绕来绕去绕进了死胡同。

“老董说得对，单从浮雕判断整件事是蚕丛一人所为站不住脚，”蓝真真似乎想弥补刚才的冲突，高举大旗站在老董一边，“像水晶洞、冰窟，还有蚕洞里种种稀奇古怪的事儿，凭蚕丛那个时代的生产力和科学水平绝对不可能办到，更别提精确预测未来，凭我们如今的科技水平大概再隔三百年都不可能实现。”

郭项龙点点头：“是很怪异，让人汗毛直竖。”

我争辩道：“我们在大学里都学过哲学，存在即合理，你想象不到不代表他们做不到，古人的智慧远比我们估计的要高，就拿金字塔、长城来说，何尝……”

阿诚抬起手笑道：“又扯远了，还是回到眼前，下一步怎么办?”

我和老董异口同声：“先上去，到神树底下再说。”

提议获得一致通过，大家整理行装，打起精神进入青铜方尊，还是郭项龙打头阵，第一个从小门进去上了铜阶。

“不好!”

郭项龙突然低吼一声，身体如弹簧似的向后一弹，压在阿诚和蓝真真身上，瞬间头顶上黑影一闪，巨大的铜块从天而降，正好砸在他刚才站立的位置。

若反应稍慢十分之一秒，郭项龙就会像老树桩和美人鱼一样被砸成肉浆。

上面有人!

第二十六章　周字绝墓

铜块形状、大小与砸死老树桩的一模一样，底部和边缘还有残余的血迹。

毫无疑问，上面有人！

我和老董专门研究过，铜块和铜闸构成双保险，一个是阻挡敌人，一个是出其不意地击杀，设计者有意将铜闸开关设置得便于操作，连老树桩和美人鱼都能熟练掌握，将铜块开关凹在里面，目的是避免它们胡乱操作。郭项龙为了速胜，用藏刀割断铜块滑行轨道，使它滑到一半就掉下来，从而一举获得主动权。

如今铜块再度出现，说明有人修好了铜轨并将铜块吊回原位，等我们上来时发动机关。

大家面面相觑，遍体生寒。

尽管一路上探讨过蚕洞内有神秘人的话题，从徒手击败古猿王到电池事件，以及推拉门被锁、水晶洞壁淡淡的影子，都只是推测而已，并没有直接证据，而且我们还怀着侥幸心理，认为神秘人并无恶意。可从天而降的铜块彻底击碎幻想，哪怕神秘人曾经心存怜悯，或者有过网开一面的想法，而今在临近真相的最后关头，终于施出杀手阻挡我们前进。

这意味着剩下一段路途中，不仅要克服蚕洞内的圈套和障碍，还要提防神秘人偷袭，他不出手则已，一出手就是致命招数——以他力搏古猿王的身手，只有郭项龙能与他过几招，我们几个就算豁出性命也走不过两个回合。

铜块正好将铜阶完全堵住，郭项龙、阿诚、我三个人一起发力向上推，铜块纹丝不动，可能上部某个部位被卡住了，也可能神秘人在上面做了手脚，郭项龙叹了口气，轻轻摇头。

他很少直接说“不”，除非在完全绝望的情况下。

我们退到门外仰头向上看，这才悟出水晶作腰封的作用，整个区域光溜溜无从借力，飞虎爪、登山索一概派不上用场，稍低一点的饰面虽然刻满花纹，表面凹凸不平，但纹路非常浅，也不便于攀登。

小门和铜阶似乎是唯一的通道。

“要不从冰窟那边上……”我试探道。

话未说完遭到所有人反对，阿诚笑骂道你还没冻够是不是？老董已经分析过，右侧铜枝本身就是机关，只要有负载就会不停地上下震荡，直把人震下去为止。

我嘀咕道：“总比站在这儿干瞪眼好。”

郭项龙突然说：“有必要从冰窟上去。”

“什么？”蓝真真说，“你……你忘了在里面差点没命……”

“都听他说。”阿诚摆摆手，他知道郭项龙虽然少言寡言，但关键时候有主意，不冒失。

郭项龙把手中登山索打了个结，悬在手中晃了晃道：“从冰窟斜坡上去，将绳结扣在铜枝上后垂下来，我们蹬着方尊向上攀，铜枝虽然晃动得厉害，抓紧一点就能顺利攀到尊顶。”

阿诚和老董彼此看看，道：“有创意，我们没问题，只有真真悬了点。”

“我背，”郭项龙果断道，“你和老董注意好自身安全，晓飞另外拖根绳子系到我腰间，防止出现意外。”

“谢谢。”我由衷地说。

蓝真真说：“还有个问题，我们一个个向上爬，万一神秘人在上面把绳子割断怎么办？”

郭项龙稳稳地说：“我想过了，所以要在铜枝上扣两根绳，一根攀登，一根作为保险带，即使他割断其中一根，大家也来得及滑到地面；何况右侧铜枝是震荡型机关，他也不敢以身试法，另外你得把火铳握在手里，一旦发现铜枝上有人立即开枪，不管能不能打中，至少起到阻吓作用。”

阿诚满意地说：“小郭考虑问题真是事无巨细，好，就按这个计划来。”

为防止不测，我们严格执行篝火前的协定，所有人一起回去从白洞进入冰窟，然后守在斜坡底下看着郭项龙一手举火把一手挽着登山索上去，爬斜坡时他走的是八字步，又稳又快，没多久就到了中间。

“上面更陡，小心点。”老董叫道。

郭项龙应了一声，突然“轰隆隆”一阵乱响，十多个百来斤重的石块骨碌碌滚下来，震得冰窟都有点摇晃，我们各自躲到厚实的岩石后面提心吊胆看着他。却见他并不惊慌，站在原地盯着滚滚而来的石块，等它们滚到面前才侧身错步，于刻不容缓间从两块石块缝中间穿过去，再向前一跃，躲开一块两米多长的青石条，加快速度向上蹿，同时从背后解开火铳对准洞口就是一枪，“砰”，枪声在冰窟里反复震荡。

显然，神秘人看穿我们的意图，提前守在洞口狙击，然而他怎能平安经过右侧铜枝呢？真令人琢磨不透。

也许慑于火铳的威力，神秘人没有进一步动作，郭项龙顺利登顶，系好绳子后冲我们喊道：“情况有变，我得在这儿守着，你们先绕回去。”

他担心神秘人还躲在附近，趁我们不在时把绳子割断，所以一步不离地守在洞口，这样也好，等我们全部爬上青铜方尊顶部后，到神树第一层主干位置用绳子把他牵引过来就行了。只有蓝真真不太好办，因为我们三个都没能力背，唯有再依靠她自己的努力。

轻车熟路回到方尊下面，老董第一个，下面依次是我、阿诚、蓝真真。绳子如预期那样剧烈晃动，蓝真真吓得不停地尖叫，几分钟后老董登顶成功，她还在离地面四五米高的地方抱着登山索大哭。无奈之下我和阿诚也爬上去，先到神树第一层主干把郭项龙牵引过来，他听说她不敢攀登微微一笑，大叫一声“抓稳了!”，双手交替硬生生将她提上来。

由于担心神秘人躲在某个角落，郭项龙端着火铳在顶部平台绕了一圈，阿诚和老董站在神树下指指点点，不知讨论什么。蓝真真就着火把细细打量沿口的花纹，迷惑地说真奇怪，整个青铜方尊的铸造水平和花纹特征竟与三星堆出土的相差无几，可根据史献与传说，从蚕丛到三星堆中间相隔数千年，也就是说这段时间古蜀国人一直在吃老本，丝毫没有进步，更奇怪的是古蜀国青铜冶炼和铸造技术好像天生俱来，从开始出现就保持非常高的水平，完全没有探索期、改良期和成熟期的渐进过程，因此我们不得不怀疑外来文明……

我不耐烦地说又来了，这是最懒惰的思维方式。

听我说完好不好？蓝真真说，我所说的外来文明不仅仅指外星人，而是更广义的范畴，包括与古犹太人、古罗马人等西方文明的联系，甚至与同样神秘的玛雅文化也有某种关联，毕竟青铜面具、金杖等都是典型欧洲青铜器特征，中原地区根本没有类似器件。

我嗯了一声，做出不想深入研讨的样子，其实类似话题早在学术界有过争论，有专家认为一千年之前中国还存在一条“南丝绸之路”，陆路起点正是成都平原的雅安、成都和宜宾，途经昆明、永昌，最终到达印度恒河平原，还有一条南部海路，也是从成都平原出发，到北部湾或古代南海，然后西行穿过马六甲海峡抵达孟买，再一路沿海岸线到达阿拉伯海，经亚丁湾进入红海。公元前1800年左右，印度也有过类似古蜀国这样辉煌而突然消失的文明，史称“哈拉巴文化”，时间正好与古蜀国的强盛期吻合，而公元前2000年左右，希腊正处于克里特文明时期。

如果古蜀国人掌握的青铜技术属于“泊来品”，蓝真真的疑问便能迎刃而解，但这种学说却被国内主流专家斥为“卖国言论”，因为历史界一直以来都坚持“大中国”为核心的理论体系，宣扬华夏文明最古老、最先进，怎能让古蜀国人被欧化呢？

郭项龙巡逻一圈回来，阿诚将我们召集到神树下，双臂张开说：“大家看一下，整个石窟加上方尊、神树是什么形状？”

“周。”蓝真真抢先说。

我补充道：“周字里面土下面多一横。”

阿诚点点头，庄重地说：“我和老董的风水知识到此时才派上用场，不错，石窟轮廓呈半包围结构，方尊是口，神树分三层，像个王字，属于典型的周字墓，然而这种墓自古以来极为少见，仅有五代十国和元朝出现过两例，因为周字墓代表大凶，是将墓主、盗墓者都置于死地的构造！”

“啊！”我和蓝真真目瞪口呆。

我追问说：“世上哪有这样的后人，把死者安葬于这种不吉利的地方？这不是遭万夫所指的大不孝吗？”

老董笑道：“你说对了，历史上出现的两例周字墓都符合你说的情况，五代十国年间的临汾王邱德荣，为人暴虐凶残，专好霸占人妻，连自己的弟媳妇、儿媳妇都不放过，而且经常召集家族全体饮酒作乐，席间左搂右抱放荡不羁，儿子邱诲对他恨之入骨，暗中联合几房叔叔以赏月名义将他骗到湖边，埋伏在河堤上的家丁一拥而上将他乱刀砍死，因为是王族嘛，家丑不能外扬，邱家对外宣称邱德荣暴病身亡，葬礼也搞得像模像样，重金购置风水好的墓地予以厚葬，这都是做给朝廷和老百姓看的，私下里邱诲还是咽不下这口窝囊气，密请一位风水先生将邱德荣的墓做成大凶大恶，让他死后永远不得翻身；另一宗是元朝……”

“好啦，到底年纪大了，唠叨起来没完，”阿诚笑着打断道，“反正就是这个意思，第一说明周字墓确实存在，第二说明这里的结构完全符合周字墓特征，你们看，周字里的土一竖是靠到顶的，土下面一横要碰到两边，神树也是，第一层铜枝与两侧山崖相连，树顶肯定也碰到石窟顶部……”

蓝真真不解道：“说了半天，周字墓到底凶在哪里呢?”

“关键在于树顶，可能采用‘重力移’原理，只要稍稍发生错位或移位，便会引起连锁反应，成千上万吨巨石一泄而下，继而引发大规模山崩，两侧山壁全部坍塌——周字墓的最大特点就是结构不稳定，容易自上而下塌方。”

我沉吟道：“你担心神秘人正躲在控制机关的地方，一旦我们进入核心墓室，宁可毁掉整个蚕洞也不让秘密外泄?”

老董叹道：“换作我也会这样做。”

我们均默然不语。

良久，郭项龙简洁地问了一句：“怎么上?”

阿诚精神一振：“看看咱们小郭，到底是军人出身，从来不会临阵脱逃，我们都要学习他这种大无畏精神和一往无前的勇气，来都来了，怎能不进去看看？前面固然危险，回头路难道就安全吗？两个字，硬上!”

“好。”

郭项龙三下五除二来到神树第一层，先试着从主干铜枝直接攀爬，但主干太粗不好握抓，铜枝上又光溜溜没有着力点，每次爬了两三米就滑下来。他摇摇头，拿碎石系在登山索一端，用力向第二层岔枝上甩，甩了几下终于钩住，拉着绳索噌噌噌爬上去，再依法施为上了第三层。此时他的位置离底座高达十多米，我们仰头只能看到火把，看不清他的身影。

“上面有没有情况?”阿诚大叫道。

“有,”郭项龙稍微停顿一下,“我头顶上有……有座石头房子。”

第二十七章 树顶石室

在郭项龙的协助下我们攀上神树第三层，再往上三米多高的顶端不是凤凰，而是一块方形石窟，正面有门，下面仅与神树顶端相连，其他三面与顶部浑然一体，因此看起来感觉石屋建在神树上，其实是山崖顶部掏开一间屋子，铜枝顶在下面是象征作用呢还是另有玄机，暂时不得而知。

郭项龙拿绳索系着石头甩到门上，咣当，原来是扇铜门，石头的力道并不大，却将门碰得轻轻晃动，显然门没有上锁。

阿诚朝我们一个个看过去，面色严峻地说："大家可曾想定了，要不要进去?"

郭项龙抿抿嘴，好像嫌他啰嗦。

蓝真真说："只要能帮晓飞解开徐耀之谜，这一路吃的苦也值了。"

"几百年前的李芒能在浮雕室留字，想必也抵达这里，不知他是否得到了想要的东西，"我感慨道，"上吧，别再耽搁了。"

郭项龙先设法攀爬上石屋边，顾不上进去看看，放下绳索把我们拉上去，阿诚性子急，忙不迭推开铜门并将火把伸进去，火苗跳跃如常，我们见没事，"呼啦"一涌而入。

石屋将近三十平米，首先映入眼帘的是一具骷髅，成弯月形躺在石屋正中，姿势十分安详；两侧墙上画满了壁画，全是褐黄色色调，线条繁复，场面浩大；左墙角有具石棺，封口整齐完好，石棺左侧沿墙放着一排彩陶罐，图案大都是虫、鸟、花之类；石棺右侧，也就是石屋正中竖立着一块屏风式的石板，长四米多，高两米，成为石屋内引人注目的大件，石板上也画着图案，不过是暗黑色调，看不太清楚。石板右边直到门砌着半圈石台，台面上放着死者生前用过的东西，如陶碗、玉刀、玉瑗、玉琮、玉璧、玉凿等，而最让人惊喜的莫过于倚在墙角的金杖！

金杖长两米，直径三厘米，比三星堆出土的长一点四五米，直径三点三厘米，重一斤的金杖，无论重量还是体积都超过许多，可能与蚕丛至高无上的地位有关，后代使用的金杖在规格上都不得逾越。区别最大的是，三星堆金杖用黄金锤打成金皮后包在木杖上，出土时内部木芯已经炭化，仅留少量炭屑，外面金皮被压扁变形，以至于专家开始误认为是金腰带。这支金杖却由货真价实的黄金打制，摸在手里沉甸甸有下坠感。

阿诚将它紧紧搂在怀里，一迭声说："别的都不拿，就这根金杖就够本了。"老董也站在一边左看右看，嘴里啧啧有声。

郭项龙却盯着石棺看了会儿，说："石材没问题。"一朝被蛇咬，十年怕井绳，他被僵尸石棺上能发光的石头搞怕了。

我和蓝真真站到屏风石板面前，见图案与浮雕室里第五幅浮雕一模一样，只不过人物更多，描绘更细致，我只瞟了一眼就转到左侧壁画前，蓝真真则是第一次看到，又掏出纸笔作素描。

左侧壁画风格有些类似梵高的抽象派艺术，人物景观都是立体、透视的，而且纵横交错在一起，比例严重失衡，看得我晕头转向，琢磨了好半天还不知所以然。

"晓飞、真真，过来看看这个，"阿诚从金杖的喜悦中清醒过来，蹲在骷髅面前说，"他是不是李芒？"

郭项龙说："全身上下有摔伤、挫伤痕迹，手腕部位地面颜色明显发暗，死亡前无挣扎迹象，估计是割脉自杀。"

"自杀？"老董质疑道，"割脉的刀呢？"

"当然被神秘人收走了。"郭项龙说。

我思索片刻道："李芒进洞前发誓要解开徐耀的秘密，隐隐有造福天下苍生的意思，怎么会历经辛苦来到这里，突然间心甘情愿地自杀？是迫不得已而为之，还是某种力量控制下产生幻觉？正如上回石棺上能发光的石头。"

郭项龙"哼"了一声。

阿诚问："二位从壁画上发现什么没有？"

我和蓝真真摇摇头。

“看来只能开棺验身了。”阿诚说。

我心里“扑通”一跳，蓝真真怯怯说：“万一他变成僵尸怎么办?”

老董说：“古墓里的僵尸大多是设计者有意为之，用来阻止盗墓，墓主由于保护得当倒很少有变成僵尸的现象，而且你看李芒，明显不是被吓死或打死，证明蚕丛并没有尸变。”

“你能肯定石棺里就是蚕丛?”蓝真真反问。

我说：“基本上是，一方面金杖有其权威性和特有性，偌大的三星堆只发掘出一根，证明它是王权的象征，另一方面古蜀国人有悬棺的习俗，蚕丛把石棺置于石室，又与通天神树顶端相连，也相当于悬棺。”

“那么……”

阿诚朝郭项龙笑了笑，后者会意，一手持火铳，一手持刀，慢慢靠近墙角的石棺，我们也不禁紧张起来，分头散到各个角落并举起武器。

郭项龙小心谨慎地站到离石棺半米处，腾出双手握住石盖板边沿轻轻一拉，力量并不大，谁知石板盖并没有盖紧，轻巧地向后一滑，郭项龙猝然不及身体向后倾倒险些坐到地上。

棺材里一点动静都没有。

阿诚手一招，大家手持藏刀从两个方向围上去，来到棺边一看，都愣住了：

里面空空如也，什么都没有!

这个规模庞大的古墓，这么精巧绝伦的机关，一道道防线，一道道屏障，严防死守之下的核心墓室之中居然是个空墓?

我们彼此看看对方，脸上、眼中充满掩饰不住的失望。

郭项龙将火把放到棺底，阿诚突然叫道：“两边有画!”

石棺内两侧各画着一幅画，右侧是一个人躺在石棺，双手撑着石棺板，不知是自己盖上棺板还是把盖打开。左侧是一个人躺在碎石堆积的山顶，头上是明晃晃的太阳。

这是什么意思?棺材里的人与山顶上的是同一个人吗?山顶与石棺之间存在什么联系?双手撑在棺板上有何特定含义?

大家都朝我看，我耸耸肩，表示暂时参悟不出其中的含义。

阿诚啐了一口，骂道：“他娘的蚕洞里就是怪，到处鬼画符，一个字都没有。”

"古蜀国没有文字。"我说。

老董突发奇想："难道地上那具骷髅不是李芒，而是蚕丛，他被李芒从石棺里抬出来细细研究，完了之后从容离开？"

"这个想法倒蛮独特……"

阿诚喃喃说，大家又折到骷髅周围蹲下来细看。

"不太像，"我说，"蚕丛是方脸大耳，两眼前突，这具骷髅脸型略尖，有点瓜子脸的轮廓。"

蓝真真补充道："而且骷髅腰椎稍稍向前弯曲，这是长期为官点头哈腰形成的身体现象，蚕丛是古蜀国最高首领，不需要向谁低头，腰杆自然挺得笔直。"

郭项龙说："还有，壁画上的蚕丛虎背熊腰，而骷髅身材瘦削。"

我暗忖他刚才不过是经过屏风石板时扫了一眼，居然将上面内容记得一清二楚，其强学博记的能力倒不容小觑，再一想，进洞以来一直以为他心无旁骛扑在安全保卫上，对我们盗墓、考证不感兴趣，现在看来并非如此，事实上有些内容他已悄悄留了神。

老董反复看了几遍，笑道："大家说得都有道理，可是蚕丛明明上来了，棺材却又是空的，到底去了哪儿？"

"所以石棺内侧两幅图是解开谜团的关键。"蓝真真总结道。

"唔……"

阿诚漫声应道，大家又一窝蜂拥到石棺边，只有郭项龙没挪身，拿着火铳守在门口。

几个人围着石棺讨论了半天，始终不得要领，阿诚说要不大家先分头看看，有问题再商量。蓝真真便到屏风石板继续素描，我到右侧石壁前观看壁画，阿诚则和老董蹲在左侧一排彩陶前逐个把玩。

右侧壁画风格与左侧一样，让人看了如坠雾中，怎么看都不像画，而像三四岁小孩信手涂鸦，然而以蚕丛的身份与地位，以蚕洞的隐秘程度，凡在这间石屋里出现的东西每一件都至关重要，随便拿一件出去就能改写古蜀国史和描述人类文明起源的教课书。

"有没有收获？"蓝真真完成对屏风石板的素描走到我身边。

我摇摇头："要不你先画下来，有机会向古壁画专家请教。"

她点点头。

火光映红她秀美的脸庞，长长的睫毛下一双大眼睛楚楚动人，她专注地看着壁画，嘴里嘀咕着什么，刹那间大学时那个活泼可爱的小女孩又回来了，我忍不住轻轻道：

“真真。”

“嗯?”她歪着头问。

“我……”我话到嘴边打了结，吞下大半句话，“真真，如果能活着出去，你想……想解决个人问题吗?”

她顿时明白了我的暗示，好像有点心慌意乱，脸上绯红，低下头语不达意：“也许，恐怕，以后再说吧，我得抓紧时间把……壁画素描下来……”

我还想进一步说点什么，突然石屋外一片骚动，紧接着郭项龙大喝一声，火铳炸响，外面旋即传来悲鸣和物体坠地声，他头也不回将火铳扔到半空，喝道：

“快填火药!”

几乎是同时一个巨大的黑影冲进石门，郭项龙迎上前拳打脚踢，这时我们才看清原来是古猿，阴魂不散的古猿又卷土重来!

阿诚和老董双双鱼跃，一个抓住枪头一个抓住枪尾，老董急忙装填火药，阿诚则招呼我一左一右护住郭项龙两侧，虽没有实力与古猿正面交锋，但可以从夹缝里打骚扰战，缓解他的压力。

古猿好像倾巢出动，而且根本无视火铳威胁和锋利的藏刀，玩命似的前赴后继，老董的动作不可谓不快，可就在他装填火药的短短工夫，已有七八只古猿被打落下去。

“砰”，老董从郭项龙身后冷不丁开枪又打飞一只，然而古猿无所畏惧，还是奋勇上前。

“他娘的怎么回事?它们发了疯不成?”阿诚骂道。

“神秘人，一定是他!他设法把古猿赶到这里展开集团冲锋，”我说，“这是他的杀手锏，熬过去就没事。”

阿诚眼一瞪：“说得轻巧，这么多古猿，能熬得过去吗?”

我瞥见郭项龙两臂鲜血淋漓，接二连三的搏斗使他伤痕累累，只是他素来硬朗，不像我们受点伤就大呼小叫罢了。

老董开第三枪时，郭项龙已有后劲不济的迹象，好汉难敌四拳，短短几分钟工夫他挡在门口先后跟十多只古猿正面交手，全是硬碰硬的角力，来不得半点虚假，这种打法铁打的金刚也受不了。

老董退下去填火药之际，又一只古猿扑上来，双臂与郭项龙扭在一起，我和阿诚举刀刺向它两肋，这时古猿旁边冷不丁蹿出一只块头更大的，左掌拍掉阿诚的藏刀，右掌重重捣在郭项龙肚子上，他闷哼一声，踉跄退了一步被交手的古猿顺势扑倒在地。这一来形势大乱，门口古猿趁机跳进来，“砰”，被老董开枪打死，我也生出无穷胆气，一刀扎入刚露出半个脑袋的古猿眼中，它尖叫一声栽下去，阿诚赶紧拾起刀和我一道把守。

郭项龙和古猿在地上扭成一团，“呯呯嘭嘭”又撞坏不少彩陶，老董心疼得直咧嘴。蓝真真随手捧起只陶罐，瞅准机会砸在古猿脑袋上，它翻翻白眼目光迷离，郭项龙反手一刀深深扎入它的咽喉。

后来陆续跳上来两三只古猿，被老董打死一只，还有两只见我们防守严密居然主动撤退，石屋下面又恢复了宁静。

我和阿诚把古猿尸体扔到石屋下，郭项龙倚在墙边连连喘息，萎靡不堪。

“这里有字!”

蓝真真突然叫道，眼睛定定看着地面，那儿原是骷髅躺的地方，刚才郭项龙和古猿搏斗时将它碰得七零八落，没想到会有意外发现。

第二十八章　置死后生

郭项龙头倚在石壁上，半眯着眼，一副漠不关心的样子——不知为何，我现在特别注意他。

字是用小刀刻上去的，由于地面平坦光滑，字虽然小但很清晰，看到熟悉而漂亮的行书，我们顿时明白骷髅果然是李芒，地上的字应该是他临死前留下的：

终悉真相，惶恐万状，盖谬世间常理而违天地亘论，若事泄，则天下大乱，国将不国。余苟活六十有七，圣人曰朝闻道夕可死，且赴黄泉告于吾友孟哲远，不亦乐乎？此室虽有一途偷生，必毁蚕洞，余死意已决，何必暴殄天物？李芒绝笔。

“有一途偷生！”我和阿诚同时叫道。

蓝真真抬头环顾一周，迷惑道：“我们怎么没发现？会不会被神秘人堵上了？”

“不可能，神秘人只负责清洁卫生，不敢擅自拿走洞里任何东西。”我满有把握地说。

蓝真真瞪着大眼睛问：“你怎么知道的？”

“感觉。”我简短地回答。

并非故弄玄虚，从第一次看到李芒留言起我就有种感觉，如果神秘人敢下手，完全可以把铜门机关毁掉，把石洞里甬道堵上，把李芒的留言彻底铲除，甚至凿断一些必经之道，可他没有这么做，相反特意将李芒在洞里活动的痕迹保护起来，好像留待后人参观似的，因此我判断神秘人一定恪守某个约定，不能擅自变换洞里一草一木。

老董说：“李芒是位很出色很有智谋的人，智力大概相当于我们几个人之和，否则不可能在损兵折将的情况下孤身来到这里，他一眼就看破的事我们需要转几个弯才能想明白，大家再加把油，开动脑筋使劲想。”

想想也是，从李芒一路留的内容来看，从未被机关难倒过，例如在浮雕铜室，他认为从空白浮雕处走是顺理成章，我和老董却研究了大半天，最后还是看到他的留言才有所触动。

阿诚转向郭项龙说：“出口也跟工程有关，小郭也一起琢磨琢磨。”

郭项龙淡淡说：“我在想，如果石屋里的东西没少，格局没变，到底是什么让李芒看了惶恐万状，最后想到自杀，让他那么聪明的人死可不容易。”

蓝真真扳着指头一件件说：“金杖、玉器、彩陶、屏风石板、壁画、石棺，屋里不就这些东西吗？石棺是空的，石板和壁画上的内容暂时看不懂，其他东西有的被砸碎了，有的也仔细研究过，好像都没有问题。”

“但李芒看出问题了，这就是他的过人之处，”郭项龙说，“所以出路一定有，不过需要动脑子。”

我指着最后一句说：“‘虽有一途偷生，必毁蚕洞’，这句话有警告意味，好像说如果从石屋出去，后果是将整个蚕洞毁掉，虽然它让李芒觉得恐惧，还是舍不得毁了它，因此宁可自杀，把秘密带离人间。”

阿诚点点头：“这个说法正符合周字墓的特征，因为土字一竖通到顶，一旦墓顶弄破了，阳气进入，古墓见光，当然要引起坍塌。”

郭项龙也说：“就拿白洞与冰窟之间的石壁来说，被我用身体就撞开了，说明洞内结构十分单薄，任何一处局部塌方有可能导致大范围崩溃。”

蓝真真蹙眉道：“依我看还不是忙着想出路的时候，大家进蚕洞无非两个目的，一是帮晓飞解开徐耀之谜，二是顺便带点宝贝出去发点小财，如今到达目的地，两个目的一个都没实现，为什么急于离开？”

“在风水学上，这个石屋属于绝地，多呆一刻就多一分危险，”老董循循善诱道，“你说的两件事其实都有了结果，关于徐耀，李芒已经知道答案，但我们没想明白；关于发财，谁也没料到蚕丛墓室里居然没有青铜器，不过有玉器、彩陶和金杖我们也心满意足，明白我的意思吗？”

蓝真真撇撇嘴，表示没被说服。阿诚知道她对老董仍有蒂芥，把她支到一旁画两侧壁画上的图案。老董在屋里转了四五圈，我和阿诚倚在门边愁眉不展，只有郭项龙脸色平静地抱着枪，眼睛紧紧盯着门口。

十多分钟后，老董、我、阿诚差不多同时走到石棺前，阿诚敲敲棺盖说这里嫌疑最大。

蓝真真刚好画完，惑道石棺有什么问题？阿诚苦笑说因为它是唯一能有问题的地方。

这算什么答案？蓝真真悻悻说。

我说正因为不合情理，它才值得怀疑，石屋位于周字墓结构顶部，又符合古蜀国死后采用悬棺的风俗，怎么说蚕丛也应该躺在石棺里，可偏偏没有，石棺是空的，内侧又出现两幅奇怪的画。这么可疑的事，李芒在遗言里居然没有提及，证明他已经想到其中的奥妙。

奥妙……蓝真真若有所思。

阿诚猛一拍棺板，震起一股淡淡的灰尘："我想到了！"

我也脱口而出："这不是棺材！"

蓝真真莫名其妙，看了老董一眼："不是棺材是什么？"

郭项龙也走过来插了一句："因为李芒宁可死在地上也不肯躺进去。"

古人将死看得和生同样重要，且不说帝王将相隆重热闹的墓葬形式，就算最穷再苦的人死后也要裹张草席，筑个土坟，讲究的是入土为安。豁达聪明的李芒纵然已勘破生死，在心萌死意的情况下没道理放着现成的棺材不用，孤苦伶仃死在地上，这叫暴尸，是古人的大忌。究其原因无非两种可能：一是进来时棺材里躺着蚕丛，既然石棺有主他只能死在外面；二是出于某种原因故意避免接触棺材。

如果蚕丛一开始就在石棺里，李芒又没有动，以神秘人的原则自然不会移动尸体，因此第一种可能不存在，唯一解释是李芒出于某种原因宁可死在外面。

现在回过头来分析石棺里的画，意思十分了然：当人躺进棺材里双手推动石板盖上，就能出洞到达山顶。

也就是说棺材是运载工具，能将人传送到洞外，与此同时整个蚕洞将化为乌有，成为乱石堆。

当年李芒看到这两幅画立即想通其中关节，才有"虽有一途偷生，必毁蚕洞"的说法，但他怎么搞清徐耀的秘密呢？又是一个头疼的问题，这就是聪明人的优势，总能胜券在握，以超然的态度面对一切。

蓝真真得知原委，不假思索说："我反对从石棺出去，那样会毁了蚕洞，毁了那么多精美绝伦、灿烂夺目的文物，不错，有些现象、有些东西我们无法解释，但可以把它们保留给后代，蚕洞不仅属于古蜀国，属于中国，更属于全世界！”

“你打算从原路返回？”我吃惊地说。

很少主动发表意见的郭项龙突然说：“应该可以，刚才一役古猿基本上全军覆没；水里怪兽遭受重创；美人鱼所剩无几，其下盘不稳的弱点是致命伤，不敢再主动出击；蜘蛛王被砸死、僵尸被铜符镇住，只剩下两个威胁，一是神秘人，二是鬼火。神秘人再神秘，毕竟是人，有火铳对付，鬼火稍稍麻烦一点，但只要大家小心一点，过关不成问题。”

老董说：“小郭未免把问题看得太简单，怪兽、美人鱼、古猿，这些是我们碰到的，谁知道洞里还有多少躲在深处，没被逗出来的？就拿毒蛇来说，来无影去无踪，你晓得它们下一次从哪儿冒出来？再说冰窟、水晶洞，还有阿诚和晓飞看到的透明墙、双头蛇镇守的铜门，那里面又埋藏着什么？上山容易下山难，回头路恐怕危险更大，依我看不如利用石棺试试，不行再想办法。”

“试试？一试整个蚕洞就没了，青铜方尊、通天神树这些都是无法用金钱衡量的，你负得起这个责任？”蓝真真怒目圆瞪。

老董寸步不让：“你舍不得蚕洞就学李芒自杀好了，不要把大家都拉进去，再过十年、二十年谁还记得你蓝真真？”

郭项龙冒了一句：“有所为，有所不为。”

石屋里气氛陡然僵起来。

阿诚毕竟有掌控大局的能力，干咳一声道：“现在出现两种截然不同的意见，而且关系到所有人的命运，这件事……呃，十分关键，我建议大家是不是再认真考虑一下，然后再做决定……”

蓝真真冷冷说：“无须考虑，我现在就决定，原路返回。”

老董针锋相对道：“我的意见是从石棺离开。”

郭项龙虽没明说，很明显是站在蓝真真一边，我的想法也跟他们一样，阿诚虽然态度暧昧，但可看得出赞同老董，如果投票将是三比二，选择从原路返回。

果然，阿诚从我下手，转头问道：“晓飞，你怎么看？”

毕竟多年的朋友，我不好公然反对他，答非所问说：“无数教训证明，一个团队共同应对困难时最团结，当暴风雨过去，涉及到各人利益或安危时分歧就拥出来了，这很正常，我希望无论最后选择哪条路，都不要伤了和气。”

阿诚点点头：“我明白你的意思了，既然双方都不肯放弃，这个矛盾已不可调和，我想提两个方案供选择，第一个方案是投票，少数服从多数；第二个方案是分头行动，各走各的道，大家以为呢？”

我以为他哪根神经搭错了，支持走回头路的显然占了上风，哪个傻瓜会选第二个方案？投票的结果闭着眼睛都想得出，绝对是三票对二票，我方获胜。

谁知阿诚的话竟让蓝真真和郭项龙产生犹豫，两人愣了半晌才说选第一个方案，老董笑着问晓飞呢？我正打算回答，猛然石屋剧烈摇晃起来，除了郭项龙抓住石棺稳住身体，其他人都摔倒在地。

“神秘人！他在搞鬼！”阿诚叫道。

郭项龙跌跌撞撞冲到门口，隐约看到神树底部有个人影在晃动，不消说，一定是神秘人试图把神树弄倒，摔死我们几个。

“砰！”

郭项龙冲下面开了一枪，可惜距离太远，连人家的衣角都沾不到。

石屋摇晃的幅度越来越大，阿诚挣扎着爬起来高声说：

“快进石棺，再迟的话机关设置将被破坏，一个都走不了！”说完拿着金杖率先“扑通”跳入棺中，老董百忙之中捞了两件彩陶随后进去，蓝真真咬着嘴唇还在踌躇，我用力推了她一把，喝道：

“快！”

她在我连推带攘下也爬进去，我随后压在她身上，还未体验到她的柔软，眼前一黑，郭项龙沉甸甸的身体压上来，最底层的阿诚发出一声长长的惨叫：

“顺序错……了！”

石屋摇晃幅度已将近 45 度，尽管结结实实挤在石棺里还是有晕眩感，郭项龙双手托起石板盖，稳稳地说：“准备好了——”

“格！”石板盖完全盖上，石棺里一片黑暗。

老董幽幽说了一句：“盗了那么多墓，就是没睡过棺材。”

这时摇晃突然停止了，紧接着石棺好像被一股大力向上一托，然后旋转起来，旋转的速度愈来愈快，比过山车快过数倍，我们尤如被高速的转轮甩向茫茫深渊，黑暗中惊叫声、尖叫声、狂喊声，随后是呕吐声、呻吟声，最后所有人都失去了知觉……

第二十九章　纵酒迷情

蓝天，白云，小鸟的鸣叫声……

我在做梦吗?

我使劲睁开眼，脑中一片昏眩，静静躺了会儿想起身，全身酸软麻疼，仿佛被千万根针扎过似的，忍不住骂了一声。

一张方脸出现在我上方，是郭项龙。

“你是第二个醒的，”他说，“刚开始有不良反应，再歇会儿就好了。”

“怎么回事?”

他摇摇头：“不知道，醒来后就发现几个人躺在这儿，石棺却不见了，还好大家都没事。”

“这是哪儿?”

“岷山南坡的山坳，海拔……大概六七百米。”

“咦，这就奇怪了，据我估计青铜方尊的位置应该在一千米以上，石棺也是向上旋转的，为什么反而下降了几百米? 这么高的落差通过什么办法减震?”

郭项龙还是三个字：“不知道。”

过了会儿阿诚、老董、蓝真真陆续醒来，郭项龙把跟我说的话重复了三遍，然后阿诚发出一声感叹：

“太匆忙了，只带了根金杖。”

老董得意地说：“我还拿了两件彩陶……”他在怀里一摸，嘴里发出似哭似喊的声音，因为挤压，精致小巧的彩陶酒壶碎成六块，幸好另一只类似埙的彩陶完好无损。

蓝真真也有收获，她在僵尸石窟里看到一只别致可爱的青铜挂件，顺手摘下来系在背包上，总算没有空手。我和郭项龙比较惨，一无所获。

休息了两个钟头一行人无精打采下山，快到村口时遇到一群武警，我做贼心虚地认为盗墓的事被发现了，差点要拉着阿诚逃跑，郭项龙暗示不要惊慌，上前问了几句才知道上午九点多钟时岷山西侧因山崩引起泥石流，多名村民失踪，县里专门派救援队上山搜索。我们听了暗暗吃惊，看来李芒所言非虚，石棺逸出石屋的同时引发整个墓葬彻底崩溃，继而山崩地裂，吞噬蚕洞内所有一切。

阿诚想在村口小酒店凑和一下，老董不依，说尽管收获不大，好歹见识了很多新奇东西，而且大难不死就是万幸，一定得到县城最大的酒店好好庆祝，既是为自己洗尘接风，也是压惊。蓝真真则说好几天没洗澡，全身痒得难受，要在县城找家条件好的浴室。阿诚无奈，只得让郭项龙开着面包车赶往县城。

放开肚皮猛吃猛喝一顿，又到浴室舒舒服服泡了两个小时，考虑金杖带在身边不安全，阿诚决定连夜回去。

出了县城车速开始加快，驶上国道没多久突然看到前面有一处临时检查站，路边停着两辆闪烁的警车，几位警察拦在路中间挥动红旗，示意我们停车接受检查。

阿诚脸色煞白："不好！会不会有人举报我们盗墓？金杖怎么办？彩陶怎么办？还有火铳，这属于私藏武器！"

"彩陶块头小，藏在蓝真真怀里，谅他们不至于搜身，"老董道，"只是金杖和火铳……要不你们都从左边下车分散警察注意力，我悄悄从右边下车把两件东西扔到路边草丛。"

我说："没用，道路两侧都站了人，逃不过他们的视线。"

"那怎么办？万一查出来我们都要坐牢的。"蓝真真快哭出来了。

郭项龙冷静地说："保持镇定，我毕竟干过特种兵，说话应该有点分量，不要轻举妄动，我一个人下去跟他们谈谈。"

说着他将车停到路边，跳下车迎上为首的警察。

"老天保佑，但愿他能说服警察。"阿诚双手合掌靠在胸前，不停地祷告道。

老董说："你们分析他会不会突然出手，瞬间把几个警察收拾掉？"

"你疯了！"我说，"且不说警察个个都有枪，就是拒捕和袭警两条罪就够全国通缉，还不如老老实实蹲几天牢呢。"

"坐牢？那我宁可自杀！"蓝真真说。

老董提醒说："看，他们好像谈得不错……"

郭项龙站在几个警察中间背对着我们，姿势很放松，开始警察们脸上有戒备的神情，个个把手按在腰间随时准备拔枪，过了会儿好像被说服了，转到一边拦其他车辆。郭项龙与说话的警察握握手，步履轻快地回到车上，发动后顺利开过关卡。

"老天，"阿诚回望渐渐消逝的警车，问道，"发生什么事了？"

"两个重刑犯越狱潜逃，今夜所有交通要道都严密封锁，严格盘查进出车辆。"

"警察为何不搜查我们？是看你特种兵的面子？"老董问。

郭项龙淡淡一笑："正巧那个警察的同学跟我同一个部队，三两句话就摆平了。"

阿诚说："你没提……盗墓的事吧？"

"怎么会？我说帮朋友买了些皮毛贩到南方加工，这种事可大可小，所以他没吱声，暗示同伴放行。"

大家一齐松了口气，均想这趟幸亏有他保驾护航，否则我们不知要死过多少次。

回去后阿诚通过上家联系到香港买家，将此行战利品的照片发传真过去，对方经过一周多时间鉴定，初步判断金杖、彩陶埙和青铜挂件的年代均早于三星堆，属于罕见的精品，因此开出令人瞠目结舌的天价：十五万！

精明的阿诚嗅出商机，反而捂在手里不肯卖，上家彪哥不得不从广州跑过来做工作，最终以十八万五成交。拿到钱的第二天晚上他叫上我、老董、蓝真真和郭项龙吃饭，席间公布了交易情况，本着风险共担利益均分的原则，我们四个每人四万，郭项龙两万五——比阿诚起初说的三千元酬金高出数倍。我的意思还应该多给点，毕竟他几次三番救过我们，大功告成回来途中还利用特种兵身份化险为夷。阿诚说话不能这样说，他功劳再大也是尽一个保镖的责任，若没有我们精心组织，在蚕洞里大胆摸索、考证，最后生死关头抢出金杖和彩陶，也是白辛苦一场。再说第一次胃口不能大，不然后面不好办。

第一次？你还想下次？我难以置信地问。

他深沉一笑，晓飞，蚕洞虽毁，可你不觉得事情没有结束吗？

我一怔。是啊，蚕洞里那么多未解之谜已随着山崩地裂深埋于地下，或许永远不可能再见天日，然而徐耀的秘密还是没有解开，孟哲远墓前的怪异经历依然是我挥之不去的梦魇，我可以欺骗自己说不在乎，却瞒不过阿诚锐利的目光。

酒过三巡，老董借着酒意摇头晃脑说这次行动有两大收获，一是三星堆青铜器是古玩市场今后的一大卖点，凡跟它沾上边的都能卖到好价钱，二是小郭的身手真不是闹着玩的，以后再有类似行动还能一起去。

喔，下面打算到哪儿？郭项龙眼睛发亮。

阿诚赶紧打断说这次探险身心疲惫，大家先放松一段时间，等考虑成熟后再说。

蓝真真瞪着他说，阿诚，你答应过我下不为例的。

阿诚尴尬地干笑几声，喝酒，喝酒……

大家纵情而饮，郭项龙破例解禁喝了八两，老董烂醉如泥，阿诚喝得分不清东南西北，连滴酒不沾的蓝真真都被硬劝着喝了三杯，娇艳的脸蛋上嫣红似火，两眼水汪汪一片，多了几分平时所没有的风情。

众人皆醉我独醉，只有我依旧保持相对清醒的头脑，一方面我酒量很大，正常水平是一斤二两，凭阿诚、老董放不倒我，另一方面我的心结未解，无法像他们那样放得很开，总有些提不起精神来。

但我可以发誓，整个晚宴期间，直到决定送蓝真真回去，我绝对没有乘机染指她的意图，真的没有。我是生意人，从来不以正人君子自居，但也不是那种唯利是图的小人，不管生意场上多险恶多黑暗，我始终坚守做人的底线，这也是很多客户依赖我并能长期合作的原因。我不否认对蓝真真抱有幻想，这对我这个年龄的男人来说天经地义，两人一个未婚一个未嫁，在一起也没什么，不过我想走传统路线，正正规规谈一场恋爱，然后结婚、生子，而不是靠阴谋诡计，用不正当的手段达到目的……

可那天晚上失控了，我在错误的时间、错误的地点做了一件错误的事。

当时阿诚、老董和蓝真真都失去行动能力，郭项龙还能硬撑着，他把阿诚扶上自行车送回家，酒店老板认识老董，打电话把老董的妻子叫来，两人一起把他抬上三轮车。蓝真真住在附近宾馆，离酒店不过十分钟的路，我扶着她慢慢走过去。

开始她还保持几分清醒，不停地说“我醉了，我醉了”，按喝酒的经验，这是没醉的表现。晚风一吹酒意上拥，她捂着额头说难受，然后站在冬青树边吐了两次，这一吐就吐糊涂了，两腿明显不听使唤，身体几乎都倚在我身上。我试着和她说话，她始终抿着嘴，双目紧闭，一个字也不说。

好容易进了房间，把她搀到床上平躺下，用热毛巾为她擦了擦脸，倒杯开水放在床头柜，便蹑手蹑脚准备离开——我说过我不是小人，又喝了不少酒，只想早点回家睡觉。

“嗵!”蓝真真翻了两圈从床上掉下来，我赶紧回去把她抱上床，她突然伸出双臂搂住我的脖子，嘴里含含糊糊不知说着什么。我有点紧张，将她轻轻放下后想挣脱出去，她却搂得愈发紧，我不由自主伏到她身上，两张脸贴在一起。

必须承认的是，从这一刻起我有了想法，不仅心里产生微妙变化，身体某个部分也发生变化。我确实没醉，但酒本身就容易让人兴奋，尤其面对某些考验时意志薄弱。

偏偏这时蓝真真做出一个举动，将两人彻底推向深渊——她移过脸庞，火热的嘴唇紧紧贴住我的嘴，瞬间我的防线，我的自制，我的犹豫完全崩溃，我宛如回到年少轻狂的大学时代，没有任何顾忌，没有丝毫束缚，轻而易举解开她的衣服，疯狂攻占她的堡垒，将近三十年的激情和青春喷薄而出……

“啊——”

尖利的叫声将我从香甜的美梦中惊醒，我翻身坐起，见蓝真真惊恐地坐在我旁边，手指哆哆嗦嗦指着我，忿怒、激动、惊讶、慌乱交织在一起，陡然又想起什么，拉起被子遮在胸前。

冷静，再冷静！我暗暗告诫自己。

此时此刻说什么好呢？说我们都喝多了，酒后一时冲动？说我本想离开的，因为她滚到床下才折回？说我是无辜的，关键是她动手在先，把我搂到她身上热吻，才勾起我的冲动？

算了，不管说什么都改变不了业已发生的事实，在她看来不管什么理由都是推诿和狡辩，因此最好的办法是啥也不说，以不变应万变。

我也做出震惊而无助的样子，呆呆地看着她。

“你……你昨晚对我做了什么?”

唉，到底是女人，这当儿怎么问出这么简单的问题？做了什么还要说吗，两个人都赤身裸体，还拥在一起入睡，做了什么应该很明显。但这个问题你不能不回答，否则就太虚伪了。

“我也不知道……我根本忘了怎么来的。”

她欲哭无泪，揭开被子朝里面看了看，一咬牙抬手给我一个耳光，我捂着嘴讷讷不说话。

“快滚，快滚出这个房间，我永远也不想见到你，快滚!”她突然爆发了，冲我大叫道。

“真真，其实……”

我试图挽回一下，她的态度却生硬而坚决：“我不想跟你这个流氓说话，快滚，不然我就报警!”

我见事态严重，匆忙穿好衣服垂头丧气走出去。出了宾馆大门，我担心她冲动之下真的报警，站在宾馆对面巷子里守了一个多小时，见没有警察过来才放下一半心，怅然若失回到家。

临近中午阿诚打电话询问昨晚情况，我支支吾吾搪塞了几句，他说真奇怪，今天一觉醒来两个人不辞而别，不知是睡得太死没听到电话，还是发生了什么事。我心一跳追问详情。他说一个是郭项龙，据说去了天津；一个是蓝真真，一大早就办了退房手续，可能回了苏州。

喔，回苏州……我心里不知是愧疚还是失望。

还有件事也透着蹊跷，他压低声音说，早上我打电话给彪哥了解其他情况，居然是个陌生人接的，还问我叫什么，哪个地方的人，我知道他家的情况，孩子在香港工作，家里就夫妻俩，不可能出现第三个人，而且电话里还有嘁嘁嚓嚓的声音……

我安慰说或许是亲戚、保姆之类的人，别想得太多，你这是犯了酒后忧郁综合症，出去跑跑步，打两场球就好了。

也许吧。阿诚无精打采地挂掉电话。

第三十章　壁画新解

两天后我和阿诚去了趟南京，从省文物研究所打听到区政府计划开发栖霞山南坡，进入孟哲远古墓的通道有望被打通，但方案还要各级部门审批，需等上一段时间。朋友答应有消息就在第一时间通知我们。

回到盐城生活仿佛回到原有轨道，阿诚和老董到福建一带收购古玩，我开始筹集资金，打算在秋粮收购前囤积一批面粉，成天泡在银行里跑手续，抵押权证、担保手续、财产公证，烦得要命。这期间有人牵线搭桥把银行营业部一位小姑娘介绍给我，想到蓝真真，想到要命的徐耀，我兴趣索然，婉言谢绝。

贷款批下来第三天资金全部到账，我把支票揣在身上来到苏州拜访了几位黄金客户，把合作的细节谈妥后签下合同，然后鼓起勇气到公用电话亭打电话到蓝真真的古玩店，她就在店里，但没接电话，而是让店员说她不在。我知道她还没原谅我，怏怏放下电话准备离开苏州去浙江，转身走了两步电话响了，一接是蓝真真本人，她淡淡地说：

“到我家里来。”随即说了她的住址。

我匆匆挤上公交车，辗转来到凤凰街。她家是一幢两层小洋楼，与周围灰暗色破瓦房形成鲜明对比，可见古玩世家的家境一直很不错。她站在门口等待，见了我只点点头，转身进屋径直来到书房。

书房东北两侧高及天花板的书架，里面全是线装书，黄得生出锈色，散溢着古朴的书香。西南两侧则挂满了巨幅铅笔画，细细一看竟然是她在蚕洞石屋里的素描，只不过被放大了若干倍。

蓝真真双手抱臂伫立在画前——这在心理学上叫防御姿势，显示强烈的防范心理。

我上前一步低声说：“真真，上次……”

她截住我的话："上次的事不准再提，否则我真会翻脸。"

我急急说："但你应该知道我根本没有冒犯之意，如果我是那种小人，早在大学就，就那个了，何必等到现在，而且在酒后？大错已经酿成，我不敢奢求你原谅，只是……"

"好啦，别再啰啰嗦嗦，我蓝真真也不是拿不起放不下的人，"她平静地说，"叫你来主要是想谈谈壁画。"

我侧过头打量了半天："这些天你一直在研究？"

"朝思暮想，连做梦都在琢磨，还专门向大学美术系的教授请教，他们提供了一个思路，把壁画上的图案、线条染成不同色调，然后按最接近的形状进行拆分，后来我又请教过考古系教授，他们表示赞同，因为上古人类绘画没有空间感和几何概念，没有构草图的习惯，更谈不上比例、尺寸和画意，而是信手拈来，想到哪儿画到哪儿，例如画一群人追一头野猪的场面，他们会将野猪画得很大，几乎占满了整个画面，然后发现没地方画人，怎么办？就把人画得很小，离野猪非常近。后人见了错认为野猪是其它什么体积庞大的怪兽，历史的误会就这样产生。"

我点点头："当初郁刚教授带我到宁夏考察贺兰山岩画时也有专家提出类似观点，不妨采用拆分法试试。"

"我已经试过了。"

她带我走到书桌前，台面上铺着一块块剪好的彩图，有人、动物、青铜祭器、山脉、河流等等。

我笑道："有点像幼儿园玩的智力拼图。"

她没理我的碴，接着说："右侧壁画比较复杂，暂时没分好，这是左侧拆分下来一棵通天神树。"

我精神一振，拿起通天神树看了一阵，然后在一叠彩图里挑挑捡捡。

"你找什么？"她问。

我拈起一块被涂成山峰状的彩图，沿着曲线划了一圈："你不觉得这是青铜方尊吗？"

"老天！"她喃喃道，"真没想到，看来找你过来是对的……青铜方尊加通天神树，这是表现蚕丛最后时刻的场景图！"

以这两样东西为核心重新拼凑，不久找出两侧石壁粘上去，又陆续剪下老树根、美人鱼等分布在方尊周围，黑乎乎的人群排列在山崖沿线。

"咦，蚕丛哪去了?"

她歪着头问，怎么也找不到方脸纵目的脸谱，相反有个人孤零零站在画面右下角，双手背在背后，不知被反绑还是态度悠闲。

"画这幅画的时候，蚕丛大概已经消失了，这是描绘他离去后的场面，这条山道，山道……"

我拿着弯弯曲曲的山道图沉吟起来，左侧壁画显然是刻画石窟内部情况，要说山道向外面，却没有其他彩图衔接得上，到底怎么回事?

"莫非是神树第一层通向冰窟的路?"蓝真真说。

"那儿压根不是路，而是滑坡，再说冰窟与白洞相通，跑一圈后还到青铜方尊，这条路没有任何意义。"

"那么……"

我将图案颠倒过来看了一遍，又将山道图在神树上下一寸寸移动，突然蓝真真叫起来：

"就在这里!"

山道与通天神树第二层左侧树枝的走向完全吻合!

解决了这个关键问题，接下来的工作水到渠成，我们将山道连结到左侧山壁里，沿着它的脉络把彩图一幅幅拼上去，大约一个多小时后被解构得一目了然的核心墓室场景图呈现在眼前：

臣民们站在青铜方尊对面石壁下，方尊底部围栏里有几只美人鱼和一只老树桩，神树上面，第二层左侧与石壁相连，一条弯弯曲曲的甬道直通狭小的石窟，石窟对面有个铜门，门口盘旋着一只两头蛇……

"两头蛇!"

我惊叫起来，这不是我和阿诚看到过的场景吗?我们在水波门上看到蓝真真把郭项龙搂在怀里，情急之下把门砸开冲进去，发现透明墙对面有条两头蛇，门前还倒着一具骷髅，当时阿诚激动地说这就是核心墓室。然而我们从隐密的山缝进入石室，旋转铜人时搞错了方向，结果掉入水潭与美人鱼打了场遭遇战。后来发生了很多事，搅到最后居然忘了这碴儿。

铜门后面是个正方形墓室，中间摆放着一具石棺，四周环绕各式器皿，石棺里躺着人，依稀看到方脸纵目的轮廓。

"我明白了，"我一屁股坐到椅子上，有气无力地说，"这才是真正的蚕丛墓室，神树顶部石屋不过是虚冢，也许是遮人耳目，也许是取悬棺的形式，总之我们在蚕洞里逛了一大圈，却没有见到蚕丛的尸体，算是最大的挫败。”

蓝真真柔声道：“那有什么不好？我们去的本意是替你解开徐耀的秘密，其他都是次要的。”

“可惜没有达到目的，可能是李芒太聪明吧，让我觉得自己特别笨……他跟我们一样掉入井里时，还有个同伴叫蒋仲夏，是潼关人，然而最后石屋里只剩下李芒一具骷髅，我还有点奇怪，现在总算想通了，他们抵达通天神树后意见产生分歧，以李芒的智慧看出第二层铜枝的玄妙，知道那儿通向蚕丛墓室，但他一心想解开徐耀的秘密，懒得过去看，蒋仲夏财迷心窍想过去捞一把，不幸死在两头蛇蛇吻之下，心有不甘倒在门口。”

蓝真真盯着图出神地看了会儿，道：“那么这幅壁画到底要表达什么意思呢？是告诉后人去蚕丛的墓室从哪儿走，还是揭示蚕丛劳民伤财的背后其实是一个骗局？”

我摇摇头：“无论蚕洞的真正用途是什么，经过隆重的祭祀形式后都具有无上权威和地位，只有蚕丛氏族中最有身份的人才能进入，因此壁画的目的不外乎两点，一是如实记载蚕洞里发生的事件，一是把某个秘密隐藏其中，提示后人注意或戒备，如果蚕洞里不发生那么多诡异莫测的事，我倾向于记载功能，上古远古时期大多数壁画都是如此，然而大嘴巴隐喻的含义、水晶洞、冰窟，还有浮雕上不明身份的人，这些或许同样让蚕丛及臣民们恐惧不安吧，这样看来记载保存的可能性更大。”

“前提是浮雕上的内容真实可信，蚕丛铸造青铜方尊和通天神树确是拼死一搏，事实上也拯救了整个古蜀国臣民。”

“这是最合理、最简洁的思路。”

蓝真真苦恼地抱住头：“还说简洁，我的头都有三个大了。”

看着她吹弹可破的肌肤，纤细曼妙的身材，嗅着若有若无的香气，我的心又蠢蠢欲动起来，眼中浮现那天晚上她的热情似火，她的婉转迎合，她的……

她仿佛意识到什么，面色一整道：“还有一点，神树顶端石屋内有石棺，有简单的随葬品，符合我们刚才关于象征意义悬棺的判断，可石棺具备通向洞外和坍毁蚕洞的功能……作为蚕丛及他的后人，会这样做吗?”

我赶紧收回思绪：“所以还需要更多资料来论证，这样好不好，等我把手边生意处理完立即来协助你，早日破译右侧壁画内容。”

“不必!”她脱口而出，随即好像意识到什么，稍稍和缓语气说，“你还是以生意为重，那才是养家糊口的正业，蚕洞的事千头万绪，需要静下心慢慢梳理，急也没用，再说我一个人独住，你来了……不太方便。”

我伤感地说：“一次无心之过，你就把我当作坏人了，哪怕我们曾经……”

她抬手打断我，眼里满是忧郁：“晓飞，你不明白，我也有难言之隐，无论如何我们别再谈论这个话题好吗?”

“那天在蚕洞遭遇古猿后，我曾以为我们能重新来过。”我颓丧地说。

“晓飞，其实你很好很好，就怪我没有福分，就怪命运使然，就怪那个徐耀……忘了过去吧，安安稳稳过普通人的生活，以你的条件一定能找位纯洁得像白纸的好女孩。”

我明白她暗示什么，那天晚上我已发现她不是处女，而且有一定的性经验，所以才放得很开——其实早在从古猿手中救出她时我就有所感觉，她在我面前穿衣服从容大方，丝毫没有姑娘的忸怩。但我不在乎，因为我也不是洁白的羔羊。二十七八岁的男女，只要心理生理没问题，即使没结婚，谁没有这样那样的经历？我是坚信有大学时期的感情为基础，一定能相爱如初，相伴到老。

“真真，我根本……”

刚说了半截电话铃响了，她过去拿起电话听了会儿突然脸色一变，好半天才慢慢放下放筒说：

“出事了，阿诚打电话说那批青铜器被海关截获。”

“他在哪儿?”

第三十一章　文物被截

“他没说，不过很紧张，好像防止有人盯梢似的，”蓝真真说，“他马上来我这儿，你也再等等吧。”

我心事重重地说：“以前听阿诚说广州那个彪哥很有手段，海关、缉私、公安都摆得平，由他经手出境的文物少说有上千件，有回还运了一具东汉干尸，那么大的货都没出事，这次怎么……”

“回来后我跟阿诚说过，金杖和彩陶都是极具考古价值的文物，现在贪图几个钱流失到海外，将来想追回来必定要付几倍甚至几十倍的代价，何况我们都不缺钱花，何必冒着触犯法律的危险?”她显得很苦恼，“你是他最好的朋友，有机会劝劝他，这些年赚的家当也够一辈子用了，不要再做刀口舔血的勾当。”

我两手一摊无奈道：“为这事他爱人不知在我面前哭过多少回，我也劝过，骂过，两人还为这事动过手，可是没办法，用他自己的话说盗墓像抽鸦片，一旦沾着边就会上瘾，怎么也收不住手，唉，这回看来是闹大了……”

心烦意乱中等到夜里，凌晨四点多钟阿诚和老董才敲开大门，头发蓬乱，脸上憔悴不堪，眼睛里闪动着惊慌和恐惧，见了我也顾不上询问，忙不迭地冲到厨房找吃的。蓝真真下了两碗面条，炒了两样小菜，两人狼吞虎咽一扫而光。吃完后老董打了个饱嗝躺在沙发里呼呼大睡，阿诚一口气喝下半杯浓茶，细说了事情的由来。

两人到福建山区转悠了七八天，看到不少散落在民间的宫廷古玩，正准备下手，却被本地做古玩生意的大哥叫过去“谈话”，警告说这是他的地盘，很多“鱼”早就相中了，一直养在手里，不要不知好歹趟这潭浑水。老董识相，当场承诺立马离开，大哥派手下将两人送到火车站。

打票时两人一合计，不如到广州拜访一下彪哥，打听那批货的处理情况，顺便了解最近的行情。

来到广州，下了车直奔彪哥在市郊盖的别墅，还是老董江湖经验足，考虑到上回打不通电话的事，没有直接上门，先躲在别墅对面侦察情况，并让阿诚到附近电话亭打电话联系，接电话的是个陌生口音，说彪哥身体不太舒服，正躺在床上休息，有生意可以直接过去谈，家里有人接待。那边通电话的工夫，别墅里闪出来两个身手敏捷的汉子，迅速躲到两侧巷子里。

陷阱!

老董吓出一身冷汗，急忙与阿诚会合后迅速离开，来到市区，拐弯抹角联系到彪哥手底下一位小弟，那个家伙显然也被吓破胆，躲在排档里帮人家洗碗刷盘子，据他说这回很邪乎，海关像得到内线似的，对交货的地点、时间、多少人掌握得一清二楚，等到双方快艇开到公海准备交货时，突然围上来七八艘巡逻艇，雪亮的探照灯刺得人睁不开眼，人赃俱获抓个正着。其实论走私规模，这次无论是数量还是价值都不算大，弄不清海关为何大动干戈，连彪哥的内线事先都没听到风声。由于彪哥的供货渠道涉及十一个省，网络遍布众多古墓群集的古城，海关专门在他家撒网侦听，这些天顺藤摸瓜抓了二十多个盗墓者，一帮小弟或远走高飞，或东躲西藏，惶惶不可终日。

阿诚和老董听了吃惊不小，连夜乘车离开，途中又赶上铁路警察巡查、紧急停车抓捕通缉犯，把两人吓掉半条命，到了上海就匆匆换车来到苏州。

听完阿诚叙述，我说只要彪哥不交待出你们的名字就应该没事，现在办案讲究证据，你们之间交易全都用现金，又没有收条之类的书面东西，最多用住宅电话往他家打过两次，难道不可以打错电话?

倒也是，阿诚经我一分析咧开嘴笑道，说名字也没用，彪哥压根不知道我们的真名，这是行规，只认脸不认名字。

蓝真真认真地说防患于未然，你们最好离家避一阵子，等风声过去再说，不然撞到枪口上没事都能惹出事。

阿诚不以为然笑笑，一口喝掉杯中茶，舒舒服服躺下说他娘的太累了，我得睡一觉，反正钱已经拿到手，东西没收就没收呗，正好遂了真真的意思，上交国家。

蓝真真忍不住“扑哧”一笑，说你这种想法太坏了。

我想想说这件事是有点怪，从路途计算，彪哥从盐城到广州需要一天半至两天，而你打电话过去是第三天上午，也就是说彪哥回到广州后家里的电话就被监听了——我请教过邮电局的朋友，电话里有嗞嗞嚓嚓声有两个可能，一是线路质量不好，一是对方电话被监听，会不会彪哥在盐城就被盯上了？

经我一说阿诚和蓝真真顿觉事态严重，如果盯梢从盐城开始，那么我们几个都纳入了警方监视范围，这无疑是灭顶之灾。

阿诚猛一拍脑袋说八成是郭项龙！这小子拿了钱之后第二天就跑了，可能是得了便宜又卖乖，到老东家面前告密！

是啊，绝对是他！蓝真真也叫道，他是做贼心虚，怕我们找上门算账。

我说那倒未必，他真想邀功，早在出广平的检查站就翻脸了，当时人赃俱获不是更好，何必冒险等到回盐城？他也没料到阿诚会多分一万多块。

唔，有道理……阿诚陷入深思，蓝真真从卧室里拿了条毛毯帮老董盖上。天色微明时阿诚迷迷糊糊睡了，我提议不如让他们俩在这儿呆一段时间，正好协助她解构石屋右侧壁画，免得到处乱窜又惹出是非，蓝真真表示同意。我吃了点东西直奔火车站，到浙江拜访客户。

沿途几站都很顺利，毕竟有前面的合作基础，条件相当的情况下客户们尽量把订单留给我，没到杭州就突破原本估计的交易额，第四天圆满完成出行任务。原本打算直接到苏州，打电话回去询问面粉入库情况时助手说银行方面急着找我，要在借据上补签个字，于是搭乘货车赶回到盐城。银行信贷科上下正等得跳脚，因为上级检查组驻场全面审计，借款借据上少借款人签字是重大失误，要罚款加通报批评。

签完字我拎着一袋水果去阿诚家，虽然不好明说他短时间内不能回家，但总得让他妻子有这方面心理准备——我觉得她真的很不容易，婚后阿诚一直在外面奔波，很少照顾到家庭，即使回家也是呼朋唤友喝酒打牌，几乎没见过他干家务或是陪她散步，有时我甚至怀疑阿诚根本没把她当回事。

走到阿诚家门口，一头遇到郭项龙，我吃惊地问你来干什么？他四下张望一番，把我拉到旷空处说你没听说那批货被海关截获了？

你怎么知道的？我反问道。

他瞧瞧我松了口气，看来你们早有准备，难怪阿诚连续十多天没露面，我倒是多虑了。

你到底怎么知道？为什么交易第二天突然去天津？我继续追问。

他叹了口气说你们怀疑我告密？我郭项龙是那种人吗？我有个天津的战友双腿瘫痪，妻子在镇办厂上班，收入微薄，两个孩子还在上学，家境十分困难，所以分到钱后我第一个念头就是一分不剩都送过去，让这家人好好生活……那天晚上酒喝得太多了，第二天脑子晕乎乎的，跑到车站就上车，忘了跟你们说一声。到他家正巧一位在海关工作的战友也上门探望，无意中谈起广州海关截获几件疑似三星堆出土的青铜器，我顿时知道不好，赶紧回来找阿诚……

一分不剩？我差点跳起来，这可是你玩命换来的血汗钱！

我一无家庭，二无孩子，要那么多钱有何用？不如让最需要的人得到它。郭项龙平静地说。

你这人……让我说什么好呢？我原地转了两圈，想不出适当的词来形容他，干脆先把水果送到阿诚家，隐晦地说他出一趟远门，可能时间比较长，让她安心在家照顾好孩子。她抹着眼泪说我怎么安得下心？每天夜里都做恶梦，梦见他在古墓里出事，他总是收不住心，万一有个三长两短，我和儿子怎么办？你是他的至好，求你多劝劝他好不好？我敷衍几句夺门而出。

郭项龙还在外面等着，悄声问阿诚现在是否安全？我含糊其辞地说还好。他见我不愿透露也不勉强，说有事再联系。

下午到仓库查看面粉仓储情况，把防盗网、干燥剂、灭鼠药和捕鼠夹、气窗等各个环节检查了一遍，又叮嘱守库人少喝酒，夜里放狗出来时要关好大门等等，忙完回去时天已经全黑了，刚踏进家门就听到电话铃响个不停，拿起来一听是阿诚的声音：

“赶快过来，发现新情况！”

“什么情况？”

“电话里说不清，总之跟原来的推想完全不同，你过来就知道了。”

我微一迟疑，把遇到郭项龙的经过说了一遍。

“叫他一起来。”阿诚果断说完便挂断电话。

我知道阿诚逢大事沉得住气，若壁画没有突破性进展不可能冒险打电话过来，当即租了辆车来到郭项龙家，他一听犹如战士接到出征命令，也不细问具体情况，两分钟后就拎包上了车。

赶到蓝真真家只有她一个人在，阿诚和老董都上街买东西去了，她展开一条竖幅，是石屋右侧壁画的解析图，与左侧壁画不同，它似乎是连环画：

方脸纵目的人站在石屋中间，左手高高举起，掌心托着三颗小石头，右手指着下面的方尊，对面站着一个正方形脑袋的人，石屋下面铜杆上攀着一个人仰头向上偷听；

方脸纵目倒在地上，正方形脑袋躺进石棺；

正方形脑袋双臂直伸在身前发出强烈的光芒，大嘴巴转头逃跑，一大群人挥手欢呼；

偷听的那个人从石棺里捧出一个方匣子；

一群人站在水边仰头向上，悬崖中间悬挂着一具上圆下方、两侧各有三道波浪线的棺材，死者的头就枕在方匣子上。

确实与原来推想的不一致，甚至是颠覆性变化。

蚕丛将正方形脑袋叫到石屋谈话，青铜方尊和通天神树组成的空间好像对正方形脑袋有某种制约作用，因此他显得很畏惧。蚕丛以自己的死换取他出手对付大嘴巴，结果他遵守诺言，以强光打跑了大嘴巴。

后半截画有点隐晦，我的推测是偷听者从蚕丛棺里偷走方匣子，将它存放在水边悬崖上的悬棺里。

“你们怎么看?”我问。

蓝真真说：“蚕丛以自己的生命换取外来势力支持，打败压迫在古蜀国臣民头上的强敌，从而获得后世拥戴，这样解释顺理成章且合乎逻辑，至于大嘴巴、方形脑袋的身份，或许是对外来势力的夸张性描绘，或许是外星人，蚕丛进行这场交易前想必已做好赴死的准备，因此提前做了些记载，并关照后代将证据随棺下葬。但那个偷听者不想秘密外泄，悄悄将东西偷出来放到悬棺里。”

郭项龙眯着眼说：“一个是机关重重、怪异百出的密洞，一个是历经风吹雨打、来往行人都能看到悬棺，你说哪个更保险？”

蓝真真一滞，皱眉道：“这个……我们倒没想到……”

“还有个关键问题，”我说，“两幅壁画都解构出来了，好像不关徐耀的事，那么李芒到底看到什么恍然大悟，认为‘谬世间常理而违天地亘论’呢？”

蓝真真又一滞，然后微嗔道：“解构工作完成后他们两个家伙又蹦又跳，激动得要命，我也跟着高兴了一阵；如今被你们迎头泼两盆冷水，又让我从头凉到脚……”

“什么事从头凉到脚？”阿诚从外面大步进来。

蓝真真说了我们提出的疑问，他一听哈哈大笑：“都怪我昨天太兴奋，漏说了一个最重要的细节，你们看悬棺内侧边上画着什么？”

我们同时凑上去，然后一齐惊呼道：“金杖！”

第三十二章　盗墓三峡

象征古蜀国最高权力的金杖，一半压在尸体身下，一半露在悬棺内侧。

说明一点：躺在悬棺里的是古蜀王。

这一来右侧壁画上的内容豁然贯通，作为蚕丛子孙后代，对蚕洞里发生的秘事应该有所了解，无论出于什么目的，他都有条件也有理由把蚕丛墓里的东西做自己的陪葬品，这种事武则天也干过，她将《兰亭集序》从李治墓里取出来放到自己墓中，所以当代史学家们哭着喊着要挖掘乾陵，原因就在于此。这样说来壁画中偷听者也许是蚕丛安排的，也许是悬棺主人本人，他的行动是受过授权的。

阿诚目光灼灼看着我："我觉得有必要去一趟三峡，真真查过地形图，只有三峡那边的山势和江水流向与壁画相符。"

我心知肚明单单八字没一撇的所谓蚕丛墓中秘密不会让他如此热心，主要是看中那支金杖，他已从上次交易中尝到甜头，知道它能卖大价钱，但对我来说，悬棺确实具有无穷诱惑，因为我直觉它与徐耀有关。

老董骄傲地拍拍一大袋东西："刚才我们已把装备准备好了，应有尽有，保管够用，"他靠近郭项龙神秘兮兮地说，"还弄了把双管猎枪，威力大得吓人。"

郭项龙听到枪立刻两眼放光："什么口径？全喉缩还是双向喉缩？配什么弹种？"

"20 号口径有枪没子弹，只好将就点弄了支 12 号的，四分之三喉缩，手动单发，球形准星瞄准，还满意吗？"老董说。

郭项龙连连点头。

我瞥了蓝真真一眼："我同意去，不过人最好少而精，能减一个是一个……”

阿诚何尝不知我的意思，故意扫了大家一眼问：“谁主动放弃这次探险？这回跟上次不一样，可能需要泅渡、飘流、攀岩等等，对体能和意志都是严峻的考验。”

郭项龙抽出双管钢枪只管专心致志把玩，对他来说不存在去不去的问题，只有去了以后怎么做的问题。

老董笑道：“我早就算过命，这把老骨头迟早要折腾在古墓里，死在哪儿都一样，我去。”

蓝真真目光直刺我：“看来晓飞的建议是针对我，对不对？”

我慌乱地避开她的眼睛：“没，没……”

阿诚好奇地看看她，又看看我，咧嘴笑道：“嗨，反正就这几个人，多带一个少带一个没什么，都去吧。”

蓝真真店里有辆吉普，虽已破旧得不成样子，但车子耐跑，特别擅长长途越野，郭项龙一路上边开边修，居然也捱到重庆。

三峡素以险、奇、急著称，从古至今都有“鬼门关”“鬼见愁”之类的号称，在三峡一带水道混饭吃的船老大多半不得善终，少有活过四十五岁的，尽管如此每年还是有大批人加入其中，乐此不疲，究其原因无非是生活所迫或习惯这种惊涛骇浪中的刺激，反倒不适应平静安稳的日子，有点类似郭项龙和老董。

趁游轮从重庆出发一路顺流而下，依次经过雄伟瞿塘峡、秀丽的巫峡和险峻西陵峡，顺便欣赏到峡谷中神奇古朴的大宁河、香溪、神农溪，站在船头极目远眺，这条举世闻名的山水画廊气象万千，雄伟气魄。两岸群峰耸立重岩叠嶂，嶙峋峥嵘的峭壁巍然屹立，峰顶笼罩在似雾似烟之中；江水激流奔腾磅礴大气，惊雷闪电般拍打着岸礁，百折不回；江面上或暗潮汹涌漩涡层出，或滩礁棋布蕴藏杀机；峡谷间虎啸猿鸣空谷传响，平添几分凄厉和肃杀。

蓝真真看得出神，不禁簇拥在旅游团里面聆听导游讲解，我和阿诚等人则分头站到游轮四个角，相机对准两侧山峰悬崖拍个不停。

“悬棺！”

正拍得高兴，冷不丁身后传来一声低呼，我微微回头，只见一个三十多岁、小平头、细眼睛的家伙惊喜地指着右前方五百多米高的峭壁。

旁边鹰钩鼻、目光阴冷的中年人有些不悦，一把打落细眼睛的胳臂，轻声喝道：

“有什么大惊小怪，那么明显的目标谁看不到?”

细眼睛不服气嘀咕道：“卫哥眼神不好使，真有可能看不到。”

我左前方一个少年拿着相机转回脸，星目浓眉，气质俊秀清朗，笑起来露出一排整齐洁白的牙齿：“多个人提醒也是好的，老胡别太紧张。”

老胡哼了一声：“安全第一。”

游轮顺流而下，第二天抵达宜昌的南津关，洗出胶卷后找了家宾馆住下，将照片摊了一地，五个人盯在上面琢磨，直看得两眼血红，腰酸背痛，才从一张照片侧面依稀查到线索：

大宁河小三峡内两侧山峰类似壁画中的悬棺场面。

我一拍额头说这就对了，大宁河小三峡是目前已探测出的四大悬棺群之一，有八处悬棺，总数达三百多具，其中保存完好的有七十多具，最高的在六百米之上，最低的也有三十多米，由于山壁陡峭垂直，地形复杂，悬棺上不着天下不着地，考古人员竟无从下手。八三年抽调军区工程兵和机械师的力量，费了九牛二虎之力才将三十多米高的悬棺弄下来，两具棺材加起来达两千六百斤，里面尸骨完整，陪葬品包括陶器、骨器、纺织工具和玉琴。当地人说身份越显贵、家里越富有的死者悬棺就越高，越难攀缘上去。

阿诚说作为古蜀王，悬棺位置一定是险之又险，玄之又玄了，不过没关系，古蜀国人能办到的事我们为什么办不到？大家要发扬集体主义精神，拿出在蚕洞里的聪明才智，征服小三峡悬棺。

第二天租了条跑运输的铁壳船，阿诚佯称我们是考古队派来的前哨，到小三峡里勘察地质，测量地形，为大部队进驻做好准备。船主老秦一听来了兴致，滔滔不绝介绍起大宁河一带的奇风异俗，包括悬棺。

阿诚试探道：“当地人知不知道悬棺怎么回事，那么重的棺材用什么办法运上去的?”

“放虹。”船主轻描淡写说。

“什么叫放虹?”阿诚又问。

“就是用长绳子从山顶放下来，晃悠着到达指定地点，”船主说，“巫山、大宁河这一带自古以来就有这个习俗，老人生前选好一块岩洞作为下葬地，死后家人就请放虹的人到岩洞里做地基，然后将棺材化整为零一块块吊进洞再组装起来，最后才吊下尸体和随葬品封棺，一具悬棺就大功告成。”

我指着高耸入云的山峰说：“古代哪有这么长、这么结实的绳子？”

“有，放虹的绳索很特别，是用葛麻、细篾、皮条搓成，不容易磨损，飞禽猛兽也咬不断，解放前这一带农民到岩壁上采药都用这种办法，有时也看到悬棺，放虹荡下去一看，无非是尸骸和瓶瓶罐罐，根本没有金银财宝，便一扔了之，很多悬棺就这样被破坏了。”

我们都惋惜地连连叹息，那些看上去不显眼的瓶瓶罐罐，或许是西周甚至更古老的陶器，或许是宋明时期的瓷器，多少价值连城的古董就这样尸骨无存，湮没在涛涛江水中。

进入小三峡后铁皮船停靠到一处叫“鲟回头”的岩滩，据说每年逆流而上的中华鲟游到这里就不再前进，而是掉转身体回头。岩滩前面不远是一千二百米高的木栈山，因山腰间有一段八百多米长的木栈道而闻名，木栈道附近没有山道、没有岩洞溶洞、没有山峰凹谷，孤零零悬挂在悬崖绝壁中间，它是谁人所修，修的目的是什么，至今还是谜。

老秦帮我们卸下行李后约定再过七天到这儿接应，最多等三天，如果我们还不出现就得报警。

按阿诚的计划，从这里爬到山顶需要两天，定位需要两天，寻找那具国君悬棺需要三天，都是满打满算，因此七天足矣，万一超过十天还不下山，救援队起的作用也就是替我们收尸了。

沿着狭小的山缝向上攀爬，越向深处越发难走，没有路，到处都是密密匝匝的藤蔓、荆棘，还有遮天蔽日的丛林，纵横交错的树根盘根错节阻挡着去路。地面落满层层枯枝败叶，又厚又滑，空气中弥漫着浓浓的腐臭味。郭项龙提醒说这里虽荒无人迹，却依稀见到各种野兽脚印，其中不乏具高度危险的猛兽，想愈加害怕，大家要提高警惕，刀不离手，随时防范来自草丛深处的袭击。

进入原始山林区域，我们不得不用木棍、砍刀齐用，连拨带砍开辟道路，才爬了三百多米就累得上气不接下气，尽管戴了帽子、口罩和手套，脸、手还是被草叶上尖刺锯齿刮出道道血痕，最让人高度紧张的是防不胜防的毒蛇，有时眨眼间就蹿到面前，连举刀的时间都没有，幸好郭项龙教导我们遇蛇莫动，等他过来收拾，因而有惊无险。

我们选择的登山线路处于山峰北侧，整个山麓被前方者棉山挡住阳光，泽被矮短，大型猛兽隐蔽不住身体，很少在这一带活动，大家只须专心辟路、爬山。郭项龙承担了绝大多数工作量，我和阿诚勉力而为，老董、蓝真真从第二天起基本丧失战斗力，连爬山都气喘吁吁，速度始终上不去，在山顶过夜的计划也落了空，直到第三天上午一行人才疲惫不堪登上木栈道顶峰。

站在峰顶眺望，四面全是悬崖峭壁，覆盖着郁郁葱葱的树木，山壁像刀削斧凿般平整光滑，峰尖如深闺少女藏于白云之间，流云绕身，半含半露，自有一种神秘莫测的气质，水流湍急的小三峡像道白练蜿蜒在群峰之间。

藏龙卧虎，风水俱佳，难怪古蜀王死后葬在这里。老董缓过气来感慨地说。

郭项龙仿佛有使不完的劲，坐在石头上歇息片刻便忙活起来，选了处平坦坚硬的石坪用铁钎和工兵铲凿爆破点。我和阿诚拿着图跑来跑去，比较哪块区域最有可能发现悬棺，继而确定着陆点。

“嘭、嘭、嘭……”

几声震耳欲聋的爆炸声响过之后，石坪上炸出五个上狭下宽的石洞，郭项龙从行李里取出十多根带倒钩、卡口和拐角的钢棍，组合成三角形卡在洞里，这样不管承受多大重量钢棍也不会滑出来。再用从黑市买来的军用登山索——据说能负载两吨重的物体在空中做十万次抛物线移动，是特种部队登山、攀缘的必备装备，打成交错的死扣后拧成三股，甩了两股下去，还有一股系在腰间，我和阿诚一人拉着一边。

三股绳结的好处是，郭项龙在下降途中能自主控制速度和高度，也能依靠两股绳索左右大幅度摆动，增大搜索范围，哪怕绳索断了两根，都能从剩下一根爬上去，上升时只须他用力连拉六下，我和阿诚就会利用滑轮原理将他拉上来。这叫聪明结，是英国肖特波蒂在二战时发明的，使盟军在山地攻防战中的死亡率下降了三分之一，因此又叫波蒂结。

郭项龙冲我们竖竖大拇指，双臂揽住绳圈，“呼”一下子滑下十多米，再滑两次转眼就看不清踪影。

大概过了二十多分钟，其间绳索剧烈地抖动个不停，我们摸不清他在来回摆动还是遇到突发情况，不敢轻举妄动，只能紧紧握着绳头。终于，绳索连晃六下，我们松了口气一齐用力将他拉上来。他头发、眉头结了层薄霜，脸色无比凝重，一爬上山顶就说了一句话：

“下面有人。”

第三十三章　后路被断

我们都吓了一跳，莫非蚕洞神秘人阴魂不散又追到这儿来了？

阿诚道：“他想干什么？有没有对你不利？”

“不是那个，”郭项龙皱眉道，“是其他人，黑脸冷面，个头在一米八左右，也跟我一样吊在峭壁上摆动，我降到两百多米时向右边晃了十米左右，一眼看到三十多米远有人，位置比我低七八米，腰间系了根绳子，我看到他时他也转头看到我，两人都吓了一大跳，我乘绳索回荡时取下双管猎枪，可惜再过去时他已经不见了。”

这个情况非同小可，意味着除了我们，还有一伙人对悬棺虎视眈眈，虽然尚不清楚是否冲我们而来，目标是否也是古蜀王悬棺，但已给我们此次行动蒙上阴影。

“他身上有没有枪？”阿诚问出大家最关心的问题。

“没看清楚，当时事起仓猝，两个人又吊在半空，都没来得及反应。”

“这么说上面一定有人接应了……”阿诚啧嘴道。

蓝真真蹙眉道：“原以为山顶是唯一的落脚点，现在看来不是，那伙人做的功课比我们足，他们选择的地点低，因而更靠近悬棺。”

“不行，我们得抢到前面！”阿诚断然说，“他们是盗墓贼也好，是别有用心也罢，总之要把古蜀王金杖先弄到手！”

郭项龙说峭壁南侧，也就是小三峡那一面光滑陡峻，没有可供踏脚的地方，倘若放七八百米绳索下去，摇摆系数加大，峡谷内山风猛烈凌厉，利如刀割，人吊在绳索上只怕像陀螺转着玩，根本控制不了身体，如果运气不好遇到刚猛的山谷飓风，恐怕要撞得粉骨碎身尸骨无存。唯一办法从其他三面着手寻到落脚点，再想办法向悬棺群靠近。

这个……工作量比较大……阿诚沉吟道。

郭项龙胸有成竹地说山腰间不是有段木栈道吗？它长达八百多米，活动范围较大，是理想的中转站。

老董迟疑道万一被那伙人占据了呢？

阿诚笑道以小郭的身手遇到一个打一个，遇到两个打一双，事不宜迟，大家赶紧行动。

郭项龙跑到木栈道那一面凿爆破点，我和蓝真真、老董帮着运送物资，阿诚独自将登山索往回收。

“嘭、嘭、嘭……”

郭项龙又炸出几个凹洞，这时阿诚抱着登山索跑过来，脸色很不好看。

“你们看——”

绳索被利器割断，切口整齐而平滑。

“割掉多少？”郭项龙问。

“大概两百多米。”

郭项龙摸着绳索切口喃喃道：“这是对我们发出警告，好小子，这刀真够快的。”

蓝真真关切地说：“你要注意安全，发现不对赶紧上来。”

郭项龙拍拍猎枪，又指指腰间匕首说：“放心，正好让他尝尝我的飞刀。”

出乎意料的是这回风平浪静，什么事都没有发生，郭项龙顺利探到六百多米高的木栈道，在上面走了一圈没遇到人，遂只留蓝真真和老董在山顶看守，将我和阿诚连同大半物资缒下来。

木栈道约一米多宽，木料全是上等的楠木，深深扎在山崖里，没有榫头，没有凿斫的痕迹，真不明白古人怎么做到的，它历经几百年甚至数千年风吹雨打却奇迹般保存下来，除了少数地方出现破损断裂，大部分地方结实牢固，阿诚开玩笑说能在上面用力跺脚蹦跳，我和郭项龙坚决制止了这个疯狂的念头。

郭项龙将绳头系上木条根部，两个轻纵便跳到几十米之下，然后大力摇摆绳索向悬棺群区域移动。

“晓飞，你认为郭项龙遇到的那伙人是怎么回事？”阿诚问。

“不排除是盗墓贼，想摸几个悬棺打打秋风。”

他皱眉道："就怕事情没那么简单，要谈盗墓首选西安、洛阳一带，古墓一层覆盖一层，其次是浙江、福建，多为大富大贵的家族，再不济跑到湖南、湖北、江西也有油水，众所周知悬棺风险大，利润小，连考古队、探险队都不太愿意涉足，若不带有特定目的根本划不来。"

"有道理……"我思忖道，猛然心一动，"假设金杖、彩陶虽被海关截获，但掘自蚕洞的风声却走漏出去，有人对此很感兴趣，猜想我们还会有动作，于是暗中盯梢来到这里。"

"他娘的，怪不得从广州回来时一路上总觉得有双眼睛盯在背后，原来不是警察，而是那伙家伙。"

绳子摇摆几下，郭项龙在下方四十多米处示意我也下去，我知道他一定发生了什么，精神一振，在阿诚的协助下降到郭项龙身边。

"有情况?"我迫不及待问。

他指着山壁道："你看。"

山壁有一排浅浅的踏脚窝向右延伸，从石窝印痕和饱受风蚀的情况看，形成时间至少有五百年。沿着踏脚窝一路走到拐弯处，一阵猛烈的山谷风吹来，我猝然不及被刮离山壁，在半空中连转二三十个圈，郭项龙一只手抠住岩石缝隙，一只手用力将我的绳子拽过去，这才脱离险境。

"那边风大，想过去要系保险带。"郭项龙叫道。

我颔首道："踏脚窝、木栈道、悬棺，三者之间的联系显而易见，可见古人先用放虹技术在悬崖上选址，然后凿些踏脚窝，陆续把棺材、尸体和陪葬品运下来……我们赶紧上去把老董叫来，四个人一起到悬棺群区域寻找。"

"只留蓝真真在上面?"他连连摇头，"不妥当，宁可慢一点也要保证安全，我有种直觉，刚才遇到的家伙很不简单，我没有取胜的把握。"

我讶然道："什么，还有你摆不平的人?"

他郑重其事地说："我这两下子并不算什么，强中自有强中手，一山更比一山高，中国武术博大精深，民间更不乏卧虎藏龙之人，任何时候都不能大意。"

两人正说着话，蓦地郭项龙身上吊的两根绳子突然断了一根，他身体一倾，滴溜溜转了两圈，头重脚轻倒悬在仅剩的绳子上。我下意识地伸手抓住绳子想系到自己上面，顷刻间感觉手里一抖，一股突如其来的下坠力使绳子瞬间滑落十多米，巨大的摩擦力使手心像着了火似的灼热。

两根绳子被人割断了，下一步就是我！

我脑中闪过这个可怕的念头，来不及多想，手腕连绕数下将绳子缠绕到手臂上，饶是如此，郭项龙沉重的身体把我向下拖了七八米，我咬紧牙关手脚拼命使劲，勉强稳住身体。

郭项龙见状“嗖嗖”几下沿着绳子翻上来，越过我头顶的时候说：“挺住，我上去帮阿诚一臂之力。”

我明白他的意思。

军用登山索由高强度尼龙丝揉和耐磨纤维、高分子复合材料构成，内芯是扯不破拉不断的生牛筋，外面还裹了层绳套，一般的匕首、小刀根本拿它没办法，藏刀或军用匕首可以一试，但要像刚才那样几秒钟之内连断两根，必须具备相当的腕力和技巧。

由此可见那个家伙的实力之强，与郭项龙在伯仲之间，以阿诚的水平恐怕只能最大限度地拖延时间，被无悬念击倒不过是时间问题。幸好我系在木栈道上的绳结与郭项龙的相隔一百多米，那个家伙摆脱阿诚纠缠后还得找会儿，从而为我们争取到一点宝贵的时间。

郭项龙以猿猴般的灵巧和敏捷迅速向上攀爬，他的动作很特殊，每攀升半米左右就双手绞紧绳索，以腰部力量发力，身体倒转翻上去，脚踝钩住绳索后再一个鲤鱼打挺跃上去，这一来等于上升三米多，几个起纵就上去二十多米。

因为角度和距离问题，看不清木栈道上的情况，可以想象战况一定相当惨烈，阿诚肩负着我和郭项龙的安危，他又是死缠烂打、不达目的不罢休的性格，因而丝毫不会退让。

我没有郭项龙的臂力和技巧，只得双脚撑在山崖凹凸处，借力慢慢向上“走”，“走”了十多米高就听到木栈道上叱喝声和打斗声，知道郭项龙已爬上去跟对方交上手，心中大定。打起精神又“走”了十多米，依稀看到两条人影在狭窄的木栈道上跳跃闪避，还有双方粗重的喘息声，暗暗吃惊，以郭项龙的功夫，居然有人跟他斗了这么长时间丝毫不落下风，确实是个难对付的硬茬！

“唰”，一块又厚又重的木板从天降，幸亏我躲得快才没被砸中，心里有些担心：眼下阿诚生死未卜，我还要爬将近二十米才能上去，照两人这样打下去，迟早要把整个木栈道都毁了，更麻烦的是，万一对方兵分两路，再派一队人到山顶包抄，老董和蓝真真自然不是对手，即使郭项龙把对手赶跑，我们岂不是被退了后路？

我越想越怕，不顾滑落深渊的危险，拚尽全力向上攀越，不多时已经离木栈道只有十米左右，看到一个黑衣黑裤的壮汉与郭项龙扭成一团，遂大声叫道："再坚持会儿，我来帮你！"

上面打斗声顿时一滞，紧接着"嘭嘭"两下沉闷声，"咚咚咚"，壮汉踏着沉重的步伐向右侧逃跑，郭项龙追了几步停下来，回身将我拉到上面。

"阿诚呢？他怎么样？"我焦急地问。

郭项龙呼呼呼直喘气，过了好一阵才说："还……还好。"

阿诚躺在木栈道左尽头，右臂中了一刀，左腿被划开一道大血口，正拿着两个止血包紧紧捂在伤口上。回想刚才的情况可谓险到极点，阿诚站在上面见我被山谷风吹开，便系了两道绳索也准备下去，突然听到右侧有动静，走过去一看，一个长相凶悍的壮汉正挥刀切断郭项龙的绳结，当下大喝一声扑上去。不料壮汉单手一格，刀光一闪便刺中阿诚右臂。关键时刻阿诚采取亡命之徒的打法，扑上前抱住对方大腿，准备和他一齐滚下深渊，这一来壮汉反有些缩手缩脚，顾不上腾出手刺杀，使劲摆脱阿诚纠缠，两人缠斗了四五个回合，壮汉终于把他甩到一边，狞笑着举刀上前。阿诚边打边退一直退到木栈道左侧尽头，大腿又中了一刀，正打算故计重施采取肉搏战，郭项龙已翻身上来与他战成一团。

郭项龙原以为对方只是有些蛮力和实战经验，交手之后才发现这家伙并不简单，出手很有章法，力量使用均衡，掌握大量的格斗技巧和搏击技能，显然与自己一样经受过严格的训练与磨练，只得打消耗战，指望阿诚或我从旁边助一臂之力。因此我那一声叫得很及时，壮汉不知我身手如何，担心遭到两面夹击，故赶紧抽身撤退。

郭项龙替阿诚包扎好伤口，阿诚愁眉不展地说天时、地利、人和，如今我们只占了天时，地不利加上有坏人在暗处窥伺，这一趟恐怕不会太顺利。我说不知老董和真真在上面怎么样，如果后路被截，我们三个人就眼巴巴站在木栈道上吹成木乃伊了。

"不错，我这就上去看看。"

郭项龙话音刚落，三根绳索软塌塌从上面落下来，断裂处是利刃留下的切口。

最可怕的事终于发生了。

第三十四章　高僧舍利

我们面面相觑，一时间谁都说不出话来，任凭山风呼啸而过。

“怎么办？人不能被尿憋死，总得想个办法。”阿诚打破沉默道。

郭项龙嘎声说：“这里离山顶五六百米，上去是不可能了，幸亏我们手里还有登山索，干脆下去。”

我迟疑道：“下去固然是唯一的选择，就怕那个家伙阴魂不散，纠集同伙冷不丁扑过来砍绳子，只须以一个人挡住小郭，另一个人足以在短时间砍断所有绳子。”

“对，这也是我担心的，”阿诚搓搓手说，“我们在明，他们在暗，他娘的真是窝囊透顶。”

“我在上面守着，你们俩下去，关键是找到第一个悬棺，有悬棺就有落脚点，然后以悬棺为支点攀下去找，位置最低的悬棺离地面不过五六十米，顺着绳子就能到地面。”郭项龙目光如炬。

这是目前情况下最现实最可靠的方案，我和阿诚均表示赞同，做足准备后两人缓缓降至有踏脚窝的那片悬崖，踩着山壁走了三十多米，拐过去来到峡谷正面，虽然没遇到山谷风，但凌厉的山风刮面如刀，刺得面颊生疼，我们不得不紧贴在悬崖上稳住身体。

再向前平行走了二十多米，浅脚窝突然消失，悬崖表面光滑如镜，完全没有借力下脚的地方，稍一失足就可能双脚脱力荡回悬崖背后，前功尽弃是小事，万一撞到哪块有棱角的石头就惨了。

“替我拉紧绳子，降几米看看。”阿诚叫道。

我也叫道：“别着急，这一带应该有悬棺。”

两人前后左右打量一番，果然有新发现：右下方六七米处山崖上有块区域的颜色与周围岩石略有不同，不是树木或山藤，也不是岩洞凹槽，倒像什么东西粘在上面。

我用脚尖掂在踏脚窝上，双手紧紧扒在上方缝隙里，将阿诚的三根绳子绕在身上，他冲我做个手势，慢慢缒到六七米处，然后用力摇摆。

“轻一点，吃不消了。”我叫道，感觉身体快支撑不住。

“坚持，马上就好……木板，是块木板!”

他狂喜地大叫起来，抽刀对准木板一顿猛刺，木板经过长时间风蚀水浸，早已干脆成一块朽木，很快被捅出个洞，阿诚双手用力一拉，整块木板如同废弃的纸片轻飘飘落向峡谷，悬崖上露出个一米多高的黑洞。他停留在半空等洞内浊气排清，使劲一荡站到洞口，再协助我也缒下来，两人一手持刀，一手拿着电筒朝洞里照去。

石洞并不大，约十平米左右，除了一具黑黝黝的木棺其他空无一物，木棺正面写着三个奇形怪状的符号，或许是古蜀国或某个少数民族的图形文字，表明棺主身份。

阿诚摸着后胸勺惑道：“他娘的，这也算悬棺?”

“悬棺分两种，一种是一半露在外面，一半搁在洞里，还有一种便是藏在悬洞内，通常情况是某个家族认准这块地方风水特好，集中安葬在一起，龙虎山、宁武石门、武夷山九曲溪等地方都出现过，这种悬棺若非找到天然洞穴，耗资更大，非大富大贵家族所能承受，因此……”我解释说。

“因此棺内可能有货。”阿诚冲我眨眨眼，慢慢举起藏刀一步步靠上前。

“最好等郭项龙下来。”

我担心棺里有情况，急忙阻止，可惜迟了一步，阿诚将刀锋插进木棺盖板用力一撬，“格”盖板裂开一条缝，里面射出一股奇异的光芒，似烟似幻，好像雨后七彩霞光。

阿诚眼睛都直了，用颤抖的声音说：“珠光!”

古墓里的珠宝长时间混合存放，会产生类似化学反应的奇异现象，每一种宝贝的光芒融合在一起，就形成盗墓者所说的珠光。

我也不禁上前两步想看个究竟。

阿诚事到临头反而冷静下来，将我推回到洞口，半蹲在木棺前用藏刀沿着棺盖划了一圈，再双手一推，棺盖应声而开，棺内更是光华大作，珠光将石窟映得亮如白昼。

凑到木棺旁一看，却不是想象中的金银财宝，也不是奇珍异品，不过是十多只五彩缤纷的小石子，散落在骨骸之间，每只小石子仅有指甲大小，圆溜溜十分可爱。

“舍利子!”

我惊叹道，舍利子是有道高僧圆寂火化后留下的遗骨和珠状宝石样生成物，跟普通尸骨有本质性的区别，形状多种多样，有圆形、椭圆形、莲花形等等，科学家至今还未弄清它的成因和成分。

阿诚笑道：“这么大的舍利子比珍珠还值钱，刚开局战果就如此辉煌，看样子咱们这回要发大财。”说着喜孜孜戴上手套，将舍利子一颗颗捡起来揣进怀里。

看着木棺里的尸骨，我感觉有些不对，但又说不出问题出自哪里，皱眉围着木棺反复研究。

阿诚拍拍我的肩道：“喂，别发呆了，快帮我系两个死绳结，继续向下探索。”

“等等!”我在木棺边沿比划道，“这具棺材有一米多高，而内部深度只有七八十厘米，会不会底下有夹层?”

阿诚一听顿时来了精神，摩拳擦掌道：“很有可能，怪不得洞里啥都没有，棺材里也空荡荡，原来都藏在下面……怎么办？先把上层拆掉，把骨头扫到旁边……”

“不能搞破坏，我们要进行保护性发掘，”我急忙阻拦，“假设棺材有自毁装置，十有八九连在尸骨上并通过隔板启动，岂不是竹篮打水一场空？绝不能从正面强行突破。”

“木质棺材哪会有什么机关?”话虽如此阿诚还是留了个心眼，“要不这样，咱们多费点心思，采用打盗洞的办法，从外侧挖洞看个究竟……”

绳子连晃六下，郭项龙在木栈道上见我们久久没有动静，有些不放心，打信号询问情况，我按约定将绳子连拖五下，意思是发现新情况，正在检查。

阿诚拿绳子测量出夹层高度并用铅笔标注好，选择从中间位置开挖。原以为存放了几百年甚至上千年的木棺在锋利的藏刀下不堪一击，谁知这种高度炭化的棺木细密紧致，牢固硬朗，阿诚连砍带斫折腾了半天才挖了四五厘米，气喘吁吁换我上去向前推进了几厘米，然后他再接着干，终于一刀刺穿棺板。

“通了!”

阿诚笑着准备炫耀几句，突然间藏刀从扎在棺板根部起慢慢变成深绿色，并逐步向刀柄方向蔓延。

“这是什么?”他目瞪口呆。

我大叫道:“快拔出来!”

他双手一拖，未料切口处喷出一股黑水，亏得他反应奇快，就地打了个滚闪到一边，黑水一直喷到洞口附近，绵绵不绝喷了两三分钟，洞内弥漫着一股难以想象的恶臭和怪味。沉积在石头凹处的黑水粘乎乎仿佛浓得化不开，反射着怪异的光泽，让人看了打心眼生出厌恶和难受。

“这是……尸水?”我问。

“不是，只有在相当潮湿的状况下尸体才会渗出尸液，但最多不超过一碗，几年时间就蒸发掉了，哪会像喷泉似的喷这么久?这个位置才是夹层中部，可见下面全汪着这种黑水。”

“还……还是离开吧，拿到舍利子就足够了，别耽搁时间。”不知怎地，黑水使我打心眼里觉得畏惧，不想在洞里多呆哪怕一秒钟。

阿诚摆摆手:“你又忘了盗墓的规矩?不能留下任何疑问。你想，好端端的棺材为何在夹层里藏这些黑水，它与尸体、舍利子之间有无联系，黑水里面会不会泡着什么宝贝?反正盗洞已经挖了，索性看个明白。”

“依我看把郭项龙叫来……”

“你又想打退堂鼓，现在这种情况下他怎么可能来?放心，我小心一点就是了。”

他边说边用藏刀沿着先前那个切口向两侧挖，不料才使了点劲刀尖便软绵绵折弯过来，再在岩石一敲，被染成深绿色的刀身部分断裂脱落下来。我们暗暗咋舌，没想到黑水的腐蚀性如此之强，连手工打制的精钢藏刀都顶不住。无奈只得用我的刀继续开挖，不一会儿贴着夹层板凿开一道三厘米高的缝隙，拿电筒一照，里面果然汪着黑水，黑水中间隐约浮着一个黑糊糊的东西。

“果然有内容，”阿诚抚掌笑道，“黑水腐蚀性极为厉害，估计是浓硫酸的几十倍，水里不会是尸体，因此只有一个可能，里面泡着一种极其珍贵的药材或宝贝。”

被他一说我也动了心，古人有很多奇特的液体，有的能使尸体千年不腐，有的能支持长明灯永远燃烧，有的能配制出世界最香甜的香水，有的能治百病，益体强身，可惜由于种种原因，这些液体总在重现天日时被莫名其妙的外因销毁，从这个角度讲，这种黑水确实值得研究。

两人商量了一下，既然底层全是黑水，我担心的自毁装置肯定不复存在，为了保存剩下的黑水，不触及水里的东西，还得从棺材上部着手，把夹层板掀开。于是祷告一番，请求死者在天之灵宽恕，接着把骨骸从棺里取出来，用藏刀划开夹板四边，四只手抓住夹层板用力向上一扬，棺材底层终于暴露在眼前。

只见油光可鉴、浓厚粘稠的黑水中，半浮半隐着一个说不出名字的生物，头掩在水下，手脚俱全，但脚掌类似鸭爪，爪子中间连着薄薄的蹼，腿瘦削细长，分不出大腿小腿，手臂倒插在黑水里，看不出形状和长度，躯体呈正方形，漆黑一团，与黑水混合在一起。

感觉不是人，而是……类似青蛙的生物。

一个有道高僧，为何死后把它浸在黑水里藏匿于棺中？是否包含古代祭祀的某种特定象征？或者生物是古人心目中的神兽，作为吉祥物、避邪品陪葬？

阿诚泄了一半气，懊恼道弄了半天是这么个玩艺儿，早知道的话才不用费劲。我说未必，如果它是世上已经绝迹的珍稀动物，拿出去照样发财，何况你注意到没有，连藏刀都吃不消黑水腐蚀，它的血肉之躯泡在里面几百年却安然无恙，这不是件奇怪的事吗？

行，我削两根木条把它挑出来看看，方便的话干脆带回去。阿诚说干就干，拿藏刀在夹层板上削起来。

突然两人身上绳子一紧，郭项龙在上面连拉三下，这是我们约定的信号：危险，快撤！

我们对视一眼，二话不说连跑两步向洞外纵身跳下，几乎是同时一个巨大的黑影腾空扑下来，双方擦身而过之际黑影单臂一晃，凌空割掉我身上一根绳索，我身体一歪以高速斜冲向两米开外的悬崖！

已荡到下方的阿诚危急中用力一拉保险带，将我脱离险境，就在翻身回转之际黑影轻巧地踏人石洞，回头冷冷冲我们一瞥，刹那间我看清他的模样——

原来是那天在游轮上遇到的鹰钩鼻，老胡。

第三十五章　山崖悬棺

老胡和细眼睛都是那个叫卫哥的少年的手下，从细眼睛脱口而出“悬棺”两个字看，他们的目标与我们一样，而且似乎知道我们的底细，一见面就下毒手，不留半点余地。

回到木栈道郭项龙松了口气，说刚才看到黑影在山崖拐角一晃，猜到是冲我们而去，果断发出最高级别警报，不然我和阿诚肯定要被堵在洞里，下场大概是与木棺主人为伴。

我回忆了游轮上的事，郭项龙点头说不错，与他交手的是鹰钩鼻，目光很冷，好像跟谁都有深仇大恨。如果他们只有三个人那倒好办，年纪轻的摆明是个纨绔子弟，细眼睛胸无城府，就是老胡有点棘手，这会儿他肯定在洞中研究木棺和黑水，我乘机下去看看他的绳子从何而来，有机会的话摸上去把那两个活捉了，跟他交换人质。

我和阿诚连连叫好，赶紧系好绳子放他下去，他在半空荡了两下旋即绕到峡谷那边。

“郭项龙遇到对手了，棋鼓相当干起来才有意思。”阿诚兴奋地说。

“不会吧，你期望对手很强大?”我瞪他一眼道，“客观评价郭项龙恐怕还不及老胡，老胡身上有股杀气，而郭项龙就缺这种狠劲。”

“说不定老胡也当过特种兵，但两人不在一个部队，老天，特种兵是不是个个都神通广大，打遍天下无敌手?”

“对我们这种羊牯级选手来说。”

阿诚露出深思熟虑的神情：“我是想，如果有一天郭项龙跟我们翻脸的话，谁是他的对手?”

我失声道：“你想得太长远了，我们跟他只是雇佣关系，干完这一票就完事，不存在天长地久。”

"错也，早在进蚕洞之前我就有种预感，这条战线漫漫其修远兮，不是三两下就完事的，"他舒了口气，"大学那年你住院后，为配合医院治疗，防止影响你的精神状态，学校要求封锁关于徐耀的消息，因此有些事你一直不知道……"

"什么？你竟然对我隐瞒实情？"我对他怒目圆睁，肺都快气炸了，"真难为你，憋到现在才透露？"

他连退两步，双手直摇道："别发火好不好，你这个样子太吓人了……不是我不说，那些事即使告诉你也于事无补，徒增烦恼而已，不如安心过过日子。"

"哼，托你的福我过得不错，很不错！"

"咱们好歹兄弟一场，总不至于为这点小事生分吧？凭良心说上次进蚕洞，这回找悬棺，我和老董固然有发财的念头，但还是把你晓飞的事放在首位，对不对？对不对！？"

我忍住气道："好，现在你总该说清楚了吧？"

阿诚叹了口气，抹抹额头上汗珠说："那天傍晚你昏倒后被送进医院，校方组织两百多人进山寻找，始终没有结果，第二天上午班主任只好通知他父母亲过来，奇怪的是档案上填写的地址是假的，父母亲工作单位也不存在，派出所、公安局也没有他们的档案资料……"

我听得汗毛直竖："无父无母，难道他从石缝里蹦出来不成？"

"校方也觉得匪夷所思，专门成立调查组到他就读过的中学走访，那边莫名其妙，因为他们那儿从来没有叫徐耀的学生！再到招生办和省教委了解，也没有他的档案，既然这样，怎么会凭空冒出个来历不明，没有经过高考的大学生呢？他的学籍从何而来？怎么办理入学手续的？这岂不是天大的笑话！通过进一步调查，查到徐耀确实没有学籍，也不在学校正式注册的学生名册上，可教务处交费名单上有他的名字，因此他每学期按时交纳费用，也有床位、书本和相关用品，就这样混到大四，真是一个前所未有的大乌龙！校方虽一头雾水，却敏感地意识到此事事关学校声誉，弄不好会成为丑闻，于是将调查资料全部销毁，以后再也不提徐耀两个字。"

我质疑道："教务处交费名单上为何有他的名字？是谁做的手脚？"

他两手一摊："你也见过交费名单，手工抄誊，一式两份，摊在会计桌上交一个划一个，要是有人偷偷在上面加个名字还真发现不了，不过这种事从没发生过，谁会没事干交冤枉钱呢？所以查到最后根本查不下去，只能不了了之……”

“难怪我出院后班主任、同学都绝口不提，原来有这层内幕，”我恨恨道，“还有什么情况，都老老实实交待出来！”

“没有了，这回真没有了……”

阿诚一脸大义凛然，眼中却闪烁不定，分明心怀鬼胎，正打算继续拷问，绳索一阵剧烈晃动，郭项龙从峡谷那边荡回来，三两下就爬了上来，脸上满是悻悻之色，胸口衣服凌碎不堪，显然经历激烈打斗。

“跟老胡交上手了？”我和阿诚同时问。

“不是他……”郭项龙道。

他来到石洞时里面已经没人，尸骨散了一地，木棺里黑水依然浸泡着不知名的生物，出洞继续向右侧移动，在四十多米距离间看到三具悬棺，都是一头露在外面，一头搁在岩洞里，洞穴很浅，只能勉强站一个人。再走了七八米迎面撞到老胡，正蹲在一具悬棺上翻着什么，大吼一声冲上去，两人凌空斗了四五个回合，老胡似乎无心恋战，双脚一钩直向上升，郭项龙急赶几步没追上，知道通过前几次较量已使对方生出惧意，当下打算向右走一段看看情况，不料刚移动两步上方突传来衣袂急响声，抬头一看，峭壁上有个黑影火箭般降下来，速度之快简直难以想象。他暗叫不好，纵身跳下悬棺往回撤，同时用力拉动绳索发出求救信号，可惜我和阿诚正在讨论徐耀，没注意到绳索晃动。郭项龙退到石洞口打算进去暂避锋芒，黑影迅疾无比扑上前当头一击，他抬臂向外一分，自忖以自己的臂力即便四五百斤重量也能化解，不料黑影的力道大得骇人，单掌瞬间冲破两道防线重重拍在他胸口，郭项龙闷哼一声连退两步跌坐在地，正好背靠木棺。黑影身上的绳索收缩自如，整个人悬挂在洞口晃晃悠悠，就是不进洞。郭项龙担心被困死在洞内，揉揉胸口暴喝一声向外急冲，黑影悬空连踢四脚，郭项龙费尽全力扑下前三脚，双臂震得酸麻无比，完全失去知觉，终究没挡住第四脚，胸口再遭重击。就在他身体失去平衡往洞里摔倒时黑影蓦地变踢为勾，脚踝倒钩在他肩上向外一带，郭项龙被远远抛到半空中，借回荡之力转到峡谷背面。这才悟出黑影迟迟不动手是怕自己破坏木棺，真正意图要把他赶出石洞。

“他长什么模样?”我急切地问。

“看不到，他一身黑衣，脸上包着黑布，只露出两只眼睛，但力大无比，真的很强悍，”说到这里郭项龙露出敬佩的目光，“坦率说我不是对手，他若想杀我易如反掌。”

“是他，一定是他。”我说。

“谁?”阿诚问。

“神秘人，蚕洞里始终没有现身的神秘人，他猜出我们到这儿的意图，继续从中阻挠，”我分析说，“木棺、黑水、不明生物，可能与古蜀国延续下来的秘密有关，他没料到我们如此顺利查到线索，不得不亲自出面予以阻截。”

郭项龙沉思道：“有道理，他的身手确非普通人能达到……”

阿诚道：“如果我是神秘人，才不必如此费事，把这些悬棺通通推到江里就行了，毁尸灭迹，尸骨无存。”

“他必须遵守一个约定，正如在蚕洞里一样，不可以移动、销毁任何物品，但允许做些小手脚以隐匿证据。”

山风呼啸，在山谷里来回冲撞，吹得衣服猎猎直响，身体都险些稳不住，想到蚕洞里神秘人的神出鬼没，想到最后瞬间功亏一篑，想到老胡在一侧虎视眈眈，又想到老董和蓝真真生死未卜，顿时对前途充满茫然，有种不知所措的感觉。

“无论如何还是要继续下去，不然真要被吹成肉干了，”阿诚说，“以在蚕洞的经验，神秘人不到最后关头不会下杀手，因此在找到古蜀王悬棺之前我们的人身安全没问题，只要防止老胡暗中偷袭。”

我和郭项龙一致赞成，考虑到老胡的绳索已移到峡谷右侧，采用放虹技巧暂时难以飞渡过来，索性赌一把。于是我和阿诚重回石洞，神秘人果然已经不在，那口盛有黑水的木棺也不见了，只留下一地尸骨。发出信号后郭项龙在木栈道系上活扣，吊下来后把绳子抽掉，这样便以石洞为根据地，更加靠近悬棺群。

郭项龙沿着刚才的方向一路过去，一直走到悬崖最右侧拐角处，沿途几个悬棺均被人打开过，里面只有森森白骨和几件陶器，没有一具形似古蜀王悬棺，见天色已晚只得原路返回。

第二天起我在洞内留守，郭项龙还是横向搜索，阿诚则垂了根绳子到下面碰运气，一个上午过去了，还是没有收获，而我们的肚子却饿了起来，咕咕咕直叫，下午在悬崖上行走时也感觉有气没力，体内空荡荡的，眼看夕阳西下，一天快要过去了，心里暗暗着急。阿诚无精打采爬进洞后说好汉不吃眼前亏，明天赶紧放虹下山，到地面找点吃的东西，不然真要活活饿死。想起行李里香喷喷的牛肉干、蜜枣和压缩饼干，我恨恨说便宜那几个兔崽子了。

两人正商量明天从哪条线路下去，郭项龙身影一晃进了洞，急冲冲说发现情况，右侧四十多米向下三米有具悬棺，恰好是上圆下方，与壁画上古蜀王的悬棺十分相似。

我们闻言大喜，当即寻了处最靠近它的悬棺落脚，再一个个摆渡下去，这才发现它比普通悬棺长许多，只有约三分之一露在外面，石窟里深不见底，隐隐传来山风鬼哭狼嚎的声音。拿电筒一照，里面是宽一米、高一米五左右的山道，两侧山壁有人工修葺的痕迹，一眼看不到尽头。

“里面很有内容。”阿诚探头探脑道。

“悬棺两侧没有三道波浪线。”我质疑道。

“管它呢，先开悬棺，看看有没有金杖。”

阿诚边说边和郭项龙用力一掀，棺内躺着一副尸骨，左手握有一柄铁剑，右臂上覆盖着盾牌，都锈得不成样子，与骨头紧紧粘在一起。阿诚戴上手套在棺里拨了几下，其他什么都没有。

“他娘的啥都没有，金杖……大概被神秘人取走了。”阿诚失望地说。

郭项龙冲里面看看，不吭声。

“我总觉得棺面上少三根波浪一定存在问题。”我说。

阿诚说：“可能是装饰性的木线条，时间一长被风吹走或自然脱落，反正上圆下方，证明里面躺的就是古蜀王。”

我脑中闪出一个念头，立即说：“不对，古蜀王不可能手拿铁剑盾牌，此人应该是陵墓守卫，真正的王棺藏在洞里！”

阿诚愣了会儿：“难道里面格局与蚕洞一样，有一道道要把人折磨疯的机关？”

郭项龙干巴巴说：“不太一样，这里有守卫，蚕洞没有。”

阿诚看看我，我看看郭项龙，接下来的选择至关重要，如果急于脱险，三个人就在洞口挤一夜，明天上午就能回到地面；如果想进去看看，就必须冒着进第二个蚕洞的危险，里面也许找不到食物，也许充满更多杀机，也许隐藏着我们梦寐以求的谜底。

“老规矩，民主集中制，”阿诚说，“同意进去的举手。”

话音刚落我和郭项龙都举起手来。

阿诚咧开嘴笑道：“他娘的都跟我一个死德性，不见棺材不掉泪，不，见了棺材也不掉泪。”

稍作休息后将登山索绕在身上，将头盔灯扭到最亮，郭项龙一手持枪一手持刀，我和阿诚各握一把藏刀跟在后面，三个人走向茫茫黑洞深处。

第三十六章　噬人山藤

走了约三十多米向右拐了个大弯，前面是一道六七米高的石壁，石壁上方与洞顶相距两米，可以看出出路便在石壁上的平台上。石壁表面布满了厚密的藤蔓，一层覆一层，每根粗逾手臂，绿中泛红，藤叶间还点缀了些紫色小果实，圆溜溜亮晶晶，像紫葡萄似的。

阿诚舔舔嘴唇说他娘的不知有没有毒，还是算了吧，先爬上去再说，说着大步上前。郭项龙皱眉看着藤蔓好像回忆什么，一时没反应过来。阿诚站在石壁前双手握住一根藤蔓，抬脚准备向上攀爬，就在刹那间可怕的事情发生了——

石壁上的藤条仿佛有感应似的迅速将他的双臂缠绕起来，紧接着两边藤条齐唰唰伸向他胸腹和双腿！

郭项龙叫声“糟糕”，挥舞藏刀瞬间斩断七八根藤条，同时以猎枪挡在他胸前，只眨眼间工夫枪管已被藤条绕满。郭项龙一边奋力砍切阿诚腰腿间的藤条，一边喝道：“打火机！”

我醒悟过来，忙不迭回到洞口取根棺木用打火机点燃了在阿诚手臂上烤灼，藤条受热后猛一缩，然后又有新藤条卷过来，如此反复陷入拉锯战。

郭项龙将阿诚身上的藤条清除完毕，用力切割手臂上的，无奈砍一个来一个，砍两个来一双，没完没了。

“我运些棺木堆在下面，放火烧了它们！”我咒骂道。

郭项龙沉声道：“万万不可，它叫噬人藤，有超强的柔韧性和爆发力，倘若大面积被烧，它们第一选择是全部扑向阿诚，藤条塞满他的口鼻耳朵，几分钟之内便会窒息身亡。”

“那只有慢慢来，跟它们打消耗战？”我听得心惊肉跳。

“也不行，噬人藤缠劲极大，不亚于巨蟒，而且会逐渐收缩最终把人活活勒死，我们到非洲进行野外生存训练时，曾亲眼见过一名当地儿童活生生死在噬人藤中……”

阿诚死到临头倒很豁达，笑道：“我千算万算都没想会死在古怪的噬人藤手上，也算是对我盗墓的报应吧，别在我身上浪费时间，赶紧离开这儿。”说到后面脸色已经发青，显然藤条在渐渐收紧。

“咬紧牙关，别泄气！”郭项龙斥道。

“对，全身绷紧了挺着，我们再努力想办法。”

阿诚惨然道：“可我确实……挺不住了，晓飞，临死之前我要透露一个秘密，说了你可别怪我……”

我急得眼泪都快迸出来了，哪有心情听他讲故事，一个劲地砍斫藤条。

郭项龙沉声道：“实在不行的话，只有……断臂！”

阿诚一震，叫道：“不行！我宁可死也不做没手的残废，那样生不如死……”说到后来他声音微弱得几乎听不清楚，藤条已勒得他脸色紫中泛黑，双手因淤血肿大得像馒头。

“好死不如赖活，想想家庭、想想老婆孩子、想想我们这些朋友，”我瞥见郭项龙悄悄从腰间拔匕首，赶紧做阿诚的思想工作。

“不……”阿诚只吐了一个字就晕过去。

郭项龙冷静地说：“这样反倒好，受的疼痛少些。”

我苦笑道：“将心比心，换作我也宁愿一死。”

“站在我们的角度只能让他活下去，哪怕他事后自杀。”

郭项龙嘴里说着，一刀刺入阿诚肩胛关节内，他扎得很准，就听见“嘎”一响，一股热血冲出来。郭项龙反倒刀锋准备切断筋脉时，奇迹发生了：

藤条嗅到血腥味仿佛发了狂，争先恐后抢夺滴在地面的血渍，吸到鲜血的藤条瞬间饱胀起来，透出鲜红的血色。

郭项龙眼疾手快抽出匕首在阿诚手臂上一划，顿时洒下一大片血花，缠绕在臂上的藤条纷纷松开疯狂地在空中、地面吮吸，我抱着阿诚迅速向后退了六七步，这才放下心来。

藤条吸足鲜血后更富有攻击性，原本贴在石壁上的枝枝蔓蔓根根张牙舞爪，转瞬将郭项龙包围在中间。他双手挥刀闪电般切砍刺挑，灵巧地腾挪闪避，然后两个空翻跳出包围圈。

这本是一次完美的突围表演，可惜人在半空时被一道手腕粗的藤条绕住脚踝，“扑通”，郭项龙以极其狼狈的狗吃屎姿势摔倒在地，两侧四五根藤条立即蜿蜒包抄过来。我见状飞扑过去一刀将它斩断，郭项龙缓过劲来拖起我退到安全地带。

阿诚醒来后见双臂好端端还在，激动得热泪盈眶，这会儿他自然死活不说临死前要透露的秘密，我也无所谓，反正来日方长，以后慢慢逼榨不迟。

三个人卸下悬棺木板，拆分成一根根细长的木条，点燃了往石壁下扔，在熊熊烈焰燃烧烘烤下，噬人藤纷纷向上蜷缩，转眼间全被大火吞没。看着满地枯萎焦黑的灰烬，阿诚连说解恨，郭项龙则说噬人藤是典型的热带植物，喜热耐旱，分布在中非、西非的沙漠地带，其他地区从未有过记载，如今出现在这里，又有某种变异，让人感觉不同寻常，似乎是有意为之。我说结合洞口守卫悬棺，噬人藤可能是一道屏障，用来阻止试图闯入深洞的人，类似蚕洞里的古猿、鬼火，后面还会有层出不穷的考验。

阿诚摸摸肩胛上的绷带说我在这里立下遗嘱，今后再出现需要断手断腿才能存活的情况，拜托二位索性一刀断头给我来个痛快，保证只算自杀。

郭项龙笑笑不吱声，我说刚才若非考虑壮士断臂，刀尖直接刺入你心脏，这会儿你只能在九泉之下保佑我们俩一路顺风了。

当然要充分论证，大胆探索，判断要准，下手要狠……阿诚说着也觉得不太现实，仰头哈哈大笑。

藤蔓烧光后石壁上一片光滑，无从借力，但六七米高度对郭项龙来说不算问题，他倒退到七八米外来个急冲刺，双脚在石壁上连蹬几步，腰间一挺，身体向上一跃，双手搭住石台边缘，稍稍喘了口气再一撑，整个身体便翻上去，然后垂下绳子将我们拉上石台。

石台上好像城市里的水泥路，宽敞平坦，一览无余，可以容纳两辆大卡车并排行驶。郭项龙说越是看似简单的地方越容易出事，因此三个人成品字形队列小心翼翼走过这段过于平坦的大路，路尽头有道陡峭的石阶向上，石阶上长满了青苔野草。

阿诚说这里的规模真不亚于蚕洞，根本不是我们想象的吊在悬崖上找悬棺，然后掀开棺板就能拿到方匣子和金杖，晓飞，你对古蜀国历史研究很深，蚕洞这样的工程已耗费举国之力，财力、物力、人力被严重透支，难道他们还吃得消再来一次吗？历史上还有哪个古蜀王有蚕丛的威望？

我沉吟片刻说也不尽然，蚕丛、柏灌、鱼凫、望帝杜宇、鳖灵、开明，这些神话传说中的古蜀王绵延几千年，他们之间并不连续，有时存在几百年的历史空白，因此从休养生息的角度看不存在国力承担不起，而是作为首领能不能说服所有人同意他的做法，包括获得祭司特权阶层的支持，古蜀国祭司具有无上的权威，有能力与统治阶层抗衡……

阿诚抢着说只要能在洞里找到方脸纵目青铜面具，说明这位古蜀王与蚕丛一脉相承，跟三星堆也有某种联系，我们又能欣赏到精美绝伦的青铜器……

他脸上浮起甜蜜的笑容，仿佛看到满天飞舞着钞票、金条、银行存单。

郭项龙干咳一声，走吧，小心点。

一步步踏上石阶，十多级后有个平台，郭项龙蓦地停下来，悄声道："别动，毒蟾蜍！"

定睛一看，平台上一字排开四只硕大无朋的毒蟾蜍，每只块头堪比小马驹，凸突的眼睛跟成人脑袋差不多大，全身布满了深绿色的毒斑，还有内蕴毒液、拳头大小的毒泡，下腮一鼓一吸，直直瞪着我们。

郭项龙左手将电筒光线慢慢调暗，右手握着枪背在背后，冲我们直摇手，示意赶紧撤。

阿诚处在中间位置，见状掉头往回走，他左臂缠着绷带，动作不免有些迟缓，我便向旁边退了小半步让他先走，就这半步坏了事！

我的后脚跟在青苔上一滑，身体向后倾倒，阿诚伸手拉住我衣领，却因我跌势太急，两人都摔到石阶上，骨碌碌一直滚到石阶，撞得鼻青脸肿，我的牙齿还被磕掉一颗，然而与引发的事件相比根本不值一提。

被巨大声响所激怒，四只毒蟾蜍突然高高跃起，扑向平台前面的郭项龙。

“砰、砰”，郭项龙连开两枪将其中一只轰得脑浆迸裂，血肉横飞，刚准备调转枪口，被左侧毒蟾蜍撞得横飞出去，头重脚轻在石阶竖着翻了三个筋斗，摔得比我还惨，更糟糕的是猎枪也脱手而飞，黑暗中不知掉到哪儿。

毒蟾蜍跳跃速度快如闪电，转眼冲到面前，我紧握藏刀一下子扎中它下颌，谁知这家伙皮厚肉粗，以藏刀的锋利竟然没捅破，被反弹回来，紧接着耳边传来凌厉的风声，它的前爪重重扇在我肋部，刹那间我如腾云驾雾在空中飞出五六米，“扑通”落地后晕乎乎分不清东南西北，然后又被抓起来扔到一片软绵绵的地方，我稀里糊涂睁开眼一打量，顿时吓得毛骨悚然：

我居然坐在毒蟾蜍后背上！

没等我想明白怎么回事，它已高速跳跃起来，在宽敞平坦的石台上肆意驰骋，再看阿诚和郭项龙，也端在另两只毒蟾蜍背上，被上下颠簸得晕头转向。它背上凸起的毒泡形成阻隔，正好将我们包在当中，不管怎么摆动都不会掉。表面看似乎很舒服，可以体验万马奔腾的感觉，其实有苦心里知。首先晃晃悠悠的毒泡是最大的威胁，小时候玩游戏时我与蟾蜍打过交道，知道毒泡绝对不能碰，万一破了喷出毒液，后果不堪设想；其次这种没有规律的颠簸使我们越来越吃不消，如果听任它们跳下去，很快就会筋骨松散，全身瘫软成一团烂泥；最后是摸不清它们到底想干什么，是仅仅把我们当成玩具戏弄，还是玩够了一口吞下？洞里是仅有它们几只，还是某个隐蔽的角落蹲着更多？

“嘭”，郭项龙挣扎着从毒蟾蜍背上跳下来，没等他爬起来，三只毒蟾蜍一齐围上去，像踢皮球似的将他在地上推来滚去，等他软绵绵伏在地上不动了才用爪子一抓一抛，又把他扔到背上。

三只毒蟾蜍又欢快地来回跳跃，嘴里还发出“咕咕”声。

“小郭，你没事吧？”我叫道。

“不好。”他简洁地应道。

阿诚从他身边擦身而过叫道：“怎么办？我骨头都被颠酥了。”

“枪在哪里？”郭项龙问。

我和阿诚努力张望一番，答道：“不知道。”

“能克制它们的只有枪……”郭项龙顿了顿道，“再找找，找到之后你们设法翻下去吸引它们注意力，然后我……”

话未说完阿诚已叫起来：“我看到了！枪在石阶左侧角落里。”

“好，赶紧行动，成败在此一举！”郭项龙沉声道。

我在颠簸中奋力稳住身形，正打算以相对舒服的姿势翻下去，陡地三只毒蟾蜍都停了下来，一齐聚在石台中央，看着漆黑中的石阶平台，仿佛在等待什么。

“扑、扑、扑……”

一个沉闷的声音由远而近慢慢过来，响声中蕴含着一种令人不安的节奏，毒蟾蜍似乎有些畏惧，身体微微颤抖，好像将面临一场灾难。

第三十七章　剧毒蟾蜍

“别管它，快跳！”

郭项龙低喝一声，我和阿诚猛地回过神纵身跳下去，毒蟾蜍似乎无暇理会我们，一动不动看着石阶平台，下腮鼓动幅度越来越大。郭项龙匍匐前行来到石阶，一把将猎枪搂在怀里，脸上表情才鲜活起来，好像获得第二次新生。

“扑、扑、扑……”

沉闷的声音越来越近，毒蟾蜍“呼啦”散开，成倒品字形退到石台后半场，身体更抖得厉害。

蓦地一个庞然大物出现在石阶平台上，外形与毒蟾蜍差不多，但块头比成年大象还大一圈，两眼血红，舌尖尖而细，像毒蛇般一伸一吐，嘴里喷出一缕缕白雾，仿佛神话故事里的天庭神兽。

“蟾蜍王！”我暗自骇然，躲在岩石角落里身体绻得更小。

它昂然挺立在平台上，扫了扫身边毒蟾蜍尸体，看看我们三人藏身之处，再看看严阵以待的三只毒蟾蜍，好像松了口气，“咕咕咕”连叫数声，突然闪电般跃向石台，转眼间四只毒蟾蜍绞杀在一起。

“喂，我们先溜吧。”阿诚说。

郭项龙紧皱眉头摇摇头，我说万一蟾蜍王取胜从后面追赶上来呢？还不如守在这儿，进可攻退可守。郭项龙说关键不是这个，而是……而是……事情有点不对劲。

阿诚茫然说哪儿不对劲？

场上三只毒蟾蜍围着蟾蜍王猛烈进攻，七八只蒲扇大的爪子在空中扇来扇去，虎虎生风。蟾蜍王动作并不快，但力大势沉，每一下都蕴着强大的力量，而且它的舌头具有很强的杀伤性，所到之处三只毒蟾蜍无不闪避，连碰都不敢碰。它们的移动范围相当大，攻防转换速度也快捷无比，不多时已在石台上兜了四五圈。

阿诚看了咋舌不已，悄声说幸好刚才没有跟它们玩命，不然也是鸡蛋碰石头，压根不是对手，别的不说，单在这么大的石台上跑这么多圈就够累了，简直怀疑这块地方就是特意为它们准备的战场。

我心猛地一跳，当即想通一个关节，失声说："我们惹大祸了！"

郭项龙转头看我，问："你想到什么？"

"石台的确为它们而设，所以毒蟾蜍对这里了如指掌，能背着我们跳跃自如，这个举动并无恶意，是它们玩耍的一种方式，"我说，"它们与蟾蜍王相生相克，彼此牵制制约，保持着局面平衡，现在被打死一只后蟾蜍王就获得优势，有可能一举击败它们……蟾蜍王才是真正的威胁，它不会放过我们。"

"你分析得对，我也在琢磨这个问题，毒蟾蜍是一道关卡，起着吓阻作用，蟾蜍王是后面一关，碰上它必死无疑，同时它们之间也相互克制，从而固守在一定区域内……唉，主要是毒蟾蜍外表太吓人，看到它们冲过来我就下意识开了枪。"郭项龙自责道。

说话间场面形势发生变化，蟾蜍王拼着硬受了两下，身形暴起凶猛地撞翻右侧毒蟾蜍，双爪狠狠在它胸腹最柔软的部位一啄，当即撕开一道血口，同时舌头箭一般插进去上下一搅，毒蟾蜍"咕"一声便没了声息。

剩下两只毒蟾蜍更加玩命，急风骤雨地发动进攻，无奈它们缺乏致命一击的手段，体力又明显下降，蟾蜍王依然稳当当守中带攻，与它们打拉锯战。过了不久蟾蜍故计重施又放倒一个，仅存的毒蟾蜍顿时失了锐气，一蹦一跳退到我们藏身的岩石附近，"咕咕咕"边叫边朝我们看。

蟾蜍王仿佛意识到什么，不给对手喘息的机会，旋风般扑了上来。说时迟那时快，郭项龙腾地起身，端起猎枪"砰砰"两枪打在蟾蜍王嘴里。蟾蜍王遭受重创之下狂暴万分，挥起爪子四下乱舞，我和阿诚连滚带爬从岩石后撤离，蟾蜍王还待追击，被毒蟾蜍挺身拦住。

"砰砰"，趁两只蟾蜍缠斗之际，郭项龙从旁边瞅准时机又连开两枪打在蟾蜍王腹部，立即溢出一大堆白花花的东西，这下对它打击更大，身体摇晃数下，差点被毒蟾蜍一掌击倒。它随即奋起余威摆脱毒蟾蜍纠缠，全力扑向郭项龙。以郭项龙平时的敏捷照理能躲开，然而刚才在毒蟾蜍背上着实颠得厉害，又被连踢带踹受伤不浅，动作比平时不知滞了多少倍，“啪”，一爪紧紧扣住他胳臂。

“砰!”

郭项龙单手开枪打中它左眼，然而蟾蜍王已对他痛恨到极点，不顾剧痛继续拉扯，看样子打算一口吃掉他。

毒蟾蜍眨眨眼，从背后一下子扑到蟾蜍王背上，蟾蜍王正值强弩之末，重压之下根本扛不住，庞大的身躯向前一倒，阿诚挥起藏刀狠砍它的前爪，我则迅速拖开郭项龙。

蟾蜍王与毒蟾蜍在地上撕斗扭打了十多个回合，蟾蜍王腹部流出的东西越来越多，洒得到处都是，腥臭难闻，它的力气也越来越弱，终于被毒蟾蜍压在身下不能动弹，郭项龙赶过去冲着它脑袋补了一枪结束战斗。

毒蟾蜍对猎枪极为忌惮，远远避开郭项龙跳到我和阿诚面前，“咕咕咕”叫了数声，头上下点个不停，似乎在表示感谢。我说它倒不记仇，忘了我们枪杀同伴的事，阿诚说这种低等生物脑容量很小，没有逻辑思维，在它头脑中第一号敌人是蟾蜍王，我们帮它除掉天敌，自然感谢万分。

三个人稍加修整，包扎伤口后登上石阶前进，冷不防毒蟾蜍擦身抢到前面，蹦蹦跳跳好像替我们引路。

过了石阶平台是一段崎岖不平的山路，翻过缓坡进入半敞口式石窟，里面有石椅、石凳、石床等，毒蟾蜍在石床上跳了几下，做出睡觉的样子，看来是蟾蜍王栖身之地，毒蟾蜍们对这里早就垂涎已久。郭项龙心细，发现石窟东南角有一处凹陷石坑，里面焦黑一片。

“这是石灶，埋锅做饭用的。”郭项龙说。

我说：“大概是石匠、工匠所为，这么大的工程耗日长久，悬崖上下又不方便，吃喝拉撒只能就地解决，因此石窟是他们临时休息的地方。”

阿诚想说什么，毒蟾蜍却三蹦两跳从西侧缝隙中消失了，赶过去一看，原来那边隐着石门，进了石门便听到哗啦啦的流水声，越往里越响声越大，走到甬道尽头一个奔腾磅礴的瀑布突然出现在眼前，我们措手不及被溅了一身水珠，抹了把脸向后退了四五步。

毒蟾蜍不惧水，蹲在礁石前沿迎着漫水雨帘作势欲跳，然后回头看看，跳到我们面前咕咕两声，又一蹦一跳离开了。

“它示意我们跳过去!”阿诚叫道。

我和郭项龙彼此看了看，我大叫道：“它为什么不跳？”

“这……可能瀑布后面有让它畏惧的东西。”

“连它都感到害怕，说明那个东西实力不小！我们能敌得过吗？”

阿诚抿抿嘴不吱声了。

从石窟里的石灶、石椅看，工匠曾在那里歇脚以继续漫长的工程，这一点充分证明瀑布是唯一通向后面的通道。然而设计者出于限制毒蟾蜍和蟾蜍王的需要，将它们圈在这一段区域里，向前有噬人藤，向后有瀑布，它们肯定吃过苦头后才不敢随便越池一步。

那么瀑布后面到底有什么呢？

阿诚见我们都在犹豫，眨眨眼说想当年孙悟空率领一群猴子冲入瀑布，结果发现里面别有洞地，遂取名为水帘洞，如今我们……

我没好气地说万一瀑布后面不是石洞，而是万丈深渊怎么办？

阿诚说你真是悲观主义者，弄根绳子系在身上不就行了吗？

郭项龙目光闪动说可以，把长度放到十米，我先跳进去试试，拉两下表示平安，拉三下表示遇到紧急情况，得赶快把我拉回来。

没问题。我和阿诚应道。

我们将绳头一端系在岩石上，另一端绕了三道绑在郭项龙身上，他整整衣服，助跑两步从礁石纵身跳入瀑布。

绳子陡地绷直，在岩石上微微颤抖。

一分钟，两分钟，三分钟……

郭项龙跳进去近五分钟了，一点动静都没有，绳子也一动不动。

“这么长时间还没回音，会不会出事了？”我不安道。

阿诚倒很乐观：“通常这种情况下，没有消息就是最好的消息，说明看到什么令他惊讶的东西，一时忘了发信号。”

一想也是，凭郭项龙的身手，无论是人是猛兽，还没有能一招之内就制住他的，再不济也能腾出机会发求救信号，我点点头不再说话。

又等了四五分钟，阿诚也沉不住气了：“不对呀，小郭是有大局感的人，不会一时贪功把我们扔在外面不管，要不把他拖上来？”

我们握紧绳子一拉，咦，绳子像被卡住，怎么拉也拉不动。

“糟糕，绳子可能卡在石缝里，小郭从里面发不出信号，难怪等了这么久！”阿诚懊恼道，“既然卡死了，郭项龙也没法回来，干脆我们俩一齐跳进去救他，祸福同担，不能同年同月同日生，但求……”

我截住他的话头说：“别说得这么甜蜜，先把你上回想说的秘密告诉我。”

他干笑几声：“我保证在临死前一定说出来。”

两人在岩石上系好活扣，又单独加了根保险带，然后数“一、二、三”，一咬牙，闭着眼睛跳进瀑布。

一股强劲无匹的压力顿时从四方八面将我笼罩在其中，刹那间身体完全处于失重状态，仿佛置身于虚无飘渺的真空，无从借力，无从感知，口不能言，眼不能视，耳不能听，混混噩噩中被无形的力量所操纵，身不由己卷向黑暗深处，越卷越深，越卷越快……

朦胧中突然一只大手揪住我的胸口朝外一拉，瞬间使我摆脱梦魇般的感觉，紧接着有人在耳边说：

“你没事吧?”

郭项龙!

我急忙睁开眼，果然是他蹲在身前，脸上一如往昔的镇定和平静。头盔灯照耀处，四周全是黑黝黝的岩石，没有瀑布，也没有出路。

“这是哪儿？阿诚呢?”

郭项龙好像很惊讶：“阿诚也进来了?”

“是的……”我对他的疑问感到奇怪，“我和阿诚同时跳进来的，两人之间还绑了根保险带，应该不会分开……你怎么把我救出来的?”

“我没有救你。”

“什么？明明有一只手……”

“那只手也救了我，”他说，“我跳进来时身体完全失控，就在已经绝望的时候有只手把我拉出来，醒来后就躺在这里。”

与我的经历一模一样，我愣了半晌说：“那么，你怎么看到我的?”

“刚才我利用岩石棱角向上爬，已经爬了两米多，突然听到‘扑’一响，回头一看你就躺在那儿了。”

我一骨碌爬起来围着石壁走了两圈，四周全是厚重结实的岩石，没有洞穴、缝隙，也没有可供攀登的凸突点，上面高得看不到顶，显然是圆桶形的深谷。

“这就怪了，若从那么高的地方落下来肯定得摔死，可四壁密不透风，不可能从哪儿硬钻进来，印象里被手抓住后就听到你说话，身体没有震动或移动的感觉……我们究竟怎么来的?”我喃喃道。

郭项龙捞起我身上的绳索，细细打量一番说：“跟我一样，也被人为切断。”

我摸着光滑的切口说：“但我们在瀑布外却拉不动绳子，好像卡住了。”

“这种切法跟老胡的手法不同，不是用刀，好像瞬间以高温融断，类似激光刀技术……”

“激光？不会吧！”我如同听天方夜谭。

第三十八章　瀑布玄机

80 年代末 90 年代初，中国的激光技术还没有普及，仅限于国防军工项目应用，唯独北京协和医院有一套从美国进口的激光刀设备，每周只能做十个手术，预约挂号已排到六个月后，我陪姑妈看病时远远见过，有两张病床大，上面全是五颜六色的灯和缆线，液晶屏上跳动着字母和数字，看上去神秘莫测。

郭项龙说：“我受过专业训练，能从切口分辩出至少三十种不同类型的刀，这一点你绝对要相信。”

“我并非怀疑你的判断，而是……而是这样荒山野岭中的千年古洞，怎么可能出现如此现代的科技?”

“蚕洞里的水晶洞、冰洞，还有水波墙能预见蓝真真救我，又怎么解释？你们说过，古蜀国本身就充满了谜团，无论发生什么都不应该惊讶。”

我失笑道：“真是以己之矛攻己之盾，确实，有关古蜀国的许多现象都难以用现代科学来解释，但两个活生生的人眼睁睁从瀑布被传送到这儿，居然无隙可寻，未免太神奇了一点，倘若有人要困死我们，当初何必出手相救？不是多此一举吗?”

“所以这里一定有出路。”

郭项龙顺理成章得出答案，然后不知疲倦地在石壁上寻找，他的搜索手法细致而严密，真正做到不放过一寸地方，接着站到我肩上将搜索范围扩大到三米高度内，三个多小时后他轻叹一声，与我并肩坐在地上。

“里面空气流通，没有窒息感，说明这里不是封闭的空间，出口一定藏在某个地方。”我安慰道。

郭项龙闷闷说：“理论上是，头盔灯的照明高度为十二米，两个灯头相加可达十五米，尚且照不到洞顶，这种花岗岩我连五米都爬不上去，还谈什么寻找出口？”

“不知阿诚掉到哪儿，或许他能设法救我们。”

“假设瀑布后有两三个这样的深谷，每次掉进去的机率是随机的，那么他比我们还惨，连个说话的人都没有。”

我默然。

在徒劳的摸索和无聊的等待中熬了二十个小时，肚子越发饿得紧，先前受的伤象约好似的同时迸发出来，全身上下酸痛难忍，坐也不是站也不是，难受得几乎要用头撞石壁。

郭项龙看出我的焦躁，打岔道：“你跟阿诚是多年朋友？”

“嗯。”

“蓝真真呢？”

“以前谈过，后来我被徐耀的事困扰，渐渐生分了。”

“她也没结婚？”

“嗯……你问这些干什么？”我突然觉得他不单是闲聊，好像带有某种目的。

“随便问问，”他泰然自若说，“打算复合吗？”

“复合？等到来世吧。”我苦笑一声，在蚕洞时似乎有点希望，自从那次酒后乱性后却愈发疏远起来，表面上虽客客气气，其实有层厚厚的隔膜——不知听谁说过，男女之间只要有了第一次如同洪水开闸，很快会有第二次、第三次……这话根本不适用她，她对我非常憎恨，好像被我强暴了似的。

“女人嘛就是这样，你不理她她就招惹你，你理她她反而拿架子。”

看不出苦行僧般的郭项龙对女人竟有这般精辟的论断，遂笑道：“好一副过来人的口吻，莫非郭老弟也有一段难忘的过去？”

他将头倚在石壁上，仰着脸慢悠悠道：“有一次我奉命到边境小山村蹲点抓捕间谍，身份是草药贩子，和老婆一起过去伺机偷渡……”

“老婆？”

“一位女特种兵，叫方荷，应该是假名吧，正如我叫戚小锋一样，主要是工作需要，毕竟两个大男人一起偷渡太怪异了，夫妻俩才合理……”

“长得漂不漂亮？”

他淡淡一笑："怎么说呢？仁者见仁，智者见智吧，最麻烦的是晚上，两人必须睡到一间屋里，于是她睡床我睡地，可也有失误的时候，比如夜里起身上厕所，回来后晕乎乎上床钻进她被窝，她居然不知道，第二天早上一醒两人还抱在一块儿……"

我哈哈大笑："有没有干脆顺水推舟那个了？"

"没有，执行任务时不准发生私人感情是铁的纪律，一旦违背将受到严厉的军纪处分，"他吸了口气，"守了四十多天间谍迟迟不出现，两人暗暗着急，后来和村民们混熟了，中午蜷在晒谷场上聊天，有村民说你们俩不像夫妻，我吓出一身冷汗，连忙追问原因，他说夜里别的夫妻都干得欢，恨不得把床板震断，你们倒好，上了床就睡，一点儿声音都没有。我这才知道村里少年有听房的习惯，每逢家家户户关门熄灯后就挨个儿偷听，作为第二天的谈资。这件事棘手了，假戏真做不可能，纪律也不允许，可要获得村民包括间谍的信任，两人的言行又必须符合夫妻标准，当天回去后我吞吞吐吐讲述了村民的话，她听了久久不语，然后平静地说，该怎么做就怎么做，一切以任务为重。"

"喔，那你们到底怎么做的？"我紧紧追问。

他迟疑了半天，好像在犹豫说不说，蓦地脸色一变，腾地跳起来说："有人说话！"

我将耳朵贴在石壁上，里面隐隐有嘀嘀咕咕的声音，感觉像两人在隔壁房间聊天。

"是不是阿诚？"

郭项龙摇摇头："声音含糊不清，黏糊糊有拖泥带水的味道，不像阿诚的风格……"

他用枪托在石壁上用力敲击，"咚咚咚"连敲十多下，再贴在石壁上听时里面声音变了，语气间带有惊喜和激动，然后停止交谈，石壁里传来"吆吆"声。

"他们在干什么？"我奇怪地问。

"大概……是钻洞吧……"

"钻洞应该用铁钎或凿子，哪有如此细腻的声音？"

郭项龙也解释不了，耸耸肩说："反正我们没办法，只能听天由命。"

"吆吆"声持续了三个多小时，声音越来越响，其间偶尔传来的交谈声也清晰不少，但仍然含糊不清，辨不出谈话内容。

我的头盔灯终于没电了，郭项龙将他的灯调到弱光，指望多捱一会儿。我开玩笑地说如果是老胡一伙人就糟了，以我们俩目前的状况只能束手就擒。郭项龙哼了一声说那倒未必。

又过了两个小时，我迷迷糊糊打了个盹，醒来一看，郭项龙的头盔灯已调到最亮，聚精会神地看着石壁，脸上布满了少有的紧张与恐惧。

顺着他的目光看去，只见石壁隐隐现出两个影子，淡淡的，酷似伏在地上的人形，长约二米，好像朝我们这边爬行。

“这……这是什么？之前我们反复搜过这一带区域，没有影子的。”我失声道。

郭项龙脸色凝重：“我也刚刚发现，就在观察期间影子颜色又深了不少，显然离我们越来越近。”

“老天……老天，竟有这种怪事……”我瞠目结舌，大脑几乎陷入停滞。

郭项龙深思良久：“据你所知，有没有哪一种生物生长在石头里？”

“没有，然而……”我脑中灵光一闪，“玉胎！传说千年古玉在种种巧合下聚集精华形成肖如人形的凝固物，就叫玉胎，越酷似人的玉胎越珍贵，不过没听过玉胎会在里面移动，还能说话。”

他点点头：“玉胎久炼成精，完全有可能具备人的本领，本来它们没事干躺在石头里聊天，不料被我们惊动了，因此……”

短短几句话工夫石壁上影子颜色更深，头上乱蓬蓬一片像是头发，长手长腿，尖利的爪子足有二十多厘米，十指箕张，一付杀气腾腾的架势。

“来者不善，善者不来，看样子不像跟我们交朋友的。”郭项龙冷冷说，慢慢端起双管猎枪。

不知为何我的心怦怦直跳，即使在蚕洞面对古猿和美人鱼时也没有这般紧张，大概因为它们不属于真正概念的生物，而是神话传说中才有的——妖怪。

它们是否身怀神通广大的妖术？是否有变化莫测之异能？是否如神话中那样喜欢生吃活人？

眼看石壁上的影子越来越深，将要破壁而出，偏偏郭项龙的头盔灯倏地暗下来，光影跳跃不定，显然支持不了多长时间。

郭项龙咒骂一声："有电池吗?"

"都在阿诚身上，不过好像有打火机……"

此时"嗞嗞"声响彻深谷，郭项龙关照我蹲到相对隐蔽的角落里保护好自己，说不管出现什么状况都不要轻举妄动，因为他抵挡不住的话我冲上去也白搭，只会造成无谓牺牲。

陡然间刺骨的寒风扑面而至，冻得牙关格格直响，身体哆嗦成一团，周围气温急剧下降，空气中弥漫着白雾。

"小心，它要出来了!"郭项龙说。

头盔灯仿佛经受不住严寒，乍地亮了两下便熄灭了，与此同时耳边响起"嗞嗞"声，声音并不大，却如一把锥子深深扎入脑髓，头痛欲裂，觉得翻江倒海的难受。接着一股令人绝望的冰霜笼罩了整个深谷，黑暗中郭项龙暴喝一声——

"砰砰砰"连响数声，火光中只见一个白色人影跌倒在地，然后重归黑暗，郭项龙将猎枪当作棍子使，舞得虎虎生风，在"嗞嗞"声中夹杂着沉重的搏斗和喘息声。

捱过剧寒，又适应了"嗞嗞"声和漆黑的环境，我努力睁大双眼，依稀看到白色影子晃来晃去，而郭项龙步步后退，明显抵挡不住对方攻势，过了会儿"扑通"重重摔倒在地。我热血沸腾，连人带刀扑上去狠狠一扎，感觉它的身体坚硬而冰凉，而且有股裂人的杀气，刀锋一滑，自己险些摔倒，刚刚稳住平衡后颈被一记重击，我原地旋转两圈踉跄几步坐到地上。

我的进攻虽没有产生效果，却为郭项龙争取到宝贵的几秒钟，他换上子弹连开两枪，可不知是没打准还是它学了乖懂得提前闪避，并没有取得意想中的效果。白色人影大踏步上前一掌拍掉猎枪，另一掌拍向郭项龙，他团身在地上一滚闪到右侧，结果将石壁打得碎屑四溅。我再度冲上去举刀乱刺，不到一个照面被一脚踹飞，郭项龙趁机站起身与它徒手搏斗。

然而对付这种没有明显弱点，刀枪不入的大块头，郭项龙也没有好办法，几个回合后又被击倒。我趴在地上到处乱摸寻找猎枪，它仿佛看穿我们的意图，丝毫不给机会，踢皮球似的将两人从东踢到西，从南踢到北，我很快被踢得全身散了架，蜷缩成一团连连喘气，郭项龙稍好一点，但也处于被动挨打的局面，无半点还手之力。

“嘭”，郭项龙被踹中心窝，低低哼了一声，滚到我身边昏迷过去，我翻身起来又是拍打又是掐人中，他一点反应都没有。

白色人影似乎知道大局已定，缓缓逼上前，我惊恐万状，抱着郭项龙在地上一寸寸向后挪，心里明白这回是彻底完蛋，不可能再有半点机会。

白影晃动，我奋力把郭项龙移到身后，将藏刀当作飞刀掷过去，“当”，藏刀坠地，只换得它微微一滞。我索性将身上所有能投掷的东西都掏出来一件件扔，直掏到内衣口袋里的小工具盒，心里闪过沉重的悲哀：

等这一件扔完，我的生命即将走向终点，此时最后悔的是不该扔掉藏刀，早知会被这半人半妖的东西活活踢死，还不如自杀呢。

第三十九章　极品玉胎

工具盒虽小五脏俱全，我从里面挑出一柄小刀，其他哗啦悉数扔过去，白色人影似已不耐纠缠，挥舞双臂由上向下砸过来。此时我虽已心灰意冷至极点，但求生本能还是驱使我握紧小刀信手迎上去。

“嚓”，刀尖与它手臂相碰发出刺耳难听的声音，白色人影像是受了伤，发出更响的“滋滋”声，一脚飞踹过来，我举刀一挡，“嚓”，又是长长的刮响声，这回我明显感觉到刀尖深深刺入它腿中。

白色人影蓦地停止攻击，急速向后退，我士气大振挥舞着小刀紧追不舍，它退到先前出现的石壁前身形一矮，倏地不见了。跑到跟前一摸，原来石壁上有个半人高的洞，无疑是两个玉胎从石壁深处硬生生钻出来的。这时郭项龙呻吟着醒来，我三言两语说了一下情况，他大为惊异，点燃打火机一看，我手中原来是一柄玉刀——这是蓝真真的看家宝贝，专门用于玉器鉴赏与打理的工具，因她的口袋浅容易脱落才放到我身上，当下恍然大悟，玉刀是玉的克星，连玉胎也受其克制，难怪能让它受到伤害。

找猎枪时发现满地碎玉，应该是死在枪下的那个玉胎的碎片，全是拳头大小的上等美玉，颜色呈淡绿色，晶莹剔透，色泽纯洁温润，握在手里感觉到丝丝凉意。我和郭项龙各捡了一块揣在怀里，然后沿着石洞向前爬行。有玉刀和猎枪在手，我们自信满满，即使多来几个玉胎也不怕了。

洞穴内壁光滑平整，像用专门的工具打磨过似的，真想不通玉胎如何赤手空拳在石头里打出这条长洞，而且质量这么高。我猜测玉胎受伤后决计不敢顺洞跑回原处，那样正好被堵个正着，它肯定设法钻一条路通向其他地方，利用岔道摆脱追踪。

“玉胎脱离玉石，跑到外面能干什么?”郭项龙问。

我想了想说：“在没有听到其他声音之前，玉胎认为石头就是整个世界，世界里只有它们俩，所以安于现状，每天聊聊天睡睡觉，过了一天又一天，然而从今天起一切都变了……”

“万一它跑到山外惹祸，我们俩就罪孽深重了。”郭项龙沉重地说。

我笑道：“放心好了，它要是真跑出去绝对活不了三天，你想想，这么一大块价值连城的美玉搁在路上，还不吸引一大批亡命之徒前赴后继进行诱捕？就算敲碎了每人分一小块也好。”

郭项龙想想也笑了。

再爬十多米进入一个小石洞，大约八九平米，里面空荡荡一片，对面石壁一字排开三个洞穴，都是半人多高，里面弯弯曲曲深不可测。

郭项龙苦笑说你猜得很准，果然有岔道，而且一下子冒出三个，选哪个?

我说管它呢，先从左边进，不行再回头，其实我也不情愿遇到那个怪物，声音刺耳怪异，又让人冷得受不了，心理觉得怪怪的。

顺着左边洞穴爬了七八米便是死路，再折返到中间洞穴，十多米后还是死路，郭项龙扼腕说这么长空当玉胎应该能从容逃到安全地带了，我说我只关心我们能不能到安全地带。

右边洞穴确实不太一样，笔直的通道以三十度角斜插下去，不久隐隐听到水声。

“瀑布!”

我们同时叫道，爬了一阵眼前渐渐亮起来，再继续前进，终于看到明晃晃的洞口，洞外悬挂着一道银白色水帘。

绕了一圈，我们又回到瀑布后面，这样也好，实在找不到路就从瀑布穿回去，此时我对古蜀王悬棺、金杖、方匣已不抱希望，只想找到阿诚，设法救出老董和蓝真真就万事大吉。

爬出滑溜溜的洞口，右下方有个四五平米的平台，斜上方罩着一块巨石，正好可供栖身，平台底下是层峦叠嶂的岩石，攀爬下去虽然危险了点，总比玩穿越安全得多，老实说上回的遭遇已对我形成严重心理障碍。

“我下去看看。”

郭项龙说着手脚并用在岩石上攀了两米多，然后纵身一跳上了平台，不料身体还未站稳，平台背后阴影里突然蹿出一个黑影，将他扑倒在地。

“老胡！”我失声道。

老胡两眼血红，头发凌乱不堪，衣服褴褛成根根布条，胳臂和大腿有几处血斑，像是经历过一场苦战。郭项龙虽措手不及处于不利局面，却丝毫不慌乱，缠住老胡手脚在平台上翻来滚去，展开贴身搏斗。

我心念一动，大声叫道：“别打了，有事好商量！这一带情况非常复杂，我们必须联手面对困难！”

不知是水声太响还是两人专注于打斗，对我的建议不理不睬，打了一阵老胡好像后劲不足，渐渐落于下风，被郭项龙死死压在身下。

“先放过他，跟他谈谈老董和蓝真真！”我大叫道。

郭项龙听到了，稍一迟疑，拳头滞在半空没有落下，谁知老胡抓住这难得的空隙骤然反击，腰间用力将郭项龙掀到平台边缘，郭项龙反手扭住老胡胳臂，两人兔起鹘间交手七八个回合，全是同归于尽的亡命打法。眼看郭项龙已站稳身体转守为攻，老胡突然一个踉跄滑向崖边，郭项龙本来单掌劈向他后背，见状变砍为抓，一把抓住老胡的衣服。老胡大概误会了他的用意，狞笑着倒转身形，右腿一钩，两人在我的惊叫声中一齐掉下平台，消失在茫茫瀑布里。

“小郭！郭项龙！”

我大叫道，懊恼得几乎也要跳下去！都是我不好，生死存亡关头还想着和解，完全忘了老胡根本就是不通人性的冷血动物，还赔上郭项龙一条命，我真是太天真了！

自怨自艾了一阵，勉强打起精神爬到平台，却见背后也有个石洞，老胡就是从里面钻出来的，由此可见他走的路线与我们相同，也是穿越瀑布时遇到突发情况，经过一番血战才来到这里。

瀑布后面这片山崖真是古怪多多，凶险异常，我暗暗感叹着，冒着密密雨丝顺着岩石往下爬，大约爬了八九米，瞥见旁边有个暗洞，便慢慢靠过去想搭个手休息一下，未料身体刚移到洞口附近，里面突然伸出一双手将我抓住！

“晓飞！”

上帝保佑，居然是老董！我松了口气，有气无力地说差点被你吓死。

进了洞见蓝真真也在，又松了口气，连忙询问两人在山顶的情况。蓝真真取了些干粮给我，并讲述了后来的经过：我们下去后不久老胡等三人从一个隐蔽的缺口摸上去，制住两人拷问我们的下落，两人自然不肯说，老胡少不得对老董拳脚交加，老董骨头挺硬，就是不松口。旁边看似文质彬彬的卫哥轻描淡写说了句“把女的拖到后面去，让仇三爽爽”，蓝真真顿时崩溃，一五一十全说出来，把老董在旁边气得够呛，后悔白挨那么多下。

老胡割断登山索断掉我们的后路，和卫哥从山顶另一侧下去，打算由高而下偷袭，只留细眼睛仇三看守两人。不知是不是被卫哥挑起色心，他贪婪的目光始终不离蓝真真，继而挨到她身边说着不三不四的话，开始动手动脚。蓝真真又羞又怒，但手脚被绑得不能动弹，只能紧闭双眼，眼泪大滴大滴直往下流。这更逗起仇三的欲火，眼睛四下逡巡，似乎寻找适当的地方下手。

老董干咳一声，缓缓地说：“仇三，我教你一招，保管让她把你伺候得欲仙欲死。”

“老董!”蓝真真简直怀疑他神经错乱。

“快说，快说。”仇三急不可耐凑过去。

“你看着我的眼睛。”

仇三没多想目光径直迎上去，这一看仿佛被老董的眼睛吸住似的，再也挪不开了……

老董关键时刻使出催眠术制住仇三，指令他为两人解开绳索，然后反将他绑到树上。仇三这才清醒过来，使劲眨巴着细眼睛一脸茫然，完全忘了刚才发生的事。

两人担心我们遭遇不测，急忙攀下木栈桥搜寻了一遍，然后也进入悬崖上的石洞，借助悬棺进行跳跃式搜索，终于寻到那具悬棺洞口。由于障碍已被我们扫清，毒蟾蜍见了人也不再玩骑马驰骋的把戏，两人顺利来到瀑布前，刚好老胡和卫哥系着绳索冲进瀑布，也依法而为，结果与我们一样天旋地转中坠入一个封闭深谷。两人在里面困了十多个小时，又饿又冷又困，最后实在支撑不住昏沉沉睡着了。

睡梦中陡地一声响，醒来一看石壁上多了个大洞，两人喜出望外顺着洞向外爬，一直爬到瀑布背后洞口，老董探头正好看到我。

说完她的叙述我沉吟道："由此说来这道瀑布里面玄机不少，可能蕴含着某种奇异的魔力，它好像是赌场里的轮盘转，把冲进来的人随机打入任意一个封闭深谷，若不是玉胎从中搅乱打通若干通道，我们都得困死在里面。"

"玉胎?"蓝真真惊问。

我遂将和郭项龙的遭遇说了一遍，并从怀里掏出玉石，她见了两眼发亮，双手反复摩挲着捧在胸口说：

"这是号称玉中之王的翡翠玉胎，唯有缘人方能获得，否则即使一辈子玩玉的人都未必能见到，据我爷爷说民国时期他在玉器行做掌柜，一天夜里被几支枪顶着坐车去了一处深宅大院，七拐八弯进入密室，除了他屋里十多个人都蒙着脸，然后有人小心翼翼捧出一条玉雕九龙图，就是翡翠玉胎，对方只要他说一个字，要么'真'，要么'假'，但如果看走了眼，不管什么时候都要灭他全家。爷爷翻来覆去琢磨了两袋烟工夫，斩钉截铁说'真'！回家后才发现全身衣服都被汗浸得透湿，足足拧了小半盆水。"

"后来呢？有没有再见到九龙图?"老董最关心古玩的下落。

"过了几年才听圈内人说有个军阀用九龙图向另一位军阀换了两个团的装备，至于九龙图，好像被军阀的四姨太带到美国，70 年代在某个国际文物展览会上露过一次面，以后就不知所踪。"

我吁了口气："好厉害，早知道我多揣几块了。"

"这种未经雕琢的翡翠玉胎在香港市场少说也得四五十万，而且有价无市，根本不是金钱所能衡量。"蓝真真将它贴在脸颊，显得爱不释手。

冲动之下我脱口道："既然这么喜欢，我干脆送给你好了。"

"啊！这，这……"老董大感意外，想反对又说不出口，在他看来古墓里捡到的所有东西都属于全体人员，将来是要平分的。

蓝真真脸色微变，掂掂玉石，往我手里一送说："还是你收着，不能坏了规矩，何况有缘人才能拥有翡翠玉胎，否则将遭到灾祸。"

我一滞，捧着它尴尬万分，一时不知说什么才好。

老董岔道："接下来该想想下一步行动，郭项龙生死未卜，阿诚下落不明，我们要怎么做?"

"……先到水潭边看看，郭项龙从那么高的地方落下来，摔不死也得重伤，总之不会脱离水潭范围……”

蓝真真还未说完，一根登山索垂放到洞口，她欢快地叫道：“是阿诚!”跑过去拉着绳子向上看，猛不防一个黑影跳下来，“嘭嘭”两脚踢在她胸口，人未落地旋风般单掌劈向我颈椎，我身体一缩，谁知他早料到我的反应，一脚踢中我腰际间穴道，我身子一麻软绵绵倒下。老董手腕一抖拔刀刺过去，黑影向左侧一扭，骈起双指在他腕间一敲，老董如遭电殛，“啊唷”一声，藏刀“咣当”落地，黑影变魔术般亮出绳子一缠一绕，缚住老董双手。

黑影闪电之间轻松放倒三人，拍拍手笑嘻嘻打量我们。

卫哥！居然是卫哥！

他才是真正深藏不露的高手！

第四十章　极阴蟒鸌

我们估计错了，以卫哥的身手根本不需要仇三和老胡保护，他们俩不过给他打打下手，做些力所能及的事。从他干净利索的出手以及行云流水的身法看，明显比郭项龙高出一筹，几乎达到空灵的境界。

卫哥目光在蓝真真脸上扫了两圈，微笑道："我就知道仇三抵不住女人的甜言蜜语，果然被你诳倒了，他在哪里？"

蓝真真正要回答，我抢先道："在一个隐蔽的地方。"

卫哥还是神定气闲的样子："拿你一条大腿换他的下落，这笔交易做不做？"

我一寒，暗忖这厮貌似文弱斯文，其实心机深沉，聪明剔透，没准真会出手断掉我一条腿。

"不止仇三一条命，还有老胡。"老董突然说。

卫哥微微沉下脸，默默想了会儿道："你们三个加起来都不是老胡的对手，唯独那个大块头能跟他抗衡，但也没有取胜的把握……你在诳我？"

老董是老江湖，圆谎比喝水还自然，眼睛眨都不眨说："是的，我在撒谎，你干脆杀了我们三个，大家一起死。"

卫哥瞪着他好一会儿，转瞬笑起来："我明白了，你们亲眼看见老胡遇到不幸，却拿他来要挟我。"

好机敏的反应！

我心里暗暗叹服，嘴里说："老胡身手不错，可惜玉胎刀枪不入，就算有三头六臂也不是它的对手。"

"玉胎？你们亲眼看到玉胎？"卫哥神色大变，一反先前沉稳急急地问。

终于说中他的心思！我窃喜，故意叹了口气不说话。

他脸上闪过一阵杀气，拎起蓝真真就往洞外扔。

“等等!”我连忙叫道。

他将蓝真真的身体悬在洞外，冷冷道：“我的耐心有限，没工夫跟你兜圈子。”

我正待开口，老董抢在前面说：“但这件事很啰嗦，不是三言两语能说清的，小哥，我不知道你是什么来路，既然来到这里，想必都为个‘财’字，这一带情况复杂，危机四伏，隐藏着很多古怪，如果大家啥也没找到，却莫名其妙地拼得两败俱伤，到底值不值?”

卫哥冷笑道：“你们控制了我两名手下，居然好意思大谈和平。”

“只要你保证我们三个的安全，我也保证仇三毫发无损，大家携手合作，共同度过眼前困难。”老董掷地有声说，却故意不提老胡。

卫哥将蓝真真拎回来扔到我身边，微微笑道：“合作？这倒是有趣的建议……你们知道我是谁?”

我说：“你的身份并不重要，重要的是大家得设法活着离开，想必你也体验过瀑布的怪异，无论身手多高都无法抗拒，因此必须团结起来……”

“好，合作就合作，”他突然展颜一笑，“反正也不怕你们翻出我的五指山。”说着信手替我们解开束缚。

我将老胡与郭项龙在平台上搏斗后一齐坠入瀑布的情况如实相告，老董只说仇三被擒，却不肯透露具体地点，卫哥也不深究，一个劲地追问玉胎的情况，我自然不会全盘托出，半遮半掩说了一些，更逗得他心痒不已。此时大家都怀着很强的戒备心理，他想利用我们寻找老胡并释放仇三，我们则担心他下毒手，谈话无法深入。

攀着绳索缒到水潭边，瀑布溅起的水雾和雨点淋得我们全身湿透，沿水潭走了两个来回，我和老董甚至卷起裤脚趟在水里搜遍每个礁石缝隙，没发现两人的尸体。

蓝真真松了口气：“找不到最好，说明两人没死。”

“如果潭底有暗道，不排除被冲入暗道流到其他地方，”卫哥蹲在礁石上说，“不然源源不断的水往哪儿去呢?”

这句看似平常的话却使我一怔，一直笼罩在心头的疑问又冒了出来：

壁画中悬棺两侧有三道波浪线，实际中悬棺棺面上却没有，从进洞后经历看，我们找的位置并没错，古蜀王悬棺确实葬在洞里，因此波浪线应该另有含意……

考古系教授们说过，上古人类绘画没有空间感和几何概念，也没有比例、尺寸和画意，想到哪儿画到哪儿，最后发现画面不够或意思没表达完整时就以简笔象征一下。

假设悬棺棺面上确实没有波浪线，假设波浪线代表水——那就意味着古蜀王悬棺藏在水里，而水潭是最有可能藏匿的地点，因为诡异万端的瀑布是道天然屏障，既把水潭一分为二隔阻我们泅渡，又把所有穿越的冒险者都打入深谷。

想及此，我深吸一口气潜入水中，在礁石间摸索岩洞或洞穴。瀑布飞坠的水流形成强大的冲击力，如同一块巨石压迫在胸口，使我喉间发甜，两眼昏花。老董以为我找到尸体，赶紧游过来协助，卫哥嘴角含笑伫立在礁石边，目不转睛看着我们。

潜到第七个来回，力气快耗得差不多的时候游至水潭东南侧半月牙湾口，蓦地右下方传来一股吸力，我反应稍慢，当即被飞旋着拖进去，直往水潭深处沉。老董眼疾手快抱住我的脚踝，双腿倒钩礁岩身体绷得笔直。

激流暗涌中我憋的一口气快要爆炸了，就在这时卫哥在左上方出现，单手一将我拎出水面。

“呼——”我长长出了口气。

“底下有暗洞，我怀疑两人被卷进去了，”我说，“最好到里面看看。”

老董表示同意：“行，我将绳子系在你腰上，发现不对就打信号。”

卫哥好奇地看看我，又看看老董，粲然一笑道：“恐怕不是寻找两个人那么简单吧，你们怀疑暗洞里有其他秘密？”

我心一跳，暗暗折服卫哥的机敏聪颖，什么心思都瞒不过他，当下强笑道：“活要见人死要见尸，不管怎么说总要闹个明白。”

“你们进来找什么？”卫哥冷不丁问。

面对这个七窍玲珑心的少年，我一时踌躇起来，不敢轻易回答，担心稍不留神就落下话柄，万一惹恼了他我们三个将有性命之忧。

老董到底经验丰富，慢悠悠道：“跑到这里的人能有什么好事？无非是偷鸡摸狗发几个小财，老弟你也是如此吧？”

这席话滴水不漏，反将皮球踢给卫哥。

卫哥冷笑一声：“三件宝贝卖十八万，还算发小财？”

我一听恍然大悟，他果然与广州的上家有关，八成知道内情后嗅到其中的商机，尾随在两人后面来到苏州，又一路跟在后面游三峡、上木栈山。可以确定的是，卫哥对古蜀国、三星堆以及悬棺都有程度不同的了解，因此上了山之后不再依赖我们，而想凭自己的力量寻找宝贝。

老董顿时满脸堆笑，套起了近乎：“原来老弟也跟彪哥熟悉？我们跟他合作好长时间了。”

卫哥没有正面回答：“彪哥已进了局子，广州道上不再有这号人物，你们识相的话就跟我合作，到时二八分成，不然……”

他眼中闪出一丝杀机，没有继续说下去。

老董还想掩饰：“这里太危险，我们已经不想干了，等找到失踪的同伴，无论是死是活都打道回府……啊唷……”

卫哥一个巴掌打在他脸上，力量之大使老董原地转了两圈，和着血水吐出一颗牙齿，脸颊又红又肿。

“记住，不要在我面前撒谎，永远！”卫哥一字一顿地说。

蓝真真赶紧把老董拉到一边，脸上充满惊惧。

我见卫哥已有些焦躁，这样下去对我们有害无益，人在屋檐下不能不低头，遂挺身而出道：“好吧，我们在找金杖，它是古蜀王的陪葬品，应该在洞里某个地方，现在我怀疑水底暗洞是真正的入口，想进去看一下。”

卫哥满意地点点头：“这还差不多，要知道我杀你们易如反掌，想谈合作就得拿出点货真价实的东西，不然凭什么跟我平起平坐？”

接下来主导权完全被卫哥掌握，安排老董系着绳子潜入暗洞查看，过了不久绳子连晃三下，表示另一端有出口。于是我、蓝真真、卫哥依次下去，在黑咕隆咚的隧道里向上潜游了十五米左右，陡然压力一松，已浮出水面，刚准备游到礁石边喘口气，就听老董在不远处喝道“别过去！”

方愣神间，蓝真真在左侧惊叫道：“天啊，这是什么？”

顺着她的目光看去，只见飞耸的礁石上站着一只类似老鹰的怪物，全身漆黑，个头跟郭项龙差不多，一根根羽毛像长箭似的，锐利而粗疏，嘴唇两侧伸出尖尖的利齿，又长又细的舌头在牙齿上舔来舔去，血红的眼珠瞪着我们，目光中充满了冰冷的敌意。老董调整一下头盔灯角度，它身后还站着一大群，高矮参差不齐，或卧或立，仿佛泥塑般一动不动。

“谁见过这种怪物？”卫哥显然也不认识。

老董沉声道：“它叫蝴蠖，是一种极为罕见的远古生物，一般在养尸地生长繁殖，全身坚硬如铁，血液剧毒，具有很强的攻击性，南北朝之前的古墓里偶尔可见，但只有一两只而已……”

我拦住话头问：“怎么对付？”

“蝴蠖是极阴极寒的产物，最畏惧火，看到火把就躲得远远的。”

卫哥道：“我们全泡在水里，到哪儿找火把？”

“游回去扎好火把进来……”

蓝真真说到一半意识到火种过不了水这一关，赶紧刹住口。

“我有打火机……”

卫哥刚说了五个字，蝴蠖蓦地翅膀一张腾空而起，十指箕张扑向老董，老董一直凝神盯着它，迅速往水下一潜，却见蝴蠖擦着水面掠过，激起的水珠簇簇打在我们脸上。

老董再浮出水面时脸色煞白，幸亏戴了头盔，那么坚硬光滑的复合塑料居然被抓了四个小洞，倘若是脑袋恐怕连脑浆都要流出来了。

卫哥这才识到厉害，果然道：“不能硬碰，撤！”

“绳子……绳子断了！”

蓝真真惊慌地指着浮在水面上的断绳叫道，所有人的心瞬间凉到最低谷。进暗洞时为了预防不测，我们特意在礁石上系了根绳子，一旦遇到危险便拉着绳子返回。如今绳子被断，凭我们的水性想逆流游过这十多米，无异于痴人说梦。

卫哥诧道：“这是上等质量的登山索，怎么可能断？我的手下一个被活擒，一个下落不明，不可能干这种缺德事，你们不是还有个人吗，会不会是他？”

我反驳说：“他根本不知道你和老胡也进了洞，再说无论谁看到绳子，第一反应是拉几下看看动静，怎会如此唐突？要我说只能是一个人，古墓守卫者！”

“古墓守卫者？”

“一个身份神秘，始终不以真面目示人的家伙，上回他在躲在蚕洞里捣乱，这次又频频现身，无非想阻止我们行动。”

“原来还有人躲在暗处……”卫哥显然第一次听到这个情况，感觉事态越来越严重，脸上也失去了惯有的笑容。

“唰”，又一只蟒蠖呼啸而至，这回的目标是我，我急速扎入水中，饶是如此还是感觉头顶一震，身体差点失去平衡，等浮出去时第二只蟒蠖闪电般冲过来，我正好处于上升状态，来不及换气下潜，只得眼睁睁看着它冲到面前。

“呼！”

卫哥侧身挥动皮带，巧妙卷住它的双爪一拖，蟒蠖大概想不到有人偷袭，身体一歪从我头顶飞过去。刚松了口气，右侧又有两只蟒蠖飞扑而至，紧接着洞内风声四起，地面上的蟒蠖如同飞机纷纷展翅升空，将我们团团围在中间。

第四十一章　迷幻铜灯

此时局势十分危急，我们只能潜在水底却不能浮上去换气，稍一露面便会遭到四五只蟒蠖围攻，除了卫哥能勉强应付一两招，其他人根本无还手之力。

老董率先沿着来路回游，才靠近洞口就被汹涌的暗流冲回来，我水性好些，只比他们多前进了两三米便败下阵来。

转眼已过去好几分钟，我们依然束手无策，只能硬着头皮浮上去与蟒蠖作殊死搏斗了！

就在千钧一发之际，洞里火箭般蹿出一条黑影，身体不打停直接跃出水面，对准扑上前的蟒蠖“砰砰砰”连开数枪，火光映亮了整个石洞，蟒蠖如见鬼魅，嘴里发出“吱吱”怪叫声，刹那间撤得干干净净。

“郭项龙！”

我和老董高兴地上前拥抱他，卫哥脸上很不自在，瞟瞟双管猎枪说了句“好枪”，上岸坐到一边绞干湿透的衣服，过了会儿老胡也从洞里游出来，靠在卫哥旁边嘀嘀咕咕。

郭项龙简短说出落水后的经过：他和老胡从高处坠落后刚爬上岸，迎面撞到那个神秘黑衣人，将两人往水潭里逼。两人迫于无奈只得联手，三个人在潭边打成一团。

神秘黑衣人身手高得出奇，不出几个回合便一脚将老胡踹入水潭，郭项龙勉强支撑两个回合也连中几招，胳臂疼得抬不起来，不等对方逼过来主动跳入水潭。老胡从另一边爬上岸，神秘黑衣人正待冲过去，突然山崖上有个白色人影一闪，他大吃一惊，好像极愿意看到玉胎出现在外面似的，当即撇下两人，攀上去猿猴般在石壁间连纵带蹦，转瞬消失得无影无踪。

郭项龙与老胡相对苦笑，先前的敌意无形中冲淡许多，坐在礁石相对而坐皆默默无语。老胡脱下外套在水中冲洗，不小心松手，外套飘到水潭东南侧半月牙湾口，打了个旋儿卷入水中。两人警觉起来，很有默契地由郭项龙守在礁石上，老胡系着绳子游入暗洞，结果也遭遇蟒蠖，一个回合之下就被啄掉匕首，胸口差点被抓个正着。逃回去后说只有用猎枪对付它们，郭项龙有些犹豫，因为蟒蠖数量众多，而猎枪子弹却是打一颗少一颗，现在拼光了以后再遇到险情怎么办？两人正在商量，猛地看到神秘黑衣人如流星从山崖上飞落，赶紧起身攀着藤蔓奋力爬向离地面最近的洞穴，对方紧追不舍尾随而至，两人在漆黑一团的洞里狂奔数里，发现他没有追过来，遂停下来歇息了半天，觉得不能在洞里乱闯，否则容易遇到不测，又回头查看，刚到洞口一眼看到神秘黑衣人挥刀割断系在礁石上的绳子，情知不妙，显然绳子是卫哥或阿诚留下的，他在断他们的后路。于是直等到神秘黑衣人离开才迅速下去，由郭项龙出手救了大家。

“他们是什么来路?”我悄声问。

郭项龙摇摇头：“我们没谈这些。”

蓝真真说：“有枪在手，我们不用怕他了，翻脸也无所谓。”

“不能这么想，眼下最大的敌人是神秘黑衣人，其次是诡异万端的瀑布、玉胎，如果大家不团结一致，相互偷袭暗算，最后谁也走不出去。”我说。

“哼!”她还惦记着在山顶受辱，以及被卫哥悬挂在洞外的仇。

老董也劝道：“盗墓的规矩是见者有份，既然来了都是朋友，何必对过去的事耿耿于怀？何况他们俩都身怀绝技，对我们有用。”

郭项龙道：“只要猎枪在手就有威慑力，谅他们不敢玩花样。”

我点点头缓缓走过去，老胡见了我警觉地站起身，卫哥笑嘻嘻地说没关系，他是和平使者，来跟我们谈判的。

与聪明人打交道就是这个好处，无须多费口舌，短短几分钟时间就与卫哥达成共识：出洞之前只要神秘黑衣人的威胁不解除，双方就必须保持高度团结，无论哪一方获得金杖或其他宝贝都不准大打出手，一切矛盾出洞后再说。

其实大家都心知肚明，单靠口头协议维持不了安定团结的局面，尤其是找到宝贝之后，但至少能在短时间内平息冲突，共同面对困难。

卫哥提议休息片刻，于是生了堆火各自吃了点东西，老胡说必须人手一支火把，防止蟒蠖暗中偷袭。蓝真真向两人打听有没有看到阿诚，老胡冷冷地说我还想问仇三在哪儿呢，眼看又要说僵起来，我打岔说只要碰不到黑衣人和玉胎，性命应无大碍，越往里危险越大，大家要做好准备。

动身时又费了一番周折，卫哥很忌惮郭项龙的猎枪，经过协商由郭项龙打头阵，老胡第二，后面依次是我、老董、卫哥和蓝真真——老实说这支临时拼凑的队伍虽各怀心思，但阵容颇为可观，令我们胆气壮了不少。

拐过两道弯口，一行人进入一个圆形石室，石壁内侧弧线光洁平滑，看不出半点瑕疵，石室内空无一物，中间顶上悬挂着一顶八角铜灯，每面都绘有图案，中间是个粗大的灯芯，灯芯上端有道黑圈，下端盘旋在碗口大的铜台里，铜台底部凝结着一层薄薄的油化物，显然是蒸发后形成的。

老胡从怀中掏出只小瓶子往铜台里倒了一点，再拿火把一点，"轰"，铜灯顿时燃起熊熊火光。

"这是美制压缩汽油，燃烧弹的主要原料。"郭项龙说。

卫哥淡淡说："从黑市买的。"

"黑市绝对买不到这种高危生化武器原料，它易燃易爆，运输存贮都是大问题，很少有人敢做。"

老胡恶狠狠说："可是就有人不怕死，你不服气?"

郭项龙耸耸肩半端身体，将我扶上肩头查看铜灯图案，老胡在旁边转来转去，也跃跃欲势想看个究竟，卫哥洒脱地说不懂的东西少掺和，看也白搭。

铜灯图案简洁而明快，其中三幅画着弓箭射鱼，鱼的形态很奇特，嘴上有类似鸟的长喙，前端上翘且略向后勾，梭形眼睛，前后有尖尖的眼角，鳃呈尖桃形，背部和腹部均有鳍，背鳍一短一长，如同后掠的三角形，腹鳍前尖后圆好像蝴蝶尾翼，身与尾之间以折线纹相分隔，尾尖向后弯曲，没有鳞甲。三幅画都是弓箭穿着鱼，只有角度略略有些区别，其他四幅画着一个身材魁梧的人手拿弓箭站在河边，河边游着各种各样的鱼。最后一个还是这个人，手握一根金杖威风凛凛站在人群中间，似乎在接受万众膜拜。

我心里怦怦乱跳，意识到正接近一个神奇而古老的传说。

它对我来说并不陌生，离三星堆不远的金沙就出土过刻有类似图案的玉器和青铜器，经考证这种鱼是长江里的珍稀濒危动物白鲟，性情凶猛，以吞食小鱼为主。

弓箭射鱼象征着古蜀国人对上古英雄的崇拜，这位英雄便是蚕丛、柏灌之后的第三代氏族首领——鱼凫。蚕丛指导人民种桑养蚕，鱼凫则教会大家狩猎捕鱼，从而使古蜀国人在一定程度上摆脱了靠天吃饭的窘境，因而被后代所尊崇。

如果洞里埋葬着鱼凫这种级别的君王，陪葬品的份量可想而知，绝计不会少于蚕洞，而且说明蚕丛留下的秘密并没有随着时间推移而湮没，很显然，古蜀国人希望把证据保留下来，可神出鬼没的黑衣人显然代表另一股势力，他尽力阻止秘密泄露出去。

“喂，到底看完没有？”老胡不耐烦地催促道。

蓝真真没好说：“你当是看连环画，稍微翻翻就明白意思？这是学术研究，需要耐心和智慧。”

老胡张张嘴，在卫哥的暗示下又乖乖闭上。

郭项龙稳当当说：“我都不着急，你急什么？”

卫哥笑道：“不过站在上面琢磨挺危险的，不如下去慢慢想。”

我正准备说话，突然一阵昏眩，身体摇摇欲坠，郭项龙赶紧把我抱下来扶住石壁，关切地问：“怎么回事？”

我心口堵得难受，脑袋像拴了只大秤砣坠坠地直往下沉，眼前也越发模糊起来……

“别是中毒了吧，铜灯上有毒。”好像是老董的声音。

“他戴了手套，即使碰到铜灯也没事。”蓝真真说。

“让我上去看看。”这是卫哥的声音。

“不行，你不能轻易冒险！”老胡说，“要不我上去瞧瞧。”

“扑通”，又有人摔倒。

“小郭！”

这是我最后听到的两个字，接着脑中一昏，什么都不知道了……

“救命啊，救命……”

一阵尖叫声将我惊醒，跳起来一看，老董、郭项龙、卫哥都横七竖八倒在地上，老胡正将蓝真真按在身下用力撕扯她的衣服，她挣扎的力道愈发微弱，上衣被扯掉大半露出雪白的肌肤，眼看快支持不住了。

我腾地冲上前一脚踹在他裆部，老胡惨叫一声在地上滚来滚去，我拉起蓝真真就跑，黑暗中也辨不清方向，有路就跑，有弯就转，直跑到一个巨大的石窟，里面倒挂着密密麻麻的钟乳石，在火把的映照下显得洁白晶莹、凉气袭人。

“好啦，他不在后面。”我喘息道。

蓝真真没说话，低头整理衣服，她的衣袖被扯断下来，圆润光滑的肩闪来闪去，我心中一荡，费力咽了咽唾沫说：

“要不要回去看看，小郭和老董还昏迷不醒呢。”

“他们会没事的。”蓝真真若无其事说。

我顿时觉得有点不对劲，四下转了一圈：“前面没路了。”

“嗯……”她慵懒地倚到石壁上，软绵绵道，“我全身不舒服，想歇会儿，陪陪我好不好？”

我心里再度一荡，心仿佛跳到嗓子眼，惴惴不安地坐到离她一米多远，她诧异地瞟了我一眼，在身边拍了拍说：“这么生分干嘛？坐到这儿来。”

我挪到她旁边，鼻际里飘过丝丝馨香，还有细微可闻的呼吸声，一点点撩拔着我蠢蠢欲动的心。

“真真……”我轻轻道，“还为上次的事生气吗？”

她“扑哧”一笑：“早就忘了。”

我一阵迷糊，又觉得事情有些不妥，好像一切太顺利、太如意了，有种无所适从的感觉，便试探道：“我们……还能做朋友？”

“你说呢？”她俏皮地反问。

“我觉得……觉得我们应该再谈一次恋爱，像大学里那样。”

“然后呢？”

“然后，然后结婚。”

她笑盈盈道：“可是你已经做了结婚后才能做的事，还怎么谈恋爱？”

我的心已经荡到月球上，完全把持不住自己，一把搂住她说：“我爱你，真真!”

“我也爱你。”

“我……我想……”

我将手伸入她温暖柔软的怀里，她吃吃笑着并不反抗，反而在我耳边喃呓道：

“晓飞，占有我吧。”

听到这句话我蓦地惊出一身冷汗，终于明白一直觉得不妥的问题出在哪里。

第四十二章　伪鬼打墙

蓝真真天性淡泊，与人相处也是淡淡的保持一定距离，只有在关系亲密的朋友面前才谈笑风生，不知是否与古玩文物接触太多的缘故，她性格里有一种超然的冷静，即使和我花前月下卿卿我我的时候，也绝少出现小说里描写的“娇柔婉转、媚态百生”，而且她反感很多充满大男子主义的词汇，说为什么强调女人是奉献，是被占有呢？爱是相互奉献，相互给予，不存在单方面付出。

因此她绝对不可能说出“占有我”这种话。

然而此时她确实在我耳边说了，联想到进入石窟后她一系列反常的举动，我意识到一个可怕的事实：

要么我在做梦，要么她中了某种极其霸道的毒！

想到这里我用力一咬舌尖，“噗”喷出一口鲜血……

一阵剧痛之后脑中顿时清朗，刹那间大汗淋漓，仿佛重病初愈，当即为自己的唐突和冲动感到后悔，再看怀里的蓝真真，眼中充满了迷乱，与那天酒后乱性的情况一模一样！

我赶紧用力掐她的人中，再含了口凉水往她脸上一喷：噗！

她陡地清醒过来，迷茫地四下看看，再看看衣服，咬紧牙关给我一个清脆的耳光：“畜生！”

我哭笑不得：“你弄清状况好不好？问题出在铜灯上，我们都中了道儿，要不是我刚才醒悟过来，没准真会出事。”

蓝真真似有所觉察，掩掩衣服依然寒着脸：“其他人呢？”

“还在里面……”

她二话不说起身就走，我跟在后面解释说：“铜台里那层凝结物应该是很霸道的致幻剂，无色无味，嗅了能引起精神错乱，做出大异于平时的举动，若非你言辞过于失常，我也想不到其中的关键……”

她陡地刹住脚步，沉着脸问：“我说什么了?”

“没……没什么，”我下意识否认，转念又想还是说清楚的好，不然她总把自己作为受害者，心一横说，“其实，整个过程中你……你并没有拒绝，而且很主动？……”

本以为这句话会引起她恼怒，继而与我彻底翻脸，谁知她静静地听着，脸上水波不兴，良久才低低说：“晓飞，你是好人，但我们无缘，以后还是忘了我。”

“真真，我真的很喜欢你，我们重新开始吧。”

“不可能的，我已经不是你想象中的蓝真真，以前那个纯情天真的女孩一去不复返，我不能误了你的幸福。”

“真真，不管以前发生过什么，我都不在乎……”

“不，你会在乎的，你一定在乎！”

她说着毅然转身，大步流星向前跑去。回到石洞门口，里面正打得热闹，老胡和郭项龙如同一对斗鸡拳脚交加，虽然两人明显体力下降，喘息得厉害，但丝毫没有歇手的意思，均恶狠狠瞪着对方。另一侧卫哥与老董如老僧入定相对而坐，四目交集，卫哥面露微笑，表情玄异莫测，老董脸上肌肉不停地跳动，仿佛在竭力抵挡什么。

催眠术!

与郭项龙会合后，我偷空问老董刚开始为何不对卫哥用催眠术，他说催眠术只能在猝然不及的情况下对功力不如自己的人使用，而卫哥这种级别的高手意志坚定，内力浑厚，弄不好会形成反噬伤及自身。

话虽如此，老董内心深处还是跃跃欲势，因此中了致幻之毒后铤而走险，对卫哥实施催眠；推而言之郭项龙和老胡始终互不服气，一直想找机会决一高下，故而致幻之毒使两人撕破伪装，大打出手。

想到这里我心里一紧，自从上次春风一度，我何尝不是对蓝真真充满幻想，期待重温旧梦，再续前缘，中毒后才做出忘乎所以的行为；而蓝真真尽管被某件事所困扰，其实潜意识里对我并不排斥，因此有奔放而热情的举动……

这种致幻之毒实际上是最大程度挖掘每个人内心最隐秘的愿望，然后淋漓尽致发挥出来，真是太可怕太阴险了！

我和蓝真真用湿布捂住鼻子，进去一个熄掉铜灯，一个分开老胡与郭项龙，然后将他们一个个拖出石室，再用冷水浇面，不一会儿全都清醒过来，精神萎靡不堪，恨不得倒在地上好好睡一觉。

卫哥说石地潮湿阴冷，睡下去身体吃不消，万一蒙面神秘人摸过来肯定全军覆没，还是找个相对安全的地方。蓝真真说前面有个钟乳石石窟挺不错，老董奇道你们俩怎么跑到那边？她顿时羞得满脸通红。

走了一阵打头阵的郭项龙喃喃说不对，这里好像来过。话音刚落前面出现一个石室，石室中间赫然吊着一只八角铜灯，里面大小、结构与刚才的完全相同。

“糟了，鬼打墙！”老董脱口叫道。

鬼打墙是盗墓者最怕遇到的情况，试想在黑暗恐怖的古墓里，始终围着一个圈子转悠，就是走不出去，那种压力和恐惧可想而知。

最惊讶的要数我和蓝真真，明明顺着唯一的路来到钟乳石石窟，怎么会第二次走就变了呢？

卫哥目光闪动：“可能刚才走得太急，没留意途中有岔道，退回去再走一遍。”

老董惨然道：“刚碰到鬼打墙的人都这么想，抱着侥幸心理一遍遍来回试，结果弄得精疲力竭。”

“就试一遍总没关系，我们有这么多人呢。”卫哥坚持道。

“没用的，没用的。”老董连连摇头。

卫哥看着我问：“你的看法呢？”

“不妨试试……”

这时郭项龙突兀说：“不是那间，铜灯上没有熏烟。”

凑上前一看果然如此，铜灯顶部一尘不染，灯芯也只有浅浅一层黑边，没有燃烧的痕迹，大家心中大定，一窝蜂挤进来四下张望，感叹古人巧夺天工的设计，竟能在山里开掘两个一模一样的石窟。

铜灯图案也相差无几，仅仅射击角度略有区别，毕竟是手工绘制，不可能做到整齐划一。从西北角石门继续前进，走了三十多米又有个石室，里面也挂着八角铜灯。

卫哥皱眉说：“到底什么意思？没完没了。”

“鬼打墙，真是鬼打墙！”老胡猛地大声叫道，把我们吓了一跳。

蓝真真瞪他一眼嗔道："每一间不一样的，别大惊小怪好不好？"

老胡颤巍巍指着东侧石壁上一个三角形说："看到没有，这是我在第二个石室里做的记号，用碳素墨水写的，不信你们摸摸。"

郭项龙大步过去用力一抹，然后说："不错，是碳素墨水。"

我失声说："完全不可能嘛，出第二个石室后，我们分明朝一个方向走，用途又没有拐弯，怎么会，怎么会转回来了？"

"鬼打墙素来如此。"老董幽幽地说。

卫哥在石室里转了一圈说："我记得大家从东面进来，从西北面离开，这回干脆走回头路，从东面退到第一间石室再做打算。"

老董嘴唇翕动想表示反对，但随即闭上嘴什么也没说，默默跟在队伍后面。走了长长一段路，远远出现一个石室，老胡大步冲进去看，只听见"啊"一声，他呆呆伫立在石壁前，石壁上醒目地画着一个三角形。

这回连卫哥都相信遭遇到鬼打墙，所有人默默无语，惶惑不安地看着八角铜灯，此时最后悔的要数郭项龙，若非他发现两间石室不同，索性原路退回恐怕不至于陷入困境。

卫哥沉吟良久，对老董说："你是行家，能否走出去全靠你，按以往经验，遇到鬼打墙应该怎么做？"

"挖墙，拼命朝一个方向挖开逃生通道，但这里全是石头……"老董无精打采道。

"这样好不好，我们兵分两路，一路从东门走，一路从西北门走，如果途中碰到就说明这是个封闭的圆圈。"卫哥说。

"如果碰不到呢？大家岂不是又失散了。"蓝真真诘问道。

"与其聚在一块儿等死，不如各自求生，"卫哥说，"我的意思是，失散了反倒是好事，证明有出路通向外面，只是我们没注意而已。"

经他一点拨大家都明白了，当下卫哥、老胡、我一组从东门，郭项龙、老董、蓝真真一组从西北门分头行动。

大概心里焦急，三个人走得特别快，沿着狭窄的石甬道一路小跑，十多分钟后进入一间石室，还是八角铜灯，还是老胡画的三角形，只是郭项龙等人不见了。

"唔，事情越来越怪异了。"卫哥两腮绷得紧紧的，努力克制着不安。

老胡头摇得像拨弄鼓，眼睛瞪得有铜铃大，黄豆大的汗珠直往下滴：

“不对，不对，一定哪儿出了问题，一定是的！”

卫哥柔声道：“老胡，哪儿不对劲？”

他边说边慢慢靠过去，双手背在后面冲我直摇，暗示我提高戒备，我也看出老胡有些反常，连忙远远避开。

“别靠近我，一个都不准靠近，这里有鬼，有害人的鬼！”老胡嘶厉地叫道，神色狰狞，脸上肌肉直哆嗦，挥舞双臂阻止卫哥接近。

“哪儿有鬼？我怎么没看见？”卫哥还是微笑的样子。

“我就是知道，它一直躲在附近，它在监视我们，在捉弄我们，我要跟它拼命！”老胡大吼道，情绪完全崩溃。

卫哥突然一指他身后：“我看到了，就在那儿！”

老胡下意识回头看，卫哥闪电般冲上去骈起双指在他胸前连点数下，老胡顿时瘫软，摇晃两下倒在地上。卫哥撬开他的嘴，喂了几粒宁神清心的药丸，又在他身上拍打了几十下，最后单掌当胸一击，老胡方悠悠醒来，这才说出刚才深受刺激的原因。

前一次在石室见到三角形，虽是亲手所画，总觉得有问题，琢磨了半天才想起一个细节：为了证实真伪，郭项龙曾用手抹了一下，因此三角形上应该有涂抹的痕迹，而这里没有。

但是不是确有其事呢？老胡也不敢确定，更不敢随便说出口以免引起恐慌，于是临出门时用小刀悄悄在门口石壁上刻了个“胡”字。等进了这间石室他惊骇地发现虽然有三角形，门口石壁却没有“胡”。

显然有人暗中模仿他的笔迹画三角形，使我们误以为陷入鬼打墙，其实前面进的都是不同的石室，只不过大小、布局、形状完全相同，又有三角形记号误导，才使我们信以为真，还因此拆散了队伍。老胡悟出其中关键，又气又悔，更怀疑这种狭小仄窄的空间根本绝无可能躲在旁边监视，除非有鬼，一时想岔了气导致情绪失控。

我松了口气，只要不是鬼打墙就好办，假冒三角形八成是神秘人的杰作，他不愿与我们正面冲突，躲在暗处耍这些伎俩，一方面说明我们走的路线不错，使得他必须出面阻拦，另一方面我们还未到核心地段，因此没有采取更直接更凶狠的手段。

“神秘人的问题暂且不要管，那家伙来无影去无踪，功夫又高得吓人，跟他斗气也白搭，我们赶紧回头与他们会合。”我说。

卫哥笑了笑："好不容易走到这里，回去干什么？不如跟我们继续向前，有了收获不会亏待你。"

我心中一凛，卫哥这厮根本没把承诺、信用、道德放在眼里，说翻脸就翻脸，是个难缠的主儿，还是别惹恼了他，遂道："老董盗墓经验丰富，缺了他是一大损失。"

"少蒙我，古蜀国的墓与中原地区迥然不同，他那点经验拿到这儿一文不值。"

卫哥不屑说着抬脚就走，走了两步突然"啊"一声连退两步，吃惊地看着东门——

石门内侧斜立着一个高大的身影，遍身盔甲，手握一根三面四刃长矛，正好融在阴影里，若非凝神细看根本无从发觉。

蒙面神秘人？

他终于要对我们下手？

第四十三章　殉葬内宫

卫哥一挥手，与老胡手持匕首一左一右围上去，五米、四米、三米、两米……

黑影毫无反应，始终屹立不动。

我吐了口气："不是他，应该是殉葬武士。"

老胡一个箭步冲上前，单手搭住黑影肩头，匕首横抵在对方脖子上，黑影如崩坍的积木"哗啦"四分五裂，枯朽焦黑的铁片中露出皑皑白骨，散发出霉朽难闻的味道。

再往里走，甬道两侧每隔七八米就矗立着一个武士，连绵延伸数里路，走在刀林剑阵当中，虽说已枯朽千年，还是感觉到王侯帝室特有的森严肃穆气氛。到了尽头甬道陡地向上直升，石阶边换成高髻长袍的绿衣人，一个挨一个，密密麻麻排了二十多人，均双手负在背后，头垂得很低，估计是失去知觉后被强行押到墓里摆布而成。

石阶平台上有两块巨大的岩石，各刻着一幅彩色岩画，不偏不倚正好挡住我们的去路。

老胡想上前推，被我拦住，卫哥也吩咐说越到后面越不能轻举妄动，多看少动。

左边岩画画着盛大的祭祀场面，高高的祭台中央站着身材修长、披头散发的巫师，身穿青色祭袍，表情严肃地对着天空挥舞玉剑，祭台四角各有一人，也穿着青色祭袍，神情间透出一股倨傲和自大，他们嘴角和耳朵都涂了浓艳的朱砂和彩绘；台下人群成八字形站成两队，左边均穿着灰色盔甲，右边是一袭绿色长袍，当中有个身材魁梧的红衣人，手执金杖，金杖上刻着弓箭射鱼，身体背对祭台看着人群，脸上带着微微笑意，他笑得很奇怪，既有点玩世不恭，又有种胜券在握的自信，总之缺少祭祀这种场合应有的尊敬。

“红衣人就是古蜀王，也是这里的墓主吧？”卫哥问。

我点点头：“弓箭射鱼，应该是古蜀王鱼凫了，蚕丛统治后期古蜀国渐渐形成两个统治阶层，一是巫师为核心的神权力量，一是古蜀王以核心的世俗力量，表面上两股势力和睦相处，共同欺骗镇压普通民众，私底下他们也有残酷激烈的权力斗争，有时甚至是你死我活，这幅画就表明当时双方已争斗到一定程度，将不可避免进行摊牌，巫师自以为早有准备，而鱼凫却手握奇兵，打算打对方一个冷不防。”

老胡冷峻的脸上难得露出笑容：“怪不得人家说知识就是力量，简简单单一幅画竟能分析出这么多名堂，再看这幅。”

右边岩画画的是鱼凫死后下葬的场景，以山峰为界划为两个区域，山外黑压压的人群面朝山峰，为鱼凫的去世表示哀悼，洞内低层有两位侍卫手握兵器靠在一起说话；头顶上石室里五个巫师围成一圈，手掌合拢在胸前，中间吊着巨大的八角铜灯，好像在为鱼凫的亡灵祷告；顶层石窟安放着灵柩，英明的古蜀王鱼凫静静躺在里面，神情安详，身边有支熠熠发光的金杖，头枕一只方形小匣子，与蚕丛古墓壁画上描绘得一模一样。

看到这里我心头掠起层层寒意：老天，天底下竟有这种匪夷所思的事！

按时间顺序蚕丛与鱼凫中间隔了个柏灌，即使不像神话中所说每代古蜀王统治达数百年之久，起码也间隔四五十年。那么蚕丛下葬时绘图者何以能准确预见到几十年后方匣子落到鱼凫手上，而且作为陪葬品下葬到木栈山密洞？他将方匣子的去向郑重其事画在蚕洞内又出于什么深远考虑？

见我呆呆出神，卫哥和老胡交换一下眼色，老胡有意无意挡在岩石前道：“又有什么新发现？这会儿每一点线索都至关重要，你可不要藏私。”

“有点耐心好不好？这种图需要反复琢磨，推敲其中的奥妙。”

“喔？”卫哥看看我，又看看岩画，警觉地说，“你肯定发现新问题了，快说，不然的话……”

老胡上前用力扣住我锁骨，匕首抵在后心，稍一用力就能刺进去。

我冷笑道：“你们不就想得金杖吗？这么性急未免过分了一点，现在离核心墓室尚有一段距离，翻脸的话只能两败俱伤。”

卫哥仰头大笑，突然说了句出人意料的话："你自以为继承了郁教授的衣钵就了不起是不是？世上又不止你一个人了解古蜀国。"

"你……你怎么知道我是郁刚教授的学生？"

卫哥深沉地说："我对你、阿诚、老董、蓝真真和郭项龙的情况了如指掌，而你们对我却一无所知，这就是我的优势。"

"未必，至少我知道老胡是特种兵出身。"

老胡冷冷道："是郭项龙胡乱猜的吧，那可没准。"

我一滞。

原先我们猜测信息来源于上线彪哥，后来一想阿诚从未在他面前提过我、蓝真真和郭项龙的情况，我和郁刚教授的关系更是鲜为人知，卫哥从哪个渠道打听到的？

老胡恶狠狠道："不肯说是吧？我有个最简单最直接的办法！"说着高高挥起匕首，白光一闪扎向我心窝！

"慢！"

卫哥手一托，匕首刀锋从我胸前擦过，明知两人在做戏还是吓出一身冷汗。

"别鲁莽，只要他愿意合作，什么事都好商量。"卫哥假惺惺说。

老胡凑到离我的脸不足三厘米之处，粗大的鼻毛清晰可见，咬牙切齿道："看在卫哥的份上放你一马，别惹恼我，否则……哼，实话告诉你，老子不是什么特种兵，而是刀口上舔血的雇佣兵！"

怪不得有这么重的戾气！雇佣兵是世界上最特殊、最可怕的兵种，是一群纯粹为了个人利益而战斗的人，他们没有意识形态、政治信仰或道德原则，谁出的价钱高就为谁打仗，个个身经百战，铁血而残忍。

我咽了一口唾沫："从两幅图看，这里确实与蚕洞一脉相承，金杖也在鱼凫的墓里，可是……图上并没有接下来如何走的提示。"

卫哥道："武士守卫、文武百官护驾，大概是传说中的冥殿了，生前享受一呼百应、前护后拥的尊贵，死后还要把排场带到阴间……按习惯，石头后面应该存放棺材，象征着鱼凫的王座。"

"如果这样的话，宽带面神秘人会不惜代价现身阻止……"我说。

卫哥笑道："也许他看到连鬼打墙都吓不住我们，索性放弃努力了吧，他的身手固然了得，我们也不是好捏的柿子！"

老胡听了大步上前双手撑在左边岩石上用力一推，岩石纹丝不动，他喃喃骂了一句，又大力推右边岩石，只听见“格”一响，岩石向后挪了几厘米。老胡顿时受到鼓励，在手心连吐几口唾沫，准备再接再厉，蓦地甬道起阴风乍起，排在两侧的绿衣人突然抬起头来，呆滞冰冷的眼中闪动着阴森森的绿光，“夺夺”几声，四个绿衣人飞箭般射向老胡，八只手臂扼向他的咽喉！

“僵尸！”我惊喝道。

老胡来不及躲避，双手护住咽喉，身体如箭垛般被僵尸击中，八只手紧紧卡在他手上，转眼间老胡脸色一片青紫。

卫哥正待上去救援，六个绿衣人悄无声息将我们围在中间，双臂垂在两肋，身体一上一下轻微晃动，口鼻里弥漫着淡淡的轻烟。

卫哥觑个空档猛冲过去，刹那间七八条手臂如利刃般刺向他胸膛，卫哥身体像能折叠的弹簧连续折了三道团成初生婴儿大小，从一名绿衣人裆下滚到圈外，谁知塑立在一边的几名绿衣人陡地加入战团，叠罗汉似的一个接一个接上去，瞬间将卫哥压在最底下。

我挥动打火机想强行突围，不料绿衣人对火毫不畏惧，单掌一拍就将打火机劈掉，十指直刺我心窝，我踉跄绊倒在地，被后面绿衣人重重压上来，张开大嘴獠牙利齿咬向我的咽喉。卫哥正好挣脱出来，甩手掷出一柄匕首刺入它嘴中，绿衣人喉间嘀嘀数声，竟硬生生将匕首咬成几截。我趁势钻出来滚到一边，利用僵尸下身僵硬，不能弯曲屈蹲的特点连滚带爬向卫哥靠拢。

眼下只有卫哥才能救我。

卫哥一个鲤鱼打挺突出重围，后背被绿衣人揪住，他反手一绞一扭，竟然将它的手臂硬生生扯断，但绿衣人并不晓得疼痛，反而利用他停顿的工夫用另一手插向肋部。卫哥灵巧转身顺手拉过一个呆立不动的绿衣人迎上去，“噗哧”，绿衣人毫不留情十指插入同伴体内，身体接触部位腾起一股轻烟。

平台上老胡费尽力气推开咽喉间的手，与四个绿衣人战成一团，它们身体坚硬无比，不惧打击，而且力大势沉，老胡不敢硬拼，只能采取游斗战术在狭小的空间里腾挪闪避，台阶边站了一排呆若木鸡的绿衣人，垂着头一动不动，但只要老胡冲到它们身前一定范围，便被同时出手将他逼回原处。它们刚好形成一道屏障，切断老胡和我们的联系。

"快退！"

卫哥见势头不对，索性不管老胡死活，拉着我直往后面跑，然而两侧绿衣人不断苏醒过来，更远处刀枪林立的武士也蠢蠢欲动，即将加入战斗。我隐隐猜到它们陆续苏醒一定与两块岩石有某种内在联系，只是一时悟不出其中关节。危急关头卫哥终于亮出绝招，从腰间解下一根黑色皮鞭，看不出材质，双手一抖便变得笔直，鞭面两侧是又薄又亮的刃口，正反两面凸出无数颗不规则尖角，奔跑间大力挥舞，"唰唰"几下将身边三个绿衣人击倒。

绿衣人根本无视皮鞭威力，前赴后继向前冲，卫哥扫了一眼意识到硬闯已不可能，喝道："跟老胡会合！"

他骤然反身回冲，我偷空扎了两个火把四下出击，虽无太大杀伤力，也把绿衣人烧得周身焦黑，甬道里充斥着皮革焦味和令人烦闷欲吐的恶臭，绿衣人虽是僵尸中最低等级的行尸，没有意识，没有思维，但天性中自有人类欺软怕硬的特性，纠缠在我周围的比卫哥明显少得多。

相比之下老胡的麻烦更大，他拼着捱了两下重击，用匕首斩下一个绿衣人的脑袋，它刚倒下随即有绿衣人补充上去，还保持四个人的攻击局面，台阶下一排绿衣人依然垂手而立，对平台上的战斗不闻不问。

"不好，它们想用车轮战累死老胡！"卫哥看出问题，手底发力又扫倒五六个绿衣人，眼看离台阶只有四五米距离，甬道里突然传出一阵尖锐的呼啸声，仿佛得到召唤似的，所有绿衣人和武士全部动了起来，里三层外三层包抄上来，瞬间将我和卫哥分隔开来，别说与老胡会合，就是想靠近卫哥都困难重重。

"噗"，一个绿衣人猛地冲过来打掉火把，另一名绿衣人以身体压在火把上，"滋滋"，一股奇臭扑面而来，其它绿衣人眼中绿光大盛，"噗"又一下打掉仅存的火把，如法炮制用身体将它扑灭。

这一来我只剩下一柄藏刀，而围在四周的绿衣人有十多个，绿影幢幢中卫哥好像在另一个世界，连影子都看不到。

蒙面神秘人终于出手了，一出手就是最致命的杀招！

生死关头我紧绷绷的神经反而松懈下来，有种如释重负的感觉：死在僵尸手下，大概是盗墓者应有的宿命吧！

第四十四章　铜柜奥秘

抱着豁出去的想法在僵尸堆里继续搏杀，绿衣人没有喜怒哀怒，依旧插、拍、扫、撞，双臂舞得虎虎生风，拳影中一个疏忽右胸被一把揪住，眼看七八只爪子直刺心口，我急中生智挥刀割掉一大块衣服，就地一滚向后退了两步，不料被后面两个绿衣人候个正着，一个压在我身上，一个张开大嘴咬了过来。

持刀的右手被对方压住无法动弹，情急中腾出左手在怀里胡乱掏出个东西往它嘴里一扔！

这本是绝望之中下意识的反应，不想却收到了奇效，那东西与绿衣人脸部一接触，它便低吼一声仰面倒地，接着围在四周的绿衣人纷纷退后，仿佛对那东西十分畏惧。

我定睛一看，原来是玉胎碎片！脑中顿时闪过一串念头：玉自古以来是避邪祛祸的灵物，很多古尸身上也经常佩戴玉饰，一是镇妖除恶，一是防止尸变；玉胎凝结玉石精华，是玉之极品；玉胎对僵尸有克制作用！

想到这里我一骨碌翻身捡起玉胎碎片，握在手里向绿衣人逼近，所到之处它们连连后退，嘴里发出"嗬嗬"声。我突地前冲两步将玉胎碎片敲在一名绿衣人臂上，只见它手臂迅速枯黄脆碎，一截截掉在地上，其它绿衣人哗啦四下散开，没过多长时间如潮水般从甬道里撤得一个不剩。

老胡伏在地上呼呼呼直喘气，连抬头的力气都没有；卫哥双臂撑起身体茫然看看左右，诧异地说："你还没死?"

我担心两人知道真相后起贪念，装作摸不着头脑的样子。三个人休息了好一会儿才起身，相互包扎伤口，讨论如何对付平台上的岩石。

现在可以确定右边岩石是触发僵尸复活的机关，尽管此刻僵尸都撤退了，安全起见还是少碰为妙，保不准又蹦出什么东西来，想来想去只有采取老胡的建议：炸！

因为我们不能再慢慢磨蹭下去了，在这个洞里呆的时间越长越危险。

老胡果然是训练有素的好手，没多久就凿好爆炸眼，填放好火药，"嘭"一声沉闷的巨响，两块岩石中间炸出一道裂缝，清理掉碎石举着火把一照，里面反射出满室金光：

岩石背后是堆满了青铜器的石厅！

石厅三面沿墙摆放着各式各样的青铜器，有雕着金龙的方尊、有惟妙惟肖的蟾蜍、有古朴端庄的香炉，还有青铜立人、青铜虎形器、龙柱形器、青铜鸟头、青铜面具等等，两边墙角各倚着一棵两米多高的通天神树，石室正中是一个正方体形状的物体，类似老式家具里的大立柜，前面是四扇门，没有脚，底部好像铸在岩石上，每个门把手上均挂着手掌大的金环，我掂了掂感觉不是镀金，是货真价实的金环。

卫哥和老胡显然从未见过这种窖藏规模的青铜器皿，两眼发出狂热炽烈的光芒，恨不得生出翅膀把所有东西都运出去。老胡一双大手在器皿上来回抚摸，不停地说"我一定要带走"，他试着背起一具铜蟾蜍，身体被压得踉跄几个来回，差点摔倒，我赶忙扶住他，劝道别着急，慢慢来。他痛心疾首说这么好的东西如果不能运走，该有多大损失？

卫哥对青铜器颇有研究，转了一圈说从材质和做工来看，其铸造水平已达到较高的水平，丝毫不逊于三星堆青铜器，与你们从蚕洞拿出来的青铜挂件也差不多……这就奇怪了，从蚕丛到鱼凫少说也有四五十年，这段时期里古蜀国的冶金和锻造技术既没有进步，也没有任何改进，始终保持在同一个水平线上，好像，好像有点说不过去……

我说围绕着古蜀国的谜团太多太多，就拿前面遇到的铜灯石室来说，要在山洞里挖出七八个一模一样的石室，在工程、施工、设计等方面要面临多少障碍和挑战？即使让有现代化装备的工程兵来都未必能做到这样出色。

卫哥颔首："有道理，老胡在中非当兵时守过金矿，想必了解其中的学问，老胡，老胡……"

老胡充耳不闻，嘴里不知嘀咕着什么，忙着强行拽下青铜器上的小饰件揣进怀里，眼看一件件造型独特、精美绝伦的青铜器被破坏了整体美和精妙组合，连卫哥都皱起眉头，语气中带着不悦道："老胡，前面还有很长的路要走……"

"我不管，我哪儿也不去，有这么多青铜器就够了。"老胡头也不抬说。

卫哥瞟了我一眼，似乎有些尴尬："老胡，别忘了我们之间的约定，在整个行程中你必须听从我的指挥。"

"那又怎么样？你把我从监狱中里捞出来，这一点我非常感谢，但不代表你就能对我指手划脚，把我当奴才使唤，我答应到这儿是想发笔小财，现在小财变成大财，哪有眼睁睁放弃的道理？"老胡嘴里滔滔不绝，手上也没闲着，一口气摘了三个青铜饰花，两只紫铜小葫芦。

"老胡！"卫哥终于按捺不住，暴喝道，"快停下来，否则别怪我不客气！"

老胡一怔，慢慢站起身冷笑道："之前你答应过三七分成，我又不会多占便宜，你这么着急干嘛？难道想独吞？"

看来卫哥与老胡的关系并不是想象中牢不可摧，两人之间可能存在某种约定，我不想搅和到内讧当中，悄悄退到一边。

卫哥指着被摘掉饰件的青铜器，心疼地说："你懂不懂艺术品的价值？这尊九龙争珠青铜雕至少值八十万，被你硬拽下圆珠后青铜雕就失去了象征意义，画面感和和谐性也大打折扣，现在连二十万都不值……你想发财是吗？进来的人谁不想发财？但是发财也要有点技巧，像你这样简直是买椟还珠，捡了芝麻丢了西瓜！"

"我才没那么傻，"老胡哂笑道，"大道理谁不明白？把这屋子里的东西运到香港，我们个个都是亿万富翁，才不需要争得死去活来，但可能吗？我已经试过，这里每件青铜器重量都在几百斤以上，能否运下悬崖，安全渡江都是问题，更何谈通过海关，不如现实一点，捡些方便携带的东西拿。"

卫哥也意识到自己太急躁了，稍稍缓和些语气："这件事并不是一锤子买卖，是项庞大而系统的工程，我们现在正在做前期勘查调研，等确定宝藏的规模后还要进行详细的规划和论证，要……"他瞟瞟我刹住话头，"总之不是你想的那样顺手捞几件东西就完事，明白我的意思？"

“明白，正因为明白我才见好就收，不然等出了洞你们人多势众，后台又硬，哪有我说话的份儿？卫哥，今天索性打开窗户说亮话，我老胡在木栈山里鞍前马后出了不少力，如今差不多告一段落，前面纵使有路也不会太长，我不贪心，捞几件顺眼的小东西就此告辞，后面祸福自担，不敢劳你大驾。”

卫哥不愧是人中之龙，没有跟老胡在这个问题上纠缠，半真半假道：“你确实拿的是小东西，却留下一屋子被毁掉的艺术品，这账怎么算？”

“我……”老胡没料到卫哥来这一手，一时语塞。

“真想走我也不强留，但也别着急，待会儿再说嘛，”卫哥抢到主动后泰然自若说，“譬如这间屋子看似已到尽头，前面无路可走，不妨仔细研究一下有没有暗洞密道。”

经他一说我也从璀灿夺目的青铜器上移开目光，环顾四周都是坚硬结实的青岩，没有缝隙，也没有裂痕，表面光滑如镜。按在蚕洞的经验，机关应该隐藏在通天神树里，我走过去试着拨弄了一番，甚至和卫哥一起挪开神树，毫无反应。

“这几只小鸟蛮不错。”老胡又看中神树枝头上的金鸟，逡巡着想摘下来。

卫哥有意无意挡在神树前，笑道：“老胡，临走前再帮我们做件事吧，打开中间铜柜看看里面有什么名堂，要是藏着宝贝，分一票再走。”

“喔？”老胡一瞥黑黝黝的大铜柜，脸上犹豫不决。

我暗想卫哥好阴险的心机，其实一进来我就感觉到整个屋子里最奇特、最令人不安的就是大铜柜。古蜀国青铜器的共性特点是结构精致、线条优美，就算庞大的物件都能设计得轻盈活泼，而大铜柜完全背离这些特征，既笨拙又粗重，毫无美感可言，放在满屋子光彩夺目的青铜器中间，显得突兀且不协调。

如果这间屋子存在古怪，必定在大铜柜之中。

老胡陷入两难境地，一来如果拒绝，正好给卫哥翻脸的理由，交起手来老胡明显不敌，二来他毕竟身经百战，何尝看不出大铜柜的蹊跷，卫哥明摆着拿他当炮灰，试探大铜柜虚实。

屋子里静得可怕，气氛僵至极点，卫哥与老胡你看着我，我瞪着你，目光中闪动着捉摸不定的光芒。

经过令人窒息的十几秒钟，老胡终于轻笑一声："好，既然里面有宝贝，不要白不要。"

他束好衣服，右手紧握匕首，一步步走到大铜柜前面深深吸了口气，抓着中间两个金环，手指分明在颤抖，眼角肌肉也在剧烈跳动，停了会儿他咬紧牙关，单手用力一拉——

"哗啦"，铜门是四扇合页结构，一拉之下完全敞开，没有射出弓弩飞刀，也没有其他古怪。铜柜中间有道隔板将里面分为两个大小相同的小立柜，各端放一只低矮的小铜凳，四个凳脚都铸在铜柜底座上，老胡用力掰了几下没掰动。隔板上有个巴掌大的小圆轮，内有三道光芒状分支，类似汽车方向盘。

"太阳轮!"卫哥惊呼道。

我一怔，没料到他居然知道太阳轮。三星堆出土的青铜器里也有一只太阳轮，比这个大两圈，镀金，学术界公认它没有实际功用，只是象征古蜀国人对太阳的崇拜，与通天神树、烛龙、面具相比大为逊色，因而默默无闻不为人所知。

老胡随手一扳，太阳轮逆时针旋转了半格，啧啧有声道："咦，它真能转，会不会是机关按钮?"

"别乱动!"卫哥急忙喝住他，转头问道，"你看里面有什么名堂?"

我围着铜柜走了一圈，摸摸小铜凳道："这个凳子，这样的空间，好像暗示应该坐进去，上次蚕洞也有这种设计，叫……触发雷原理，铜凳承载一定压力后形成力量转换，从而触发内部机关。"

老胡一听就理解："重力杠杆，以人体体重的平均值设定承重上限和下限……不过这是70年代美国人在越南战争中研制出的玩艺儿，几千年前的人能掌握这么高深的诀窍?"

"宁可信其有，不可信其无。"我说。

卫哥露齿一笑："老胡，还得麻烦你……"

"不不不，不应该是我，"老胡指着我说，"他说可以坐进去的，这回轮到他当试验品。"

"我只是分析理论上的可行性，不能作为行动依据……"我慌忙说。

卫哥又笑了笑："光有理论没有实践也不行，老哥，坐一坐又有何妨?"

“是啊，万一出问题有我们在外面看着呢。”老胡又跟卫哥站到同一阵营。

作茧自缚大概就是形容我这个傻瓜吧，我暗叹一声，知道卫哥不敢逼迫老胡过甚，只得柿子挑软的捏把我作为牺牲品，遂摇摇头钻进去坐到铜凳上。

铜柜一点反应都没有。

卫哥和老胡对视一眼，卫哥指指门，老胡会意，伸手去拉铜门——

“等等，”我叫道，“麻烦你们……各撕一块衣角给我，最好签上自己的名字。”

卫哥狐疑问道：“为什么？”

我不知道这样做的原因，总之觉得不妥，好像要发生什么可怕的事似的，心里充满了彷徨与无助。

两人也不追问，用匕首割下巴掌大的衣角，签上字后递过来，然后老胡一拉铜门，“砰”，柜子里一片漆黑，紧接着铜柜底部传来低微的“嗡嗡”声，没等我琢磨过来怎么回事，身体陡地一沉，一股疾迅而飞旋的力量将我拖向无穷无尽的深渊中……

刹那间我陷入前所未有的痛苦和难受，整个身体好像被撕裂成若干块，在油锅里煎炸、在烈火中炙烤、在钝刀下切割，我的灵魂我的痛楚我的知觉正一点点从体内抽离，感觉自己像花儿一样迅速枯萎，不久将消失得无影无踪。

挺住，一定要挺住！

我不停地鼓励自己，然而巨大的昏眩如同挥之不去的梦魇，转瞬将我吞没……

第四十五章　失魂落魄

“晓飞，晓飞！你在想什么？”

我打了个激灵，从恍惚中清醒过来，却见郭项龙在身边诧异地看着我。两人正站在悬崖中端的石洞里，洞外悬挂着一道银白色水帘。洞外右下方有个四五平米的平台，斜上方罩着一块巨石，正好可供栖身，平台底下是层峦叠嶂的岩石。

此情此景，看在眼里竟有几分熟悉，像是在哪儿见过似的，我呆了半晌问：“我们怎么会到这儿的？刚才发生了什么？”

郭项龙眼中惊异之色愈浓，拭拭我的额头道：“你怎么了？之前我们一起困在石谷底下，后来玉胎从石壁里跳出来与我们交手，你拿玉刀吓跑了它，于是一路爬到这里……十几分钟前的事，你都忘了？你怀里还有块玉胎碎片呢。”

“我……我……”

摸着滑腻温润的玉石，心里却泛起一阵阵疑惑：困于深谷、与玉胎搏斗确实是我亲身经历的，可为什么觉得已发生了很长时间呢？

“你脸色很不好，要不要休息一下？”郭项龙关切地说。

“没事，就是有点昏。”

他将头探出洞外四下张望一番，指着右下方平台说：“那儿地形不错，又能休息又能鸟瞰潭面，我下去瞧瞧。”

“不能下去！”我脱口叫道。

郭项龙不以为然：“怕什么？凭我的身手跳过去小菜一碟。”

我紧紧拉住他：“不行，绝对不行……”

虽然我说不出阻止的原因，可潜意识里认定平台是个危险的地方，一旦下去将遭不测。

为什么突然生出这种感觉？我也不知道。

郭项龙好像突然想到什么，笑笑说："不去就不去，光看瀑布和水潭也研究不出名堂，不如回去找找，说不定有其他路。"

"是啊，是啊。"我如释重负，好像扔掉一个可怕的心理包袱。

在上斜的甬道里爬了几分钟，郭项龙率先跳入一个小石洞，洞内石壁上一字排开三个半人多高的洞穴，我渐渐回忆起来，喃喃说不错，我好像来过。郭项龙失笑说当然了，应该在半小时之内。

半个小时？我又迷糊了，脑中一片混沌。

郭项龙在洞里转了一圈，脸色凝重说有人来过，两个人。

你怎么知道？我问。

他指着左侧洞穴边淡淡的脚印说此人身高一米七四左右，体重七十五公斤，身形略滞，身手并很不高；后面那个……好像是阿诚！

阿诚？我顿时想起他和我一起冲入瀑布的，然而我阴差阳错和郭项龙在一起，他却下落不明，莫非玉胎打通山内各处通道，他也得以逃生？

你怎么认得出他的脚印？我问。

很简单，阿诚有点内八字，反映在脚印上内侧痕迹重，外侧轻，而且他穿的旅游鞋底是波浪状花纹，跟我们不一样。

是吗？我好奇地抬起脚一看，鞋底是半封闭云纹，果然与阿诚有区别，郭项龙的细致入微可见一斑。我隐隐产生一个念头：这仅仅是他主动说出来的，平时我们不知有多少习惯和细节被尽收眼底，成为他分析和掌握我们动态的第一手资料呢。

郭项龙似乎意识到说得太多，皱皱眉头边带头钻入左侧洞穴，边说如果前面不是死路，就有希望遇到阿诚。

"这条路……我们走过吗？"我茫然问。

他停下来细细审视我，郑重其事地说："你真忘了刚才经历过的事？"

"我记得我们俩困在深谷底下，然后玉胎从石壁里钻出来大打一场，你开枪打死一只，我用玉刀把另一只吓跑，后来……后来就有点糊涂了……"

郭项龙敲敲脑袋道："看来有问题，因为我也记不太清楚后面的事，只是我受过特殊训练，能在短时间内恢复记忆，所以事情就很邪门了……"

“邪门在哪儿?”

他一字一顿地说:“为什么我们俩对同一个时间段产生记忆模糊?刚才我想从洞口跳下去时你尽力阻止,我也生出某种不祥的预感,好像……怎么说呢,好像做过类似的梦,坐下去即将遭遇不测似的,因此我没有坚持,现在回头想想还是不对劲,你也罢了,我可是经过特种训练,在意志力方面远远超过常人,不可能恍惚到这种程度。”

我没有领悟出他话中的含义:“或许我们在深谷里困得太久,与玉胎拼斗又耗尽体力,被山风一吹有些迷糊。”

郭项龙停下脚步,踌躇良久,仿佛在惦量说还是不说,思想斗争了三四分钟才说:“晓飞,作为特种兵,我参与过一些极其尖端的秘密试验,有些要隔十年、二十年才能解密,有些则一辈子都不能说,其中有一项试验就是关于记忆,当时进行了正反两方面试验,一是像抹磁带信息似的将大脑中任意一段记忆封住,一是采用特殊的刺激手段,激活被封冻的记忆……”

“喔,这个技术成功的话可以应用到间谍战,间谍获得情报后将记忆自我封冻,既防止无意中泄密,又可以预防被捕后的测谎测试和催眠术……”我脱口而出。

他谨慎地说:“我只参与测试,并不知道它的用途,但是刚才站在洞口间瞬间的感觉,的确与记忆被封冻的感觉很相似,因此我怀疑我们俩与石胎激战后又发生了一些事,可那段经历被封冻了。”

我悚然一惊:“不错,这一路上我就有这个感觉,好像做了个长长的梦,醒来后却什么也想不起来……这个洞太怪异,得赶紧出去!”

两人加快脚步向前,走到十多米时陡然从侧面吹来一阵急风,将郭项龙手中的火把吹灭,我掏出打火机刚刚打燃,迎面“呼”地冲来一大团黑黝黝的东西,郭项龙眼疾手快在我肩头一压,“笃”,只觉得头盔被重重一啄,伸手一摸居然啄了个洞,不觉骇然失色:

“蝷蠖!”

黑暗中郭项龙举枪便射,“砰!”,枪声响彻石洞,蝷蠖怪叫数声,拍打着翅膀迅速飞出我们的视线。

郭项龙看着它消失的方向,静静地说:“它叫蝷蠖。”

“是啊,一种极为罕见的远古生物,极寒极阴,畏惧火光。”

"你是怎么知道的?"

我被他一问顿时瞠目结舌，舌头在嘴里转了半天才期期艾艾地说："应该是以前学过，我学的考古系嘛。"

"我没学过考古，以前也没有进过古墓，可在你叫出'蟒蠖'之前我头脑中也跳出这两个字，又是为什么?"

我终于反应过来："你的意思是我们俩曾遭遇过蟒蠖，而且在别人的指点下了解到它的情况?"

"我敢肯定，被封冻的应该是很有趣的经历。"郭项龙说。

我们向侧面风源走了几步，在火把的照耀下，前面出现一段笔直而宽敞的甬道，甬道两侧石壁上布满大大小小的洞穴，里面传出鬼哭狼嚎的啸声，忽儿像沙漠里的狂风怒号，忽儿像老妇人独自咽呜，忽儿像尖利的哨声夹杂铿锵的锣鼓，裹挟着强大的气流冲我们扑面而来。

我抢先一步准备强行进去，郭项龙一把拉住我大声说："不能冒失，里面风力强得超出你的想象。"

"贴着边走，小心一点就行了。"我不以为然。

他带我退到后面，四下收集了一大捧干藤包扎成足球大小的藤包，再揣两块小石头在里面加重分量，放在手中掂了掂，走到甬道口奋力往里面一扔——

藤包飞到甬道上空时，好像受到来自四面八方的巨大力量拉扯，瞬间分崩离析，藤条在半空仿佛被吸入碾碎机一样，先是断成无数截，然后在落地前便化为粉尘，消失得无影无踪。包在里面的两块碎石也被凌空吸入两侧洞穴之中。

我看得目瞪口呆，这才明白郭项龙阻止我进去的原因。

"知道风洞吗?"他问。

"中学就学过，风洞是人工产生和控制气流，以模拟飞行器或物体周围气体流动，并可量度气流对物体作用以及观察物理现象的一种管道状实验设备，是进行空气动力实验最常用最有效的工具，广泛应用于航空航天、交通运输和建筑、风能应用等方面，主要由洞体、驱动系统和测量控制系统组成，"说到这里我脑筋一转，"眼前的这个就是风洞？这，这怎么可能？风洞都是人工形成的实验环境啊……"

"在古蜀国的古墓里，一切皆有可能。"郭项龙好似有道高僧，悠悠说出一句禅机。

“如果人进入风洞，恐怕落得粉身碎骨的下场吧?”

郭项龙轻轻叹了口气：“六年前，我和一位战友奉命到某军事基地参加风洞测试，首长要求我们各驾驶一辆满载着仪器和棉花的卡车，以最高速度开到风洞口时跳下车，让卡车带着惯性冲进风洞，一是收集各种数据，二是观察棉花是随机散落还是遵循一定规律，我第一个开，顺利完成了任务，轮到那位战友时出意外了，不知什么原因，他准备跳车刹那竟然拉不开门把手，生机稍纵即逝，转眼间他连同卡车开进风洞……满满一车雪白的棉花，全被染得鲜红，星星点点分布在风洞四壁……作为一名特种兵，我见识过太多的死亡，也经历过战友倒在身边、死在怀里的场面，但这位战友的死最让我刻骨铭心!”

“这么说我们只有敬而远之，退回去另找出路?”

“未必，如果它是自然形成的，肯定受山外风力强弱影响，等到风力减弱我们就可以冲过去。”

“万一冲到半途风力又强起来……”我觉得这个主意太冒险，简直是在玩命，“还不如继续转转，没准有其他通道。”

郭项龙目光灼灼：“你想过没有，蚕洞，还有前面遇到的噬人藤、毒蟾蜍、瀑布，哪个不是绝于死地而后生的布置?几千年前的古蜀国人又不制造飞机、汽车，要风洞又有何用?分明是人为设置的障碍!”

这一点我也考虑过，但风洞与噬人藤和毒蟾蜍等不一样，一旦进入就是毁灭性的打击，没有一丝生还可能，可以说是不给入侵者半点幻想。

“还有，”郭项龙说，“刚才蟒蠖就是从风洞飞出来的，它能通过，我们为什么不行?耐心等待吧，说不定有奇迹出现。”

我无精打采地说：“最多等一个小时，否则立马回头……”

蓦地一股刺骨的寒风悄然掠过，洞内气温急剧下降，空气中弥漫起淡淡的白雾，令人头痛欲裂的“嗞嗞”声再度响起。

“玉胎……”

郭项龙才说了两个字，背后石壁上突然现出高大的白色人影，连人带火把将他扑倒在地，洞内顿时一片漆黑!

第四十六章　强渡风洞

我大喝一声“看刀!”，掏出玉刀冲上前，玉胎识得厉害，团身一翻钻入石壁，倏地便不见了。

“快点火把，”郭项龙从地上翻身而起，“我的枪……不见了……”

“啊？刚才你不是开枪击退蝴蠖吗?”我问。

“扑扑扑”，石洞里响起翅膀拍打声，蝴蠖又卷土重来，而且是从我们的来路方向发动进攻。我腾地点着打火机，他引燃两根干藤在空中挥舞，不料蝴蠖们根本无惧于米粒之芒，前赴后继直扑过来，掠起的冷风很快扇熄火苗。我正欲再次打火，一只蝴蠖呼啸而至，饶是我躲得快后背还是被刮了一下，火辣辣生痛，慌乱中打火机也不知掉到哪儿去了。郭项龙舞动裤腰带摆脱两只蝴蠖，拉起我就往风洞跑。

“干什么?”我猜到他想一赌生死，用力挣脱道。

“这是我们唯一的退路。”

我大喊道：“我们会像你的战友一样，被风撕裂成碎片!”

“那也比在蝴蠖爪下撕裂成碎片好。”

郭项龙将裤腰带舞成密不透风的幕墙，我这才注意到这是根环环相扣的钢带，每个扣环四周都磨成薄薄的切口，难怪全身坚如钢铁的蝴蠖也不敢轻易靠近。但是他的力气终究有限，只须力道稍弱，蝴蠖们便将发动最后的攻击!

“风力怎么样?”郭项龙边舞钢带边问。

“和刚才差不多。”

“再等等。”

冷静下来后我想起玉胎偷袭到蝴蠖攻击，似乎并不是巧合，应该经过周密的策划和计算。蝴蠖怕火，就让玉胎先发动袭击，熄掉火把后不知是谁暗中偷走了我们的护身符——双管猎枪；等我拿玉刀扑上去后玉胎撤退，蟒貘开始进攻，我们既无火把又无猎枪，只能朝风洞退。

“神秘人在幕后指挥这一切！”我说，“他想逼我们进风洞自杀。”

“我也想到了，可惜他不是无所不知的神，不知道我熟悉风洞原理和野外生存技巧，山谷间形成的自然风虽然强劲但不持久，一般不超过半个小时……这会儿风力怎样？”

“好像……小了点。”

“还会再小的。”他满有把握地说。

说话间冷不防六只蟒貘分上中下三层发动集团冲锋，郭项龙固然神通也抵挡不住如此巨大的冲击力，右臂一抖，舞动的钢带乱了分寸，当中一只蟒貘凶悍地抓向他心口。

“快跑！”

郭项龙见势头不妙，弃掉钢带转身就跑。刚踏入风洞口，凌厉刚猛的罡风逼得我们喘不过气来，衣服宛如一张薄纸，被寒气轻而易举穿越并侵入骨髓；再向前踏了半步，脸上肌肉都被吹得晃动起来，牙关震得格格直响，胸前几颗钮扣也一个个绷开，身体在衣服吹拂下摇摇欲飞，我害怕到极点，紧紧抓住郭项龙的手臂，示意赶紧回头。他艰难地抬起手指指身后，我一看，却见几十只蟒貘密密麻麻排在风洞口缓缓向前蠕动，与我们的距离不足五米。

郭项龙抬脚又用力迈出半步，脸已被吹得完全变形，连鼻子都向右歪了几厘米，衣服自领口以下一寸寸裂开，“嗖”，他别在腰间的藏刀突然倒飞出去，正正插到最前面蟒貘颈脖上，它应声而倒，引起后面蟒貘们一阵轻微的骚乱。

双方在对峙中艰难地前进，每进一步都要付出几十倍的努力，承载无与伦比的压力，但风力确实越来越小，因此尽管相当困难，还在可以承受的范围内。推进到风洞十多米处，风向陡然一变，我们仿佛成了暴风眼中心，身体被四面八方的吸力撕扯、拖曳，手臂、大腿甚至脑袋似乎都失去知觉，随时有可能从身上分裂而去。郭项龙示意我最大限度团起身体，减少受力面积，再看后面的蟒貘，铁枝般的羽毛也被吹掉不少，但它们有股韧劲，不屈不挠地盯在后面。

这期间我心头始终纠缠着一个阴影：如果风力骤然加大，我们会不会立即命丧于风洞？脑子里胡思乱想，脚下不由得一乱，身体失去平衡向左一倒，郭项龙搀扶不及，只觉得身子一轻，竟被飓风原地拔起直冲向左侧石壁！

我命休矣！我心里狂呼。

就在脑袋以火箭般速度即将撞上石壁之际，两股大力分别抵住我肩窝，使我呈大字型滞停在半空！

惊惶之余抬头一看，竟然是阿诚和仇三，两人均倒悬在石壁顶部，双脚钩住洞穴边沿，双手用力拉着我。

仇三不是卫哥的手下吗，怎么会跟阿诚在一起？

"快上来！"阿诚喝道。

我这才发现石壁顶部一带风力明显不强，不过相当于平时六七级大风，遂在两人的帮助下攀至洞顶。郭项龙一直朝上面看，见到阿诚面露喜色，然后做了个手势，身体突地一跃，在风的作用下直冲过来，我们三人六只手一齐拦截，将他紧紧抓住。前面几只蟏蠖不明其意，也纷纷强行上飞，结果在石壁上撞得粉身碎骨，只留下羽毛在空中飞舞。

阿诚细说了穿越瀑布后的经历，当时他也陷入昏迷，醒来后发现自己孤零零躺在深谷里，上天无路入地无门，正以为必死无疑之际，突然间石壁上破开一个洞，有个白色人影探出头看了看又缩回去。阿诚大喜，管它危不危险便钻入洞中，在里面弯弯曲曲爬了二十多分钟，眼前陡地一亮，居然登上了我们出发的起点——木栈山山顶。本以为会遭遇挟持老董和蓝真真的卫哥一伙，谁知找了几圈只发现被绑成粽子的仇三。仇三倒也老实，严刑拷打之下交待了他们偷袭擒下老董和蓝真真，卫哥和老胡下去后自己的见色起意，反中老董催眠术的经过。仇三本是行走江湖的惯偷，机缘巧合下被卫哥从狱里捞出来，约定到木栈山干一票大买卖，事后三七分成，但卫哥到底是什么来路，到木栈山有何意图，他也不清楚。阿诚说服他加入我们一伙，两人循洞原路返回，从岔道来到风洞，本想退回去，却被蟏蠖逼入风洞。幸好仇三是经常攀墙入室的梁上君子，懂得烟囱原理，两人借风力从石壁攀至洞顶，以洞穴吹入的风力抵御风洞形成的飓风，得以幸存。

郭项龙一拍脑袋说我怎么没想通这层道理，风洞形成的原理就是从洞壁各个洞穴灌风，由于位置、角度、气流层次配合得相当严密，构成飓风产生的所有要素，因而产生比原先风力强几十倍甚至上百倍的飓风。

阿诚说仇三的话究竟对不对还不知道，只有安全通过风洞才算数。

四个人采用攀岩的手法在洞顶缓慢地向前爬行，身体下方的风声渐渐尖利起来，明显感觉到风力开始加强。郭项龙说又一轮循环开始了，大家要坚持住。蟒蠖们模仿能力很强，牺牲了十多只同伴后终于悟出洞顶风力小的奥秘，也贴着石壁滑上来，不一会儿就靠近最后面的仇三，他吓得大呼小叫，差点脱手摔下去。

再爬了十多米，前面就是风洞出口，此时风力强至极点，以郭项龙的体魄和耐力都无法前进一步，而蟒蠖却不顾一切向前挺进，离仇三只有两步之遥。

“救命啊，我要完蛋了!”仇三大喊道。

郭项龙突然做了个危险动作，单臂吊在洞穴口，腾出手撩开衣襟在腰间一按，“夺”，一点银光射入出口角落的岩石里，然后从腰间拎出一道银白色亮丝一层层绕在洞穴石芽上。

“机簧飞梭!”

我和阿诚叫道，蚕洞里亮过的武器又发挥了关键性作用。

郭项龙做了个示范动作，双手拿一根短绳套在亮丝上，团身滑下去，瞬间便到达风洞出口。阿诚第二个下滑，然而不知是风力太强还是他体重太轻，滞在空中无法前进。郭项龙冲我做个手势，我一咬牙也滑下去撞到阿诚背后，两人一齐滑到终点。仇三却遇到一点麻烦，他的衣角被蟒蠖死死衔住，怎么挣脱都不肯松。风洞内咽鸣声已转为低啸声，说明风力即将到达最高峰值，我们三人看了干着急，帮不上忙。

“如果有猎枪就好了。”郭项龙想到心爱的双管猎枪就心痛不已。

仇三也知形势危急，突然间脸色一白，全身骨骼“格格”直响，刹那间身体好像缩小了两圈，和五六岁孩童差不多大，手臂一甩一抖，躯体从宽大的衣服里褪出来，向前一跃滑到我们身边，忙不迭盘膝而坐，双掌合于胸前，大口大口地吸气、吐气，胸腹间急剧起伏，脸色更加煞白，接着骨骼又发出“格格”声，身体奇迹般地膨大，恢复到原来状态，最后头一歪软绵绵倒在地上。

我和阿诚赶紧上前去扶——

“别动!”郭项龙厉声喝止。

几十只蟒蠖哪里在舍得到嘴的食物白白飞掉，齐齐哀鸣一声，冒着飓风急速冲过来，我和阿诚惊慌地向后躲闪，只有郭项龙屹立不动。蟒蠖们冲到半途如同风中的灰烬，瞬间变成千百块碎片，下一秒便消失得无影无踪。

“好厉害的风洞！”阿诚叹道。

倒在地上的仇三舒了口气，悠悠醒来，疲倦不堪地一点点撑起身体倚在岩石上。

郭项龙用少有的尊敬说：“刚才你用的可是江湖上失传已久的‘缩骨功’?”

“雕虫小技而已，”仇三有气无力说，“想必刚才是你阻止他们碰我，否则我力竭体弱之下将遭受重创，起码要闭门修炼三个月才能复原。”

“‘缩骨功’是中华武术中十大奇功之一，怎能说雕虫小技?”郭项龙说。

仇三笑了笑：“这门功夫好比狗肉，香味诱人却上不得台面，名门正宗不屑于练，肯练的又没出息，长期以往终于沦落为鸡鸣狗盗之辈的工具。”

阿诚好奇地说：“有了它天底下哪座监狱关得住你，何须卫哥解救?”

“‘缩骨功’极耗元气，使用后需要静息，几小时不能催动真力，监狱动辄四五道关卡，哪来空隙让我恢复？就算闯出去外面也是茫茫荒野……”

我和阿诚不禁笑了。

“但是关键时候却能救命。”

郭项龙作出简洁的总结，将仇三背在背后继续前进。风洞出口向里甬道宽敞平坦，可容三个人并排行走，石壁上干燥平整，没有藤蔓之类的常见植物。阿诚说这里应该是核心墓室的入口，风洞前面原来也有路，后来被古蜀国人用石头封埋了，若不是玉胎乱闯乱撞我们肯定会困死在深谷，也无从找到风洞，说明一个道理，大难不死必有后福。

转过一个平滑的弯道，前面出现巨大的铜门，式样、图案、造型与蚕洞里的一模一样！

“这就是了，这就是了，”阿诚声音颤抖，“核心墓室就在里面!”

我疑问道：“按照蚕洞石室的画中显示，古蜀王应该葬在悬棺。”

“象征意义，把墓室修建在悬崖上，洞口又有悬棺守卫，本身就代表悬棺的意思。”

仇三和郭项龙在铜门前琢磨了半天，结论是没有机关。郭项龙握住铜环一拉，“嘎吱吱”，门轴发出刺耳难听的声音，仇三用火把往里一照，顿时被满屋金光刺了下眼，“噔噔噔”连退几步，坐在地上直揉眼睛。

“宝贝！宝贝！”

他激动地喊道，好像又恢复了精神。

等里面浊气排尽，大家一拥而入，与蚕洞所见差不多，满屋子都是金光闪闪的青铜器，屋子中间两尊青铜塑像中间站着一具骷髅，身高约一米七四，地面刻了五六行字，我过去只看了前四个字就僵住了：

“余孟哲远……”

第四十七章　暗渡陈仓

孟哲远!

栖霞山古墓墓主，徐耀的主人，李芒进入蚕洞前就重病身亡，这样一个谨小慎微，兢兢业业的技术官僚，却突兀在木栈山悬棺密洞留下痕迹，实在大出意料。

阿诚和郭项龙也跑过来一起看，由于孟哲远写的是极其繁奥的古篆，有些字又模糊不清，连猜带推总算弄懂了整段话的大意：

我叫孟哲远，江苏南京人，平生奉公守法，安分守己，从来不期望做什么大事，只想安安稳稳过一辈子。不曾想我不找麻烦，麻烦却找上我，祸患竟出自家里一个年纪很小的书童身上，他叫徐耀。有关他的异事，我已在与好友李芒的信中具体谈及。经过暗中调查，我们发现了一个令人恐慌的秘密，这桩秘密一旦公布于众，将引起颠覆性的混乱和疯狂。我和李芒决定不能坐视不管，宁以自家性命挽救天下苍生。周密计划后由我诈死，李芒则大张旗鼓招募能人异士勘查蚕洞，吸引徐耀的注意，我趁机带两个儿子来到木栈山，想挖出克制徐耀的东西。然则我们势单力薄，洞里玄机百出障碍重重，好容易到了这里次子孟晟误中机关，只能眼睁睁看他断气，白发人送黑发人，实乃千古奇悲……

"好一个老狐狸，明修栈道，暗渡陈仓，我们要的东西可能被他捷足先登了!"阿诚顿足道。

郭项龙上前察看，发现孟晟被夹在两尊铜人的四只铜钳中间，钳爪深深嵌他肋骨和胯骨中间，骨头上隐约有几道刮痕，说明孟晟曾经用力挣脱，孟哲远父子也协助他做了大量努力，但未能改变被困的厄运。孟晟肩骨、膝盖、脚踝均有程度不同的锉伤，可见前面的探险多么惊心动魄，相比之下我们已经很幸运了。

李芒兴师动众进蚕洞探险，虽然偶有所获，但他们事先就知道重点在木栈山，李芒不惜以身犯险将徐耀吸引过去，让孟哲远得以顺利搜索，李芒从进蚕洞一刻起就抱了必死之心，临终绝笔还故意写上“赴黄泉告于吾友孟哲远”，把诈死进行到底，反证对孟哲远有多大期待。

倘若孟哲远和长子孟徵与我们一样，想找到蚕洞石室壁画上的那个匣子，倘若他们顺利得手，我岂非要一辈子生活在徐耀的阴影之下？想及此我不寒而栗。

仇三自进洞后完全懵了，痴痴跪在两尊铜像背后的通天神树下，神树有七八米高，造型与蚕洞里的别无二致。他一寸寸抚摸华丽绚烂的铜枝、铜叶和中间盘踞的长龙，嘴里喃喃说着什么。阿诚吸取在蚕洞的教训，叫我先搜刮小巧玲珑、便于存放的青铜挂件、饰品揣在怀里，倒是郭项龙惊讶于仇三的神态，过去询问。

仇三恭恭敬敬在树下叩了三个头，一直跪行到六七步远才站起身，郑重地说它是我们家乡最崇敬的嘎扎神树，嘎扎是地方方言，意思是通向天堂。

听到最后一句，我和阿诚不约而同转过身。

“你的老家在哪儿？”我问。

“贡喏山，旺子坝。”

离三星堆不过一百多公里，说不定是古蜀国人的分支，我和阿诚交换一下眼色，他接着问：“关于嘎扎神树有什么传说？”

“它是旺子坝至高无上的神，等于内地的……如来佛，当地的风俗是婴儿生下那天就抱到神树下洗澡，死后也抱到神树下做法事，每年正月初九全坝人都围在神树四周祷告，祈求它保佑大家平安健康，保佑来年风调雨顺，据说心诚者死后灵魂会沿着神树升入天堂。”

“树下？难道旺子坝也有通天神树？”我问。

“不是啊，贡喏山山腰上生长着一棵嘎扎神树，形状与这株一样，枝繁叶茂，足有两间屋子那么大，老人们说它至少活了两千年。”

阿诚点点头：“如果能活着出去，一定要到旺子坝看看。”

我也觉得参观一下通天神树的原型很有益处，但此时最关心的还是孟哲远父子的下落，他们亲眼目睹孟晟惨死后，下一步该做什么呢？我的目光依次扫过四周洞壁，除了高低起伏的青铜器和坛坛罐罐，屋子里没有其他通路，也看不到令人生疑的地方，但我知道，必定有暗道藏在某个角落。

郭项龙抱着和我相同的心思在屋子里转了一圈，啧啧嘴说："没有棺材，没有僵尸，倒让人感觉缺点什么似的。"

"缺个出口。"阿诚说。

郭项龙退到进门处朝里面反复看了会儿，突然问："孟晟怎么触动机关的?"

仇三觉得他的问题太简单，比划说："他走到两尊铜像中间，诺，就是这儿，脚下有块跳板，重力触发机关刺中了他。"

"他为什么从中间过去?"

"看神树呗……"仇三也觉得自己的回答太牵强，眨巴着眼睛朝神树方向看。

我帮他答出了下半句："因为只有从他站立的角度才能看出名堂。"

阿诚第一个跑到孟晟尸骸面前掂起脚尖向后看，随即大叫一声："地洞!"

顺着他的目光看去，通天神树圆形底座前露出一道浅浅的形如月芽的黑弧线，宽度不过半个指头，若非在正面刻意打量，从其他任何角度都察觉不出痕迹，真是巧夺天工的设计。

怪不得孟晟惊喜之下直奔过去，浑然忘了身处险境。

大家合力将底座左右移动，结果发现它内部有弹力装置，移开后稍一松懈就会弹回原位，郭项龙找来一块铜鼎方尊抵住空档轮流跳下去。下面是一条笔直的甬道，甬道里流动着凉丝丝的风，前面好像有出口!

越往前走越亮，冷不丁甬道一敞，终于看到了久违的阳光。我和阿诚忙不迭挤到洞口，上下看了一眼，禁不住天旋地转差点掉下去——

眼前是个前所未有的超级大天坑!

从洞口向上看，层层叠叠的石灰岩如斧劈刀削直插云霄，坑口呈半椭圆形，南侧隐约看到高耸入云的者棉山山峰；向下看，岩层有如不同规格的水杯重叠在一起，层层相环，直落千丈，最底部依稀是茂密的森林和河流，虽终日不见阳光，却生长得蓬勃兴旺。整个天坑高约六七百米，与号称世界第一天坑的重庆小寨天坑差不多。

"悬棺！古蜀王悬棺!"

阿诚指着下方两百米左右的小黑点叫道，声音因激动而有些嘶哑。

我知道阿诚的眼力好，但这么远的距离，悬崖上又长满了藤蔓，会不会主观臆断的成分多一些呢？

郭项龙在怀里掏了半天，居然掏出只折叠式望远镜，伏在洞边看了好一会儿，抑制不住喜悦说："不错，果然是古蜀王悬棺！"

镜头里，一具上圆下方、两侧各有三道波浪线的棺材稳稳搁在悬崖上，形状特征与蚕洞石室壁画里描绘的完全相同，棺木用珍贵稀少的阴沉木打制而成，遍体乌黑油亮，纹理细腻坚实。

在三星堆出土的文物中，也有一段阴沉木，人称三星乌木，外国专家称之为"东方神木"。阴沉木是由古树经过复杂的地理变迁和炭化过程形成的特殊木材，历经激流冲刷、泥石碾压、鱼啄蟹栖，以致于形状各异姿态万千。经过大自然千年磨蚀造化，阴沉木兼备木的古雅和石的神韵，质地坚实厚重，色彩乌黑华贵，断面柔滑细腻，木质油性大、耐潮、有香味，万年不腐不朽、不怕虫蛀，浑然天成，集"瘦、透、漏、皱"等特性于一身，中国民间向来有"纵有珠宝一箱，不如乌木一方"的说法。据说袁世凯死后，为了显示其帝王身份，家人耗费大量钱财，费了九牛二虎之力才凑到一副棺木，从中可看出阴沉木贵在难求。

"孟哲远……会不会真把东西拿走了？"我又忐忑起来。

阿诚还是先做后说的作风，手一挥道："不管它，先下去看看。"

"别着急，让我再观察片刻。"

郭项龙拿过望远镜足足看了五六分钟，道："棺盖完好，没有遭到破坏的痕迹。"

"就算被撬动，这么多年风吹雨打也掩盖得差不多了。"仇三泼冷水说。

阿诚心急火燎道："光站在这儿争论有什么用？干脆缒下去眼见为实。"

我也觉得郭项龙关键时候太磨蹭："小郭在上面守着，我和阿诚下去。"

郭项龙转回身体，脸色凝重道："你们没看出来？悬棺上方有三个洞穴！"

我和阿诚赶紧趴到洞边看，果然，悬棺上方有三个洞穴呈三角形排列，洞口光滑而浑圆，大小也一样，一看便知是人工修凿而成。我们援索而下的话必定经过三个洞穴，倘若蒙面神秘人坐在里面守株待兔，来一个打一个，身手再高也难逃厄运。

这三个洞穴的位置易守难攻，正好卡在通往悬棺的咽喉要塞，难怪郭项龙顾虑重重，不敢轻举妄动。

其实还有一个问题我们仨都闷在肚里没说出来，那就是卫哥和老胡的威胁依然存在，万一他们猫在洞穴里冷不丁来一下也是件麻烦事。刚才仇三透露过，卫哥才是深藏不露的高手，以老胡的身手在他手底下走不出五个回合。

“想避开他娘的三个洞，只有冒险攀到二十米开外缒到悬棺斜下方，然后设法爬上去，”阿诚说，“而且动作要轻，不能发出太大动静。”

郭项龙摇摇头：“我测算过，洞穴排列的角度很巧妙，基本覆盖所有观察面，只要有人出现在悬棺旁边，肯定会遭到最强烈的袭击。”

阿诚手一摊：“这也不行，那也不行，总不能在这儿眼巴巴干看吧？”

仇三在后面说：“实在不行我们分四路同时下去，即使三个洞穴都藏了人，总能有一个突破进去。”

“不能以生命来赌博，”我当即否决他的建议，“必须保证安全第一。”

阿诚似笑非笑说：“仇三，如果洞里躲的是卫哥或老胡，你打算怎么办？”

“卫哥让我少坐了七年牢，你在山顶救了我一命，孰轻孰重，仇三自有分寸。”仇三一副大义凛然的模样。

阿诚爬上山顶时，仇三已被烈日曝晒、山风吹袭了十多个小时，加之蚊虫叮咬，滴水未进，头、颈、手裂出一道道血口，全身上下焦黑枯萎，离死亡只有一步之遥。要是阿诚不解开他身上的绳索，几分钟后仇三就会告别这个世界。

郭项龙突一拍大腿：“仇三说得对，采取战术组合强行突破！”

“组合？”我不懂他的意思。

他用石块在地上画了个简单的线路图并做了详细讲解和分工，大家便分头忙碌起来，半个小时后行动正式开始。

首先下去的是仇三，肩上吊着保险带，借助藤蔓直扑洞穴上空，我和阿诚一左一右滞后他三四米，嘴里均衔着锋利的藏刀，郭项龙落在最后，与仇三处于同一个垂直高度，两人相距不到五米。

这个计划是：以仇三为诱饵，同时我和阿诚在监视者的可视范围内，迫使对方袭击仇三的同时防范我们俩，然而螳螂捕蝉黄雀在后，真正的杀手却是躲在上面的郭项龙。

仇三慢慢接近洞穴，三米，两米、一米……

洞穴里毫无反应，好像压根没有人似的，莫非郭项龙多虑了，这些洞只是当年安置悬棺的通道？

正胡乱猜测着，仇三身体经过洞口，眼睛朝里面瞟，陡地脸色大变，忙不迭向上攀升，说时迟那时快，中间洞穴里闪电般射出一道金光，将他拦腰缠住！

第四十八章　金蛇护墓

下来之前郭项龙推演了多种可能并制定出相应的措施，然而千算万算都没想到一点：洞穴里藏的不是人。

是一只类似巨蟒的怪物，长约七八米，粗逾成年人大腿，背部闪动着金属色泽、呈纵行点斑的鳞片，头部居然长着一对耳朵。

“它叫脆蛇晰，比蛇还要凶猛，大家要小心！”阿诚到底学生物专业的，一眼就叫出它的名字。

“救……命……”仇三被勒得说不出话来。

郭项龙顺着绳索急速下坠，想以迅雷不及掩耳之势抢救仇三，阿诚急忙阻止道：“不可靠近，它的俗名是金蛇，金蛇狂舞，说明它的活动范围非常大，你根本没法靠过去。”

眼看布置的战术都用不上，我只能紧握藏刀干着急。

“救……”仇三憋得脸色青紫，舌头都伸了出来。

“交叉！”

郭项龙大吼一声，双臂做了个交叉的动作，我和阿诚立即明白他的意思，抬脚在山崖上一蹬，荡出一道大弧线，两人在半空中擦肩而过后紧紧抓住悬崖上的藤蔓迅速下滑。这一来等于在脆蛇晰身上勒了道死结并逐步收紧，我们期望以此救援仇三。

孰料它毫不买账，一抖一盘，轻而易举将我和阿诚拖离藤蔓悬到半空中，然后身体发起环状蠕动，一段段将仇三传送到洞穴里，紧接着大幅度扭动摆弄，与民间剪纸中金蛇狂舞的姿势十分相似。这就苦了我和阿诚，两人紧紧抱着保险带，好像在巨浪滔天的大海上颠簸，又似坐着高速过山车，短短瞬间不知翻了多少个筋斗，转了多少圈。

“它吃不吃人？”我大声问。

阿诚道："教授没说，但它平时以吃蚯蚓和小虫为生。"

"糟了，原来是肉食动物。"我气沮道。

却见郭项龙火箭般直冲而下，手执藏刀深深扎在脆蛇晰腹部侧面，它受痛之后狂怒，张开大嘴向他猛啄，就在我们认为郭项龙难逃此劫之际，他灵巧地翻了个空心筋斗钻进右侧洞穴，刻不容缓间躲过致命一击，随后又团身跃出洞穴连翻带跃上升十多米。趁难得的空隙我和阿诚大幅摇摆攀住最靠近的悬崖藤蔓，挥刀割断背上保险带。

脆蛇晰与它的亲戚蛇一样记仇，不依不饶盯在郭项龙后面，身体直蹿出洞穴近十米，仇三赶紧爬出洞凌空一跃，正好摔在悬棺之上。脆蛇晰听到声音旋即回头，恶狠狠扑向仇三。

它果然是护墓生物，世代镇守在洞穴里保卫古蜀王悬棺。

仇三对它畏如蛇蝎，顺着棺面"哧溜"滑到背部，不料一下子带动棺盖，"哗"，盖板向后滑开半米，露出里面白森森的骷髅。

脆蛇晰显然动怒，身体盘住棺盖阻止其后滑，同时尾巴扫向背后的仇三，仇三刚才急着脱难也割掉了保险带，狭小的空间里转不过身，只得双手吊住悬棺底杠，身体悬挂在半空。

"刀！"郭项龙喝道。

我离他近，将藏刀扔过去，郭项龙一个鱼跃在空中接住，顺势向前冲了两米，用刀尖在脆蛇晰腹部划开一道近一米的伤口。脆蛇晰上半身闪电般折回，"啪"一下重重拍在他腰间，郭项龙闷哼一声，身体如断线的风筝坠向几百米下的深谷。

"郭项龙！"

我和阿诚绝望地喊道，眼睁睁看着他变成一个黑点消失在视线中。

脆蛇晰受伤后大伤元气，躯体仿佛缩了一圈，极其缓慢地缩回中间洞穴，我和阿诚大喜，三下五除二攀上悬棺，仇三已经爬到悬棺正面，用力将整个盖板掀到一边。

悬棺里躺着一具保存完整的骸骨，身高约一米七三以上，头上套着纯金打制的王冠，因年代久远色泽略有褪除，头枕黑色方匣子，骸骨两边散落着玉刀、玉瑗、玉琮、玉璧等玉器，符合古蜀国人随玉而葬的习惯，下面半隐半露着证明他尊贵至上身份的东西——金杖。

所有细节都符合蚕洞石屋壁画上的情景！

我们来不及惊讶，伸出手各取所需，我拿起方匣子，阿诚则与仇三一起搬开骸骨抽出金杖，两人一边赞叹一边细细打量。

方匣子沉甸甸的，好像装了很多东西，看不出什么材质，触手间有些冰凉，像是某种合金，但又不是青铜、黄金之类，很特别。我无暇细想，急急寻找开关。出乎意料，方匣子边缘只有一道简单的卡口，轻轻一推便打开匣盖——

里面整整齐齐摆放着三颗晶莹剔透的小石头，石头下面压着两张铜版浮雕，左边一幅是无数士兵在手执金杖者的指挥下与敌人厮杀，身后有座神庙，庙中间平台上供奉着三颗小石头；右边一幅是位身材魁梧的人与正方形脑袋的人谈话，方脑袋身上写着三个奇形怪状的符号。

三颗小石头，我好像在哪儿见过……

阿诚百忙之中瞟了一眼，失望地说："切，我还以为什么宝贝，原来是几个破石头，快看金杖，上面刻着弓箭射鱼，其中有何含义?"

"鱼凫，传说中古蜀国三代最高统治者之一，蚕丛教会人民养蚕，鱼凫指导人民捕鱼，都是促进古蜀国经济发展的功臣。"

我头也不抬说，继续看着铜版画，脑中灵光一闪终于想起三颗小石头的来历：蚕洞铜室第五幅画中，蚕丛站在正方形大坑边监视役工冶炼铸造时，手里就握着三颗小石头；被破译的蚕洞石屋右侧壁画中，方脸纵目的人与正方形大脑袋说话时，手里也举着三颗小石头，当时石屋下面铜杆上还攀着一个人仰头向上偷听。

这三颗乍看起来并不起眼的小石头，到底蕴含着什么秘密，以至于同时出现在蚕洞和鱼凫悬棺之中，并郑重其事载入史册呢?

我抖了抖方匣子，铜版下面好像还有什么东西，正待翻开来查看，身后掠起一阵冷风，紧接着一个冰冷的利刃顶在我后颈!

"我们又见面了。"

转头一看，原来是笑容可掬的卫哥，温文尔雅地从我手里取走方匣子，另一侧老胡也控制住阿诚，顺手夺过金杖，只剩下仇三站在一边发呆。

两人其实抢在我们前面到达这里，可能为脆蛇蜥所阻无法靠近，暂时躲在一边想主意，正好我们赶来替他们扫除了障碍。

老胡瞪了仇三一眼，恶狠狠说："呸，吃里爬外的东西!"

仇三涨红了脸一言不发。

卫哥摆摆手故作大度地说：“算了，他也不知道催眠术的厉害……哎，你是怎么回事，钻进铜柜后去了哪里？”

我茫然道：“你在问我？”

卫哥与老胡交换一下眼色，卫哥道：“当然，当时说好由你探路嘛，我们关上柜门后铜柜剧烈抖了一阵，再打开柜门你就不见了。”

“什……什么？”我觉得匪夷所思，“我穿过瀑布后遇到小郭，后来与阿诚会合一起来到这儿，由始至终都没有碰到过你们俩！”

阿诚也在一边证实：“我在风洞遇到他和小郭的，没有看到你们。”

老胡摸摸后脑勺：“操你奶奶的，难道得了失忆症不成？不光有你和小郭，还有老董、蓝真真，都跟我们走了一段路，从水下钻到石洞，小郭开枪吓退蟛蠖，然后在八角铜灯室里中了迷香，幸亏你及时阻止，后来又遭遇鬼打墙，小郭带老董和蓝真真分路而行，我、卫哥还有你大战绿衣僵尸后进入一间石室，最后你从铜柜里失踪。”

老胡所说至少有三成是真的，如果之前我们没有接触交流，他不可能知道小郭、老董、蓝真真这几个名字，而且他说的内容在我脑海中泛起一种很奇特的感觉，好像……曾经做过这样的梦，但梦过于久远，一点儿都想不起来了。

“我，我还是不相信，因为我一直和郭项龙在一起，他没有提到老董和蓝真真。”我迷惑地说。

“嗨！他真糊涂了。”老胡说。

卫哥目光闪动：“你进铜柜前做了个奇怪的举动，要我们撕下衣角签字后给你，摸摸看有没有？”

我在兜里翻了一阵，真找到一块巴掌大的布料，上面歪歪斜斜写着两个字：卫、胡。

我顿时呆住了，捏着两人的签字布神情恍惚。

阿诚叹道：“可惜小郭不幸摔下去了，不然两人一合计就知道到底发生了什么，这件事真有点怪异，有必要研究研究。”

卫哥拍拍他：“少玩缓兵之计，本少爷只管结果，不注重过程，现在王冠、金杖、方匣子都已到手，我们也该收兵了，仇三，你跟不跟我们一起走？”

仇三毫不犹豫吐出一个字："不。"

老胡哼了一声："那你活该找死。"

卫哥将三件东西装入布袋背在身后，甩出抛钩钩住不远处一团藤蔓，接着使了个眼色，老胡用匕首三下五除二割断悬棺四周所有枝枝蔓蔓，我们这才知道老胡骂仇三找死的含义：他想断掉退路，让我们在悬崖上活活困死。

"仇三，你还有一次后悔的机会。"卫哥似有不忍。

仇三紧抿嘴唇，好像懒得说话。

倒是我反而心软下来，劝说道："你们本来就是一伙的，何必跟我们死在一条船上，快走吧。"

"君子一言，驷马难追，我虽是下作的小偷，说话也得讲信用。"仇三说。

卫哥格格笑道："好一个讲义气的小偷，倒让本少爷有点感动了，那你好好呆着吧，明年的今日我和老胡会专程过来为你多烧些纸钱。"

说完和老胡双双纵身一跳，借回荡之力跃至七八米外的山崖上，老胡再一荡，又向右移动了五六米。

卫哥转头深深看了我们一眼，挥手道："这里风水好，死后能入天堂，再见。"

他微微用力，身体成弧线荡出去，不料荡至半途猝然生变，一个鬼魅般的黑影从天而降，轻巧地将卫哥背上的绳索一割，卫哥应变极快，当即双脚倒钩卷住藤蔓，哗啦啦带起一大片才稳住身形。就在卫哥保命自救之际，黑影以迅疾无比的手法抢下卫哥背上布袋，身体迅速上升向我们靠近。

第四十九章　绝处逢生

“郭项龙!”

我和阿诚惊喜地喊道，想不到郭项龙大难不死，奇迹般卷土重来。

郭项龙如轻盈的燕子攀着藤蔓来到悬棺上，分出两股让我和阿诚先走。我们刚跳下去，卫哥疾风般冲过来与郭项龙凌空交手，两人相搏数招，老胡又从侧面突袭，郭项龙顿时不支，左挡右拙还是中了两拳。他蓦地大吼一声，以右臂硬捱老胡三掌，挫步迈到卫哥左侧连连抢攻，卫哥只得转攻为守稍稍后退，郭项龙深吸一口气急转到后侧拦腰挟起仇三奋力一跳。老胡咬牙甩出一柄匕首欲切断绳索，郭项龙身体滴溜溜一转，以脚尖将匕首踢飞。

卫哥怎会让煮熟的鸭子飞掉，何况他的功夫高于郭项龙一筹，随即“哧溜”沿着藤索滑下去紧追不舍，老胡则在空中大幅摇摆，一段段向下飞越。

相比之下我和阿诚的行动显得过于迟缓，郭项龙很快追上我们，将仇三往阿诚手上一交，喝道：“向上爬!”然后以斜线方向继续下降。卫哥和老胡对我们三个看都不看，从身边擦肩而过寸步不让。

我悟出郭项龙是以布袋吸引他们追击，好让我们先摆脱困境，三个人顾不上关注郭项龙如何逃生，手脚并用向上攀了一百多米，气喘吁吁爬进先前的石洞。回头再看下面，郭项龙、卫哥、老胡像三只敏捷灵巧的猿猴，在悬崖上忽上忽下、跳跃纵越，到后来越跑越远，只剩下弹丸般的小黑点快速移动，辨不出各自身份。

卫哥和老胡虽占人数的优势，综合实力强于郭项龙，但郭项龙毕竟受过特种训练，掌握潜逃、攀登、追踪的技巧，加之悬崖凹凸不平、地形错综复杂，往往在关键时刻亮出绝招转危为安，卫哥和老胡空有一身本领也拿他无奈何。

正看得高兴，陡地后心一麻，霎时全身力气仿佛被抽空似的，软绵绵倒在地上，旁边阿诚和仇三也先后倒下，接着有个人影从眼前一晃，径直跳了下去，我嗅到一股若有若无的檀香味儿。

“蒙面神秘人!”我和阿诚同时叫起来。

仇三看出不寻常：“他手里拿把大铁剪干嘛?”

我也看到了，蒙面神秘人一手拉着保险带，一手握着一把半米多长的剪刀，白晃晃的刃口发出慑人的锋芒。

“不好!”阿诚道，“他跟卫哥对我们做的一样，要截断下面三个人的后路。”

果不其然，蒙面神秘人三纵两跳来到卫哥等人上面，刚才老胡做了个高难度动作劫住郭项龙，两人贴着悬崖打成一团，卫哥正蓄力待发等郭项龙露出破绽后一击制胜。蒙面神秘人不容分说举起大剪刀“咔嚓咔嚓”将大片藤蔓剪断。

最先遭殃的是卫哥，藤蔓突然脱手身体急剧下坠，卫哥到底身怀绝技，临危不乱，坠落途中四肢舒展成“大”字四处挥舞，很快钩到几根藤蔓止住坠势。接着郭项龙和老胡也遭厄运，两人比卫哥运气差些，急速下坠了四五十米才幸免于难。

蒙面神秘人快速逼近卫哥拳脚齐攻，原以为以卫哥的身手能多撑会儿，谁知交手不过三四个回合便被一脚踹在心窝，卫哥脸色煞白捂住心口连连喘气。郭项龙和老胡意识到这才是最有威胁的杀手，旋即联手从左右两侧合攻上去。蒙面神秘人全然不惧，见招拆招，很快一掌砍在老胡颈脖，一拳捣在郭项龙下阴，两人一个捂着脖子，一个弯腰屈膝痛苦万状。

卫哥见势头不对，将两人纠集到一处，打算三人合力与他对抗。

蒙面神秘人根本不理碴儿，又举起大剪刀继续修剪。此时整块区域只剩下三个人攀吊的藤蔓还连成一片，其他都被拦腰剪断，倘若听任蒙面神秘人这样剪下去，以他们负伤之躯，加上这等险恶环境，肯定无半分求生希望。

“等等!”郭项龙大声叫道，“我愿意把东西交给你!”

这句话有如神奇的咒语，使蒙面神秘人立即停住手，眼睛一眨不眨地看着他。

郭项龙说到做到，先举起双手示意没有武器，然后慢慢解下布袋，双手托在胸前。

蒙面神秘人朝卫哥和老胡看看，两人知趣地往两边移了移，拉开与郭项龙的距离。蒙面神秘人见状点点头，放下一条绳子直到郭项龙面前，郭项龙将布袋系在绳子上，拍拍手示意吊上去。

至此我们的冒险行动宣告完全失败。

聪明机巧如卫哥，凶悍好斗如老胡，面对命悬于他手的状况也无计可施，只能眼巴巴看着布袋一点点升上去，袋子上写着十个大字“工业学大庆，农业学大寨”。

蒙面神秘人收起布袋，杀气消褪不少，又垂了一根绳子示意郭项龙等三人吊在上面，然后像拴着一串蚱蜢似的在悬崖上健步如飞，来到靠近坑口的一棵松树上，把绳子绕了几绕，竟将他们高高悬挂在七八米的峭壁之上，最后呼啸一声转瞬爬到坑口不见踪影。

这不是变相折磨，意在取他们的性命吗？我、阿诚、仇三穴道被封，根据常识十二个小时后才能自动解除，凭郭项龙三人现在的体力、精力，别说半天时间，恐怕两个小时都坚持不了。

老胡顿时破口大骂，将蒙面神秘人祖宗十八代都问候了一遍，接着又骂郭项龙贪生怕死，主动交出布袋以保全性命，弄到最后却竹篮打水一场空，最后连卫哥也成为抨击对象，指责他表面上把自己从监狱里救出来，实际跟在后面担惊受怕，还落得命丧荒野的下场。所幸卫哥和郭项龙涵养很深，同时也出于保存体力需要，一声不吭听任老胡撒野。

突然一粒石子疾迅无比打在老胡嘴上，打得他满嘴是血，还断了三颗牙齿，大家悟出蒙面神秘人还潜伏在附近，心中更加愕然，老胡也不吃眼前亏，乖乖闭上嘴。

一个小时过去了……

卫哥打破沉默问：“郭兄，这回大家恐怕都活不成，临死之前希望你说实话，到底有没有跟我们一起中迷香、走鬼打墙、打过蟒蠖？”

郭项龙微一沉吟：“你说的这几个词，都让我有非常熟悉的感觉，但事实上我没有经历过，穿越瀑布后我只遇到晓飞，两人由始至终一起行动的。”

“喂，我们还在悬崖边打过一架呢，结果两人都掉入水潭。”老胡叫道。

郭项龙沉默片刻道：“有点怪，70年代美国军方做过一次实验，试图用科学的力量进行时光逆转……”

时光逆转！

这四个字让我如醍醐灌顶，刹那间想通很多事情，包括老胡在铜柜太阳轮上逆时针一拨，包括与卫哥之间难以解释的事，甚至联想到蚕洞水晶洞里那光怪陆离的水波门……

“喂，你们还好吗？”

对面山崖中段洞穴里传来清脆的声音，蓝真真！蓝真真来了！

山谷里顿时响起五六个声音：

“我们在这边！”

“快救我们，我们已经撑不住了！”

“小心，上面有人！”

接着老董也探出半个身子，打量形势后绕了一圈来到我们洞穴，他不愧为老江湖，也懂得粗浅的解穴手法，经过半个多小时搓揉拍打总算使我们恢复自由，老董少不得假惺惺对仇三表示歉意，仇三也是老江湖，明白见好就收的道理，大度一笑算揭过这段过节。

大家不敢再在洞里乱闯，冒险一直攀登到天坑顶部，坑口四周绿草茵茵，一览无余，一个人也没有。我们紧急搓了根粗草绳垂下去，将郭项龙等人一一救上来。

大难不死，又同样两手空空一无所获，双方自然而然消除了敌意，攀谈起洞内古怪的设置与奇遇，以及蒙面神秘人超乎想象的身手，不禁嗟叹不已。郭项龙免不了盘问蓝真真在洞中的经历，她说我和郭项龙确实与卫哥等人会合过，后来碰到鬼打墙后分成两路，她和老董跟在郭项龙后面。后来穿越一处水潭时突然涌来一阵激流，两人眼见郭项龙被巨浪卷入深渊，以为他肯定没命了，想不到能在这儿再度重逢。

郭项龙听了哑口无言。

时光逆转，目前只能用这个词来解释一切。

休息了一阵，捡了些野果充饥，大家没有雄心继续探险，寻了处相对平缓的山坡攀垣下去，走一阵歇一阵，在荒无人烟、杂草丛生、泥泞险峻的峭壁上辗转折腾了两天三夜，途中阿诚突然说看到个白色影子，怀疑是玉胎，大家精神一振四下搜寻一番，结果一无所获。当看到奔腾咆哮的小三峡时所有人都松了口气，感觉看到了生机。

掐指一算，我们在木栈山已有十四天，超过与船工老秦约定的期限。行至半山腰，恰好遇到一队护林队员，原来老秦忠实执行我们的吩咐，第十天就报了警，警方安排护林队四下寻找，今天已是第四天，再找不到线索就准备放弃了。

我们在护林队员的保护下来到宜昌，到公安局备案并接受教育后灰溜溜离开。走出大门卫哥说身体不舒服，由老胡陪同去了医院，我们五人则登上去苏州的火车。

车上大家将两次探险情况综合起来梳理了一遍，阿诚得出三点结论：第一，蚕洞和木栈山悬棺里藏有古蜀国文明的密码，徐耀家族则负责世代保守其中的秘密；第二，李芒与孟哲远分头出击，都查清了徐耀与古蜀文明的联系，但由于种种原因未能活着走出古墓，使秘密湮没在尘土中；第三，我们的同学徐耀也是徐耀家族的人，当孟哲远古墓即将打开之际，他意识到那段历史有可能再度引起世人关注，便使了个诡计抽身而出，既干扰当时考古工作的正常进行，又暗含警告的意思，由此可见出现在蚕洞和木栈山的神秘人就是徐耀。

“可是白衣少年，还有晓飞生病住院，那些古怪离奇的事怎么解释?”蓝真真疑问道。

“以徐耀神出鬼没的身手，完全可能趁我不在时给晓飞下药，后来发生的事晓飞自以为亲身经历，其实都是幻觉，”说到这里阿诚拍拍我，“这么多人玩命似的冒了两次险，结果都是无功而返，要不是揣了些舍利子、青铜挂件和碎玉胎，真要亏死，真相，真相也许就是这样，实在解释不通权当做了场梦吧。”

我默然不语，暗自同意他的说法，是啊，所谓真相知又如何，不知又如何?此时连我自己都分不清栖霞山古墓那段经历是幻还是梦，不如回去安安心心做好自己的生意，最好能劝说蓝真真回心转意与我在一起，好好享受人生的乐趣。

这么想着，车子已进入苏州城，繁华的喧闹声扑面而来……

（全文终）